中国诗歌

声韵演变发展史稿

ZHONGGUO SHIGE
SHENGYUN YANBIAN FAZHAN SHIGAO

劳秦汉 ◎ 著

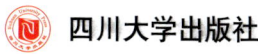
四川大学出版社

项目策划：袁　捷
责任编辑：袁　捷
责任校对：庄　剑
封面设计：墨创文化
责任印制：王　炜

图书在版编目（CIP）数据

中国诗歌声韵演变发展史稿 / 劳秦汉著．— 成都：四川大学出版社，2020.10
（大学文库）
ISBN 978-7-5690-3852-1

Ⅰ．①中… Ⅱ．①劳… Ⅲ．①诗歌史－中国 Ⅳ．① I207.209

中国版本图书馆 CIP 数据核字（2020）第 175560 号

书　名	中国诗歌声韵演变发展史稿
著　者	劳秦汉
出　版	四川大学出版社
地　址	成都市一环路南一段 24 号（610065）
发　行	四川大学出版社
书　号	ISBN 978-7-5690-3852-1
印前制作	四川胜翔数码印务设计有限公司
印　刷	成都金龙印务有限责任公司
成品尺寸	148mm×210mm
印　张	13.75
字　数	374 千字
版　次	2020 年 10 月第 1 版
印　次	2020 年 10 月第 1 次印刷
定　价	89.00 元

版权所有 ◆ 侵权必究

◆ 读者邮购本书，请与本社发行科联系。
　电话：(028)85408408/(028)85401670/(028)86408023　邮政编码：610065
◆ 本社图书如有印装质量问题，请寄回出版社调换。
◆ 网址：http://press.scu.edu.cn

扫码加入读者圈

四川大学出版社
微信公众号

劳秦汉

  劳秦汉，1947年10月生，浙江省衢州市龙游县人，高级会计师。先在"三线"企业冶金部乐山冶金机械轧辊厂从事会计工作，后调乐山市财政局，2007年退休。已发表财会论文126篇，出版财会专著三部。并在《中华诗词》《诗词之友》《诗词月刊》等期刊上发表诗、词、曲二百余首及论文《唐诗宋词元曲审美文化的神韵结构》《中国诗歌声韵演变发展略》《宋代诗人的学杜和以学问为诗》等，著有《中国断代文化诗学：唐诗宋词元曲文化概论稿》一书。

目 录

绪 论……………………………………………………（1）
第一章 远古阶段：从原始社会至夏商时期中国诗歌声韵的产生
………………………………………………………（10）
  第一节 中国诗歌的文化起源……………………………（11）
    一、中国诗歌的初级形态——歌、乐、舞的混合文化艺术形式
………………………………………………………（11）
    二、中国诗歌的起源——文化历史过程说……………（15）
  第二节 中国诗歌声韵的产生……………………………（22）
    一、远古诗歌（韵文）…………………………………（22）
    二、利用出土文献对殷商音系的探究…………………（26）
    三、远古诗歌声韵的初始形成…………………………（30）
第二章 上古阶段：以《诗经》音为代表的两周至两汉的诗歌声韵
………………………………………………………（40）
  第一节 上古诗歌与雅言…………………………………（40）
    一、上古诗歌……………………………………………（40）
    二、雅言…………………………………………………（48）
  第二节 上古诗歌声韵的研究与厘定……………………（56）
    一、研究材料与考订方法………………………………（56）
    二、上古诗歌的音韵……………………………………（62）
    三、上古诗歌的声调……………………………………（78）
  第三节 上古诗歌声韵从两周至两汉的主要演变………（84）

一、两周到两汉的重要文化背景……………………（84）
　　二、诗歌声韵从两周到两汉的主要演变……………（86）

第三章　中古阶段：以《切韵》系韵书为代表的魏晋至唐宋的诗歌声韵……………………………………………（97）

　第一节　中古诗歌……………………………………（97）
　　一、魏晋南北朝的诗歌与辞赋………………………（97）
　　二、唐诗………………………………………………(104)
　　三、宋词与宋诗………………………………………(121)
　　四、唐宋辞赋…………………………………………(134)

　第二节　《切韵》与诗歌格律………………………(137)
　　一、《切韵》…………………………………………(137)
　　二、诗歌格律…………………………………………(155)

　第三节　中古诗歌声韵从魏晋至唐宋的逐步演变…(173)
　　一、诗歌音韵从汉代到魏晋的主要演变……………(173)
　　二、诗歌音韵从魏晋到南北朝的主要演变…………(187)
　　三、诗歌音韵从南北朝到唐代的主要演变…………(207)
　　四、诗歌音韵从唐代到宋代的主要演变……………(220)
　　五、诗歌声调从魏晋到唐宋的主要演变……………(229)

第四章　近古阶段：以《中原音韵》为代表的元至清的诗歌声韵……………………………………………………(238)

　第一节　近古诗歌……………………………………(238)
　　一、元明清的诗………………………………………(238)
　　二、元明清的词………………………………………(242)
　　三、元明清的曲………………………………………(245)
　　四、元明清的赋………………………………………(258)

　第二节　曲的体制格律与《中原音韵》……………(263)
　　一、曲的体制格律……………………………………(263)
　　二、《中原音韵》……………………………………(273)

　第三节　近古诗歌声韵的主要演变…………………(281)
　　一、诗歌音韵从宋到元的主要演变…………………(282)

二、诗歌声调从宋到元的主要演变……………………（303）
第五章　现当代阶段：以《中华新韵》《诗韵新编》为代表的民
　　　　国至当代的诗歌声韵………………………………（309）
　第一节　新旧诗歌的嬗变式发展：新诗的崛起、旧体诗的衰落
　　　　　与复苏…………………………………………（309）
　　一、新旧诗歌嬗变式发展的文化背景……………………（309）
　　二、现代阶段新旧诗歌的嬗变式发展……………………（319）
　　三、当代阶段新旧诗歌的嬗变式发展……………………（336）
　第二节　新诗的体制与《中华新韵》《诗韵新编》………（355）
　　一、新诗的体制……………………………………………（355）
　　二、《中华新韵》和《诗韵新编》………………………（361）
　第三节　现当代诗歌声韵的主要演变………………………（371）
　　一、国语注音符号与国语罗马字拼音法式的创建以及以北京
　　　　语为标准的现当代普通话语音的确立………………（371）
　　二、诗歌声韵从近古到现当代的主要演变………………（377）
　第四节　中国诗歌及其声韵的未来发展趋向………………（387）
　　一、中国新诗及其声韵的未来发展趋向…………………（389）
　　二、中国旧体诗及其声韵的未来发展趋向………………（397）
附录：　作者新声韵诗词曲六十首与新诗一首一组………（407）
　　一、五绝十首………………………………………………（407）
　　二、七绝十首………………………………………………（408）
　　三、五律十首………………………………………………（410）
　　四、七律十首………………………………………………（412）
　　五、词十首…………………………………………………（414）
　　六、曲十首（套）…………………………………………（417）
　　七、新诗一首………………………………………………（419）
　　八、新诗一组………………………………………………（421）
参考文献………………………………………………………（427）
跋………………………………………………………………（434）

绪 论

中国诗歌源远流长，从原始社会的民歌民谣，先秦的《诗经》《楚辞》，两汉的乐府、古诗，魏晋南北朝的五言诗到唐代的近体诗，宋代的词，元代的曲以及现当代的新诗，无不映现出这一泱泱"诗歌大国"五千多年来的文明色彩。由于诗歌是中华大地上产生最早的文化艺术形式之一，亦是得到最为充分发展的文学体裁，因而中国诗歌尤其是传统古典诗歌即旧体诗，自古洎今不仅有着形式结构上的规定，更有着声韵上的要求。

一

中国诗歌主要是汉语诗歌，而汉语文字与世界上普遍使用的拼音文字有着一个显著的不同特征，就是还属于表意的单音节文字，字与字搭配成词，由词组成句，再由句组成诗或文。欲使诗歌吟诵时抑扬顿挫，产生回环悦耳的乐感之美，就必须考虑到字与字之间的声调起伏，句与句之间的音韵和谐，即诗歌的声韵问题。所谓声韵，在声韵学（或称音韵学）里，即为汉字音节中声、韵、调的总称。而"音韵学就是分析汉字或汉语里所含的声、韵、调三种元素，而讲明它们的发音和类别，并推究它们的相互关系和古今流变的"学问[①]。从音韵学角度看，一个汉字的

---

① 罗常培：《旧剧中的几个音韵问题》，《东方杂志》，1936年第33卷第1号。

读音可分为声母、韵母、声调三部分：声母是音节的第一个音素，即一个字起头的辅音；韵母是余下的音，可分为单韵母（由单个元音充当）、复韵母（由两个或两个以上元音充当）、鼻韵母（韵尾含鼻音的）三类。韵母的具体结构又可分为韵头、韵腹和韵尾三部分，韵头又称"介音"，通常都是元音，如北京话里的韵头就是［i］［u］［y］。按开头元音发音的口形则又可分为开口呼——没有韵头、韵腹亦不是 i、u、y 的韵母，齐齿呼——韵头或韵腹是 i 的韵母，合口呼——韵头或韵腹是 u 的韵母，撮口呼——韵头或韵腹是 y 的韵母。简称"开、齐、合、撮"四呼。所有韵母中，除鼻韵母的韵尾是辅音外，其他的音都是非鼻化元音。非鼻化元音的发音要点是软腭始终上升，堵住气流的鼻腔通道。如软腭上升的位置不对，气流同时从鼻腔和口腔中泄出，发出的元音就成了鼻化元音。在普通话中，鼻化元音只有在儿化音节中才会出现。声调是字音高低升降的形式。声、韵、调三者拼合，构成一个汉字的读音，亦即构成了一个音节。例如汉语的"汉"字，即由声母"h"、韵母"an"和去声调"、"拼合成"hàn"这个读音的。现今的普通话里，声母有 22 个，韵母有 35 个，声调有阴平、阳平、上声、去声 4 个。

汉字读音是中国诗歌声韵的基础，中国诗歌声韵的演变亦离不开音韵学对汉字声、韵、调的相互关系和古今流变的研究。但诗歌的声韵指向与音韵学的声韵指向毕竟是不同的，因为诗歌声韵考量的着眼点不是汉字的读音构成情况，而是一种对诗歌句子中字与字之间声调的比配关系和句与句之间韵脚字的相押情况（如格律诗的平仄结构和韵脚字须为同一韵部）的考量。试举一例：

秋兴八首·其二

（唐）杜甫

夔府孤城落日斜，仄仄平平仄仄平，

每依北斗望京华。平平仄仄仄平平。
听猿实下三声泪，平平仄仄平平仄，
奉使虚随八月槎。仄仄平平仄仄平。
画省香炉违伏枕，仄仄平平平仄仄，
山楼粉堞隐悲笳。平平仄仄仄平平。
请看石上藤萝月，平平仄仄平平仄，
已映洲前芦荻花。仄仄平平仄仄平。

该诗是唐代诗人杜甫所作的一首"首句入韵的仄起平收式"七律诗，按唐代近体诗的格律规定，对该诗的声调即每一句中字与字之间的平仄排列关系和句与句之间的押韵关系必须符合上文标注出的声韵谱式。唐代为中古时期，已有《切韵》系韵书和平、上、去、入四个声调，并将声调分为"平"（平声自成一类）、"仄"（上、去、入声合为一类）两大类，仄同侧，即倾斜不平之意。如该诗中间的第二、第三对仗两联："听猿实下三声泪，奉使虚随八月槎。画省香炉违伏枕，山楼粉堞隐悲笳"，若按四声标注则为："平平入去平平去，去上平平入入平。去上平平平入上，平平上入上平平"，与上文声韵谱式中的平仄完全一致。诗谱的平仄相间排列，其目的就是通过平仄声的交替变化，形成声调的高低起伏而使诗歌朗朗上口。该诗的押韵，即句与句之间尾字的押韵关系，按唐代近体诗格律的规定，奇数句不押韵（首句可押可不押，由作者自定），偶句必须押韵。而所谓的押韵，就是指在韵文中某些句子的最后一个字，使用韵母相同或韵基相同（韵头不同但韵腹韵尾相同）的字，而这一押韵的字就是韵脚。在有韵书的中古及以后，韵文的韵脚又必须以韵书为标准，即押韵的字必须由韵书中同一韵部的同声字组成——同一韵部的同声字才能相押做韵脚。而所谓的韵部，按王力先生的说法就是"古代有韵书,把同韵的字排在一起,就是韵部"①。唐代的韵书为《唐韵》,是根据隋代的《切韵》编制的。但至今保存完整的最古韵书为宋代的《广韵》,其又是根据《唐韵》而作的,故仍为《切韵》系韵书。《秋兴八首·其二》遵循的是首句入韵谱式,其首句尾字与偶句的四个尾字共五个韵脚字就必须相押,即都必须是同一韵部的平声字。杜甫的这首诗,韵脚有"斜、华、槎、笳、花"五字。查商务印书馆影印《古逸丛书》本《广韵》,此五字皆属下平声的第九韵部"麻"部,完全符合首句入韵七言律诗的押韵要求,从而形成了一种循环和谐的音乐美。

二

中国传统的声韵研究属汉语历史语言文字学的范畴,正如国学大师章炳麟指出的:"音以表言,言以达意,舍声音而为语言文字者,天下无有。"② 而汉语言文字学自西汉开始在传统上就属于"小学",后逐渐演变为文字学(释形)、音韵学(释音)、训诂学(释义)。中国汉字早期读音的注释依附于解经的文字训诂当中,除同音相诂外,又采用"因声求义,音近义通"的"声训",即都是利用字音来解释字义。这种汉语言文字上的表音兼具表意的作用,自然在解释文字的读音时,就伴杂有训诂的关系,其实就是一种只在语言文字学范围内探究的狭义的文字观。无独有偶,西方的文字研究传统,亦一直在语言学框架内进行的。在这种狭义文字观下的研究,包括读音在内的文字其实从来都只是语言的一种属性和一个元素。

20世纪90年代,德国海德堡大学教授杨·阿斯曼从人类记

---

① 王力:《汉语音韵 音韵学初步》,中华书局,2014年版。
② 章炳麟:《胡以鲁国语学草创序》,载胡以鲁:《国语学草创》,商务印书馆,1923年版。

忆及其发展角度区分了语言文字上的无文字社会有文字社会的性质后指出：文字最根本的功能是保存和交流，前者与记忆相连，后者与声音相关。如果说无文字文化的传播需要依靠实际参与、记忆和仪式的复述或复现，那么书写文化的传播则依赖于交流情境的制度化，也就是说文字成为交流媒介首先必须依赖阅读文化制度的发展及其对文学范本的不断学习。① 阿斯曼对文字的研究实际上已突破了狭义文字观的局限，并提出了书写文化的传播必须依赖阅读文化制度的发展即文字与文化关系的观点。在此新视角的文字研究背景下，中国海洋大学汉语言文字学科研究带头人黄亚平教授，于 2004 年率先提出了语言文字学上的"广义文字学"的概念，并对其展开了研究——以文字为核心的综合性研究。广义文字学的概念外延界定为比较文字与文化学研究，即研究世界各大文字体系文字的异同及其背后的文化差异。而且该流派的学者进一步指出：广义文字学以文字研究为基础，但又不局限于此，而是更多地把目光投向文字与文明关系的研究之中。②

运用语言文字上的广义文字观对中国诗歌声韵演变发展的研究，较传统的狭义文字观下对其研究的最大不同，除仍需观察考证汉语言文字本身的性质特点及其音读变化的事实外，还必须推究其与人类社会所特有的历史凝结的人类存在方式——文化的关系。美国著名语言学家萨丕尔曾经指出："语言有一个底座……语言也不脱离文化而存在，就是说不脱离社会流传下来的，决定我们生活面貌的风俗和信仰的总体。"③ 而语言可分为口头语言（有声语言）和书面语言（文字语言），语言的意义属于文化的范畴，它是各种文化现象、文化产品的抽象和概括，不仅与人们的

---

① ［德］扬·阿斯曼著，王霄冰译：《有文字的和无文字的社会》，《中国海洋大学学报》，2004 年第 6 期。
② 王亚平：《广义文字学刍议》，《青岛大学师范学院学报》，2004 年第 3 期。
③ ［美］爱德华·萨丕尔著，陆卓元译：《语言论》，商务印书馆，2003 年版。

思维活动密切联系，而且与意识交织在一起。语言以文化作为自己的底座，才能顺应着人类的进步和文化的发展而不断发展。故而中国诗歌声韵的演变发展，实质上就是语言文字中语音系统的声、韵、调在诗歌变化与发展过程中的反映与表现，它必然会受到历史发展过程中不同时期的文化背景的制约和影响。换言之，中国诗歌声韵演变发展的历史亦就是包括诗歌文化在内的中国文化发展历史的组成部分。它不仅受到本国本民族文化环境的制约，而且还要受到外来文化交融的影响。例如，在漫长的中国诗歌声韵演变发展历史进程中，就受到了三类外来文化的较大影响。

第一类是东汉时期以来从南亚天竺传入的佛教文化。这主要表现在汉字注音方法上的从单音直读转变为双字反切，这在很大程度上是受到了佛经翻译中梵文拼音学理即梵文文字读音由"体文"（梵文辅音字母）和"摩多"（梵文元音字母）拼切而获得的启示。正如《隋书·经籍志》所载："自后汉佛法行于中国，又得西域胡书，能以十四字贯一切音，文省而义广，谓之婆罗门书。"其所说的"贯一切音"的十四字，即为梵文的十四个元音字母（摩多），若将梵文的辅音字母（体文）亦包括在内，共有近"五十字母"。梵文中的这一辅音和元音相拼，则能"贯一切音"，可拼出所有音节来，即"文省而义广"。

第二类是从中国西北边陲不断融入的有别于汉族农耕文化的游牧民族文化。规模较大的有十六国至南北朝时期的匈奴、羯、鲜卑、氐、羌等民族入侵入据北中国，五代十国时期的沙陀族入侵入据北中国，金朝女真族灭辽灭北宋后的入据北中国，元朝蒙古族的灭西夏灭金灭南宋后的统治全中国，清朝满族（前身即为女真族）灭明后的统治全中国。以上不断融入的游牧民族文化，不仅引起了民族成分和生活习俗的变化，还导致了汉语语言及其音读的变化，像近古的北方共同语语音和现当代的普通话语音无不受此影响。

第三类是从西方向东方传播的西洋文化。西洋文化的传入，不仅使中国文化在政治、思想、经济、科技、习俗等方面受到冲击，而且在汉语言语音上也受到了西方拼音文字的很大影响，其主要表现为在西方传教士用罗马字母为汉字注音的影响下，促进了《国语罗马字拼音法式》的产生，以及后来推广普通话时用拉丁字母拼读汉字的《汉语拼音方案》的产生与实施。

三

中国最早的诗歌起源于原始社会的口头韵语，而中国诗歌的声韵，据迄今为止的音韵界的研究，在中国早期的文字甲骨文、金文中就已现端倪。客观地说，中国诗歌的声韵发轫于远古的新石器时代至夏商时期即西周之前，经过以《诗经》《楚辞》为代表的两周至秦汉的声韵，以《切韵》系列韵书为代表的魏晋至唐宋的声韵，以《中原音韵》为代表的元明清的北方共同语的声韵，一直到以《中华新韵》《诗韵新编》为代表的现当代普通话的声韵，其演变发展历程虽然相当漫长，但却是循序渐进和有一定规律的，而且是由其共有的基础——汉语言语音系统决定的。因为这是一个有机整体，汉语言语音系统的变化与词汇系统、语法结构的发展都有着密切关系，更直接的还受到其内部的声、韵、调之间的相互影响。

由于有声语言即有着语音系统的口头语言，是人类社会最重要最普遍的交流工具，在文字发明之前的无文字社会或无文字的民族中，还是保存历史文化（口头传说）最主要的工具。正如马克思、恩格斯在其合著的《德意志意识形态》第一卷第一章中所指出的："物质在这里表现为震动着的空气层、声音，简言之，即语言。语言和意识具有同样长久的历史；语言是一种实践的、既为别人存在并仅仅因此也为我自己存在的、现实的意识。语言也和意识一样,只是由于需要,由于和他人交往的迫切需要才产生的。"①

正是由于人类社会人与人之间的交流和交往的迫切需要,在长期的生产生活实践中产生了有声语言,它与意识一样,比无声语言——文字的出现要早。当有声语言发展到一定阶段,如中国汉语言语音从史前时期发展到发明了文字的夏商时期,就已成为一种较为完整的语言语音系统了。魏晋迄隋,伴随着整个社会政治经济与生产生活诸方面的发展,汉语言除语音外,在词汇、语法等方面亦有了很大发展,表达手段更加多样:词由单音节发展到多音节,词汇从以单音词为主体发展到以复音词为主体,词汇量更趋丰富;语法结构亦从简到繁、由单层次到多层次发展。这种语音系统的繁化,表现在隋代陆法言的《切韵》中。《切韵》在分韵上已达到了一百九十三韵,韵部也从汉代的不足三十个发展到南朝梁陈时期的五十多个。

中国诗歌声韵演变发展过程极其漫长复杂,既要受到汉语言语音系统和诗歌体式(如古体诗与近体诗,诗与词、曲,传统旧体诗与现当代新诗等)的制约,又要受到时空上的即不同历史时期和不同方言区的地域文化环境的影响。中国诗歌声韵就总体而言,主要是一个从上古到中古,中古到近古,近古到现当代的这四大音系的演变发展过程,但四大音系之间不是突然发生变化的,而是处于一个缓慢的、循序渐进的流变过程中,而且在每一阶段的不同时代,亦会发生一些经常性的变动。如两周与两汉之间、魏晋与南北朝之间、南北朝与隋唐之间、唐与宋之间、宋与元明清之间、清与民国之间,等等。由于诗歌是诗歌声韵的载体

---

① 中共中央马克思恩格斯列宁斯大林著作编译局:《马克思恩格斯选集》第一卷,人民出版社,1972年版。

与前提，为了更好地认识和掌握诗歌声韵演变发展过程的全貌及其规律，有必要在了解和明确其载体即诗歌本身的形成与演变发展的这一前提的基础上，再按照诗歌声韵在不同历史阶段所发生的标志性变化以及较为重要的演变事实，将整个中国诗歌声韵演变发展的历史进程即中国诗歌声韵演变发展史，大略划分为五大阶段：

一、远古阶段的诗歌声韵产生。

二、上古阶段的诗歌声韵。

三、中古阶段的诗歌声韵。

四、近古阶段的诗歌声韵。

五、现当代阶段的诗歌声韵。

后文，笔者将依循这五个阶段展开研究。

第一章　远古阶段：从原始社会至夏商时期中国诗歌声韵的产生

正如英国杰出的政治家兼学者、诗人，被恩格斯称为欧洲文艺复兴时期众多文化巨人之一的锡尼德，在其《为诗一辩》中所说的那样："诗在一切人所共有的高贵民族和语言里，曾经是无知的最初的光明给予者，是其最初的保姆，是她的奶逐渐喂得无知的人们以后能够食用较硬的知识……"①亦即无论中外，诗歌都是最古老的文学体裁，是人类社会较早的文化艺术形式之一。而包含诗歌声韵在内的诗歌文化作为一种历史现象，是一个从起源形成到逐步演变发展的文化全过程。这就要求我们做到以下两点：其一，研究中国诗歌声韵不能仅从其自身的系统去展开，还须从中国诗歌文化甚或整个中国文化的系统去展开；其二，研究中国诗歌声韵的形成与演变发展进程，应先认识和了解其源头——中国诗歌的文化起源。

---

① ［英］菲利普·锡德尼：《为诗一辩》，载伍蠡甫主编：《西方文论选》上卷，上海译文出版社，1979年版。

第一节　中国诗歌的文化起源

一、中国诗歌的初级形态——歌、乐、舞的混合文化艺术形式

在没有文字的原始社会，口头诗歌就已产生，并且是一种歌、乐、舞的混合文化艺术形式。

因为从近代人类学提供的有关非洲、太平洋诸岛、北极地区等当地居民以及中国苗、瑶、彝、藏、蒙、维等少数民族的研究材料显示，诗歌与音乐、舞蹈、戏剧是相互联系、相互依存且基本是同源的。美国著名的文化人类学家佛蒙特大学人类学教授哈维兰在深入考察了非洲奥拉德阿利、布须曼等土著民族的诗歌、音乐、舞蹈后得出结论："在所有的文化中歌词都是诗歌的组成部分。带着手势和道具来加以诵读的诗歌和故事就变成了戏剧。戏剧如果与舞蹈和音乐结合起来并公开演出，就成了公众的庆典。我们考察个别艺术越久，我们清楚地发现，它们经常是相互联系和相互依存的。"[①] 有着"人类学之父"称号的英国杰出人类学家泰勒通过田野考查的实例指出："蒙昧人赋予自己的歌曲某种特定形式……澳大利亚人为了在战斗之前使自己激怒起来，他们唱道'刺他的额！刺他的胸！刺他的肝！刺他的心！'等等，逐次提到敌人身体的其他部分……在这里，'蒙昧人'歌曲的歌词已经不是简单的散文，而变成为原始的诗的形式。"[②] 中国著名人类学家、厦门大学历史社会学系主任林惠祥教授经过田野调查和研究，在其《文化人类学》一书中亦明确地说道："在低等

[①] ［美］威廉·哈维兰著，瞿铁鹏等译：《文化人类学》，上海社会科学院出版社，2006年版。

[②] ［英］爱德华·B. 泰勒著，连树声译：《人类学——人及其文化的研究》，广西师范大学出版社，2004年版。

文化中音乐与诗歌、跳舞有密切的关系……原始的抒情诗是可唱的,如欧洲人、安达曼人、北极民族等的诗歌都有谱调,其歌词常因要附合谱调而曲变至于失去原意。便是叙事诗也常是可唱的。故音乐与诗歌、跳舞常混合为一。"① 如今仍流行于藏族同胞中的锅庄舞,大小凉山地区彝族的跳脚舞,新疆地区维吾尔族的麦西来普的赛乃姆舞,西南地区苗、瑶、水、壮诸族的铜鼓舞等传统民间舞蹈,亦莫不是歌、乐、舞的混合形态。

从文献资料考查,如《礼记·乐记》云:"金石丝竹,乐之器也。诗,言其志也;歌,咏其声也;舞,动其容也。三者本于心,然后乐器从之。""三者本于心",说的就是诗歌(以咏唱的形式表现出来)、音乐、舞蹈三者同源为一体,然后乐器来伴奏。而对歌、乐、舞混合的这种初级文化艺术形式描述得最为形象生动的则为《吕氏春秋·古乐篇》中的记载:"昔葛天氏之乐,三人操牛尾,投足以歌八阕。""葛天氏",为中国远古时期(原始社会)之部落名;"乐",为乐曲或乐舞;"三人",为多人或集体跳唱;"牛尾",为猎物毛羽齿革制成之道具;"投足",以小步走跳节拍之舞姿;"八阕",为八支原始歌曲,如"载民""玄鸟""遂草木""奋五谷"等。此一多人执牛尾投足而歌舞的艺术形式,无疑为原始诗歌的初级形态。至于诗歌是如何表现人的情感和志趣的,诗又是如何与唱歌、跳舞和音乐结合起来的,则《毛诗·大序》说得较为合理和清楚:"诗者,志之所之也。在心为志,发言为诗。情动于中而形于言,言之不足,故嗟叹之;嗟叹之不足,故永歌之;永歌之不足,不知手之舞之,足之蹈之也。情发于声,声成文谓之音。"

再从相关的出土文物资料予以考证。由于起源于文字之前的原始诗歌是语言性的口头诗歌,不可能长期留存,更不可能像绘

---

① 林惠祥:《文化人类学》,商务印书馆,1991年版。

画、雕塑、舞蹈等其他艺术门类那样有考古出土文物及岩画、洞穴壁画可稽。但有一点是可以确定的，即中外学者都基本认同诗歌与音乐、舞蹈是同源的，原始诗歌是一种诗、乐、舞的混合形态。由此可以借助于音乐乐器和舞蹈绘画等出土文物材料来进行稽考。

如20世纪七八十年代，在河南舞阳县贾湖村新石器时代早期裴里岗文化遗址中出土了二十余支七孔骨笛，皆用鹤尺骨截去两端关节后钻孔制成，孔为六大一小。当音乐家运用闪光频测音仪选择了其中较为完好的一支吹奏时，它所发出的音是一个很完整的七声音列，可吹奏简单的乐曲。从骨笛的制作、吹奏来看，当时的先民们已具有了较高的音乐水准。① 在浙江余姚新石器时代早期河姆渡文化遗址中出土有用禽类肢骨制成的骨哨48件和陶埙2件。骨哨长6～10厘米不等，刻有圆形或椭圆形的孔，其中有一件在骨管内插有一根肢骨，可以上下滑动堵塞音孔而产生不同的音节旋律；陶埙呈卵形，有一个吹孔。② 在黄河流域的考古发掘中亦发现了不少新石器时代的吹奏打击乐器，如在西安半坡、太原义井、甘肃玉门火烧沟、山东潍坊等地出土了多件陶埙。尤其在山西襄汾新石器时代晚期的陶寺文化遗址中，出土了包括陶鼓、鼍鼓、石磬、铜铃、陶铃、陶埙等在内的26件乐器，其中陶鼓以陶为框，蒙以生革，器型较大，有七八十厘米长；石磬长近一米；铜铃长6.3厘米，宽2.7厘米，高2.7厘米，壁厚0.3厘米，横剖面呈菱形，含铜量为97.8%，为红铜，系合范铸成，是中国迄今发现的最早的金属乐器。③

再如，1973年在青海大通县上孙家寨新石器时代晚期的马

---

① 黄翔鹏：《舞阳贾湖骨笛的测音研究》，《文物》，1989年第1期。
② 河姆渡考古队：《河姆渡遗址第一期发掘报告》，《考古学报》，1978年第1期。
③ 中国社会科学院考古研究所山西工作队：《1978—1980年山西襄汾陶寺墓地发掘简报》，《考古》，1983年第1期。

家窑文化墓葬中,出土了一件细泥橙红色彩陶盆,高14.0厘米,口径28.5厘米,盆内壁上画有三组相同的五人舞蹈图:五人手拉手,面向一致,踏歌而舞,每人头上有发辫状羽饰物,身侧都有一尾状物,体态鲜活,舞姿优美。① 1995年又在青海同德县宗日马家窑文化墓葬中出土了一件泥质彩陶盆,高12.15厘米,口径22.18厘米,盆内壁上画有13人一组和11人一组的两组舞蹈图,每人身着圆球形装束,手挽手踏歌而舞,形象生动,画面明快。②

另外,在内蒙古、新疆、西藏、宁夏、甘肃、福建、广西、贵州等20多个省区,还分布有大量的新石器时代的生产舞(狩猎、采集、农耕)、娱神舞(宗教、巫术、祭祀)、性爱舞(生殖崇拜)、战争舞(交战场面、军事训练)等原始性舞蹈岩画。如在宁夏中卫县大麦地岩画群中有一幅长达9.0米,高1.2米,有近百个图案的岩画,其中有游牧狩猎的舞蹈场景,被研究者称为"游牧长卷"③;又如新疆呼图壁县城西南的一幅岩雕画,在东西长14.0米、高9.0米的岩壁上遍布二三百个大小不等的人物形象,有大量男性男根勃起的裸体舞蹈像,岩画下方,还有一对巨大的人像,象征男女媾合,男子以极其夸张的生殖器直指女子,而女子作手舞足蹈欢快状。④

通过以上对文献资料和相关考古材料的梳理,尤其是对中外人类学家的田野调查与研究成果的引证,可以得知中国诗歌最迟应起源于史前社会的新石器时代,而且是以混合文化艺术形式即诗歌、音乐、舞蹈三位一体的初级形态出现的。

---

① 青海省文物管理处考古队:《青海大通县上孙家寨出土的舞蹈纹彩陶盆》,《文物》,1978年第3期。
② 青海省文物管理处考古队:《青海同德县宗日遗址发掘简报》,《考古》,1988年第5期。
③ 周兴华:《中卫岩图》,宁夏人民出版社,1991年版。
④ 陈冬季:《生殖崇拜、图腾崇拜与艺术的起源——兼论新疆呼图壁岩画的文化意义》,《新疆社科论坛》,1991年第2期。

二、中国诗歌的起源——文化历史过程说

中国诗歌虽然最迟应起源于新石器时代,但其究竟是如何起源的?学者们却是见仁见智,至今仍歧见纷呈。正如有学者指出:"从古希腊哲学家们的模仿说算起,至今已有两千多年的历史。在这个漫长而有趣的研究中,先后有哲学家、科学家、历史学家、艺术理论家、考古学家、心理学家和人类学家等不同学科领域的人物,从各自不同的角度,提出许许多多的见解,其间能自成体系且有一定影响的艺术起源论,至少也有近十种之多。比如,模仿说、情感和思想交流需要说、劳动说、游戏说、巫术说、季节变换的符号说、集体无意识说、心理投射说等诸类。"①

笔者认为原始社会诗歌的歌、乐、舞三位一体的初级文化形态,不是短时间内单单从某一活动类型如劳动说、巫术说或游戏说中脱胎出来的,但亦不是合力论者所阐释的那样是由劳动、巫术、游戏等各种活动力量汇总后对包括诗歌在内的文学艺术共同作用的结果。它是一个较为漫长的随着原始社会到夏商时期的逐步发展并伴随着人类自身内在需要逐步提升的一个渐进的"十月怀胎,一朝分娩"的文化历史过程。正如刘师培所说:"上古之时,先有语言,后有文字。有声音,然后有点画;有谣谚,然后有诗歌。"②

至于推动这一文化历史过程渐进的真正内在力量,不是别的什么,恰恰就是人类生存活动中的不同层次的需要。马克思主义创始人把人的需要分为生存需要、享受需要和发展需要三个不同层次,"首先必须满足吃、喝、住、穿"的需要,即是生存的需要;在生存中"按照美的规律来塑造"即是享受的需要;要求表

---

① 俞建章、叶舒宪:《符号:语言与艺术》,上海人民出版社,1988年版。
② 刘师培:《中古文学史 论文杂记》,人民文学出版社,1959年版。

现自己全部的体力和脑力的能力机会,"无疑是发展的需要"。恩格斯把上述思想当作马克思毕生最伟大的发现之一,并指出,"正象达尔文发现有机界的规律一样,马克思发现了人类历史的发展规律,即历来的繁茂芜杂的意识形态所掩盖着的一个简单事实:人们首先必须吃、喝、住、穿,然后才能从事政治、科学、艺术、宗教等等"①;而美国著名人格心理学家亚伯拉罕·马斯洛则将人的需要分成生理需要、安全需要、归属需要和爱的需要、尊重需要、自我实现需要共五个层次或等级。其中的生理需要与安全需要即为生存需要,归属需要、爱的需要及尊重需要即为按照"美的规律来塑造"的享受需要,自我实现需要即为发展需要。故而根据人类内在需要的逐步提升,我们可以将中国诗歌起源的文化历史过程大体上划分为受孕期、胚胎期、雏形期、成熟期四个时间段。推动前两期的力量是人的生存需要,推动第三期的力量是人的享受需要,推动第四期的力量是人的发展需要。

(一)诗歌受孕(发轫)期

在原始社会,中国先民们使用自己制造的石器、骨器、竹木器等简陋工具,先从事采集、渔猎的自然性劳动,再发展为种植、畜牧的生产性劳动。无论什么劳动,都必须依靠大家的集体劳作及相互配合才能有所收获和成功。为协同集体劳作,减轻疲劳,像文献中所记载的"举大木者,前呼邪许,后亦应之,此举重劝力之歌也"②之类的口头诗歌便发轫了。其中《吴越春秋》中描述神农、黄帝时代之前的先民们打猎的《弹歌》最为典型生动:"古者人民朴质,饥食鸟兽,渴饮雾露……故歌曰:'断竹,续竹,飞土,逐宍(肉)。'""断竹",即为伐竹;"续竹",即为制作狩猎工具弹弓或弓箭;"飞土",即为以弹丸或石骨镞(统称

---

① 中共中央马克思恩格斯列宁斯大林著作编译局:《马克思恩格斯选集》第三卷,人民出版社,1972年版。
② 刘安:《淮南子·道应训》,上海古籍出版社,1993年版。

土器）弹射猎物；"逐宾"，即为追赶奔跑的猎物。

至于石镞，就考古材料实证而言，在旧石器时代晚期就已出现。如 1973 年，在山西沁水县下川旧石器时代晚期遗址中发掘出土了石器制品上万件，其中有不少石镞，原料大多为燧石，两面一般都经精细压制加工，以圆底较多，有的是平底，微凹底或略起短铤。遗址经碳十四测定，距今约为 23900±1000 年。[①] 在新石器时代的河姆渡遗址亦出土了不少骨镞。西安半坡遗址出土了石镞、骨镞近三百件，还有多件骨角质的鱼叉、鱼钩及石网坠等。另外，在史前岩画中亦有很多狩猎舞、采集舞、农耕舞的场景可作佐证。如在内蒙古磴口县托林沟畔第十四地点第一组岩画画面中间，四人连臂顿足而舞，尾饰长及拖地，上方凿刻一猎人，双腿前压，身子略微后仰，左手持弓，右手拉满弦，助手紧随其后；右上角凿刻一舞者，双手上举呈环状，一猎人左手抓住一动物尾，一猎人张开双臂似欲抓面前一中箭之动物；左上角又凿刻两个系尾饰的舞者。显然这是一幅反映"狩猎舞"内容的岩画。[②]

中国先民们在渔猎农耕劳动中所孕发的协同劳作的口头歌辞，"歌的拍子总是十分精确地适用于这种劳动所持有生产动作的节奏"，并在一定场合下跳起模拟这种劳动生产的狩猎舞、农耕舞，是一种以生存（生理）为目的的需要。

（二）诗歌胚胎（发育）期

中国先民们在生产劳动中一方面既要依赖日、月、风、雨、山川、水火和动植物，另一方面又畏惧旱涝、山火、飓风、地震等自然灾害及凶猛动物、有毒植物，因之就逐渐产生了对包括某些动植物在内的大自然神的观念意象的敬畏与崇拜。即"山川之

[①] 王建等：《下川文化——山西下川遗址调查报告》，《考古学报》，1978 年第 3 期。

[②] 王建平、张春雨主编：《阴山岩画》，上海古籍出版社，2011 年版。

神,则水、旱、病疫之灾,于是乎崇之;日月星辰之神,则雪霜、风、雨之不时,于是乎崇之"①。并逐步发展成祖先(英雄)崇拜和图腾崇拜。于是祈求神鬼的交感巫术亦就随之产生了,它们遂成了巫术仪式和膜拜的对象。巫在《说文解字》中释为:"巫,祝也。女能事无形,用舞降神者也。"从文献记载来看,神农时代的《蜡歌》"土反其宅,水归其壑,昆虫毋作,草木归其泽",就是先民们祈求水土保持,无水灾、虫灾,农作物丰收的祭祀歌辞。

从考古材料看,在湖北天门邓家湾新石器晚期石家河遗址的祭祀区灰坑中,出土了上千件陶塑猪、狗、羊、鸡、龟、鼠等动物和上百件人抱鱼的头戴平顶帽、身着长袍似做祈祷状的跪坐陶塑像,显然是一处大型宗教祭祀活动的中心场所。② 在史前岩画中亦发现不少祭祀巫术舞,如福建华安县仙字潭岩画,共有五组画像分布于东西长约 20.0 米的崖面上,第一组为人祭舞(杀俘祭天),画面左侧为部落首领,形象高大,首领前方为杀俘血祭场面:一个头上饰双羽的外族俘虏身体悬挂在祭杆上,其下是圆形祭台;祭台右侧有一监刑人,左侧有一手舞足蹈、敲击一面铜鼓的巫师,祭台下有一具被劈成两截的尸体,身首分离;左下两边还有两具无头尸体;画面中间还有五个佩剑的武士,或举手腾跃,或旋转而舞。第三组为娱神舞,画面上方为一圆头小舞者,右手高扬,左手甩后,屈膝弓步,正热烈地以舞蹈娱神;舞者下方为巨大的鬼神头像,怪眼圆睁,正张开血盆大口在吞噬一人,上肢已进入鬼神口中,下半身离体,呈屈膝跪拜状,画面下方还隐约可见另一个鬼神脸谱。③

因祭祀巫术仪式上的祭词可说可唱,舞蹈既可单舞,亦能群

---

① 《左传·昭公元年》,上海古籍出版社,1997 年出版。
② 湖北省文物考古研究所:《邓家湾》,文物出版社,2003 年版。
③ 欧潭生、卢美松:《福建华安仙字潭岩画新考》,《考古》,1994 年第 2 期。

舞,且有钟鼓之类的乐器伴奏,较生产劳动中只能唱不能舞,亦无乐器伴奏的简单歌辞而言,这一历史阶段既是原始诗歌从劳动受孕期的单纯口语歌辞发育成祭祀巫术仪式胚胎期的歌、乐、舞混合形态的一种必然进展,亦是先民们祈祷风调雨顺、生产丰收、无病无灾、战争获胜、人丁兴旺,以求得到更好生活的一种以生存(安全)为目的的需要。

(三)诗歌雏形(形成)期

人作为一种高等动物,不同于几乎把一切力量都消耗于维持生命的其他低等动物那样,在满足了最基本的生存需要之后,还有更高层次的需要,即游戏或艺术活动的"按照美的规律来塑造"的娱乐享受的需要。这在人类学成果和传世文献资料、考古材料中都同样可以得到实证。如我国边疆地区的蒙古族,在每年七八月牛羊肥壮的季节都要举办"那达慕"(蒙古语,意为游戏、娱乐)大会,有赛马、射箭、摔跤、歌舞等多项欢庆的习俗活动;云南傣族,每当泼水节或丰收季节,歌舞彻夜不停,素有"谷子黄,傣家狂"之说,有象脚舞、戛光舞等;台湾地区高山族,在每年秋收季节都要举行盛大的"丰年祭"活动,有歌舞、游戏及篝火晚会等,舞时少者三五人,多者数十人或数百人,在乐曲伴奏下欢歌起舞,共娱同乐。又如澳洲当地民众跳的"科罗薄利"和"卡亚罗"舞蹈,都是在举行庆祝活动时的一种模拟动物或男女爱恋、勇士战斗的娱乐性的歌舞游戏活动,即"凡重大事件如果实成熟时,捞获牡蛎时,少年成丁时,邻部修好时,战士出发时,狩猎大获时,都有跳舞会以庆祝它"[①]。

在我国古代文献中,亦有不少先民们模拟鸟兽一类的游戏娱乐性舞蹈的记载,且有陶缶、石磬等打击乐器伴奏。如:"以麋貉冒缶而鼓之……以致百兽舞。"(《吕氏春秋·古乐篇》)"鸟兽

---

① 林惠祥:《文化人类学》,商务印书馆,1991年版。

翔舞，箫韶九成，凤凰来仪，百兽率舞。"(《史记·夏本纪》)而且在《礼记》《淮南子》等典籍中还对模拟鸟兽的游戏娱乐舞作了人性层面的解释："凡人之性，心和欲得则乐，乐斯动，动斯蹈，蹈斯歌，歌斯舞，舞则禽兽跳矣。"① 即大凡人的本性，只要心情平和、欲望（先民们简单的食色两大基本生存欲望）得到满足后则生快乐，快乐则就活动，活动则就踏跳，踏跳则就唱歌，唱歌则就起舞，起舞则就模仿鸟兽跳了啊！

在考古材料中，如前文提到过的青海大通县上孙家寨出土的马家窑文化的舞蹈纹彩陶盆，生动显示出五人一组，每人以鸟羽作头饰，兽尾作尾饰，步伐整齐，摆动一致，连臂踏歌而舞的场景，就是远古先民们欢庆娱乐的"舞则禽兽跳矣"的有力证据。正如有的学者所言："原始舞蹈的内容和形式较为简单，即兴抒发表演，说唱、舞蹈结合……共同劳动，共同消费，所以原始舞蹈多是集体享用的娱乐品。……在新疆呼图壁县西南天山中的康家石门子的一幅巨幅岩画中，有一组9人裸体女性舞蹈像，风格粗犷，形象逼真。"②

原始诗歌逐渐从生产劳动、祭祀巫术仪式的基本生存阶段进入到游戏娱乐的身体和精神（归属需要、爱的需要及尊重需要）双重享受阶段，是一大进步，因为只有到了此时，原始诗歌才形成了诗歌的雏形，才作为一种艺术形态而存在。如新石器晚期的炎、黄、尧、舜时代所出现的《击壤歌》《南风歌》等，在歌辞上已是四言、五言、六言，在语句结构、节奏、用韵上与成熟期的《诗经》中所收集的殷周之际的一些民谣俚歌已相当接近了。

（四）诗歌成熟（成型）期

大禹之子启，废禅让制而建立了夏朝，中国历史进程便从原

---

① 刘安：《淮南子·本经训》，上海古籍出版社，1989年版。
② 刘亦群：《从史前岩画看中国原始舞蹈的艺术特征》，《西安文理学院学报》，2007年第2期。

始社会通过军事民主制建立的酋邦、方国阶段过渡到国家阶段。从1899年起,在河南安阳小屯村殷墟遗址中,先后出土了记录占卜卜辞的甲骨多片,大抵为盘庚迁殷至商纣王被周所灭期间的商王室的部分文献资料。迄今为止,国内外所收藏之有字甲骨达十余万片,单字总数近五千个,已释读且可与《说文解字》收录的小篆相对应的甲骨文近一千字(其实通过考古发掘,在仰韶文化、大汶口文化尤其在河南偃师二里头夏代遗址和河北藁城台西等商代早期遗址中,都出土过一些刻画在陶器上的符号即陶文,其字体古于甲骨文,应是甲骨文之前的夏代甚或早于夏代的符号文字。由于出土不多,又古奥难辨,且无成篇文字,至今未成功释读)。殷商甲骨文是我国现存的可辨文字中最古老的文字。甲骨文发明和使用后,原始诗歌就逐渐从歌、乐、舞三位一体的初级混合形态分离出来,而成为用文字表述的一种相对的独立形态(虽然在较长的一段时间内还摆脱不了与乐、舞的结合形式),亦即从游戏娱乐阶段的雏形期终于迈进了人们发展需要(自我实现)的成熟期(文字诗歌)而呱呱坠地了。

　　如在甲骨文中已出现了不少有韵之文和歌谣的记载,有的甚至相当成熟。试以《卜辞通纂》375为例:"癸卯卜,今日雨。其自西来雨?其自东来雨?其自北来雨?其自南来雨?"其与汉代民歌《江南》的"江南可采莲,莲叶何田田。鱼戏莲叶东,鱼戏莲叶西,鱼戏莲叶南,鱼戏莲叶北"相较,在句式的五言、结构、节律上何其相似乃尔!到了春秋末期,经孔子删定的我国第一部上自殷周之际、下迄春秋中期的诗歌总集——《诗经》的问世,表明中国的诗歌已经正式独立和成型。再经战国、秦汉、魏晋南北朝至隋唐宋元的文人学士和民间艺人们的不断努力,在表现自己全部能力的机会即实现自我价值的发展需要的驱动下,亦即在楚辞、汉乐府、古诗的基础上,中国诗歌发展出了唐诗,并在此基础上孕育出了宋词、元曲,从而标志着中国诗歌从成熟期进入了鼎盛期。

综上所述，中国诗歌的起源是一个较为漫长的文化历史过程，是通过先民们内在需要而逐步推动提升的：受孕于生产实践的生存需要——集体劳动中协同劳作的口头歌辞的发轫，胚胎于敬畏神灵的生存需要——祭祀巫术仪式中歌、乐、舞混合体的发育，雏形于"按照美的规律来塑造"的身体精神的双重享受需要——游戏娱乐中歌、乐、舞三位一体的艺术形态的形成，成熟于人们表现自己全部能力机会的发展需要——文学创作活动中汉字诗歌的成型与独立。

第二节　中国诗歌声韵的产生

一、远古诗歌（韵文）

中国远古诗歌起源于歌、乐、舞三位一体的混合艺术形态，前期基本上为口头歌辞，出现了一些较为成熟的即正式诗歌前的歌谣俚曲以及韵律节奏感较强的韵文。这在中国早期文字甲骨文和商周金文中、《易经》的分卦爻辞中、《易经》外的其他先秦典籍中，皆可爬梳寻觅到一些踪迹。

（一）甲骨文

甲骨文大多为占卜之辞，其中有一些已具有明显诗歌雏形的卜辞，从其内容、语句、节奏、韵律来看，极有可能是进行占卜祈祷时所引用的民间歌谣。试举五例如下。

1. 自旦至食日不雨？食日至中日不雨？[①]
2. 丙寅卜，允贞：翌日卯，王其爻，不遘雨？[②]

[①] 《小屯南地甲骨》42，中国社会科学院考古研究所编：《小屯南地甲骨》，中华书局，1983年版。

[②] 《甲骨文合集》12570，郭沫若主编：《甲骨文合集》，中华书局，1978—1982年版。

3. 东方曰折风曰协，南方曰夹风曰微，西方曰夷风曰彝，北方曰伏风曰䨟。①

4. 癸卯卜，今日雨。其自西来雨？其自东来雨？其自北来雨？其自南来雨？②

5. 帝令雨足年，帝令雨弗足年。③

（二）金文

金文亦称钟鼎文，是铸造或錾刻在青铜器上的铭文，主要是西周以后的。商代前期的青铜器均无铭文，即使到了后期（盘庚迁殷后），带铭文的青铜器数量仍然不多，字数亦较少，一般一件只有一两个铭文，最多者只有三四十个铭文，几无韵文。如以字数在三十以上较有代表性的商代末期的青铜器宰椃角铭文为例，即可窥豹一斑："庚申，王在东间。王格，宰椃从，锡贝五朋，用作父丁尊彝。在六月，隹王廿祀翌又五。"进入两周，带铭文的铜器大增，百字以上的颇为多见，最多的毛公鼎铭文竟达499字。而且铭文中的韵文亦屡见不鲜。两周金文在格式、句法、用词甚至节奏上仍沿袭殷商，可谓一脉相承。故两周金文中的韵文对探讨远古诗歌的产生及其声韵仍有重要价值。试举五例如下：

1. 兮吉父作䵼宝簠，其万年无疆，子子孙孙，永宝永享。④

2. 牧拜稽首，敢对扬王丕显休，用作朕皇文考益伯宝尊簋。牧其万年寿考，子子孙孙用宝。⑤

---

① 《甲骨文合集》14294，郭沫若主编：《甲骨文合集》，中华书局，1978—1982年版。
② 《卜辞通纂》375，郭沫若：《卜辞通纂》，《郭沫若全集·考古编》第2卷，科学出版社，2002年版。
③ 《殷墟书契前编》一，五〇，一，罗振玉：《殷墟书契前编》，民国元年（1912）刊本。
④ 《兮吉父簠》，见《西清古鉴》，上海书店出版社，2011年版。
⑤ 西周牧簋铭文。

3. 池池熙熙，男女无期。子子孙孙，用保用之。①

4. 作其征盨，其阴其阳，以征以行，趩眉寿无疆，庆其以藏。②

5. 工大（敔太）子姑发反，自乍（作）元用……余处江之阳，至于南行西行。③

(三)《易经》

《易经》是殷周之际的一部有关《易》道的重要历史文献，后列为五经之首。《易》有八卦，重为六十四卦，每卦六爻，共三百八十四爻。卦爻各有释辞，其中的一些卦爻辞较甲骨文卜辞更有鲜明的节奏韵律。试举五例如下。

1. 描述装饰素美、乘白马的佳男，前来女方家聘婚的情形：

贲如，皤如，白马翰如。匪寇，婚媾。④

2. 描写鼎折断了脚，倾倒了王公的美食，鼎身被濡龊的尴尬场景：

鼎折足，覆公餗，其形渥。⑤

3. 揭露丈夫远征不回，妻子失贞怀孕，却无颜生育的夫妇生活失调的残酷现实：

鸿渐于陆，夫征不复，妇孕不育。⑥

4. 用枯杨生枝芽，比喻老夫娶少妻的婚姻利好状况：

枯杨生稊，老夫得其女妻，无不利。⑦

---

① 东周庆叔匜铭文。
② 东周曩伯子㝬父盨铭文。
③ 东周吴太子诸樊剑铭文。
④ 《贲》卦六四，见楼宇烈：《王弼集校释》，中华书局，1980年版。
⑤ 《鼎》卦九四，见楼宇烈：《王弼集校释》，中华书局，1980年版。
⑥ 《渐》卦九三，见楼宇烈：《王弼集校释》，中华书局，1980年版。
⑦ 《大过》卦九二，见楼宇烈：《王弼集校释》，中华书局，1980年版。

5. 用女捧筐而无物可盛，男杀羊不见血来说明，归妹（嫁出少女）无利：

女承筐，无实。士刲羊，无血。①

（四）《易经》外先秦的其他典籍

除《易经》外，我国先秦的其他典籍中，散布着一些零星的远古时代的歌辞俚谣。但因一则年代久远，数量很少；二则可能有后人伪作搀入，故真实可靠者就更稀缺。通过古今学者的收罗考证，以下五首大抵可信：

1. 神农、黄帝时代之前的《弹歌》：

断竹，续竹，飞土，逐宍（肉）。②

2. 神农时代的《蜡辞》：

土反其宅，水归其壑，昆虫毋作，草木归其泽。③

3. 有焱氏（神农氏）自己作的《颂》：

听之不闻其声，视之不见其形，充满天地，苞裹六极。④

4. 唐尧时代的《击壤歌》：

日出而作，日入而息，凿井而饮，耕田而食，帝力于我何有哉！⑤

5. 虞舜时代的《南风歌》：

南风之薰兮，可以解吾民之愠兮。南风之时兮，可以阜吾民之财兮。⑥

---

① 《归妹》卦上六，见楼宇烈：《王弼集校释》，中华书局，1980年版。
② 赵晔：《吴越春秋·勾践阴谋外传》，江苏古籍出版社，1986年版。
③ 《礼记·郊特牲》，上海古籍出版社，2016年版。
④ 《庄子·天运》，上海古籍出版社，1995年版。
⑤ 皇甫谧：《帝王世纪》第二，商务印书馆，1936年版。
⑥ 王肃：《孔子家语·辩乐解》，上海古籍出版社，1990年版。

二、利用出土文献对殷商音系的探究

中国汉语上古古音之前的古音,一般称之为远古古音(亦有学者名之为上古前期古音)。就远古古音研究与上古古音研究相较而言,差距甚大。因上古音从汉代的郑玄、刘熙起就已关注到其与今音的异同。至宋代,在吴棫、郑庠等人的努力下,上古音学研究开始起步。到了清代,通过顾炎武、江有诰等人的潜心考订,上古古音的研究取得了非凡成就,其韵部的划分基本完成;而远古古音,由于研究材料过少,尤其缺乏像上古阶段的《诗经》《楚辞》等传世的书面文献,故对远古古音的研究自汉迄清基本上是处于空白的状态。直至1917年王国维的《两周金石文韵读》问世,利用甲骨文、金文等出土文献(文字材料)研究远古古音的论著方渐出现。特别是20世纪80年代以来,从甲骨文、金文中的谐音、通假、韵脚字等去考订远古殷商音系的研究亦日露头角,其中较具代表性的成果有以下一些。

(一)赵诚的《商代音系探索》①

中华书局编审赵诚是最早将甲骨文文字材料用于商代语言探研的学者,他在该文中开宗明义地说道:"真正的商代文献保存到今天的只有甲骨刻辞和为数不多的铜器铭文,所以探索商代音系基本上只能依靠甲骨文字的同音借用和谐声关系。"他认为:在"关于声"的方面,商代清声和浊声不分,"如凤字,卜辞或用为凤凰之凤,或借为风,可见凤风同音。而《广韵》声系风为非母,属清声,风为奉母,属浊声",无舌擦音。商代某些字的音读是多音节即两个音节的,有两个辅音两个元音;在"关于韵"的方面,阴声韵和入声韵不分,如在甲骨文里,"退、内、入、芮、六同音。《广韵》声系退、内属队韵,芮属祭韵,均为

---

① 赵诚:《音韵学研究》第一辑,中华书局,1984年版。

阴声韵。入属缉韵，六属屋韵，均为入声"。阳声韵和入声韵亦不分，如在甲骨文里，"音、言同字，而亿以言为声，当同音。后世音属侵韵为阳声，言亦为阳声。亿属职韵，为入声"。一般都是阴入、阳入相掺，"由此很容易看出商代没有入声"，"商代的阳声韵很可能是一种鼻化元音"。在"关于声"的方面，"商代似乎不分四声……韵部划分比周秦古音为少"。

（二）陈震寰的《上古前期声韵概貌》①

音韵学家陈震寰的研究态度是"上古前期音系的研究刚刚起步……为慎重起见我们只能采用殷商甲骨文的材料，因为这是能够确定时空界限最可靠的材料"。他将学术界公认的 431 个甲骨文形声字、部分假借字及早期金文中的形声字、假借字作为基本材料，整理出甲骨文谐声字"韵母关系统计表"和"声母关系统计表"，再依据两表得出几点结论：(1)"上古后期三十一韵部的轮廓在上古前期已经大体具备了"，亦就是说上古前期（殷商时期）已大体上可划分 31 个韵部，即"被谐字以同部为主谐字超过百分之五十的有幽、觉、冬、侯、屋、东（钟）、宵、药、鱼、铎、阳、之、职、蒸、微、文、缉、侵、锡、耕、脂、歌、月、元、谈等二十五部，百分之五十以下的只有江、物、支、质、真、盍等六部"。(2)"上古前期已经存在着阴、阳、入三类韵母，而且阴、入两类差别明显。"入声韵尾可能不分［-p］［-t］［-k］三类，"入尾合一是完全可能的"。(3) 殷商时期有 17 个声母：帮、並（滂）、明、端（章）、余（透、定、昌、船）、泥（日）、来、精（庄）、从（清、初、崇）、心（生、书）、邪（禅）、见（溪）、群、疑、匣、晓、影。"这十七个声母是只凭谐声关系说的，我们本来就主张同谐声者未必同声，因此，实际声母数完全可能多于十七。"

---

① 陈震寰：《音韵学》，湖南人民出版社，1986 年版。

（三）陈代兴的《殷墟甲骨刻辞音系研究》①

史学博士陈代兴首先将已识的九百余个甲骨文字分别置于一个以传统 41 声类为经和以王力所分 30 韵部为纬的表格中，一个个标出其中古时代的声、韵、等、呼。接着把已经确认的通假字和有语音关联的关系字，从唐宋往上溯至周秦，并分别列表说明。然后再依据这两个表来考求和得出殷商的语音系统：（1）声母：单声母 17 个——帮、並、明、端、定、泥、来、精、从、心、邪、见、群、疑、晓、匣、影，复辅音声母 10 个——[kd] [hd] [kI] [hI] [ŋI] [pI] [mI] [pd] [ph] [mh]。（2）韵部 5 类 15 部——之、蒸、幽、侯、东、鱼、阳、耕、歌、月、元、真、文、缉叶、侵谈。（3）声调：无平、上、去、入四个声调。

（四）何九盈的《商代复辅声母》②

古汉语学家兼音韵学家何九盈以商代甲骨文中足以说明复辅音形态特征的资料为基础，再辅以后世文献资料和语言资料中的相关材料作为佐证，来研究商代的语音。用他自己的话来说："殷商卜辞中有哪些材料可以用来证明复辅音声母的存在呢?"其方法如下。（1）同源分化。卜辞"令"与"命"同字，金文从"令"分化出一个"命"字，命从令得声，二字同源。在商代"令"的声母应为 [mr]。（2）同音假借。卜辞假"各"为"落"，"各日"即"落日"。（3）同字异读。（4）谐声交替。（5）方言转语。（6）经传异文。卜辞中商代开国之君汤的庙号为"乙"，《论语》《墨子》作"履"。"乙""履"音通，其声母为复辅音。（7）经籍旧音。亦即将以上两种材料结合起来，对商代的

---

① 陈代兴：《殷墟甲骨刻辞音系研究》，载《甲骨语言研讨会论文集》，华中师范大学出版社，1993 年版。
② 何九盈：《商代复辅声母》，载《第一届国际先秦汉语语法研讨会论文集》，岳麓书社，1994 年版。

复辅音声母进行了全面拟测,从而"根据初步研究,我们认为商代音系构拟了 32 个复音声母,分为四种类型",即(甲)清擦音 s 和其他的结合,(乙)带 I/y 的复辅音声母,(丙)章组与舌根音相同,(丁)其他。

(五)管燮初的《从甲骨文的谐声字看殷商语言声类》①

社科院语言研究所研究员管燮初分析了甲骨文中的已识谐声字 448 个,参照《从〈说文〉中的谐声字看上古汉语声类》的办法,得出殷商声母有 34 个:帮、滂、並、明、端甲(端知)、透甲(透彻)、定甲(定澄)、泥甲(泥)、来、以(以1)、端乙(章2)、透乙(昌2)、定乙(船2、书2)、泥乙(日2)、精(精庄)、清(清初)、从(从崇)、心(心生)、邪甲(邪母)、邪乙(以2)、章(章1)、昌(昌1)、船(船1)、书(书1)、禅(禅1)、日(日1)、见、溪、群、疑、晓、匣(匣云2)、影、云(云1)。韵母有 22 个:之、蒸、幽、中、宵、侯、东、鱼、阳、佳、耕、歌、祭、元、微、文、脂、真、叶、谈、缉、侵。这个声类系统和用同样方法分析《说文》谐声字所得上古音声类基本相同。

(六)余迺永、郭锡良的金文音系研究

最早研究金文音系的是我国台湾学者余迺永,其在《西周金文音系考》②中涉及金文韵读 130 器,辑录可确知音义的金文 1894 字。他的做法是先考诸家之说,定下框架,再填金文,不合者再予以说明,以此制成《西周金文音韵表》,从而认为西周金文声母为 26 个,韵母共分 35 韵部,声调为平、上、去、入。北京大学中文系教授郭锡良依据《汉语古文字字形表》"西周"一栏新增金文录出 672 字,审定它们在《诗经》音系中的地位,

---

① 管燮初:《从甲骨文的谐声字看殷商语言声类》,载《古文字研究》(第 21 辑),中华书局,2001 年版。
② 余迺永:《西周金文音系考》,台湾师范大学博士论文,1980 年。

并同殷商甲骨、金文的分布情况做对比，从而得出西周金文的声母系统已由殷商音系的 19 个声母演变成 27 个，比较接近《诗经》音系的声母系统。西周金文的韵母系统已由殷商音系的开合各二等演变成《诗经》音系的开合各四等。西周金文声调系统应与《诗经》音系相同，阴声韵、阳声韵应有三个声调，入声韵应有两个声调的结论。①

（七）罗江文、陈仕益的金文押韵研究

云南大学中文系教授罗江文在《两周金文用韵初探》等多篇论文中将两周金文与《诗经》进行用韵比较研究，得出了金文押韵较为稀疏，一般有换韵、交韵和抱韵三种，绝大部分是押句尾韵，以及金文用韵和《诗经》用韵大体相似的结论。乐山师范学院中文系副教授陈仕益在《郭沫若两周金文韵读补论》一文中，在郭氏研究的基础上对 220 篇未标的金文韵读就行标注，归纳出金文押韵的类型有全文置韵、句中韵、交韵和抱韵、高频韵部等。且高频韵部为幽、阳、之、鱼，其原因是金文中的祝嘏辞如称颂王、自求万寿无疆、子子孙孙永保永享之类的韵文较多，就形成了押"阳"韵部的频率较高的现象。

三、远古诗歌声韵的初始形成

利用出土文献对远古殷商音系的探研虽然取得了一定成果，但汉字不是字母文字，欲考证一个字在甲骨文、金文里读什么音，只能依靠谐声偏旁和通假资料提供线索，而其材料却相当有限。如甲骨文，犹如音韵学家唐作藩在《汉语语音史教程》中所指出的："已出土了上千万字的龟角兽骨材料，共约有三千多字。经过古文字学家考释，已释读的只一千几百个……形声字也不

---

① 郭锡良：《西周金文音系初探》，载《国学研究》第二卷，北京大学出版社，1994 年版。

多，约占百分之三十。"而且各家对甲骨文的考释还存在歧见，研究方法又各不相同；又如金文，殷商铜器铭文数量太少，只能从两周金文中加以考释推究，而金文多为散文，少量韵文又程式化严重，各家所据资料和研究方法亦不相同。迄今为止，对远古殷商音系的研究只能说尚还处于探索阶段。

　　正因如此，以上所列举的诸家研究多多少少都存在着一些问题，试举两例：如赵诚认为"甲骨文字所表示的韵读，则清浊不分"，其实远古人最早发出的是喉音，接着的是鼻音，然后会发与鼻音同部位的塞音，再发与塞音同部位的擦音等，是一个从少到多，从混浊到清晰的古音发生发展过程。故而在远古的殷商时期，全浊（并）、次浊（明）、全清（帮）、次清（滂）已基本具备，不可能清浊不分。赵诚只凭少数几个字例就得出这样的研究结论，未免有些以偏概全；又如余廼永的研究方法是先考诸家之说，拟出一套音系即先定下框架，再用它去套（填）金文，而不是从西周金文材料中考订总结出西周金文音系，显然有悖科学。正如另一位音韵学家陈震寰在其《上古前期声韵概貌》中所说的：甲骨文中"可以确认为形声字的约四百五十个。这四百五十个甲骨文形声字，再加上能够定其音义的部分假借字以及早期金文中的形声字、假借字，这就是我们了解上古前期声韵面貌的基本材料依据。在这样单薄的基础上，所做出的任何结论，都只能是一种蠡测"。

　　尽管如此，甲骨文、金文毕竟是研究殷商音系的最直接、最可靠的第一手书面材料，通过一些学者的考订研究，殷商时期的音系已初步形成：声母在 17 个至 34 个之间；韵部在 15 个至 31 个之间；声调有四声，但无后世那样明显的平、上、去、入之别。虽然其中的一些结论有推测成分，诸家所得出的声母、韵部的数量具有一定差异，甚至还存在歧见与舛误，即所形成的殷商音系可能还远未成熟，但仍不失为目前探索研究中国远古诗歌声韵的重要基础和依据。笔者试在前文所列举的从原始社会至夏商时期的远古诗歌（或韵文）材料的基础上做如下考析。

（一）远古诗歌（韵文）的句式

1. 甲骨文

从甲骨文卜辞来看，在句式构型上有三言（《甲骨文合集》12570）、五言（《卜辞通纂》375）、六言（《殷墟书契前编》一、五〇，一中有六言句）、七言（《甲骨文合集》14294）。

2. 金文

从金文来看，在句式构型上有四言（《庆叔匜》）、五言（《兮吉父簋》中有五言句）、六言（《吴太子诸樊剑》中有六言句）、七言（《牧簋》中有七言句）。

3. 《易经》

从《易经》卦爻辞来看，在句式构型上有二言（《贲》卦六四）、三言（《鼎》卦九四）、四言（《渐》卦九三）、六言（《大过》卦九二中有六言句）。

4. 《易经》外的其他先秦典籍

从《易经》外的其他先秦典籍中所零星记载的远古歌辞歌谣来看，其句式构型有二言（《弹歌》）、四言（《击壤歌》）、五言（《蜡辞》中有五言句）、六言（《颂》中有六言句）、七言或八言（《南风歌》中若去语气助字"兮"字则为七言，不去"兮"字则为八言）。

（二）远古诗歌（韵文）的节奏

远古诗歌的节奏即长音与短音的相互交错以及强音与弱音的相互配合的音节结构构成，虽然没有后世诗歌那么鲜明严整，但亦大体具备。

1. 二言

二言的音节结构一般两字构成一个节奏。如"断竹，续竹，飞土，逐宍（肉）"（《弹歌》）。

2. 三言

三言的音节结构一般为"一二"式或"二一"式两个节奏。前者如"女/承筐,无实。士/刲羊,无血"(《归妹》卦上六);后者如"翌日/卯,王其/爻,不遘/雨"(《甲骨文合集》1257);亦有两种节奏混合的,如"鼎/折足,覆公/餗,其形/渥"(《鼎》卦九四)。

3. 四言

四言的音节结构一般为"二二"式,亦有"一三"式两个节奏。前者如"日出/而作,日入/而息,凿井/而饮,耕田/而食"(《击壤歌》),后者如"鸿/渐于陆"(《渐》卦九三)。

4. 五言

五言的音节结构一般为"二二一"式或"二一二"式,亦有"一二二"式三个节奏。前者如"其自/西来/雨? 其自/东来/雨? 其自/北来/雨? 其自/南来/雨?"(《卜辞通纂》375),中者如"草木/归/其泽"(《蜡辞》),后者如"其/万年/无疆"(《兮吉父簋》)。

5. 六言

六言的音节结构一般为"二二二"式三个节奏,亦有"三三"式两个节奏。前者如"听之/不闻/其声,视之/不见/其形"(《颂》),后者如"帝令雨/弗足年"(《殷墟书契前编》一,五〇,一)。

6. 七言

七言的音节结构一般为"二二一二"式或"二一二二"式四个节奏。前者如"东方/曰折/风/曰协,南方/曰夹/风/曰微,西方/曰夷/风/曰彝,北方/曰伏/风/曰霾"(《甲骨文合集》14294);后者如"自旦/至/食日/不雨? 食日/至/中日/不雨?"(《小屯南地甲骨》42);亦有个别特例,如西周牧簋铭文中的七言句"敢对扬王丕显休",是吉金中常见的表示敬重的礼仪性习

33

见语——"对扬王休"的一种表示方式,可分为"三一二一"共四个节奏,即"敢对扬/王/丕显/休"。

7. 八言

八言的音节结构在前文的例辞中只有《南风歌》中的两句,其既可为"三三二"式三个节奏,即"可以解/吾民之/愠兮……可以阜/吾民之/财兮";亦可为"二一二一二"式五个节奏,即"可以/解/吾民之/愠兮……可以/阜/吾民之/财兮"。

(三)远古诗歌(韵文)的音韵

远古诗歌的音韵可通过以上根据甲骨文所考订出的殷商音系为依据,还可以用根据两周金文考订出的周代音系(与《诗经》音系大体相似)作为参照。虽然远古诗歌的音韵尚属初始形成阶段,但已大体成型。

1. 甲骨文

(1)《小屯南地甲骨》42:"自旦至食日不雨?食日至中日不雨?"其为句句韵。韵脚字两个"雨",为阴声韵鱼部同字相押。

(2)《甲骨文合集》12570:"翌日卯,王其爻,不遘雨?"其为句句韵。韵脚字"卯"为阴声韵幽部,"爻"为阴声韵宵部,"雨"为阴声韵鱼部,即阴声和阴声旁转押韵。

(3)《甲骨文合集》14294:"东方曰折风曰协,南方曰夹风曰微,西方曰夷风曰彝,北方曰伏风曰霾。"其为句句韵又加句内韵。句内韵为每句第四字与第七字在句内相押:第一句"折"为入声韵月部,"协"为入声韵盍部,即入声和入声旁转押韵;第二句"夹"为入声韵盍部,"微"为阴声韵微部,即阴声入声对转押韵;第三句"夷""彝"同为阴声韵脂部相押;第四句"伏"为入声韵职部,"霾"为阴声韵之部,即阴声入声对转押韵。句句韵为四句的韵脚字"协""微""彝""霾",它们分别为入声韵盍部、阴声韵微部、阴声韵脂部、阴声韵之部,即三个阴声一个入声之间旁对转押韵。

(4)《卜辞通纂》375:"其自西来雨?其自东来雨?其自北来雨?其自南来雨?"其为句句韵。韵脚字四个"雨",为阴声韵鱼部同字相押。

(5)《殷墟书契前编》一,五〇,一:"帝令雨足年,帝令雨弗足年。"其为句句韵。韵脚字两个"年",为阳声韵阳部同字相押。

2. 金文

(1)《兮吉父簋》:"兮吉父作知宝簋,其万年无疆,子子孙孙,永保永享。"其为偶句韵。韵脚字"疆""享",同为阳声韵阳部相押。

(2)《牧簋》:"牧拜稽首,敢对扬王丕显休,用作朕皇文考益伯宝尊簋。牧其万年寿考,子子孙孙用宝。"其为句句韵。韵脚字"首""休""簋""考""宝",同为阴声韵幽部相押。

(3)《庆叔匜》:"池池熙熙,男女无期,子子孙孙,用保用之。"其为首句入韵的偶句韵。韵脚字"熙"为阴声韵支部,"期""之"为阴声韵之部,即阴声和阴声旁转押韵。

(4)《曩伯子宎父盨》:"其阴其阳,以征以行,割眉寿无疆,庆其以藏。"其为句句韵。韵脚字"阳""行""疆""藏",同为阳声韵阳部相押。

(5)《吴太子诸樊剑》:"余处江之阳,至于南行西行。"其为句句韵。韵脚字"阳""行",同为阳声韵阳部相押。

3.《易经》

(1)《贲》卦六四:"贲如,皤如,白马翰如。匪寇,婚媾。"其为句句韵。韵脚字"如"为阴声韵鱼部,"寇""媾"为阴声韵侯部,即阴声和阴声旁转押韵。

(2)《鼎》卦九四:"鼎折足,覆公𬯎,其形渥。"其为句句韵。韵脚字"足""渥"为入声韵屋部,"𬯎"为入声韵觉部,即入声和入声旁转押韵。

(3)《渐》卦九三："鸿渐于陆，夫征不复，妇孕不育。"其为句句韵。韵脚字"陆""复""育"，同为入声韵觉部相押。

(4)《大过》卦九二："枯杨生稊，老夫得其女妻，无不利。"其为句句韵。韵脚字"稊""妻"为阴声韵脂部，"利"为入声韵质部，即阴声入声对转押韵。

(5)《归妹》卦上六："女承筐，无实。士刲羊，无血。"其为隔句韵。一、三句韵脚字"筐""羊"，同为阳声韵阳部相押；二、四句韵脚字"实""血"，同为入声韵质部相押。

4.《易经》外的先秦其他典籍

(1)《弹歌》："断竹，续竹，飞土，逐宍（肉）。"其为句句韵。韵脚字"竹""宍"为入声韵觉部，"土"为阴声韵鱼部，即阴声入声对转押韵。

(2)《蜡辞》："土反其宅，水归其壑，昆虫毋作，草木归其泽。"其为句句韵。韵脚字"宅""壑""作""泽"同为入声韵铎部相押。

(3)《颂》："听之不闻其声，视之不见其形。充满天地，苞裹六极。"其为前后双句韵。前双句韵脚字"声""形"同为阳声韵耕部相押；后双句韵脚字"地"为阴声韵歌部，"极"为入声韵职部，即阴声入声对转押韵。

(4)《击壤歌》："日出而作，日入而息，凿井而饮，耕田而食，帝力于我何有哉！"其为句句韵。韵脚字"作"为入声韵铎部，"息""食"为入声韵职部，"饮"为阳声韵侵部，"哉"为阴声韵之部。其中既有"作"与"息""食"的入声和入声的旁转押韵及"饮"与"哉"的阳声、阴声对转押韵，还有五个韵脚字之间的阴声、阳声、入声的旁对转押韵，从而相互押韵。

(5)《南风歌》："南风之薰兮，可以解吾民之愠兮。南风之时兮，可以阜民之财兮。"其为韵脚加语气助字"兮"的句句韵。韵脚字"薰""愠"为阳声韵文部，"时""财"为阴声韵之部，即阴声阳声对转押韵。

(四)远古诗歌(韵文)的声调

所谓诗歌声调,是指诗歌音节中语音(具体为字音)高低不同的变化——主要是元音高低、升降、轻重、长短的变化,因此严格地说,它只是诗歌的"字调",而不是诗歌的"句调"或"语调"。按调类即诗歌声调分类,有平声、上声、去声、入声四个调类。

由于声调的分类正式形成于中古南朝齐永明时期,历代学者对已具备传世书面材料的上古诗歌(如《诗经》《楚辞》)的声调仍歧见纷呈,莫衷一是:如有的认为上古诗歌无平、上、去、入四声,有的认为已有四声,有的认为虽有四声但可并用,有的认为只有平、上、入而无去声,有的认为有平、上、去而无入声,有的认为只有平、入而无去、上声,等等。香港科技大学著名语言学家丁邦新教授感叹道:"我们现在做的东西,在中古的四声以前,好像没有任何的资料,可以让我们把握从前四声究竟是什么样子。"[①] 中古之前的上古阶段尚且如此,那么对于资料更为稀缺的远古阶段的诗歌声调的研究,肯定会愈加艰困和难以把握。

不过到了晚清,史学家兼音韵学家夏燮通过对《诗经》《楚辞》《尚书》《易经》等上古书面材料的研究,从三个方面证实了上古已有四声。著名音韵学家中国音韵学研究会原名誉会长周祖谟教授对此曾有过专门介绍:"至道光二十年(西元1840年),当涂夏燮(嗛甫)为《述韵》,始道其详。撮要言之,约有三证(见卷四):一、古人之诗,一章连用五韵六韵以至十余韵者,有时同属一声,其平与平、入连用者固多,而上与上,去与去连用者亦屡见不鲜,若古无四声,何以四声不相杂协?二、诗中一篇一章之内,其用韵往往同为一部,而四声分用不乱,无容侵越,

---

① 丁邦新:《音韵学讲义》,北京大学出版社,2015年版。

若古无四声,何以有此?……三、同为一字,其分见于数章者,声调并同,不与他类杂协,是古人一字之声调大致有定。苟无四声,则不能不有出入矣。"① 此三证一出,上古有四声几为近现代学者所首肯。

当代音韵学者运用现代统计方法,对上古书面材料进行了较为科学的分类统计研究,更进一步得出了上古阶段四声实已具备的结论。如华东师范大学中文系教授史存直对《诗经》的四声进行了分类统计:一部《诗经》305篇,1141章,共有1679个押韵单位。四声分押的押韵单位有平声114个、上声284个、去声135个、入声三种韵尾合计247个,共计是1380个,在全部押韵单位中所占的百分比竟达到了82.2%。可见汉语在上古不但有声调,而且调类大约是平、上、去、入四类,实际上和中古《广韵》的声调系统并没有什么不同。② 又如陕西师范大学文学院教授胡安顺以朱骏声的《说文通训定声》为材料依据,对《说文》的谐声关系进行了以主谐字为平、上、去、入的形声字的声调分类统计,得出了同调相谐者与异调相谐者之间的比例关系,即平、上、去、入四声同调(平与平、上与上、去与去、入与入)相谐者为1236个,异调(平与上、平与去、平与入、上与去、上与入、去与入)互谐者为1167个,虽然不及《诗经》用韵中同调相押与异调相押的比差大,但足以说明《说文》中同调相谐已占主流地位,从而从谐声角度揭示了上古平、上、去、入四声的存在。③

由上可见,随着时间的推移和研究方法的改进及研究的精细深入,学者们对上古阶段诗歌声调已具备四声的观点或见解已逐渐趋同。这无疑对远古诗歌声调的研究产生了直接而重要的影

---

① 周祖谟:《古音有无上去二声辩》,载《问学集》(上册),中华书局,1966年版。
② 史存直:《汉语语音史纲要》,商务印书馆,1981年版。
③ 胡安顺:《音韵学通论》,中华书局,2003年版。

响。因为一则，从时间上远古阶段与上古阶段最为接近，上古声调应为远古声调最近距离的参照；二则，出土的书面语言材料如甲骨文、金文的声韵与《说文》谐声字声类、《诗经》声韵大体相同。有不少学者如管燮初认为殷商甲骨文已识谐声字声类系统和用同样方法分析《说文》谐声字所得上古音声类基本相同；余迺永认为金文声调有平、上、去、入四声；郭锡良认为金文声调系统应与《诗经》音系相同，等等。试举前文所载甲骨文与金文的韵文各二例如下。

1. 甲骨文

（1）《甲骨文合集》12570：韵脚字"卯"，属幽部肴韵上声；"爻"，属宵部肴韵平声；"雨"，属鱼部虞韵上声。为平、上声通押。

（2）《甲骨文合集》14294：韵脚字"协"，属盍部帖韵入声；"微"，属微部微韵平声；"彝"，属脂部脂韵平声；"霾"，属之部哈韵平声。为平、入声通押。

2. 金文

（1）兮吉父簋铭文：韵脚字"疆"，属阳部阳韵平声；"享"，属阳部阳韵上声。为平、上声通押。

（2）牧簋铭文：韵脚字"首"，属幽部尤韵上声；"休""簋"，同属幽部尤韵平声；"考""宝"，同属幽部豪韵上声。为平上声通押。

虽然从甲骨文、金文的韵文（或诗歌）考证分析中可看出远古已有声调存在，似乎亦具备了四声，但它的存在是建立在"上古已有四声""甲骨文谐声字与《说文》谐声字的上古音声类基本相同"以及"金文声调系统应与《诗经》音系相同"的有着一定假设推断成分在内的前提基础之上的，而且在声调上还较混杂（平、上声，平、入声可通押），其具体的四声面目还不是很清晰。所以，在远古声韵材料奇缺的情况下，这些初步的研究只能是一种管窥蠡测性的探索。

第二章 上古阶段：以《诗经》音为代表的两周至两汉的诗歌声韵

第一节 上古诗歌与雅言

一、上古诗歌

中国诗歌经远古阶段起源的发轫、发育、形成，至上古阶段的两周已进入成熟期。其最重要的标志就是我国第一部诗歌总集——《诗经》的诞生，接着的是《楚辞》的问世以及后继的汉乐府、古诗、汉赋的陆续出现。

（一）《诗经》

《诗经》的作者大部分已无法考证，除周王朝乐官制作的和公卿士人进献的乐歌外，尚有许多流传于民间的歌谣。据《汉书·食货志》载：周朝时"孟春之月，群居者将散。行人振木铎徇于路，以采诗，献之太师，比其音律，以闻于天子"。故《诗经》相传为西周宣王时的太师兼诗人尹吉甫所采编。又据史载："古者《诗》三千余篇，及至孔子，去其重，取可施于礼义……三百五篇孔子皆弦歌之，以求合《韶》《武》《雅》《颂》之音。"[①] 即《诗经》至春秋末期，为孔子所删定。《诗经》经秦火后，至汉复传，传《诗》者有齐人辕固生之《齐诗》、鲁人申培之《鲁诗》、燕人韩婴之《韩诗》、鲁人毛亨之《毛诗》共四

---

① 司马迁：《史记·孔子世家》，中华书局，1959年版。

家,各家解《诗》多有不同。自东汉郑玄因《毛传》作笺后,《毛诗》独兴,另三家逐渐式微而亡佚(《韩诗》尚有遗文),流传于今的《诗经》即为毛亨所传。

《诗经》是中国最早的诗歌总集,时间跨度从殷周之际至春秋中叶(公元前11世纪至前6世纪)的五六百年间,覆盖地域以黄河流域为中心,南至长江北岸,遍布于陕、甘、晋、冀、豫、鲁、皖、鄂等地。《诗经》共收诗311篇,其中6篇为笙诗,仅有标题而无内容,实际只有305篇,习惯称之为"诗三百"。其按音乐可分为"风""雅""颂"三部分,即宋代郑樵所言的:"风土之言曰风,朝廷之言曰雅,宗庙之言曰颂。"(《通志序》)《风》包括周南、召南、邶、鄘、卫、王、郑、齐、魏、唐、秦、陈、桧、曹、豳等十五"国风"共160篇。就内容而言,大多为各诸侯国的土风歌谣即民歌,作者大多为民间歌手(亦有个别贵族),富有地方色彩,是《诗经》中的精华部分。"雅"为周王畿的乐歌,周人称该地区为夏,"夏""雅"通用,故称雅。"雅"共105篇,其中"小雅"74篇,用于贵族宴享,"大雅"31篇,用于诸侯朝会,主要是政治讽喻诗。"颂"分"周颂"31篇、"鲁颂"4篇、"商颂"5篇,共40篇,用于贵族宗庙祭祀歌颂祖先功绩和鬼神威灵的乐舞歌辞。

《诗经》的表现手法有"赋""比""兴"三种:"赋者,敷也,敷陈其事而直言之者也。""比者,以彼物比此物也。""兴者,先言他物以引起所咏之词也。"[①] 亦即赋就是直接铺陈叙述;比就是"托物拟况",即比喻,有明喻、暗喻之分;兴就是起兴,有引起联想、烘托气氛的作用。一般来说,赋多见于"大雅"和"颂",比、兴多见于"风"。如《诗经》第一篇:

---

① 朱熹:《诗集传》,中华书局,2017年版。

国风·周南·关雎（节选）

关关雎鸠，在河之洲。窈窕淑女，君子好逑。
参差荇菜，左右流之。窈窕淑女，寤寐求之。
求之不得，寤寐思服。悠哉悠哉，辗转反侧。

诗中的雎鸠关关、荇菜参差就为比、兴之辞。

（二）《楚辞》

《楚辞》是指继《诗经》之后在楚国的江湘地区兴起的一种文学体裁，其起源于楚诗，如公元前8世纪的《楚公逆镈铭》、稍晚的《子文歌》及楚庄王时的《优孟歌》《楚人歌》等。"楚辞"之名，首见于《史记·张汤列传》："长史朱买臣，会稽人也，读《春秋》。庄助使人言买臣，买臣以楚辞与助，俱幸。"西汉末经学家刘向辑录楚国屈原、宋玉及汉代承袭模仿屈宋的作品共十六卷，遂定名为《楚辞》。

《楚辞》本义原是指楚地歌辞，后逐渐固定为两种含义：一为诗歌体裁，是战国后期以屈宋为代表的诗人在楚国民歌基础上开创出的一种新诗体。其运用楚地方言声韵，叙写楚地山川人物、历史风情，具有浓厚的地域文化色彩和神话色彩。正如宋人黄伯思所言："皆书楚语，作楚声，记楚地，名楚物，故可谓之'楚辞'。"[①] 由于屈原的《离骚》是楚辞的代表作，因而楚辞又被称为"骚"或"骚体"。二为诗歌总集的名称，是刘向收录编辑的一部"楚辞"体的诗歌总集。其中屈原作品八卷，包括《离骚》《九歌》《天问》等二十五篇，其余八卷为宋玉的《九辩》、景差的《大招》以及汉代贾谊的《惜誓》、东方朔的《七谏》、王褒的《九怀》、刘向自己的《九叹》等。但刘向所辑的《楚辞》已久佚，目前传世的是东汉安帝时的校书郎王逸为刘向辑本所作的注本——《楚辞章句》。

---

① 黄伯思：《校定楚辞序》，载《宋文鉴》卷九十二，中华书局，1992年版。

《楚辞》在诗的句式上采用三字一节的结构,中间以兮字为分节,使诗歌语言在结构上更富于变化,并已摆脱了歌谣篇幅短小、语言简朴的形式,施展了华丽工巧的文辞、变幻复杂的意蕴来表现丰富的思想情感,使人们能更好地享受和追求诗情的内在美与语言的外在美。试举一例:

离骚(节选)

(战国)屈原

彼尧舜之耿介兮,既遵道而得路;
何桀纣之猖披兮,夫唯捷径以窘步。
惟夫党人之偷乐兮,路幽昧以险隘。
岂余生之悼殃兮,恐皇舆之败绩!
忽奔走以先后兮,及前王之踵武;
荃不察余之中情兮,反信谗而齌怒!
余固知謇謇之为患兮,忍而不能舍也!
指九天以为正兮,夫唯灵修之故也!

虽然《楚辞》受到了《诗经》的一定影响,但就诗歌文化而言,《楚辞》是巫官文化的代表,重歌唱,主抒情,具有鲜明的浪漫主义特征;《诗经》是史官文化的代表,重纪实,主叙事,具有强烈的现实主义特征。然而在实质上这两种诗歌文化又是互相渗透、互相影响的。犹如王逸所指出的:"《离骚》之文,依《诗》取兴,引类譬喻。"(《离骚序》)故两者的美刺时政,吟咏性情,比兴手法等一直影响着后世人们的诗歌创作,并由此而成为中国诗歌史中上古时期的双璧与包括声韵在内的诗法上的两大源头。

(三)汉乐府

"乐府"原是自秦代以来设立的配置乐曲、训练乐工、采集民间诗谣和创制新歌的官署之名,乐府机关所采集创制的诗歌,在汉代称为"歌诗",魏晋时始称"乐府"或"汉乐府",从而转化为一种诗歌之名。"乐府"职官的沿革可上溯至尧舜禹之时,因当时以瞽者为乐官,"瞽"就成了乐官的代称。"乐府"正式成为官署是在秦朝,一为奉常卿属下的太乐,一为少府属下的乐府,皆设令、丞各一人掌管。考古材料上的依据,是1977年考古工作者在陕西临潼秦始皇陵园出土了一件秦代错金甬钟,带鼻钮,高13.3厘米,重538.0克,钲部和鼓部饰错金银蟠螭文,钟钮一侧镌有秦篆"乐府"二字。① 汉袭秦制,保持了太乐和乐府,前者主管庙堂祭祀礼仪的雅乐,后者则提供宫廷饮宴娱乐的歌舞。到汉武帝时,因其不好雅乐而大力发展乐府,发挥采集各地民间歌谣和用司马相如等人作诗颂、李延年等人配乐制新曲的两大职能,汉乐府由此大为兴盛。

汉乐府的歌辞一般可分为郊庙歌辞、鼓吹曲辞、相和歌辞、杂曲歌辞、舞曲歌辞、琴曲歌辞六类。由于汉乐府"感于哀乐,缘事而发"(《汉书·艺文志》),故就其艺术特色而言,其抒情诗大量吸收了《诗经》《楚辞》的比兴手法,比喻贴切,委婉含蓄,发人联想;叙事诗往往通过人物的语言、行动来表现人物性格和矛盾冲突,采用铺张排比的手法交代事情和表达主题;在诗歌语言上以五言为主,兼有七言杂言,句式较为灵活自由,语言朴素通俗、自然流畅而带有情感,有较强的感染力。试举一例:

汉乐府·相和歌辞·长歌行

青青园中葵,朝露待日晞。
阳春布德泽,万物生光辉。
常恐秋节至,焜黄华叶衰。
百川东到海,何时复西归!
少壮不努力,老大徒伤悲。

---

① 袁钟一:《秦代金文陶文杂考三则》,《考古与文物》,1982年第4期。

明代学者兼诗人胡应麟对此有较中肯的评述:"汉乐府歌谣,采摭间阎,非由润色;然而质而不俚,浅而能深,近而能远,天下至文,靡以过之。"①

汉乐府是上古阶段中继《诗经》后的又一次民歌大汇集,但不同于《诗经》的是其已由杂言趋向了五言,使叙事诗走向了成熟,并开创了诗歌现实主义的新风,从而在中国文学史上占有了重要地位,与《诗经》《楚辞》鼎足而三。

(四)古诗

"古诗"是指在汉末留传下来的一批五言诗歌作品,因作者姓名和具体写作年代均不可考,从西晋开始这批诗歌就被称为古诗,意为古代的诗。"古诗"一词,其最早的出处是西晋陆机将自己模拟汉代佚名诗作十四首题为《拟古诗》,于是"古诗"就成为一个专门名称。古诗是在《诗经》《楚辞》和秦汉民歌的基础上,从民间歌谣的四言体进入文人创作的五言体的一种演变发展结果。

汉代文人写诗不多,西汉文人诗主要是以刘邦《大风歌》为代表的楚歌和以韦孟《讽谏诗》为代表的典雅四言诗。至东汉,文人五言诗方出现,班固的《咏史》是较早的一首,其后张衡的《同声歌》、秦嘉与徐淑夫妇的《赠答诗》、蔡邕的《翠鸟诗》、孔融的《临终诗》、宋之侯的《董妇娆》等陆续问世。其中能代表汉代文人五言诗最高成就的,就是无名氏(大多为失意文人)所作的《古诗十九首》,试举其中一例:

古诗十九首·其六

涉江采芙蓉,兰泽多芳草。
采之欲遗谁?所思在远道。
还顾望旧乡,长路漫浩浩。
同心而离居,忧伤以终老。

---

① 胡以麟:《诗薮》卷一,上海古籍出版社,1958年版。

《古诗十九首》历来评价颇高，曾被南朝梁刘勰赞誉为"观其结体散文，直而不野，婉转附物，怊怅切情，实五言之冠冕也"①。

汉代古诗中虽杂有少量民歌，但大多为文人所作，因其是模仿乐府民歌而来，故题材未超出最普遍的相思、离别、客愁和感叹人生无常的范畴。其艺术特点是常套用民歌中的句子，如古诗《行行重行行》中的"相去日已远，衣带日已缓"，就是套用汉乐府《古歌》中的"离家日趋远，衣带日趋缓"；有的直接将民歌改写成古诗，如《古诗十九首》中的《生年不满百》，就是把乐府古辞的《西门行》改写成五言诗的。正是因为汉代古诗吸取了《诗经》《楚辞》及乐府民歌的营养，长于抒情，善于运用比兴手法，使之情景相生、情思并茂，又委曲含蓄、婉而多风，因此古诗就成为汉代诗歌的一种代表作品，并为后代五言诗体的勃兴发展奠定了基础。

（五）汉赋

赋与诗歌有所同又有所不同，它是一种介于诗歌和散文之间的亦诗亦文的文体，其基本特征，自古以来就有两种较为公认的说法：一是《汉书·艺文志》所载的"不歌而诵谓之赋"；二是南朝梁刘勰《文心雕龙·诠赋》所说的"赋者，铺也。铺采摛文，体物写志也"。故所谓的赋，既是诗歌散文化、又是散文诗歌化而较偏近于诗歌的一种韵散结合的文学体裁，即可将其看作是诗歌中的一个同中有异的特殊类别。随着赋的不断发展，其既可叙事咏物，亦可说理言情；既可典雅，亦可通俗；既可鸿篇巨制，亦可短小精巧。

"赋"这一文学行为最早出现在春秋时期，如晋公子重耳流

---

① 刘勰：《文心雕龙·明诗》，江苏教育出版社，2006年版。

亡至秦，秦穆公宴享重耳，公子赋《河水》，公赋《六月》。① 而真正将赋作为诗学概念提出来的则在战国时期，是作为"六诗"之一而出现的："大师教六诗，曰风、曰赋、曰比、曰兴、曰雅、曰颂。"② 到了战国中期，作为一种文体的赋便正式登上文坛，如屈原的《楚辞》，屈名为辞，但班固则称之为赋。继屈原而起的宋玉，则直接将自己的作品名之为赋，如《风赋》《登徒子好色赋》等。正如司马迁在《史记·屈原列传》中所言的："屈原既死之后，宋玉、唐勒、景差之徒者，皆好辞而以赋见称。"

汉赋是始于先秦盛于两汉的汉代文学中最具代表性的样式，其特点是诗文兼行，专事铺叙。就形式而言是"铺采摛文"，就内容而言是"体物写志"。汉赋的具体内容一般可分为五类：一是渲染宫殿城市，二是描写帝王游猎，三是叙述旅行经历，四是抒发不遇之情，五是杂谈禽兽草木。五类之中，以前两者为汉赋之代表。如司马相如《上林赋》中的一段有关"离宫别馆"的描述：

  于是乎离宫别馆，弥山跨谷；高廊四注，重坐曲阁；华榱璧珰，辇道纚属；步櫩周流，长途中宿。夷嵕筑堂，累台增成，岩窔洞房，頫杳眇而无见，仰攀橑而扪天；奔星更于闺闼，宛虹拖于楯轩。

按汉赋内容规模，又可分为大赋、小赋两种：大赋多为都城、宫观、园林之盛和帝王公卿穷奢极欲生活之长篇铺叙；小赋多为山水田园、状物感怀之抒情小品。

汉赋既继承了楚辞和战国纵横家游说之辞铺张恣肆的文风，又吸收了先秦史传文学的叙事手段，还融入了很多诗歌的节奏、声调、押韵、对仗、重复、回环等写作技法，成为一种对诸种文

---

① 《左传·僖公二十三年》，上海古籍出版社，2016年版。
② 《周礼·春官宗伯·大师》，岳麓书社，2001年版。

体兼收并蓄的体制。仅就句式来看，汉赋既有传统的四言，又有新兴的五言、七言。枚乘的《七发》标志着新赋体的正式形成；司马相如的《子虚赋》《上林赋》，扬雄的《甘泉赋》《长杨赋》，班固的《两都赋》，张衡的《二京赋》是汉赋四大家的大赋代表作品；而东汉末的抒情小赋已有诗意化倾向，张衡的《归田赋》，赵壹的《刺世疾邪赋》，蔡邕的《述行赋》，祢衡的《鹦鹉赋》等皆为较优秀的小赋作品。试举小赋一段：

归田赋（节选）
（汉）张衡

于是仲春令月，时和气清，原隰郁茂，百草滋荣。王雎鼓翼，鸧鹒哀鸣，交颈颉颃，关关嘤嘤。于焉逍遥，聊以娱情。尔乃龙吟方泽，虎啸山丘。仰飞纤缴，俯钓长流。触矢而毙，贪饵吞钩。落云间之逸禽，悬渊沉之鲨鳂。

此赋不仅情意盎然、诗味浓郁，而且全篇仅四十句、凡二百一十二字，是为大赋转向小赋的标志性创作。

二、雅言

（一）雅言的意义

研究上古诗歌声韵的韵文材料除两周的《诗经》《楚辞》、群经、诸子百家外，还有两汉的乐府、古诗、辞赋以及其他典籍中的一些韵语。这些材料出自华夏东、南、西、北各地，地域不同、时代有异、作者不一、文化有别，尤其是受各种方言的影响较大。由于华夏大地疆域辽阔，地形地貌复杂，气候物产多样，自古以来就形成了北粟南稻的农业区和西牧东渔的畜牧渔盐区，由此亦就形成了大区域性的农耕文化、游牧文化、渔盐文化，小区域性的秦晋文化、中原文化、齐鲁文化、吴越文化、荆楚文化、巴蜀文化、岭南文化、青藏文化等。如当代古汉语学者刘志成收集了先秦韵文《诗经》《楚辞》和先秦其他典籍如《尚书》《论语》《孟子》《荀子》《庄子》《墨子》等中的韵语,通过潜心研究,将先秦汉语大体上划分为四大方言区,即秦晋方言区、齐鲁方言区、宋卫郑方言区、楚方言区。① 又如丁启阵先生在《秦汉方言》一书中,依据扬雄《方言》,采用词汇系联法,将汉代分为八个方言区,即秦晋方言、幽燕方言、赵魏方言、周洛方言、海岱方言、吴越方言、楚方言、蜀汉方言。换言之,凡是两周和两汉的作品,基本上就来之于这些方言区。

由此而来就必然会遇到这样一个问题:不同方言区的语言能互相听得明白、作品能互相交流吗?试举一例:距今 2500 年前的东周(春秋)时期,吴国公子季札出使鲁国,就已聆听到了中华大地上不同区域(诸侯国)的歌乐:"使工为之歌'周南''召南',曰:'美哉!始基之矣,犹未也,然勤而不怨矣!'为之歌'邶''鄘''卫',俱曰:'美哉!'"各有褒词。"为之歌'陈',曰:'国无主,其能久乎?'自'郐'以下无讥焉。"继又听"小雅""大雅""颂",而皆致以赞词。② "十五国风"是先秦时代各地域的历史状况、风土人情、雅俗文化的集中表现,不仅方言有别,甚至生活习俗也具有很大差异(如"周南"与"陈")。但作为吴越方言区的季札,不仅能听得懂十五国的歌乐,而且还能一一做出颇为准确的评价。这就充分说明了不同方言区的文化交流是实际存在的,各地域之间必然会有一种语言上的交流媒介——共同语,即自古以来就存在着的"雅言"。

(二)雅言的形成

雅言又称夏言,"雅"和"夏"是互通的。如《左传》中"公子雅",在《韩非子》里作"公子夏";《墨子》引"大雅"为

---

① 刘志成:《上古汉语方言》,《南阳教育学院学报》,2000 年第 2 期。
② 《左传·襄公二十九年》,上海古籍出版社,1997 年版。

"大夏";近年出土的郭店楚简《孔子论诗》之"大雅""小雅",亦作"大夏""小夏"。这是因为语言是民族文化的象征和社会历史的产物,世界上任何一种语言与其所使用民族的产生、发展是并行的。雅言之所以又称夏言,实际上就是从其前身华夏族祖先所使用的部族语言(方言)的基础上一步一步发展而来的。正如中国著名人类学家费孝通所指出的那样:"中华民族多元一体格局存在着一个凝聚的核心,它在文明曙光时期,即从新石器发展到青铜器时期,已经在黄河中游形成它的前身华夏族团。"①

中华大地上的华夏族,实际上是多个民族的融合体,而初期的黄帝族团是使多元的民族走向一体化格局的最重要的核心力量。黄帝部族源于陕甘交界黄土高原的渭水支流姬水,即今漆水一带,与活动于渭水另一支流姜水,即今岐山周原一带的炎帝部族,具有同宗的血缘关系:"昔少典娶有蟜氏,生黄帝、炎帝。黄帝以姬水成,炎帝以姜水成。"② 先是炎帝族东行,扩展至豫西南和鲁西,与以蚩尤为代表的东夷部落集团发生较长时间的冲突与战争。后蚩尤联合以三苗为代表的南方部落集团的一部,打败了炎帝部族。炎帝只得向东扩至山西、华北一带的黄帝族求援,于是黄、炎两大部族结成联盟。黄帝"乃征师诸侯,与蚩尤战于涿鹿之野"(《史记·五帝本纪》),终于"执蚩尤,杀之于中冀"。涿鹿之战后,东夷部落集团基本瓦解,大多归附黄炎部族,三苗部落集团亦退回长江流域。尔后,黄、炎两大部族又在阪泉爆发了决一雌雄的大战,黄帝"三战,然后得其志",炎帝向黄帝俯首称臣。至此,包括中原地区在内的整个黄河流域已悉为黄炎部族所据有,东夷及原先散居于黄河流域的一些其他氏族、小部落亦都归并融入黄炎部族,而黄帝则无疑成了这一部族联盟集

---

① 费孝通:《中华民族的多元一体格局》,《北京大学学报》,1989 年第 4 期。
② 《国语》,上海古籍出版社,2015 年版。

团即酋邦的"邦主"。故黄帝亦被后世尊奉为"华夏始祖",于是以黄炎部族为核心的"用肇造我区夏"的华夏族群亦由此而产生。

其后再经黄帝后裔颛顼、帝喾、尧、舜、禹等首领的经营和征战,尤其是禹亲率联盟大军征讨不时作乱的三苗,进行了一场历时七十多天的艰苦鏖战,"苗师大败,溃不成军",三苗集团从此一蹶不振。战后,三苗族群一部分远退至湘鄂边界、云贵高原、珠江流域甚至越南北部,演变发展成后来的苗、瑶、水、土、壮等少数民族;一部分归顺,留居在江汉地区,逐渐融入了华夏族。通过从黄帝到大禹这一较长时期的黄帝部族、炎帝部族、东夷部落集团、三苗部落集团及其他一些氏族、小部落的不断归并融合,以黄炎部族为核心的古中国境内规模最大的,且具有同一文化形态的族群——华夏族,至此已基本形成。

至于由四大部族(部落)集团融合而成的华夏族的原始语言(每一个部族内部还存在着有差异的氏族语),其源头应不是一种单一的母语,而是一种混合语。但经过较长时期的共存、磨合、融汇,到大禹时代已逐渐发展成以黄帝部族语言为主体的华夏语,亦即黄帝部族的语言成了当时华夏族的通用语。故该华夏语实际上就是以黄炎部族为核心逐步融合多元部族(部落)的语言而走向一体化格局所导致的结果。如在禹率联军伐苗时,曾发布《禹誓》:"济济有众,咸听朕言:非惟小子,敢行称乱,蠢兹有苗,用天之罚,若予既率尔群对诸群,以征有苗。"① 禹是部族联盟集团的酋邦主,其誓词是对联盟集团内部各部族(部落)的首领(酋长)与军队发布的,如不是通用语,命令就无法下达贯彻,就无法对由各部族(部落)军队联合组成的征讨大军进行指挥与协调,最终也就不可能取得战争的胜利。

---

① 《墨子·兼爱下》,上海古籍出版社,1995年版。

进入夏、商、周三代，即以黄帝部族为核心的华夏族已从原始社会的氏族→部落→部落联盟→部族联盟（准国家形式酋邦）而进入国家形态。这一国家形态的建立，亦标志着华夏族和华夏语进入成熟时期。因夏、商、周三朝历时两千余年的国家一体化大格局，进一步促进了华夏族内部不同部族及华夏族与周边"四夷"（古代文献中有华夏居中，东夷、南蛮、西戎、北狄居四方的许多记载，如《大禹谟》："无怠无荒，四夷来王"；《孟子·梁惠王》："莅，中国而抚四夷也"等）的物质文化、精神文化上的交流、融汇，从而奠定了华夏族多元文化中的同一性内涵，并更快速地向一体化中华文化发展。这正如孔颖达所言："中国有礼仪之大，故称夏，有服章之美，故谓之华。华夏一也。"（《左传正义》）

国家正式形成后，原先以黄帝族语为通用语的华夏语则逐步上升为全民族的通用语。尤其是有着丰富词汇和语法结构特点的殷商甲骨文和殷周金文的发明和使用，华夏语不仅从口头语言发展至书面语言形式，而且与载籍中的文言都相当接近，故而成为国家的共同语，在春秋时期这一共同语始名之为"雅言"。如《论语·述而》记载："子所雅言：《诗》《书》、执礼，皆雅言也。"即孔子读《诗经》《尚书》和行礼，都用通用语。孔门弟子三千，来自四面八方，孔子在鲁国就是用雅言来讲学的。又如成书于战国至西汉初年的《尔雅》，是中国古代最早的一部解释词义的词典，"尔"是"近"的意思，"雅"是"正"的意思，在这里是专指"雅言"。《尔雅》的意思就是接近、符合雅言，以雅正之言解释古语词、方言词，即在语音、词汇和语法等方面都合乎规范的标准语（共同语）。

（三）雅言的特征及其历史演变

1. 雅言的特征

由于雅言的源头是以黄帝部族语言（方言）为主体的华夏

语,通过以黄帝部族为核心的四大部族(部落)集团的融合,到夏、商、周时期,才逐步发展成为国家的共同语。正如马克思所说,"方言经过政治集中和经济集中而集中为全民族的共同语"①的。因之从最早的黄帝部族方言,历经数千年的政治、经济、文化环境的制约与影响,才形成了整个华夏民族的共同语——雅言。因此,雅言就有着如下几个特征。

(1) 成熟性

从黄帝时代的华夏语,发展至春秋战国时期的雅言,在词汇和语法上已基本成熟。如就词汇系统而言,从甲骨文、金文到《诗经》《楚辞》,再到《春秋》《论语》等,一些基本的最常用的词汇像天、地、神、人、日、月、风、雨、牛、羊、鸡、犬、好、恶、美、丑等已在雅言中固定下来,并成为雅言的词汇主体;再就语法系统而言,从华夏语到雅言的"主谓结构""宾语前置""词类活用""意动用法"等语法形态,亦已基本成熟和得到了普遍运用。

(2) 规范性

雅言在词汇、语法和语音等方面都已具有一定的统一性、系统性即规范性。以语音为例,在《诗经》《楚辞》等韵文作品中,押韵字的音韵和声调已有一些基本规定。如上文所举的吴公子季札听十五"国风"的不同歌乐,都能感受到一种系统规范的韵律美,从而做出评判。

(3) 通用性

雅言的通用性,在前文中已有所论述,试再举一例。《孟子·滕文公上》载有一事:"有为神农之言者许行,自楚之滕……陈良之徒陈相与其弟辛负耒耜自宋之滕……陈相见许行而

---

① [德] 马克思·恩格斯:《马克思恩格斯全集》第三卷,人民出版社,1960年版。

大悦,尽弃其学而学也。"孟子斥责陈相向许行这样一位"南蛮鴃舌之人"学习,"非先王之道"。由此可知,陈相作为中原人,向南方楚人许行学习神农学说,且无须翻译,足以证明师生之间授受和沟通所使用的语言就是当时的通用语——雅言无疑。

2. 雅言的历史演变

至于雅言的历史演变,这是其作为一种全民族的共同语,是由一定历史阶段下的国家民族、政治经济、社会文化环境决定的。国家疆域的变化、民族的融合或分化、朝代的更替、国都的迁徙、人口的较大规模流动、不同文化的交流融会甚或生产方式与生活习俗的改变等,都会影响到雅言的面貌与促使其演变。但其中最重要的因素是国都的迁徙,因为各个朝代的通行语言一般都是依据都城所在的地域来定的,即以经过一定修正的京畿之地的基础方言——首都语言为通用语标准的。故大体而言,雅言可分为从远古、上古、中古、近古、现当代五大阶段,当然每一阶段亦会发生一些具体的变化。

(1) 远古阶段的雅言

此阶段"雅言"一词尚未出现,但毫无疑问,它是华夏族的通用语。由于通过一系列征战和建设手段,以黄帝部族为核心的四大部族(部落)融合而成的华夏族,占据了中原一带即以河洛为中心的黄河中下游地区,并以农耕为主要生产生活方式定居下来。到了夏、商时期,仍在河洛一带建都,从而使该地成为政治经济文化中心。故以黄帝部族语为主体的华夏族通用语实际上已逐步发展成了"河洛语",即以河洛一带的口语为通行语的语言格局便由此形成。据考古资料显示,河南洛阳附近的偃师二里头遗址就是夏代中后期的都城遗址,二里头文化就是夏文化,夏文化的中心就在伊洛地区。[①] 而古籍中有关夏代地域的记载亦都在

---

① 吴汝祚:《关于夏文化及其来源的初步探索》,《文物》,1978年第9期。

今河洛一带，如《史记·货殖列传》载："颍川、南阳，夏人之居也……南阳西通武关……交通颍川，故至今谓之夏人。"《荀子·儒效》篇亦云："居楚而楚，居越而越，居夏而夏。"这个与楚、越相对的"夏"，就是指以河洛为中心的中原地区。因此河洛的夏言就是中国最早的远古通用语，这也就是后来的雅言被称为夏言的最根本原因。

（2）上古阶段的雅言

上古阶段始于西周，周族原为兴起于渭水中游陕甘交界一带的"西夷之人"中的一个姬姓的古老部族，在整个夏代，周人的祖先世任夏朝的后稷之官。至古公亶父继位时，率周人举族迁移到岐山之下的周原定居下来，开始迈入文明的门槛。最终周武王姬发在其叔父周公姬旦的辅佐下，通过牧野一战翦灭了商纣，正式建立周朝而定都于镐（今西安西北部）。于是周族王畿所在地的镐京语就成了周代的通用语。历代学者普遍认为《诗经》的语音即为上古时期通行的镐京标准语音。镐京语到了春秋时期就被称为了雅言，虽然其多少受到了一些河洛夏言的影响。到了汉代，雅言又被称之为"通语"即汉民族的通用语，是陕西关中语和中原河洛语的交融体。尤其到了东汉迁都洛阳后，河洛语对"雅言"的冲击更大。但镐京语与河洛语本身就较为接近，仍具有生命力，直到中古魏晋时期才最终被取代。

（3）中古阶段的雅言

曹魏和西晋建都洛阳；东晋南迁后与南朝的宋、齐、梁、陈皆定都金陵；隋、唐两朝均设两都，即西都长安、东都洛阳；北宋虽定都汴京（今开封），但仍在河洛中心地区。故中古阶段逐渐形成了一种以中原河洛语为主体，适当吸收邺城、金陵部分音类的河洛雅言。具体到每个历史朝代如西晋与南朝、唐与宋之间，必然亦会有一些小范围内的变动，但不至于影响到整体。

（4）近古阶段的雅言

由于蒙古族入主中原，建立元朝，定都北京（大都），后继的明、清两朝亦定都北京，故逐渐地形成了一种以邻近北京的中山一带的语音（中州之韵）为标准而适当吸收了一些冀、豫音类的北音，亦即通行于当时的以大都语为中心的北方共同语雅言。

（5）现当代阶段的雅言

自民国至今，形成了以北京语为标准语音的国语（民国时期）和普通话雅言（中华人民共和国成立后）。

第二节　上古诗歌声韵的研究与厘定

一、研究材料与考订方法

（一）研究材料

上古阶段虽无反切与韵书，但研究诗歌声韵的材料较远古阶段要丰富得多，它主要有如下几类。

1. 诗歌与韵文

诗歌中最重要的有两周的《诗经》《楚辞》和两汉的乐府、古诗及诗文兼具的汉赋等；韵文韵语有群经中《周易》的卦爻辞、《左传》中的谣谚、《尚书》中的韵语以及《老子》《庄子》《荀子》《墨子》等诸子百家中的韵文等。

2. 谐声字

谐声字又称形声字，汉字的谐声系统是汉字音读的重要标志，许多在诗歌中未入韵的字要依据谐声关系来确定其所属韵部。谐声在殷商时期就是重要的造字手段，谐声字（形声字）在已辨识的甲骨文中所占比例达 27.0% 强；《说文》所收的九千多个汉字中,其中谐声字占80%以上。① 故而谐声字就成为研究上古声韵的主要材料。

3. 异文假借资料

在上古时期的典籍中,同一种书的不同版本之间或原文与引文之间,在文字或语句上存在着较多不一致的地方,即异文假借现象,这亦是研究上古音的重要材料。

4. 声训资料

声训是和形训、义训相对而言的一种因声求义的训诂方法,是用音同或音近的字(词)来解释字(词)义,其所反映的声音关系可以作为古音的证据。除《释名》外,《说文》《白虎通义》等书中亦有丰富的声训资料。

5. 先秦典籍的注音材料

先秦典籍中的注音材料有"直音"(直接用同音字来注音)、"譬况"(用描述性语言来说明一个汉字的发音状况)、"读若"或"读如"(用"某字读若某字"或"某字读如某字"来注音)和早期反切等注疏资料。

6. 早期对音材料

如汉朝与西域诸国来往,尤其是东汉翻译佛经的音译词,可以反映当时的读音情况。

(二)考订方法

前人研究上古声韵的考订方法,最主要的有以下四种。

1. 系联法

即以《诗经》《楚辞》等诗歌韵文中的用韵情况为研究对象,采用系联法归纳出上古韵部。试以《诗经》为例,由于305篇中只有"颂"中的7篇无韵,其他的298篇皆有韵,故只需对《诗

---

① 李孝定:《中国文字的原始与演变》,《历史研究所集刊》第45本,"中央研究院"历史语言研究所,1974年版。

经》的韵脚字进行系联，即将其每篇各章中互相押韵的韵脚字串联起来，成为一个押韵单位，然后再把整个《诗经》中相互辗转的入韵字串联成若干押韵单位，就可以大致归纳出当时的韵部构成情况。如：

《郑风·山有扶苏》第一章："苏""华""都""且"；

《郑风·出其东门》第二章："阇""茶""且""藘""娱"；

《大雅·韩奕》第三章："祖""屠""壶""鱼""蒲""车""且""胥"；

《鲁颂·駉》第四章："马""野""者""駓""鱼""祛""邪""徂"；

《小雅·小明》第一章："土""野""暑""苦""雨""罟"；

《豳风·七月》第五章："股""羽""野""宇""户""下""鼠""处"；

《唐风·鸨羽》第一章："羽""栩""盬""黍""怙""所"；

《周颂·有瞽》第一章："瞽""虡""羽""鼓""圉""举"；

以上各章中的押韵字在今韵中有着[iu][mu][ma]的较大区别，是不能相押的，即使在中古时期亦分属几个不同的韵部。但在上古的《诗经》时代，却将"苏""华""都""且""阇""茶""藘""娱""祖""屠""壶""鱼""蒲""车""胥""马""野""者""駓""祛""邪""徂""土""暑""苦""雨""罟""股""羽""宇""户""下""鼠""处""栩""盬""黍""怙""所""瞽""虡""鼓""圉""举"等等，辗转系联而互相押韵，显然为同一韵部。此外，《楚辞》《尚书》《老子》《荀子》等其他韵文材料，亦可通过系联法归纳出一些韵部。

2. 系统法

即以《说文》中的谐声字（形声字）为研究考订对象，采用系统法亦就是通过谐声系统去印证《诗经》用韵的分部，并扩大每一部的归字。形声字的声符字又称主谐字，以主谐字作为声符的形声字又叫被谐字，谐声字与其声符字在造字时代，必然相同或相近，因而被谐字还可作为主谐字构成新的形声字。从而我们可以以第一主谐字作为声根，按系统将所形成的整个谐声字群归纳成谱系，即谐声系统。譬如以主谐字"其"作为声符的被谐字有"淇""棋""琪""祺""諆""踑""骐""麒""蜞""鯕""期""欺""基""萁""箕""甚"等，这些字在上古时期的《诗经》中作韵脚[iə]时，押韵情况亦与谐声字一致。如：

《卫风·氓》第一章："蚩""丝""丝""谋""淇""丘""期""博""期"；

《卫风·竹竿》第一、二章："淇""思""之""右""母"；

《王风·君子于役》第一章："期""哉""埘""来""思"；

《魏风·园有桃》第二章："哉""其""矣""之""之""思"；

《曹风·鸤鸠》第二章："梅""丝""丝""骐"；

《小雅·南山有台》第一章："台""莱""基""期"；

《小雅·巷伯》第二章："箕""谋"；

《大雅·抑》第九、十章："李""子""丝""基"；

《周颂·丝衣》第一章："基""牛""鼒"；

《鲁颂·駉》第二章："駓""骐""伾""期""才"。

以上的"淇""期""骐""基""箕"等被谐字和主谐字"其"，都做了韵脚字，同在《诗经》韵部的"之"部。更重要的是，这些在《诗经》中用作韵脚字的被谐字，如"蚩""丝""谋""丘""媒""思""之""右""母""哉""埘""来""矣""梅""台""莱""李""子""牛""鼒""駓""伾""才"等，亦都成了同韵部的字，即可将其归纳为一个系统而扩大了韵部的归字，从而弥补了韵脚字的不足（能入韵的字毕竟只是一部分）。很多未入韵的字，亦可采用系统法依据谐声关系将其归纳到所属的系统，以确定其所属的韵部。

3. 比勘互证法

此法最早是由语言学家陆志韦在其《释〈中原音韵〉》(《燕京学报》1946年第31期)中创获和运用的。陆氏在研究中先将《中原音韵》的音系和《广韵》做比较,后又以卓从之《中州乐府音类编》一书做比较勘证,从而以之确定《中原音韵》的音类。所谓"比"就是比较,"勘"就是校勘。比勘互证法就是通过音韵资料的校勘比较、相互参证来确定所考订语音实际状况的一种方法。这种方法不仅可以用于同种资料的不同版本,还可用于多种资料间的比勘。如《中原音韵》的家麻韵部去声字"诈",小韵有"楷",这一"楷"字,在《广韵》中为"思积切",心母入声字,明显不当。而将同为曲韵之书的《中州音韵》(王文璧所撰,较《中原音韵》晚出二百年)进行比较勘证,《中州音韵》中的"褯"(即古之"蜡"字),则与《广韵》中的"锄驾切"相符。可见比勘互证法的运用在考订语音方面亦起着相当大的作用。

4. 统计法

音韵学的现代统计法为音韵学家白涤洲在其《〈广韵〉声纽韵类之统计》(北京女子师范大学《学术季刊》1931年第2卷第1期)中最先提出。白氏在研究中将《广韵》所有的反切按反切上字和反切下字在书中出现的次数分别做了统计,再经归纳分析,得出《广韵》声类和韵类的系统,并由此提出了考求《广韵》的声纽和韵类,采用统计方法最为适当的主张。接着陆志韦在其《证〈广韵〉五十一声类》等文中,采用数理统计方法考证《广韵》的声类亦取得了一定成果。而现今的音韵学研究中,对统计法的运用更为普遍,如在第一章第二节"中国诗歌声韵的产生"中,所举的史存直教授对《诗经》四声进行的分类统计和胡安顺教授对《说文》谐声关系进行以主谐字为平、上、去、入形声字之声调的分类统计,即为统计法运用的较佳例证。

除上述四种主要方法外，尚有异文、假借、声训等考订方法。

1. 异文法

如《邶风·谷风》："凡民有丧，匍匐救之"；而《礼记·檀弓下》引作"凡民有丧，扶服救之"。显然是原文和引文之间的"同言而异字"的经传异文。在中古时，"匍"读重唇并母 [b]，"扶"读轻唇奉母 [bv]，但在上古时，作为异体字的"匍"和"扶"本来是同音的，即"匍"和"扶"都读重唇并母。因为在上古只有重唇音（双唇音），没有轻唇音（唇齿音），"凡轻唇者，古皆读为重唇"①。正是由于上古的异文在读音上原本是相同的，后来才发生了音变，故可用来考证上古的音类。

2. 假借法

如《邶风·静女》中的"自牧归荑"和《论语·阳货》中的"归孔子豚"，两"归"字均为赠送义。前者是送嫩草芽，后者是送小猪，是借"归"字替代近音字"馈"。"归"在上古韵中属微部，"馈"在上古韵中属物部，两字阴入对转；两字声母分别属牙音群母 [g] 和牙音见母 [k]，属于发音部位相同的双声，声韵皆相近，故可借用。

3. 声训法

如《邶风·柏舟》："耿耿不寐，如有隐忧。"毛传曰："隐，痛也。"而《说文》曰："㥯，痛也。"因"隐"与"㥯"为同音字，两者在上古同属文部 [ən]。故《毛传》训隐为痛，是用"㥯"的意义来解释"隐"字，即用"㥯"字来训"隐"的字义。

---

① 钱大昕：《十驾斋养新录》卷五，商务印书馆，1937年版。

二、上古诗歌的音韵

(一) 清代以前对上古诗歌声韵的探索

有清一代,是上古声韵研究最有成效的鼎盛期,但探索其源流,却相当久远。在汉代,郑玄、刘熙诸经学大师就已注意到今古音之异同,如郑玄笺毛诗《小雅·棠棣》云:"每有良朋,烝也无戎。烝,填。……填,依字音田,与'寘'同;又依古音'尘'。尘,久也。故笺申之云:'古声填、寘、尘同。'"① 又如刘熙在《释名》一书中云:"古者曰车,声如居,言行,所以居人也。今曰车,车,舍也,行者所处若居舍也。"② 郑、刘诸师当时虽已明古音与今音有殊,惜条件未备,故皆无从加以系统研究。

到南北朝时,人们读《诗经》时发现,有许多本该押韵的字却不相押,于是往往去改动其中个别字的读音,使其押韵。如《邶风·燕燕》:"燕燕于飞,上下其音。之子于归,远送于南。"其中的两个韵脚字"音""南",在上古时同属侵韵部〔əm〕,是押韵的。但到了中古,"音"仍属"侵"韵部,但"南"已音变至"覃"韵部,两字读音已不和谐。故北梁人沈重在《毛诗音》中提出"南,协句,宜乃林反",即用反切法标注他认为正确的读音,此法称之为"协韵"。隋朝的陆德明反对协韵法,认为古人押韵不严谨,不必改《诗经》的读音,亦即"沈云协句,宜乃林反,今谓古人韵缓,不烦改字"(《经典释文·毛诗音义》)。

进入宋朝,协韵发展成"叶韵",即当遇到上古诗歌或韵文中不和谐的韵脚字,则以"叶某某反"来改读字音。南宋著名理学家兼诗人朱熹,是"叶韵说"影响最巨之代表,其《诗集传》

---

① 孔颖达:《毛诗正义》,北京大学出版社,1999年版。
② 刘熙:《释名·释车》,中华书局,2016年版。

《楚辞集注》可谓集"叶音"之大成。如其在《召南·行露》的训释中，对第二章的"谁谓雀无角？何以穿我屋。谁谓女无家？何以速我狱"的"家"字，注为"叶音谷"，即将该字的读音从"鱼"韵部改为"屋"韵部，使韵脚字"家"与其他三个韵脚字"角""屋""狱"相押；又对第三章的"谁谓鼠无牙？何以穿我墉。谁谓女无家？何以速我讼"的"家"字，注为"叶各空反"，即将其的读音从"鱼"韵部又改为"东"韵部，以使韵脚字"家"与其他三个韵脚字"牙""墉""讼"相押。一首诗内，一个"家"字而叶两音，似乎已无定音，亦失去了汉语音韵标准。这就是朱熹所主张的"只要音韵相叶，好吟哦讽诵，易见道理，亦无甚要紧。今且要将七分工夫理会义理，三二分工夫理会这般去处"① 的"叶音说"之根本所在。

  宋代亦有一些学者认为，上古《诗经》与其他经传中的押韵是有规则的，不能以"叶音"法去改字的读音来求得押韵的和谐，而应该对古音加以系统地考察与研究，其代表人物为安徽潜山的音韵学者吴棫。吴氏全面利用《说文》中形声字的谐声偏旁、上古韵文和韵语、异文假借、声训及方言等材料，并以《广韵》206 韵为参照来考订古音，系统地归纳出上古音的押韵规律而著有《韵补》《毛诗叶韵补音》等书。仅《韵补》就援引《说文》66 处，其中以《说文》证古音者共计 51 处，涉及汉字谐声偏旁 43 个。吴棫以归纳押韵规律的方式来重新分合古音韵部，共分出了东、支、鱼、真、先、萧、歌、阳、尤九个韵部和入声韵屋、质、月、药四部。另外，还以"通转"的方式列出了韵目。尽管吴棫在考据中所引用的材料上起《尚书》《诗经》，下至宋代欧、苏诗文，有些杂糅，且对押韵字的归纳条件、抉择标准过宽欠精，所分出的上古韵部与实际情况差距甚大，但较其前辈

---

① 黎靖德：《朱子语类》卷八十，中华书局，1986 年版。

学者还未认识到语音系统的演变和考证古音的目的是为了解经，以及采用"协韵""叶音"的错误方法，因此他在材料的运用和"使用归纳法系统地考察古韵"这两个方面的成就，使其成为当之无愧的中国古音学的开拓者。正如《四库全书总目》评说他的那样："然自宋以来，著一书以明古音者，实自棫始。……棫书虽牴牾百端，而后来言古音者，皆从而推阐加密，故辟其谬而仍存之，以不没筚路蓝缕之功焉。"除吴棫外，宋代对古音研究有一定影响的学者尚有郑庠，著有《古音辨》一书（已佚），将上古音分为阳、支、先、虞、尤、覃六部；项世安，著有《项氏家说》，并明确指出"古韵与今韵不同"；程迥，著有《古韵通式》一书（已佚），总结出古人诗文协韵的方式是"四声互用，切响通用"，与吴棫古韵通转说相呼应。

在吴棫的启发下，明代学者更上一层楼，公然批判"叶音说"的学者不断涌现，较具代表性的有三人。

一为杨慎。杨慎是明代最负盛名的学者和文学家，著有《转注古音略》《古音丛目》等古音学著作，已明确认识到古音与今音的不同以及朱熹随意改动字音的"叶音说"的错误，并加以公开反对，提出了以"义理"可通为前提的"古音转注说"。

二为焦竑。焦竑亦为明代著名学者，其传世著作有三十余种，其《焦氏笔乘》，内容涉及经史、哲学、典章、版本、金石、文字、音韵等方面，有明确标示的札记条目为491条，其中有关音韵者凡25条，尤以卷三中的第144条"古诗无叶音"最为著名。而且他在给陈第《毛诗古音考》所作的序中更鲜明地指出："古韵自与今异，而以为叶者谬耳。"这无疑是汉语古音学研究的转捩点。

三为陈第。陈第为明代音韵学家兼著名藏书家，著有《毛诗古音考》《屈宋古音义》《读诗拙言》等书。陈氏在《毛诗古音考》中共胪列《诗经》押韵字444个，每字先注古音，间附说解,后列证据。证据分本证、旁证两种:"本证者,《诗经》自相证,以探古音之源;旁证者,他经所载,以及秦汉以下去'风''雅'未远者,以竟古音之委。"①《毛诗古音考》对古音研究的观点主要有二:一是认为语音有时代差异和地域差异,即"盖时有古今,地有南北,字有更革,音有转移,亦势所必至"(《毛诗古音考·自序》);二是认为古音与今音不同,古无叶韵。其研究手段是运用大量材料证明《诗经》用韵不但内部基本一致,而且和同时代的《左传》《国语》《易经》《楚辞》、秦碑、汉赋乃至上古歌谣、箴铭、赞诵基本相合,由此可以确认《诗经》用韵必以当时实际语音为基础,以今音诵读古诗之所以不和谐,并不是因为古无定音,而是语音演变造成的结果。陈第的这一"音移说",不仅彻底破除了"叶音说",而且亦为继之而起的清代古音学研究的蓬勃发展奠定了基础。

总之,清代之前的古音研究基本形成了两大派:一是以朱熹为代表的"叶音"说派,认为古今音不变,主张用今韵改古音以求得押韵的和谐;二是以吴棫、陈第为代表的"音移"说派,认为古有古音,今有今音,主张语音是随时代的变化而变化的,应系统性地研究古音,考订出其分韵(部),以获得押韵的和谐。到了明代,尤其是明末清初,追随朱熹的有茅溱(著《韵谱本义》)、张献翼(著《续易韵考》)等;追随吴棫者较多,有龚黄(著《古叶读》)、杨慎(著《古音丛目》)、方日昇(著《韵会小补》)、毛先舒(著《声韵丛考》)等。亦有一些欲用吴棫《韵补》来修改朱熹叶韵说的,如甘雨(著《古今韵分注撮要》)、杨贞一(著《诗韵辨略》)等;尚有不入流派自辟一路的,如朱简(著《总诗韵》)、能士伯(著《古音正义》)等。各学派相互争论攻击,甚至吵架拔剑,如某次李因笃和毛奇龄论古音意见不合,奇

---

① 永瑢等:《四库全书总目·毛诗古音考》,中华书局,1965年版。

龄强辩，因笃气愤不能答，遂拔剑斫之，奇龄骇走。① 学派之间的分歧之深，论辩之烈，南辕北辙，互相攻讦，由此可见一斑。

（二）清代对上古诗歌音韵的厘定

明清交替之际，古音学派之争虽然激烈无比，但自顾炎武的古音学著作《音学五书》一问世，音韵学"战国"之局面很快改观，清代的诸多著名学者如江永、戴震、段玉裁、孔广森、王念孙、江有诰等（大多为乾嘉考据学派成员），无不追随其后，其他学说则从此偃旗息鼓而沉落。上古音韵的韵部划分经自他们之手后基本奠定，有清一代是上古声韵研究取得辉煌成就的时期。

1. 顾炎武

顾炎武（1613—1682），字宁人，号亭林先生，江苏昆山人，清初著名学者、音韵学家。顾氏积三十年之功力，完成了《音学五书》，包括《音论》《诗本音》《易音》《唐韵正》和《古音表》，凡三十八卷。顾氏在这部巨著中采用了归纳上古诗歌、韵文用字，分析汉字谐声偏旁，考察异文假借、离析唐韵的科学方法，成为将古韵学引向科学道路的奠基者。

顾氏在《音学五书》的序中自言：第一步"据唐人以正宋人之失"，即离析"平水韵"，使之回到唐韵；第二步"据古经以正沈氏、唐人之失"，即依据上古韵如《诗经》押韵等来离析唐韵，然后再归纳出上古韵："东""脂""鱼""真""萧""歌""阳""耕""蒸""侵"十部。顾对古韵的见解主要集中在《音韵五书》的纲领部分——《音论》中，较重要的有"古人韵缓不烦改字""古诗无叶音""古人四声一贯""入为闰声"和"近代入声之误"五点上。而顾炎武对古韵研究的贡献主要表现在以下两个方面。

其一，创立了"入配阴声"理论。这是顾氏针对《广韵》阳、入相配格局与《诗经》韵阴、入多通的现象不相吻合这一问

---

① 赵尔巽等：《清史稿·儒林传》，中华书局，1977年版。

题而提出来的，其意是在阴、阳、入三声韵的搭配格局上，入声韵应当和阴声韵相搭配，即除了收［-p］的闭口韵，其余的入声韵都分别归入阴声韵部，这对以后的阴入阳三声对转的确立具有了直接的启导作用。

其二，确立了"离析唐韵"的方法。所谓的"唐韵"，实际上就是《广韵》，即将《广韵》的某些韵字，根据古韵的实际状况分成几个部分，然后重新与其他的韵部合并，既顾及了语音的系统性，又考虑到了语音的历史发展。如把舒声韵的"尤"韵的一部分字如"丘""谋"等归入"之""哈"部，把同为舒声韵的"支""麻""庚"三韵各分为二，还把三十四个入声韵目中的"屋""沃""烛""觉""药""铎""陌""麦""昔""锡"等十个带［-k］尾的入声韵，除"屋"韵三分外，其余九韵基本一分为二，然后分别归入不同的古韵部。这充分体现了古今语音系统的差别，为后人认识、研究上古韵部打下了基础。

虽然顾炎武有一些将非韵字当作韵字的误判，在入声与阴声的具体搭配关系上稍有欠缺，在韵部的划分上仍较粗略，但瑕不掩瑜，尤其是他的"读九经自考文始，考文自知音始，以至诸子百家之书亦莫不然"[①]的治音韵才能通经的观点，以及由此所建立起的一套以考据学为基础的古音学体系，为清代学者开辟了一条以音明经、通经明道、明道救世即以考据手段研究音韵的学术之路。

2. 江永

江永（1681—1762），字慎修，徽州婺源人，清代经学家、音韵学家，著有《古韵标准》《音学辨微》《四声切韵表》等。江永在《古韵标准》中收《诗经》入韵字一千九百多个，在顾炎武十部的基础上，根据韵母的"弇侈""洪细"等划分古韵为平、上、去各十三部。如平声韵的十三部为"东""支""鱼""真"

---

① 顾炎武：《答李子德书》，载《顾亭林诗文集》卷四，中华书局，1959年版。

"元""宵""歌""阳""耕""蒸""侯""侵""覃",较顾炎武多出"元""侯""覃"三部,纠正了顾的"真""元"不分、"侵""覃"不分、"幽""宵"不分的错误。并还单独列出"屋""质""月""药""锡""职""缉""叶"入声八部。在《音学辨微》中,江氏不仅解释了"等"的概念,还有"辨四声""辨清浊""辨开口合口""辨等列"等十一辨和"图书为声音之源"的一论。而《四声切韵表》,是江氏根据《广韵》音系绘出的一本韵图,全书通篇审音,由"凡例"和"韵图"两部分组成。江氏在古韵学上的成就主要体现在三个方面。

一是为古音研究确立了标准。江氏以前的音韵学家往往在治古韵时缺乏严格的时代观念,经常将先秦诗歌、韵文与汉魏晋六朝以及隋唐的诗歌、韵文混为一谈。而江氏在《古韵标准》中,"惟以《诗》三百篇为主,谓之'《诗》韵',而以周秦以下音之近古者附之,谓之'补韵',视诸家界限较明"[①]。

二是入声部的独立。与顾炎武的入声韵是和平声韵并在一起出现(即入声并阴声)不同,江氏的八个入声部都是独立的,而且主张"数韵共一入",即入声既可配阴声,又可配阳声,阴阳可以共入,这实际上已开阴、阳、入三分的先河。

三是注重审音。江氏在《古韵标准》中批评顾炎武"考古之功多,审音之功浅",说明其对审音非常重视,而顾炎武研究古音只凭考证,而江氏既重考证,又兼及审音,对当时的古韵研究有纠偏意义。

3. 戴震

戴震(1724—1777),字东原,安徽休宁人,为江永学生,清代著名学者、音韵学家,著有《声韵考》《声类表》等。戴氏在古韵学研究上的贡献主要集中在两个方面。

[①] 永瑢:《四库全书提要·古韵标准》,中华书局,1965年版。

一为通过分古韵为二十五部，从而确立了阴、阳、入相配的语音系统。戴氏从分析《广韵》入手，区别等韵洪细与韵类异同，建立了古韵阴、阳、入三分相配的系统，共分九类二十五部："（1）歌、鱼、铎；（2）蒸、之、职；（3）东、幽、屋；（4）阳、宵、药；（5）耕、支、锡；（6）真、脂、质；（7）元、祭、月；（8）侵、缉；（9）谈、叶。"其中舒声类十六部，入声类九部。其最大的特点就是说明汉语入声不仅仅只是一种调类，亦是韵类的一种，故将入声正式独立出来，形成了一个阴、阳、入三分的格局。

二为创建了古韵研究中的审音一派。古韵研究一般有考古（考据）和审音两种方法：前者是指对古代文献资料做客观的考订归纳，后者是指利用今音知识与等韵原理对古音的部类作音理上的分析和说明。审音一派始于江永，成于戴震，戴氏继承光大了其师的审音精神，利用今音的分韵，依据等韵原理，注重音理探求，从而在古韵研究中，拓展形成了新的审音一派。但他亦未废考古，而是在考古的基础上使审音对古韵韵部的划分起更大（决定性）的作用。如"霭"部的独立是戴震的发现，他不仅"以呼等考之"，发现"脂微齐皆灰，及祭泰夬废，亦同呼而四等者二"①，而且还罗列了"霭"部在《诗》韵中从《周南·芣苢》到《商颂·长发》的六十章用例，这就充分说明了"霭"部的划分不仅是审音的作用，亦有考古的充实依据。戴震正是将考古与审音两种方法结合起来的较为杰出的音韵学家，为后来的学者开辟了一条更为全面的研究古韵的道路。

4. 段玉裁

段玉裁（1735—1815），字若膺，号懋堂，江苏金坛人，戴震学生，清代著名文字训诂学家、音韵学家，除《说文解字注》外，尚著有《六书音韵表》等。《六书音韵表》全书五卷，分列

---

① 戴震：《答段若膺论韵书》，《戴东原集》，商务印书馆，1929年版。

五表：表一《今韵古分十七部表》，为全书总纲，列出古韵六类十七部；表二《古十七部谐声表》，用谐声偏旁，分归古韵十七部；表三《古十七部合用类分表》，重点说明合韵、假借、异平同入问题；表四《〈诗经〉韵十七部表》和表五《群经韵十七部表》，列出了群经、《国语》《楚辞》等的用韵，并做了考证。段氏在古韵研究上所做出的贡献主要表现在四个方面。

其一，将《说文》九千多个汉字置于新的古韵系统——标明《说文》各个字的韵部，从而分上古韵为六类十七部，即"之、皆、幽、侯、鱼、蒸、侵、谈、东、阳、耕、真、文、元、脂、支、歌"。其中的"之""脂""支"韵，段氏与其师戴震争论了十五年，最终戴震接受了弟子的古韵"之""脂""支"的三部分立之说。

其二，开辟了从谐声偏旁入手来研究古韵分部的新途径。段氏析出《说文》中的1601个谐声字偏旁，分归古韵十七部，建立了用谐声字考索古韵的分析方法，从而确立了"同谐声必同部"的论断。

其三，开创了新的以近为邻的韵部排列方式。段氏以前的上古韵都是按《广韵》的次序排列的，而段氏则创立了一种新的以音近为邻的即"合韵以十七部次第分为六类求之，同类为近，异类为远；非同类而次第相附为近，次第相隔为远"[①] 的排列方法。

其四，在古音理论建设方面，提出了"本音说""音变说""古同谐声必同部""古假借必同部""合韵说""同入说"等精辟见解。有的甚至是古韵学中的一些原理，如"合韵说"，可以用其来解释谐声字中同声不同部、异体字和"读若"的声符小同诸

[①] 段玉裁：《六书音韵表》卷三《古合韵次第近远说》，载《说文解字注》，上海古籍出版社，1984年版。

现象。段氏由此不仅成为古韵学理论的集大成者，亦成为对古今语音内部发展规律展开更深层研究的探索者。

5. 孔广森

孔广森（1752—1786），字众仲，山东曲阜人，清代学者、音韵学家，著有《诗声类》十二卷和《诗声分例》。孔广森分上古韵为十八部，其中阴声韵和阳声韵各九部，入声全部归入阴声部。又将《诗经》韵字分别归入这十八部中，并以每部所列韵字的第一字为该部韵目。阳声类九部为"原（元）""丁（耕）""辰（真）""阳""东""冬""缌（侵）""蒸""谈"；阴声类九部为"歌""支""脂""鱼""侯""幽""宵""之""合"。孔在古韵研究上的成就主要有两点。

一是将"东""冬"分立为两部。他在《诗声类》卷四、卷五中，把"冬""中""农""宫""虫""宗""众""戎"等声符的字独立为"冬"部，指出这些字在《诗经》中不得阑入"东"部，甚至到了魏晋时代，"冬""东"两部依然有别，所以"东""冬"不得合为一部。

二是提出了阴阳对转说。所谓的阴阳对转就是指主要元音相同的阴声韵和阳声韵之间可以转化的一种语音发展规律，这虽在戴震的古韵九类二十五部中以阴阳相配的学说中已开先河，但没有像孔广森那样明确、系统地提出阴阳对转的概念，而且在孔广森提出的"歌"与"原"、"鱼"与"阳"、"宵"与"缌"、"支"与"丁"、"侯"与"东"、"之"与"蒸"、"脂"与"辰"、"幽"与"冬"、"合"与"谈"的九类阴阳对转中，只有"合"与"谈"、"宵"与"缌"、"幽"与"冬"不能对转，其余六类对转是正确的。

虽然《诗声类》亦有所不足，如囿于方言、认为"上古无入声"、"合"与"谈"对转不是阴阳关系、"宵"与"缌"和"幽"与"冬"对转是不妥的等，但其总体上的成就，犹如王力先生所评价的:"阴阳对转是孔广森的创见。孔氏著《诗声类》时,他并没有看见戴震的《答段若膺论韵》,他的阴阳之说只是与戴暗合。而实际上孔氏阴阳之说比戴氏高明。戴氏以'歌'部作为阳声配'鱼'是错误的;孔氏以'歌'部作为阴声配'元'是正确的。"①

6. 王念孙

王念孙(1744—1832),字怀祖,号石臞,江苏高邮人,戴震学生,清代训诂学家、音韵学家,著有《广雅疏征》《古韵谱》等。王念孙23岁时,得江永《古韵标准》读之,旋取《诗经》《楚辞》等书用韵情形,反复寻绎,始知江书仍未尽意。遂在段玉裁十七部的基础上又分出"至""祭""缉""盍"四部,得上古韵二十一部。晚年又接受孔广森的说法,分"冬""东"为二,增至二十二部。

除此而外,王念孙对古书中的文字假借、声韵通转及各韵部平、上、去、入情况亦颇有研究。如乾隆五十四年(1789),段玉裁有事进京,与王念孙会晤,商订古韵。王念孙告以五点:"侯"部自有入声;"月""曷"以下不是"脂"部的入声韵,当区别为一部;"质"部亦不是"真"部的入声韵;"质""约"二部都有去声而无平、上声;"缉""盍"二部则无平、上声,亦无去声。段玉裁只从"侯"部有入声和分"术""月"为二部之说,其余三点未从。② 现覆察段玉裁的十七部,若他当时听从王念孙的意见,则其的"屋""沃"不分、"质"附"真"下、"脂""祭""月"不分、"缉""盍"附"侵""谈"下,皆可改之矣!

7. 江有诰

江有诰(? —1851),字晋三,号古愚,安徽歙县人,自学

---

① 王力:《清代古音学》,中华书局,1992年版。
② 江有诰:《音韵十书》卷首《王石臞先生来书》,中华书局,1993年版。

成才，终身布衣，清代著名音韵学家，著有《音学十书》，但刊行于世的只有《诗经韵读》《先秦韵读》《谐声表》《入声表》等七种，另附有《等韵丛说》。江氏在总结前人研究成果的基础上，以等韵作为辅助手段，从一字两读、谐声偏旁和先秦韵文押韵等几个方面来深入、全面、系统地分析研究古韵，从而做出了较大贡献。

首先，分古韵为"之、幽、宵、侯、鱼、歌、支、脂、祭、元、文、真、耕、阳、东、中、蒸、侵、谈、叶、缉"凡二十一部。而且二十一部的排列次序较前面的几位学者合理，因其更接近了"音近为邻"的标准，之后的学者皆以江氏的这一排序为参考。江氏的好友夏炘因赞同王念孙的"至"部独立，将江氏的二十一部析出一个"至"部而分为二十二部，遂成为清代古韵分部的最终定局。故而王国维赞评曰：清代学者对上古韵分部的考订研究从顾炎武到江有诰，"作者不过七人，然古音二十二部之目遂令后世无可增损"[①]。

其次，江氏的《谐声表》按"同声必同部"的原则，把1139个声符分别归入二十一部之中，其优胜之处就是将先秦典籍中绝大部分字一一归入了各韵部之中，这是仅仅依靠先秦韵文如《诗经》《楚辞》等来系联，在字数上所达不到的。段玉裁虽做过"谐声表"，但已不大适用，而且有些声符归部亦欠妥当，江氏对其做了调整和补充。故江氏的这一《谐声表》对后来者研究上古韵部归字，具有重要的参考价值。

再次，江氏的《入声表》对入声的分配进行了调整，尤其对段玉裁的入声分配多所纠正。除偏旁谐声外，江氏还从一字两读、先秦韵文中平入合韵这两个方面来考察入声的归属，将入声或独立，或与阴声韵相配。又因《入声表》每表以四声相配，等

---

① 王国维：《观堂集林》卷八《周代金石韵读·序》，中华书局，1959年版。

于给先秦语音系统绘了韵图,使人们得以看见上古语音的全貌,从而推知语音演变的脉络,对规范上古韵表制作、明确古韵构成及古音拟测等方面都有很大的贡献。

最后,江氏还提出了"古四声问题",是第一个非常肯定上古音有四声的学者。

总之,江氏对上古韵研究的成就与贡献良多,正如《清史稿》中所载段玉裁对他的评价那样:"余与顾氏、孔氏皆一于考古,江氏、戴氏则兼以审音。晋三于前人之说择善而从,无所偏徇,又精于呼等字母,不惟古音大明,亦使今韵分为二百六部者得其剖析之故,韵学于是大备矣。"①

(三)清代以后对上古诗歌音韵的补苴

上古韵部通过有清一代学者的孜孜研究,虽然已基本定局,但亦非二十二部无可增损。经民国之后不少学者的努力,学界已有一些新的发现和补充完善,其贡献较突出的有章炳麟、黄侃、王力三位。

1. 章炳麟

章炳麟(1868—1936),字枚叔,号太炎,浙江余杭人,著名朴学大师、音韵学家,著有《新方言》《文始》《小学答问》《国故论衡》等,其关于古韵学的研究大多载于《国故论衡》和《文始》中。章太炎认为语音是文字产生的前提和基础:"凡治小学,专辨章形体,要于推寻故言,得其经脉。不明音韵,不知一字数义所由生。"② 章太炎在古韵学研究上的成就主要集中在三个方面。

一是分古韵为二十三部。章太炎在夏炘古韵二十二部的基础上,考证了"脂"部的去声及相配的入声韵不与平、上声韵同

---

① 赵尔巽等:《清史稿·江有诰传》,中华书局,1977年版。
② 章炳麟:《国故论衡》卷上《小学略说》,商务印书馆,2010年版。

押,遂将它们独立出来,成立了"队"部,即成了二十三韵部。

二是创制了一张《成均图》。章太炎将二十三韵部排列在这张圜形的图上,用以说明韵部之间的远近通转关系,而且这一韵转关系主要是从语言和语义的关系来讨论语言演变中的声音转变规律,与训诂学紧密地联系起来,从而建立了具有个人特色的韵转理论。

三是在上古音的声母方面提出了"古音娘日二纽归泥说"。即"古音有舌头泥纽,其后支别,则舌上有娘纽,半舌半齿有日纽,于古皆泥纽也"。所谓"娘日二纽归泥"是说上古没有"娘""日"二纽,只有"泥"母。据研究,声母"娘"和"日",上古属"泥"声母,中古以后"泥"母才分化为三,即"泥""娘""日"。这在谐声、读若、声训诸材料中皆有广泛的考证依据,这是章氏对古音学的又一大重要贡献。

章太炎通过论证"娘日二纽归泥",一改以前声母杂乱无章的状况,将古代声母明确定为二十个。同时还针对中国"方言处处不同"的状况,经收集和比较研究,总结出方言由古音变转而来的一般规则,即"方言六例"。正如梁启超在《清代学术概论》中所评价他的那样:"其治小学,以音韵为骨干……所著《文始》及《国故论衡》中论文字音韵诸篇,其精义多乾嘉诸老所未发明。应用正统之研究法,而廓大其内容,延辟其新径,实炳麟一大成功也。"

2. 黄侃

黄侃(1886—1935),字季刚,湖北蕲春人,章炳麟学生,语言文字学家、音韵学家,著有《音略》《声韵通例》《尔雅略说》《集韵声类表》等。黄侃在上古韵部的探研中将古韵、今韵和等韵的研究结合起来,发现"大抵古声于等韵只具一、四等,从而《广韵》韵部与一、四等相应者,必为古本韵,不在一、四等者,必为后来变韵"①。

同时又全面总结和继承前人研究成果,在其师章炳麟古韵二十三部的基础上,又吸收了戴震审音的阴、阳、入三分的做法和戴震的"锡""铎""屋""沃""德"五个收[-k]尾的入声韵部,而定古韵为阴、阳、入三类相配的二十八韵部,即阴声韵八部:"歌戈""灰""齐""模""侯""萧""豪""咍";阳声韵十部:"寒桓""先""痕魂""青""唐""东""冬""登""覃""添";入声韵十部:"曷末""屑""没(队)""锡""铎""屋""沃""德""合""帖"。对其的上古韵阴、阳、入相配的二十八部,现在大多学者皆持基本肯定态度。

黄氏的古声十九纽说,亦吸收了钱大昕的"古无舌上""古无轻唇"和章炳麟的"娘日二纽归泥"诸说法,再通过自己的研究,将"照"系二等归入"精"系,"照"系三等归入"端"系;并"群"于"溪",并"邪"于"心",从而得上古声十九纽。这亦是为学术界所公认的其对古纽研究的重大贡献。

因之,章炳麟在为其弟子黄侃所撰的墓志铭中称道他说:"尤精治古韵。始从余问,后自为家法。"洵非溢美之词。

3. 王力

王力(1900—1986),字了一,广西博白县人,当代著名语言学家、音韵学家。著有《汉语音韵学》《诗经韵读》《清代古音学》等。王力先在《汉语音韵学》中分上古韵为二十九部,后又增加一个"冬"部(认为战国时期才出现),共为三十部。王力的这一上古韵分部有几个特点。

一是继承了戴震、黄侃的格局,采用阴、阳、入三声分立的相配形式。

二是创立了一个"微"部,它由江有诰的"脂"部分离而

---

① 黄侃:《尔雅略说》,载《黄侃论学杂著》,上海古籍出版社,1980年版。

出。江氏归入"脂"部《广韵》"齐"韵字及"脂""皆"两韵的开口字,王力仍视为"脂"部;王力将归入"脂"部的《广韵》"微""灰""咍"三韵的字及"脂""皆"的合口字,则改归为"微"部,并说:"脂微应分为两部,质为脂之入,物为微之入。"① 这一微部是在章炳麟"队"部及王力自己的《南北朝诗人用韵考》一文的启发下创立的,基本上已为学术界所公认。

三是受黄侃的影响,以"歌"与"月""元"相配。王力的"月"部与江有诰的"祭"部内容相同,包含有"祭""泰""夬""废"这四个《广韵》的去声韵。但王认为上古无去声韵,《广韵》的去声韵在上古多数属于入声。

清代音韵学家和当代另两位著名音韵学家罗常培(著有《汉语音韵学导论》)、周祖谟(著有《广韵校本》)皆不用"歌"部与"月""元"部相配。罗、周两位虽采用了王力的"微"部,但将王力的"月"部中所包含的去声"祭""泰""夬""废"独立出来成为"祭"部,而分上古韵为三十一部,即以"祭""月""元"相配,"歌"部仍保持独立。王力的"歌""月""元"相配,可能有求阴阳入三分相配整齐之主观意愿成分,不是很精确。但无论怎样,目前学界的教材、辞书甚至很多专著,采用的仍是王力的三十韵部,故特将王的三十韵部列示如下:

阴声	韵尾	入声	韵尾	阳声	韵尾
之部		职部		蒸部	
支部		锡部		耕部	
鱼部		铎部		阳部	
侯部		屋部		东部	
宵部		药部			

---

① 王力:《汉语语音史》,商务印书馆,2010年版。

续表

阴声	韵尾	入声	韵尾	阳声	韵尾
幽部		觉部	−k	冬部	−ng
微部		物部		文部	
脂部		质部		真部	
歌部	−i	月部	−t	元部	−n
		缉部		侵部	
		盍部	−p	谈部	−m

三、上古诗歌的声调

（一）上古诗歌声调的众说纷纭

相对于远古时期声调的尚未成熟和诗歌声调的混杂，以及中古时期四声的发现与诗歌声调的严格而言，夹在其间的上古时期，其四声是否存在和诗歌声调的状况如何，历代学者都有自己的看法，可谓歧见纷呈，莫衷一是。

北宋吴棫在《韵补》中就已提到过，"上古平上去入四声可以通转"，即可通押；南宋的程迥，在《古韵通式》中亦提出"四声互用，切响同用"的观点。说明在宋代，人们已知上古有平、上、去、入四声。

但到了明代，较有影响力的音韵学家陈第却认为"古无四声"。其在《读诗拙言》中说："四声之辨，古人无有。中原音韵，此类实多，虽然必以平叶平、仄叶仄也，无异以今泥古乎？"又曾为《诗经·邶风·谷风》中的"怒"字作注云："上声。颜师古《匡缪正俗》曰：'怒，古读音有二音，但知有去声者，失其真也。今除"逢彼之怒""将子无怒""畏之遣怒""宜无悔怒"皆去声，不录，录其上声。'愚谓颜氏之言固善，然四声之说起于后世，古人之诗取其可歌可咏，岂屑屑毫厘，若经生为耶？且

上、去二音，亦轻重之间耳。"(《毛诗古音考》卷一)

至清代，各家对上古声调的论说更为纷繁，大致可归划成四派。

一是以顾炎武、江永、戴震为代表的虽承认上古有四声，但可并用通押的一派。如顾炎武的《四声一贯》说："上或转为平，去或转为平上，入或转为平上去，则在歌者之抑扬高下而已。故四声可以并用。"① 江永亦言："四声虽起江左，按之实有其声，不容增减，此后人补前人未备之一端。平自韵平，上去入自韵上去入者，恒也。亦有一章两声，或三声四声者，随其声讽诵咏歌，亦有谐适，不必皆出一声，如后人诗余歌曲，正以杂用四声为节奏。诗韵何独不然？"② 戴震则更明确表示："古人用韵，未有平上去入之限，四声通为一音，故帝舜歌以'熙''喜''起'韵，而'三百篇'通用平上去及通用去入者甚多，各如其本音读之，自成歌乐。"③

二是以段玉裁为代表的"古无去声"派。即"古四声不同今韵，犹古本音不同于今韵也。考周秦汉初之文，有平上入而无去。洎乎魏晋，上入声多转而为去声，平声多转为仄声。于是乎四声大备，而与古不侔。……古平、上为一类，去、入为一类。上与平一也，去与入一也。上声备于'三百篇'，去声备于魏晋。"④

三是以孔广森为代表的"古无入声"派。即"案周京之初，陈风制雅，吴越方言非未入中国，其音皆江北人唇吻，略与《中原音韵》相似，故《诗》有三声而无入声，今之入声于古皆去声

---

① 顾炎武：《音学五书·音论》，中华书局，1982年版。
② 江永：《古韵标准·例言》，中华书局，1982年版。
③ 戴震：《声韵考》，民国间渭南严氏刊本。
④ 段玉裁：《六书音均表一·古四声说》，载《说文解字注》，上海古籍出版社，1984年版。

也"①。

四是以王念孙、江有诰为代表的认为上古有四声，但不同于今四声的一派。如王念孙将其的古韵二十一部分为两类："自'东'至'歌'十部为一类，皆有平上去而无入。自'支'至'宵'之十一部为一类，或四声皆备，或有去入而无平上，或有入而无平上去，而入声则十一部皆有之，正与前十类之无人者相反。此皆以九经、《楚辞》用韵之文为准，而不从《切韵》之例。"②江有诰在给王念孙的信中亦说道："有诰初见亦谓古无四声，说载初刻《凡例》，至今反复纠绎，始知古人实有四声，特古人所读之声与后人不同。"③

进入民国后，对上古声调虽仍有争执，但已大体趋向上古有四声说。

首先章炳麟认为古有四声，只不过"古平上韵与去入韵截然两分：平上韵无去入，去入韵无平上"④。

而黄侃与其师观点相左，直言："四声无去声，段君所说，今更知古无上声，唯有平入而已。"⑤

王力则提出长调短调的四个声调说："我认为上古有四个声调，分为舒促两类，即舒声：平声，高长调；上声，低短调。促声：长入，高长调；短入，低短调。上古四声不但有音高的分别，而且有音长（音量）的分别。必须是有音高的分别的，否则后代以音高为主要特征无从而来；又必须是有音长的分别的，因为长入声字正是由于读音较长，然后把韵尾塞音丢失，变为第三种舒声（去声）了。"⑥

---

① 孔广森：《诗声类》卷八，中华书局，1983年版。
② 王念孙：《与李方伯书》，载《经义述闻》，凤凰出版社，2000年版。
③ 江有诰：《再寄王石臞先生书》，载《中国历代音韵学文选》，华东师范大学出版社，2003年版。
④ 章炳麟：《二十三部音准》，载《国故论衡》，商务印书馆，2010年版。
⑤ 黄侃：《音略·略例》，载《黄侃论学杂著》，上海古籍出版社，1980年版。
⑥ 王力：《汉语语音史》，商务印书馆，2010年版。

周祖谟认为古已有四声之分："四声之名，古所未有，学者皆知始于宋齐之末。至于四声之分，则由来已远，非始于江左也。魏晋之人为文制韵固已严辨四声，即上求周秦两汉之文，亦莫不曲节有度，平必韵平，入必韵入，故知字有声调之别，自古已然。"①

当代另一著名音韵学家董同龢亦与周祖谟的观点相同，且进一步指出："声调的分别自古有之，而古今字调的不同也就是时有古今的缘故。我们不能根据古今音异的观念，便大走极端，以为古人一定不分声调。"② 等等。

（二）上古诗歌声调众说纷纭的原因

至于历代学者对中古诗歌四声观点一致而对上古诗歌四声观点歧异的原因，大致不外乎三点。

其一，考订研究上古诗歌声调的材料非常有限。研究上古诗歌声调所能提供的材料只有《诗经》《楚辞》等为数不多的韵文和《说文》中保留的形声字的谐声系统及一些零星的异文、假借资料，而最有利用价值的韵书、韵图尚未出现。这就直接影响了学者们的研究广度与深度，所得出的上古声调结论自然就不会很科学与精确，故而难以取得一致。

其二，自古以来声调的调值易变纷错。隋代陆法言在《切韵序》中曾指出："古今声调既自有别，诸家取舍亦复不同。吴楚则时伤轻浅，燕赵则多涉重浊，秦陇则去声为入，梁益则平声似去。"亦即声调的高低升降曲直等容易变化而显得纷繁错杂，主要是由于所处地域不同造成的。所以同一个字在不同地区的方言中，其调值会发生很大变化而不同。晚清著名音韵学家劳乃宣对此曾做过较为精辟的解释："此盖以异方之人听之耳，使其本方

---

① 周祖谟：《古音有上去二声说》，载《周祖谟学术论著自选集》，北京师范大学出版社，1993年版。

② 董同龢：《汉语音韵学》，中华书局，2001年版。

人听之，必不尔也。彼方之去似此方之入，则彼必别有其入，且谓此方之入似其去；彼方之平似此方之去，则彼必别有其去，且谓此方之去似其平。……故四声之辨，可各以方音求之。其音不必强同，其理自无不同也。"[1] 正是因为历代学者所生长的地域不同，必然会受到各自方音调值的不同变化而影响到其声调取舍的不同。

其三，运用的研究方法各有所不同。有的重考据，有的重审音，有的考据、审音并重，有的着重归纳上古韵文如《诗经》《楚辞》中的入韵字，有的着重归纳《说文》、先秦典籍中的形声字的谐声系统，等等，从而导致所得出的上古声调研究结论的不同。

（三）夏燮的上古声调"四声具备，分用划然"的功不可没

值得关注的是，上古声调在学者们研究的初期、中期分歧很大，随着时间的推进和研究的不断深入，歧见逐步缩小，洎乎晚清，古有四声说已为大多数学者所认同。其中的夏燮，因其研究独到、考证翔实、材料充分、论证有力，对上古四声说的确立夯实功不可没。

夏燮（1800—1875），字季理，号江上蹇叟，安徽当涂人，史学家兼音韵学家，著有《中西纪事》《明通鉴》《述均》《音韵辨微校正》等。其在《述均》中明确宣称："'三百篇'、群经有韵之文，四声具备，分用划然"，接着通过对《诗经》《楚辞》《周易》等用韵的考证，从三个方面举例来证实上古时期是有四声的。

第一方面，"古无四声，何以《小雅·楚茨》二章，《鲁颂·閟宫》之三章连用至十一韵十二韵皆平声；《小雅·六月》之六章，《甫田》之三章连用至七韵九韵，《大雅·蒸民》之五章六

---

[1] 劳乃宣：《等韵一得·外篇》，清光绪二十四年（1898）吴桥官廨刻本。

章,《鲁颂·閟宫》之二章三章合用至十韵十一韵皆上声;《邶·柏舟》之二章,《魏·汾沮洳》之一章,《卫·氓》之六章连用至四韵五韵七韵,以至《楚辞》之《惜往日》,连用至十韵皆去声;《魏·伐檀》之二章,《商颂》之《那》,《鲁颂·閟宫》之八章连用至六韵八韵九韵,以至《尚书·洪范》①之'六三德'以下连用至十五韵,《尔雅·释训》'穰,穰福也'以下连用十七韵皆入声。此其可证者一也。"

第二方面,"《关雎》为诗之首篇而四声具备:鸠、洲、逑、求,平也;得、福、侧,入也;来、友,上也;芼、乐,去也。《小雅·泂酌》三章分平上去三韵;《召南·摽有梅》三章……分平去入三韵;《鄘·墙有茨》三章……分平上入三韵。若古无四声,何以分章异用,如此疆尔界,不相侵越?又有同用一韵而四声分章,同用一韵,同在一章而四声分配较若划一。古无四声,何以有此?此其可证者又一也。"

第三方面,"享、饗为古音之平声,《诗》凡十见,皆不与上同用;庆为古音平声,《诗》凡七见,《易》十二见,皆不与去同用;予为古音之上声,《诗》凡十见,皆不与平声同用;戒为古音之入声,《诗》凡三见……《易》一见,皆不与去声同用。苟古无四声,何以屡用而不容一韵之出入?此其可证者又一也。"

通过以上三个方面证实了上古确有平、上、去、入四声后,夏燮总结道:"大抵后人多以唐韵之四声求古人,故至多不合,因其不合而遂疑古无四声,非通论也。"这无疑又点出了一层上古声韵歧异的缘由。

---

① "洪范",原作"鸿范",据《尚书》通行本校正。

第三节　上古诗歌声韵从两周至两汉的主要演变

一、两周到两汉的重要文化背景

两周至两汉，先秦诗不仅从《诗经》的四言体演变发展成五言、七言及杂言的汉乐府、古诗和从《楚辞》演变发展成汉赋，而且在诗歌声韵上亦发生了不少变动。这与两周尤其是东周（春秋战国）的割据战乱到秦汉的大一统格局即文化背景是密切相关的。

春秋战国时期，各诸侯国之间的战争动乱长达550余年之久。秦始皇秉承先祖遗烈，席卷六国，混一宇内。虽然立国时间仅十六年，却立郡县、废封建、强君权、兴私田、设太学、书同文、车同轨、度同制、刑同律、行同伦，为紧随其后的国祚长达四百余年的两汉奠定了基础。

汉承秦制，在政治上加强中央集权，实施"推恩令"，解决"王国"问题。并设立唯才是举的察举制度，形成独特的文官选拔体系；在思想上"独尊儒学"，将儒家经典作为国家教科书，与此同时在中央设太学，地方置乡学，通过儒学教育而加强思想一统；在经济上重农抑商，大力发展农业生产和手工业，实施盐铁专卖，并通过派遣使者通西域而开辟"丝绸之路"；在军事上加强中央常备军建设和实行征兵募兵并行及军事屯田制度，打击匈奴，解除边患和拓展疆土，等等。从而在西汉时就形成了一个国土广袤、人口近6000万（西汉平帝元始二年即公元2年，全国民户12233062户，人口59594978人①）的泱泱华夏大国，亦即成为当时世界上和欧洲罗马帝国并列的最强大的文明帝国。这为文艺发展、学术繁荣提供了一个社会稳定、政策宽松、物质充

---

① 班固：《汉书·地理志》，中华书局，1962年版。

裕、人才辈出的良好文化环境。自此之后，华夏族被称为汉族，华夏文字被称为汉字，而且以汉语言文字和儒家思想伦理体系为核心要素的汉文化圈亦由此而逐渐形成。

除上述文化大背景外，对两汉诗歌声韵变动更有着直接影响的，尚有五个具体的文化要素。

（一）经学

两汉的经学有今文经学和古文经学之争，至东汉中叶后，古文经学占压倒优势，如贾逵、马融、许慎等古文经学家纷纷注经和著书立说，对文字、音韵、训诂都进行了深入研究。到了东汉末，经学大师郑玄以古文经学为宗，兼采今文经学之说而遍注群经，成为经学集大成者。

（二）史学

两汉的史学著作丰富，除司马迁开创的纪传体《史记》、班固的断代史《汉书》这两大著名的史学巨著外，尚有陆贾的《楚汉春秋》、荀悦的《汉纪》、赵晔的《吴越春秋》、袁康的《越绝书》等。

（三）文学

两汉的文学主要有诗歌、辞赋和散文。如诗歌中的乐府《战城南》《孔雀东南飞》，古诗十九首的《行行重行行》、杂诗《十五从军征》等；辞赋有贾谊的《吊屈原赋》、司马相如的《子虚赋》、扬雄的《长杨赋》、张衡的《归田赋》等；散文有政论文如晁错的《论贵粟疏》、史传文如司马迁的《史记·项羽本纪》、思想哲理文如王充的《论衡》等。

（四）小学

两汉是古汉语语言文字学研究的形成期，包括文字学、训诂学、音韵学三个方面。如列入《汉书·艺文志》"小学"类的《凡将篇》《急就篇》《元尚篇》等皆为此类作品。《尔雅》是中国首部词汇学词典，是训诂学的肇端；扬雄的《方言》是汉语方言史上第一部研究地域性语言的专著；许慎的《说文》是文字学的巨著，开了以偏旁分部、用形、音、义相结合的方法研究文字的先河；刘熙的《释名》最先研究语言与语义的关系，全书的名物语词皆用声训方法即采用声音相同或相近的字来解释词义等。汉代的注音条例主要是"读若""读如"，至东汉末出现了反切，即开始了音韵学的研究，这与以上"小学"的兴起密不可分。反切的出现表明汉代学者已能分解一个汉字的声母、韵母和声调，这是对包括诗歌声韵在内的汉语语音认识和研究上的一大进步。

（五）宗教

两汉的政治思想除儒学外，还有东汉明帝时从西域传入的佛教、东汉后期以民间流行的神仙方术与道家思想结合所形成的道教。

二、诗歌声韵从两周到两汉的主要演变

由于诗歌声韵演变发展所考量的主要是诗歌声调和诗歌押韵的变动情况，而据历代音韵学家的研究，大多认为上古阶段的韵文已有平、上、去、入四声，故从两周到两汉的诗歌声调不会有什么大的变动，至多只有一些字从原属的声调如平声归为另一个声调如去声，即归声有所变化，但数量不多，影响不大。因此考量的重点就落在了两汉诗歌的押韵字上，即由于押韵字所归属的韵部变动而引起的押韵变化上。正如前文所述，《诗经》所属的两周时期的韵部有 30 个（一般以王力先生所研究提供的韵部为准），到了两汉尤其是东汉后期的韵部已减少至 28 个，主要原因是有的韵部得到归并，如阴声韵的"侯"部并入"鱼"部、"微"部并入"脂"部，阳声韵的"文"部并入"真"部，但亦有个别韵部分化的，如入声韵的"月"部分出阴声韵"祭"部等。故汉代的韵部为：

阴声韵"之""支""鱼""宵""幽""脂""歌""祭"8 部；

阳声韵"蒸""耕""阳""东""冬""真""元""侵""谈"9部；

入声韵"职""锡""铎""药""屋""觉""物""质""月""缉""叶"11部。

另则，虽然两周的韵部在汉代绝大部分仍然保留，但韵部之间字类的转移却引起了有些韵部范围的扩大或缩小的变动，如"宵"部、"幽"部、"侯"部、"鱼"部、"歌"部、"支"部、"耕"部、"阳"部等。试分述如下。

（一）韵部的归并与分化

1. "侯"[ho]部并入"鱼"[ia]部。试举两例证：

鲁生歌

（东汉）赵壹

势家多所宜，欬土自成珠。
被褐怀金玉，兰蕙化为刍。
贤者虽独悟，所因在群愚。
且各守尔分，勿复空驰驱。
哀哉复哀哉，此是命矣夫！

该诗韵脚有："珠""刍""愚""驱""夫"。其中："夫"为"鱼"[ia]部；"珠""刍""愚""驱"在两周时属"侯"[ho]部，至两汉皆并入了"鱼"部。如再从《诗经·唐风·绸缪》："绸缪束刍[tʃhio]，三星在隅[ŋgio]"和《诗经·鄘风·载驰》："载驰载驱[khiuo]，归唁卫侯[ho]"稽考，在两周"刍""隅"和"驱""侯"皆属"侯"部，若至两汉则并入了"鱼"部。

上山采蘼芜（汉古诗）

上山采蘼芜，下山逢故夫。
长跪问故夫，新人复何如？

> 新人虽言好，未若故人姝。
> 颜色类相似，手爪不相如。
> 新人从门入，故人从阁去。
> 新人工织缣，故人工织素。
> 织缣日一匹，织素五丈余。
> 将缣来比素，新人不如故。

该诗韵脚有"夫""如""姝""去""素""余""故"。其中："夫""如""去""素""余""故"为"鱼"[ia]部；"姝"在两周时属"侯"[ho]部，至两汉并入了"鱼"部。如再从《诗经·邶风·静女》："静女其姝[sjio]，俟我于城隅[ngio]。爱而不见，搔首踟蹰[dio]"稽考，在两周"姝""隅""蹰"皆属"侯"部，若至两汉则并入了"鱼"部。

2. "微"[əi]部并入"脂"[ei]部。试举两例证：

士不遇赋（节选）
（西汉）董仲舒

> 观上古之清浊兮，廉士梵荣而靡归。
> 殷汤有卞随与务光兮，周武有伯夷与叔齐。
> 卞随务光遁迹于深渊兮，伯夷叔齐登山顶而采薇。
> 使彼圣人其犹周皇兮，矧举世而同迷。

该赋韵脚有"归""齐""薇""迷"。其中："齐""迷"为"脂"[iei]部；"归""薇"在两周时属"微"[əi]部，至两汉并入了"脂"部。如再从《诗经·邶风·式微》"式微！式微[miuəi]！胡不归[kiuəi]"和《诗经·小雅·四月》"山有蕨薇[miuəi]……君子作歌，维以告哀[əi]"稽考，在两周"微""归"和"薇""哀"皆属"微"部，若至两汉则并入了"脂"部。

汉古诗十九首·其五·西北有高楼

西北有高楼,上与浮云齐。
交疏结绮窗,阿阁三重阶。
上有弦歌声,音响一何悲!
谁能为此曲,无乃杞梁妻。
清商随风发,中曲正徘徊。
一弹有三叹,慷慨有余哀。
不惜歌者苦,但伤知音稀。
愿为双鸿鹄,奋翅起高飞。

该诗韵脚有"齐""阶""悲""妻""徊""哀""稀""飞"。其中:"齐""阶""妻"为"脂"[iei]部;"悲""徊""哀""稀""飞"在两周时属"微"[əi]部,至两汉并入了"脂"部。如再从《楚辞·九辩》"靓杪秋之遥夜兮,心缭悷而有哀[əi]。春秋逴逴而日高兮,然惆怅而自悲[pəi]"和《楚辞·远游》:"雌蜺便娟以增挠兮,鸾鸟轩翥而翔飞[piuəi]。音乐博衍无终极兮,焉乃逝以徘徊[huəi]"稽考,在两周"哀""悲"和"飞""徊"皆属"微"部,若至两汉则并入了"脂"部。

3. "文"[ən]部并入"真"[ien]部。试举两例证:

汉乐府古辞·雁门太守行(节选)

孝和帝在时,洛阳令王君。
本自益州广汉民。
少行宜学,通五经纶。
……　……
临部居职,不敢行恩。
清身苦体,夙夜劳勤。
治有能名,远近所闻。(七解)

该乐府古辞韵脚有"君""民""纶""恩""勤""闻"。其中："民""恩"为"真"[iən]部；"君""纶""勤""闻"在两周时属"文"[ən]部，至两汉并入了"真"部。如再从《诗经·豳风·鸱鸮》："恩斯勤[giən]斯，鬻子之闵[miən]斯"和《楚辞·九章·惜诵》："退静默而莫余知兮，呼莫吾闻[miuən]"稽考，在两周"勤""闵"和"闻"皆属"文"部，若至两汉则并入了"真"部。

悲士不遇赋（节选）

（西汉）司马迁

悲夫！士生之不辰，愧顾影而独存。恒克己而复礼，惧志行之无闻。谅才韪而世戾，将逮死而长勤。虽有形而不彰，徒有能而不陈。何穷达之易惑，信美恶之难分。时悠悠而荡荡，将遂屈而不伸。

该赋韵脚有"辰""存""闻""勤""陈""分""伸"。其中："陈""伸"为"真"[iən]部；"辰""存""闻""勤""分"在两周时属"文"[ən]部，至两汉并入了"真"部。如再从《诗经·大雅·桑柔》"忧心慇慇[iən]，念我土宇。我生不辰[zjiən]，逢天僤怒。自东徂西[syən]，靡所定处"和《诗经·郑风·出其东门》"出其东门[muən]，有女如云[hiuən]。虽则如云[hiuən]，匪我思存[dzuən]。缟衣綦巾[kiən]，聊乐我员[hyuən]"稽考，在两周"慇""辰""西"和"门""云""存""巾""员"皆属"文"部，若至两汉则并入了"真"部。

4."月"[at]部分化出"祭"[əei]部。试举两例证：

怨歌行

（西汉）班婕妤

新裂齐纨素，皎洁如霜雪。
我为合欢扇，团团似明月。
出入君怀袖，动摇微风发。

常恐秋节至,凉风夺炎热。

弃捐箧笥中,恩情中道绝。

子虚赋(节选)
(西汉)司马相如

浮文鹢,扬旌栧,张翠帷,建羽盖。

罔瑇瑁,钩紫贝。

摐金鼓,吹鸣籁。

榜人歌,声流喝。

水虫骇,波鸿沸,涌泉起,奔扬会。

礧石相击,硠硠磕磕,若雷霆之声,闻乎数百里之外。

将息獠者,击灵鼓,起烽燧,车按行,骑就队,纚乎淫淫,般乎裔裔。

以上第一例诗的韵脚有"雪""月""发""热""绝",第二例赋的韵脚有"盖""贝""籁""喝""会""外""裔",在先秦,两者皆属入声韵"月"部。至两汉,因月部分化出阴声韵"祭"部,故第一例诗的韵脚仍为"月"部,第二例赋的韵脚则转入了"祭"部。如再从先秦《诗经·大雅·荡》"人亦有言,颠沛之揭,枝叶未有害,本实先拨。殷鉴不远,在夏后之世"稽考,其韵脚"揭""拨""世",在先秦皆属"月"部。如至两汉,由于从"月"部分化出"祭"部,则"世"转入了"祭"部,而"揭""拨"仍留在"月"部。

(二)韵部之间字类的转移

1. 两周阴声韵"幽"[yu]部所包含的"曹""皋""抱""牢""陶""骚""涛""茅""雕""条""调""保""考""道""早""草""稻""宝""好""老""浩""扫""卯""鸟""扰"等字,到两汉时转入了阴声韵"宵"[io]部。试举二例证:

新树兰蕙葩（汉古诗）

新树兰蕙葩，杂用杜蘅草。
终朝采其华，日暮不盈抱。
采之欲遗谁？所思在远道。
馨香易销歇，繁华会枯槁。
怅望何所言，临风送怀抱。

该诗韵脚有"草""抱""道""槁""抱"。其中："槁"为"宵"部；"草""抱""道"在两周时属"幽"部，至两汉则转入了"宵"部。

回车驾言迈（汉古诗十九首·其十一）

回车驾言迈，悠悠涉长道。
四顾何茫茫，东风摇百草。
所遇无故物，焉得不速老？
盛衰各有时，立身苦不早。
人生非金石，岂能长寿考？
奄忽随物化，荣名以为宝。

该诗韵脚有"道""草""老""早""考""宝"，在两周时皆属"幽"部，至两汉则转入了"宵"部。

2. 两周阴声韵"侯"[ho]部所包含的"侯""投""头""后""口""偶""隅""走""斗""沤""垢""苟""构""狗""偷""诟""候""厚"等字，到两汉时转入了阴声韵"幽"[yu]部。试举两例证：

秋风萧萧愁杀人（汉乐府杂曲歌辞）

秋风萧萧愁杀人，出亦愁，入亦愁。
座中何人，谁不怀忧？令我白头。
胡地多飚风，树木何修修？
…… ……

该乐府歌辞韵脚有"愁""忧""头""修"。其中:"愁""忧""修"为幽部;"头"在两周时属"侯"部,至两汉则转入了"幽"部。

适吴诗（节选）

东汉　梁鸿

聊逍遥兮遨嬉，缵仲尼兮周流。
倪云睹兮我悦，遂舍车兮即浮。
过季扎兮延陵，求鲁连兮海隅。
虽不察兮光貌，幸神灵兮与休。
惟季春兮华阜，麦含英兮方秀。
哀茂时兮逾迈，愍芳香兮日臭。

该诗韵脚有"流""浮""隅""休""秀""臭"。其中:"流""浮""休""秀""臭"为"幽"部;"隅"在两周时属"侯"部,至两汉则转入了"幽"部。

3. 两周时阴声韵"歌"[ai]部所包含的"宜""仪""移""施""奇""绮""皮""被""离""谊""驰""为""靡""弥""地"等字,到两汉时转入了阴声韵"支"[ie]部。试举两例证:

(1)《古诗十九首·其一》（节选）:

行行重行行

行行重行行，与君生别离。
相去万余里，各在天一涯。
道路阻且长，会面安可知？
胡马依北风，越鸟巢南枝。

该诗韵脚有"离""涯""知""枝"。其中:"涯""知""枝"为"支"部;"离"在两周时属"歌"部,至两汉则转入了"支"部。

(2)《古诗十九首·其十八》：

客从远方来

客从远方来，遗我一端绮。
相去万余里，故人心尚尔。
文采双鸳鸯，裁为合欢被。
著以长相思，缘以结不解。
以胶投漆中，谁能别离此！

该诗韵脚有"绮""尔""被""解""此"。其中："解""此"为"支"部；"绮""尔""被"在两周时属"歌"部，至两汉则转入了"支"部。

4. 两周阴声韵"鱼"[ia]部所包含的"家""华""车""瑕""遐""牙""芽""瓜""马""夏""下""雅""邪""语""寡"等字，到两汉时转入了阴声韵"歌"[ai]部。试举两例证：

(1) 汉乐府相和歌辞：

孤儿行（节选）

春气动，草萌芽。
三月蚕桑，六月收瓜。
将是瓜车，来到还家。
瓜车反覆，助我者少，啖瓜者多。

该诗韵脚有"芽""瓜""家""多"。其中："多"为"歌"部；"芽""瓜""家"在两周时属"鱼"部，至两汉则转入了"歌"部。

(2) 西汉扬雄《逐贫赋》（节选）：

悃怆失志，呼贫与语：
汝在六极，投弃荒遐。

好为庸卒，刑戮是加。

匪惟幼稚，嬉戏土沙；

居非近邻，接屋连家。

恩轻毛羽，义薄轻罗。

进不由德，退不受呵。

久为滞客，其意谓何？

该赋韵脚有"语""遏""加""沙""家""罗""呵""何"。其中："加""沙""罗""呵""何"为"歌"部；"语""遏""家"在两周时属"鱼"部，至两汉则转入了"歌"部。

5. 两周时阳声韵"阳"［ang］部所包含的"京""英""明""兵""庚""兄""行""卿""景""横""彭""坑""病""迎""庆"等字，到两汉时转入了阳声韵"耕"［eng］部。试举两例证：

自悼赋（节选）

（西汉）班婕妤

承祖考之遗德兮，何性命之淑灵。

登薄躯于宫阙兮，充下陈于后庭。

蒙圣皇之渥惠兮，当日月之盛明。

扬光烈之翕赫兮，奉隆宠于增成。

该赋韵脚有"灵""庭""明""成"。其中："灵""庭""成"为"耕"部；"明"在两周时属"阳"部，至两汉则转入了"耕"部。

（2）两都赋（节选）

（东汉）班固

及至大汉受命而都也，

仰窹东井之精，俯协河图之灵。

奉春建策，留侯演成。

>天人合应，以发皇明。
>乃眷西顾，实惟作京。

该赋韵脚有"精""灵""成""明""京"。其中："精""灵""成"为"耕"部；"明""京"在两周时属"阳"部，至两汉则转入了"耕"部。

第三章 中古阶段：以《切韵》系韵书为代表的魏晋至唐宋的诗歌声韵

第一节 中古诗歌

一、魏晋南北朝的诗歌与辞赋

魏晋南北朝如从东汉末年（汉献帝建安年间）实际形成的魏、蜀、吴三国鼎立算起，至隋文帝平陈一统天下止，共达三百七八十年。其间战争动乱与统一安定交替：东汉末黄巾起义后的大动乱和三国纷争，三国归晋后的重新统一与短暂稳定，西晋末年"永嘉之乱"后的南北再度分裂与东晋的偏安江左，北中国匈奴、羯、氐、羌、鲜卑的"五胡乱华"以及北朝（北魏、西魏、东魏、北周、北齐）的纷战动乱，南朝宋、齐、梁、陈之间更替的动荡与苟安。正是在这种战乱频仍、社会动荡、统治集团腐朽、士人朝不保夕、人生显得变幻莫测的文化背景下，于是自曹丕废汉建魏以来，士大夫阶层所逐渐兴起的研磨侈谈《老子》《庄子》《周易》的玄学之风，到了司马氏祖孙控制魏室、篡魏立晋时，士人们更以崇尚玄学清谈、标榜放达任诞作为全身免祸、逃避现实之手段。这种清谈无为的玄学之风一直延续至东晋及南朝。正如清代著名史学家赵翼在考订、汇集了众多史实后所指出的："清谈起于魏正始中，何晏、王弼祖述老、庄，谓天地万物，皆以'无为'为本。……王敦谓鲲曰：'昔王辅嗣吐金声于中朝，此子复玉振于江表。不意永嘉之末,复闻正始之音.'……梁时'五经'之外,仍不废《老》《庄》,且又增佛义。晋人虚伪之习,依然未改,且又甚焉。风气所趋,积重难返。直至隋平陈之后,始扫除之。"① 这一"风气所趋",不仅对政治思想、经学史学,而且对文学亦影响极大,谈玄说理遂成为这一阶段诗歌的重要内容,不过仍有一些文人学士写下了不少反映现实的诗赋作品。

(一)诗歌

魏晋之前的两汉,文人作诗不多,占主流地位的是乐府民歌及诗文兼备的辞赋。进入中古阶段的魏晋之后,文人诗的创作有了很大提升,并逐渐在文坛上占据了重要地位。

1. 建安曹魏时期

以曹操、曹丕、曹植的"三曹"和孔融、陈琳、王粲、徐幹、阮瑀、应瑒、刘桢的"建安七子"所创作的诗歌作品,沉雄古朴、情气怆慨,一时引领文坛。建安诗人们基本秉承了汉乐府的"感于哀乐,缘事而发"的传统,大抵借古乐府而写时事,开山祖则为魏公曹操。如其《相和歌辞·瑟调曲》的《步出夏门行》篇中的第一章:

观沧海
(魏)曹操

东临碣石,以观沧海。
水何澹澹,山岛耸峙。
树木丛生,百草丰茂。
秋风萧瑟,洪波涌起。
日月之行,若出其中;
星汉灿烂,若出其里。
幸甚至哉,歌以咏志。

---

① 赵翼:《廿二史札记·六朝清谈之习》,中华书局,1963年版。

而文人五言诗,在建安年间亦进入了全盛时期,是继两汉古诗之后的又一新的诗歌典范。其中尤以曹植的作品如《箜篌引》《赠白马王彪》等为佳,或叙事状物,或抒情述志,布局构思与写作技巧最为纯熟和突出。故梁钟嵘在《诗品》中称其五言诗"骨气奇高,词采华茂"。文人七言诗亦兴起于建安时期,其中曹丕的《燕歌行》,全诗十五句,通体七言,一韵到底,是中国诗歌史上最早的一首完整而成熟的七言诗佳作。

总之,建安诗人们的作品基本上都面向现实和人生,如"西京乱无象,豺虎方遘患。……出门无所见,白骨蔽平原。路有饥妇人,抱子弃草间。顾闻号泣声,挥涕独不还"(王粲《七哀诗》)等,皆反映了社会现状与民间疾苦,格调大多悲慨苍劲,故被后世称为"建安风骨"。

2. 正始司马氏时期

这一时期主要文人除何晏、王弼、夏侯玄诸"正始名士"外,尚有山涛、阮籍、嵇康、向秀、刘伶、王戎、阮咸的"竹林七贤"等。由于司马氏操控魏室,大权独揽,政治险恶,氛围压抑,不少文人学士因言罹难。故而当时诗歌呈现出两大特色:一是晦涩难懂,二是玄理兴起。其中最具代表性的诗歌作品则为阮籍的《咏怀诗》九十五首。阮籍原为曹魏世家,对司马氏专权擅政大为反感与不满,平素纵酒谈玄,不问世事。故在此组诗中采用比兴手法,集忧事愤世、人生哲理于一炉,实乃中国诗坛上相当出色的内容丰富、规模宏大的首部五言组诗。试举其中的一首:

咏怀诗·其一

(晋)阮籍

夜中不能寐,起坐弹鸣琴。
薄帷鉴明月,清风吹我襟。
孤鸿号野外,翔鸟鸣北林。
徘徊将何见?忧思独伤心。

3. 两晋时期

西晋太康诗人主要有三张（张华、张载、张协），二陆（陆机、陆云），两潘（潘岳、潘尼），一左（左思），还有傅玄、张亢等。这一时期，国家统一，政局稳定，"诗缘情而绮靡"。作者大多追求辞藻，讲究排偶对仗，与正始时期的以质胜文者相反，开启了浮华雕琢的以文胜质的诗风。不过左思的《咏史诗》八首，却笔力劲健，情调苍郁，表现出独具一格的"左思风力"，如第二首：

咏史八首·其二
（晋）左思

郁郁涧底松，离离山上苗。
以彼径寸茎，荫此百尺条。
世胄蹑高位，英俊沉下僚。
地势使之然，由来非一朝。
金张借旧业，七叶珥汉貂。
冯公岂不伟，白首不见招。

"八王之乱"后，东晋偏安江左，士族耽溺于谈玄说理而盛行玄言诗。正如钟嵘所指出的："永嘉时，贵黄老，稍尚虚谈。于时篇什，理过其辞，淡乎寡味。爰及江表，微波尚传，孙绰、许询、桓、庾诸公诗，皆平典似道德论，建安风力尽矣。"① 虽然东晋末陶渊明不愿为五斗米折腰，归居后写了不少田园诗，确实给当时的诗坛带来了一股清新空气，但却不为时人所重，根本无法改变流行于世的浮艳绮靡之风。

4. 南朝时期

刘宋时，"庄老告退而山水方滋"，其代表者为世家子弟谢灵

---

① 钟嵘：《诗品·序文》，见《诗品集注》，上海古籍出版社，1994年版。

运，其一生寄情山水，形诸笔端，创作出"云日相辉映，空水共澄鲜""池塘生春草，园柳变鸣禽"等许多工巧精致的写景名句，是中国诗坛上首位大量创作山水诗的先行者。还有一位稍晚于谢灵运的鲍照（今存诗约二百首），虽亦有不少写景诗，但更主要的是表现其个人特色的七言和杂言乐府诗。如《代鸣雁行》《代北风凉行》等，古拙雄健、瑰丽感慨。自建安兴起的七言诗，经鲍照之手方臻成熟。试举一首：

拟行路难十八首·其六
（南朝宋）鲍照

对案不能食，拔剑击柱长叹息。
丈夫生世会几时？安能蹀躞垂羽翼？
弃置罢官去，还家自休息。
朝出与亲辞，暮还在亲侧。
弄儿床前戏，看妇机中织。
自古圣贤尽贫贱，何况我辈孤且直。

南齐及南梁初，倡导声律的"永明体诗"盛行，其中以沈约、谢朓为代表。沈约不仅著有《四声谱》，从理论上对声律论做出解释，而且在"永明体"诗作的数量上亦最多（诗歌作品近二百首，其中五言诗一百五十余首），但在诗歌的成就上不及谢朓（字玄晖）。谢朓诗上承曹植，语言精练、风格秀逸；下开"永明体"，讲究声律、平仄协调。不少作品已与唐代近体诗相似，如《秋竹曲》：

娟娟绮窗北，结根未参差。
从风既袅袅，映日颇离离。
欲求枣下吹，别有江南枝。
但能凌白雪，贞心荫曲池。

故宋代诗人赵师秀有诗称道云："辅嗣《易》行非汉学，玄晖诗变有唐风。"(《秋夜偶成》) 正是由于其诗开启唐风而又去古未远,故谢朓亦成为继鲍照之后的南朝最优秀的诗人之一。到了梁中期至陈末,则又兴起以梁简文帝萧纲、梁元帝萧绎为代表的雕藻浮华、艳邪轻靡的"宫体诗",以及以徐陵、庾肩吾为代表的类似于宫体诗的"徐庾体"诗,诗风更为衰弱,直至南朝消亡。

5. 北朝时期

北朝诗歌的成就小于南朝,诗人往往师法南朝而无甚特色。不过庾信、王褒南朝士人留居北方后,诗作一改"宫体"柔靡之色。如庾信的《寄王琳》:"玉关道路远,金陵信使疏。独下千行泪,开君万里书。"王褒的《渡河北》《燕歌行》等名篇,则又有悲凉劲慨之风骨。值得一提的是,北朝民歌较为出色,梁《鼓角横吹曲》中就收有《木兰诗》《陇上歌》《敕勒歌》等北歌六十余首,大多出自民间,具有直率粗犷、刚健豪勇的风格。试举其中一首:

企喻歌四首·其一

男儿欲作健,结伴不须多。
鹞子经天飞,群雀两向波。

(二) 辞赋

魏晋南北朝阶段,诗歌虽已超越辞赋成为文学创作的主流,但辞赋承两汉余绪仍很兴盛。自建安以来,文人大多诗、赋兼擅,辞赋创作中形成"诗化"倾向。作为亦诗亦文的辞赋,仍是研究中古诗歌声韵不可或缺的材料。

1. 曹魏时期

"三曹"和"建安七子"在创作诗歌的同时,亦创作辞赋,今存建安赋就达一百五十余篇(绝大部分为小赋,其中仅曹植一人就占五十篇强)。如曹植的《洛神赋》、曹丕的《寡妇赋》、王粲的《登楼赋》、徐幹的《西征赋》等，皆为佳作名篇。试举曹植的骈体《洛神赋》中对宓妃的一段描述：

> 余告之曰：其形也，翩若惊鸿，婉若游龙。荣曜秋菊，华茂春松。仿佛兮若轻云之蔽月，飘摇兮若流风之回雪。远而望之，皎若太阳升朝霞；迫而察之，灼若芙蓉出绿波。秾纤得中，修短合度。肩若削成，腰如束素。延颈秀项，皓质呈露。

魏末正始年间，一些名士贤达亦创作了不少辞赋，如何晏的《景福殿赋》、阮籍的《猕猴赋》、嵇康的《琴赋》、向秀的《思旧赋》等，都是其中的代表作品。

2. 两晋时期

西晋诗人几乎都写辞赋，且仍以小赋为主。如傅玄，现存辞赋就有《风赋》《弹棋赋》等五十余篇，均篇幅短小，好模仿，缺少新意。不过亦有不少佳作出现，如陆机的《文赋》、潘岳的《秋兴赋》、木华的《海赋》等，皆寄寓思绪情态而富有个性，但有一个共同的弱点，就是好藻饰而显得有些浮华。值得一提的是，太康年间，诗人左思倾十年之功力完成的大赋《三都赋》，作品甫问世，竟引起轰动效应，一时间形成了"洛阳纸贵"的局面。东晋辞赋有别于西晋的铺采雕琢而以明快见长，如袁宏的《东征赋》、郭璞的《江赋》、孙绰的《游天台山赋》等，皆为代表作，富于气势，奔放畅快。尤其是晋末陶渊明的《归去来辞》《闲情赋》等，更具有一种平淡恬静的回归田园的自然气息。

3. 南朝时期

南朝辞赋较东晋兴盛，既有抒情咏物之小赋，亦有体物铺张之大赋。小赋如傅亮的《感物赋》、谢朓的《临楚江赋》、萧纲的《晚春赋》、徐陵的《鸳鸯赋》等。而尤以刘宋时鲍照的《芜城赋》与萧梁时江淹的《恨赋》《别赋》最为脍炙人口。南朝大赋作品不多，传诵不衰者更少，但其中谢灵运的《山居赋》、张融的《海赋》、沈约的《郊居赋》等，仍不失为当时大赋中的优秀之作。

4. 北朝时期

北朝的辞赋虽逊于南朝，但亦有不少佳作出现。北朝辞赋以北魏张渊的大赋《观象赋》为开端，接着有高允的《鹿苑赋》以及稍后袁翻的《思归赋》等。至北齐、北周，则出现了由南方入北的颜之推和庾信等人创作的大赋，如《观我生赋》《哀江南赋》，均可谓南朝梁末史实之实录。尤其是庾信，入北后一改其在南梁所作《荡子赋》等的绮丽纤弱，而创作出表现乡关之思和亡国之痛的《枯树赋》《哀江南赋》等。如《哀江南赋》，文采绣绮、声韵抑谐、四六对偶、用典贴切，格调苦闷哀怨、苍凉沉劲。试举其中的一段：

> 日暮途远，人间何世！将军一去，大树飘零；壮士不还，寒风萧瑟。荆璧睨柱，受连城而见欺；载书横阶，捧珠盘而不定。钟仪君子，入就南冠之囚；季孙行人，留守西河之馆。申包胥之顿地，碎之以首；蔡威公之泪尽，加之以血。钓台移柳，非玉关之可望；华亭鹤唳，岂河桥之可闻。

二、唐诗

唐代是一个文化艺术全面发展的高峰时期，诗歌如同音乐、舞蹈、书法、绘画、雕塑等其他艺术门类一样，大多进入了新的甚至是鼎盛的阶段。现代著名学者兼诗人闻一多曾赞美说："一般人爱说唐诗，我却要说'诗唐'。诗唐者，诗的唐朝也。"[①] 唐朝之所以成为"诗唐"，除却诗歌自身的发展规律、契机和诗人们文化知识、诗歌素养的积累及创作力的提升勃发诸内因外，尚

---

① 闻一多：《说唐诗》，载《闻一多论古典文学》，重庆出版社，1984年版。

有很重要的外因,即唐诗的外部文化环境诸因素的影响与促动。

首先是经济发达,国力强盛。

唐朝是中国历史上继汉以后出现的又一个强大的大一统王朝,不仅疆域辽阔,民族团结,而且行政机构完备[中央机构的三省六部制,地方行政区划基本为道—府(州)—县三级制],法规严密(律、令、格、式互补),军事力量强大(兵农合一的府兵制)。尤其是生产的发展和经济的繁荣,使国力达到了空前鼎盛的地步。如武则天退位的神龙元年(705),全国户数、口数已从隋末唐初的290万、1235万增至616万、3714万;到了天宝元年(742),户数、口数更增至853万、4891万。[①] 又如政府仓储,在天宝八年(749),粮食已达一万万石;在天宝十三年(754),政府所收庸调绢布和回造纳布,共约达一亿一千万丈。[②]

其次是政治开明、氛围宽松。

唐代在意识形态上奉行儒、道、释并行的政策,政治思想与宗教信仰较为开放而少钳制;在文化上推行宽松的政策,既不实施文化偏至主义,亦不以强硬手段重道制艺,创作自由,少有禁忌。加之君臣上下亦创作了不少"纯文学"性的诗歌,自然就形成了一个宽松和谐的能进行自由创作和发挥个人才华、特性的文化氛围。南宋翰林院学士洪迈对此曾大有感触:"唐人诗歌,其于先世及当时事,直辞咏寄,略无避隐。至宫禁嬖昵,非外间所应知者,皆反复极言,而上之人亦不以为罪。……今之诗人,不敢尔也。"[③]

再次是科举制的推行和文士的崛起。

"唐制,取士之科,多因正隋旧。……其科之目,有秀才、

[①] 葛剑雄主编,宋昌斌著:《制度文明与中国社会·编户齐民》,长春出版社,2004年版。

[②] 杜佑:《通典》卷一二《轻重》、卷六《赋税》,中华书局,1984年版。

[③] 洪迈:《容斋随笔·续笔》卷二,百花文艺出版社,1980年版。

有明经、有进士、有俊士、有明法……此选举之常选也。其天子自诏者制举,所以待非常之材焉。"① 一方面,由于科举制度的推行,使得大批庶族地主子弟与出身于自耕农家庭、寒门家庭的读书人,由科举而入仕,参与到各级政权之中。由此逐渐产生了"取士不问家世,婚姻不问阀阅"②的社会习尚,亦即打破了人才层级固化的不良局面,从而使得唐代政权具有了前所未有的包容性和流动性。另一方面,进士科考试必试诗、赋,重文才辞章,因而亦就直接促进了整个社会对诗赋创作的重视度和吟诗诵赋风气的形成。犹如明人胡震亨在《唐音癸签》中所指出的:"唐试士,初重策,兼重经,后乃騈重诗赋……士益竞趋名场,殚工韵律,诗之日盛,尤其一大关键。"

最后是中外的交流和不同文化间的互补。

就中华文化而言,实际上是中国本土文化和外来文化即周边国家(古称"四夷")文化不断碰撞、交流、融会而逐渐形成的。当时唐都长安的胪鸿寺就接待了七十多个国家的外交使节,国子监和太学就收纳了三万余名各国留学生。有关学者据研究资料测算,"在长安城一百万人口中,各国侨民和外籍居民约占百分之二左右,加上突厥后裔,其数当在百分之五左右"③。且各国侨民和中国居民通婚已屡见不鲜。具体而言,南亚的佛学、医学、历法、音乐、美学,中亚的乐曲、舞蹈、服饰、饮食,西亚的祆教、景教、伊斯兰教、建筑艺术、手工艺品等,犹如众多溪流汇入了中国的黄河长江之中。据史载:"开元来……太常乐尚胡曲,贵人御馔供胡食,士女皆竞胡服。"④ 无怪乎日本学者井上清在《日本历史》一书中特别指出:"唐朝的文化是与印度、阿拉伯和

---

① 马端临:《文献通考·选举考》,中华书局,2011年版。
② 郑樵:《通志·氏族略序》,中华书局,1995年版。
③ 沈福伟:《中西文化交流史》,上海人民出版社,1985年版。
④ 刘昫:《旧唐书·舆服志》,中华书局,1975年版。

以此为媒介甚至和西欧的文化都有交流的世界性文化。"

正是在这种文化环境的影响与促动下，从而形成了一个全民族诗情郁勃激发的"诗唐"时代。不仅名诗佳句传诵于"士庶、僧徒、孀妇、处女"甚至"牛童、马走之口"，吟哦于"乡校、佛寺、逆旅、行舟之中"（白居易《与元九书》），而且诗之作者亦遍及社会各个阶层与男女老少各种群体。从清康熙四十五年（1706）编纂的《全唐诗》中所收录的作者来看，上自帝王、将相、公卿、掾吏，中至士、农、工、商、军人、僧尼、道徒，下及佣仆、苦力、乞丐、倡优、囚犯等，皆参与了诗歌的创作。其中年长者逾百岁，年幼者方五龄。且《全唐诗》共九百卷，收有二千三百余名诗人的作品达四万八千九百多首（经不断拾遗现已达五万二千余首），已超过了自《诗经》迄隋朝的诗歌总和。另外唐诗在体制上，古体有乐府、五古、七古等，近体有五、七律绝和排律等，几已穷尽。正如明胡应麟所言的："诗至于唐而格备，至于绝而体穷。故宋人不得不变而之词，元人不得不变而之曲。"①

（一）古体诗

在唐代之前，"古体诗"是单纯从时空观念而言的，即指古代诗歌。而到了唐代，则不仅从时空上有"古体诗"与"近体诗"之划分，而且还以"声律之协"作为区分"古体诗"与"近体诗"的主要依据，即凡是不受格律限制或较少限制的则为古体诗，反之则为近体诗。唐代古体诗以乐府诗和五、七言古诗为主，还包括有四、六言古诗、骚体杂言诗等。

1. 乐府诗

唐代乐府诗大多不入乐，诗人们或借旧题写新意或立新题记新事，基本不受乐府古题的限制。而乐府旧题、新题大体上以杜

---

① 胡应麟：《诗薮·内编》，上海古籍出版社，1958年版。

甫为界，杜甫以前一般为旧题新词，其中以李白成就最高，有《将进酒》《梁甫吟》等，将汉乐府的质朴和六朝文人诗的清逸结合起来而显得气调纵横俊朗。如《蜀道难》中的描写蜀道艰险的几句：

  蜀道之难，难于上青天！使人听此凋朱颜。
  连峰去天不盈天，枯松倒挂倚绝壁。
  飞湍瀑流争宣豗，砯崖转石万壑雷。
  其险也若此，嗟尔远道之人胡为乎来哉！

  从杜甫开始采用乐府体写叙事诗，且多不沿用旧题，往往"即事名篇，无复依傍"，自制了许多新题乐府，着力创作了《兵车行》、"三吏""三别"等脍炙人口的名篇。这不仅发展了汉乐府"感于哀乐，缘事而发"的精神，而且为后来元、白的"新乐府运动"打下了基础。

  至中唐后期，以白居易、元稹、张籍、李绅等为代表的元白派诗人所掀起的"新乐府运动"，则是用自制的新乐府题目咏写时事，使之起到"补察时政""泄导人情"的作用。由于文辞质朴，平易通俗，被誉之为"元白体"。作为其中领军人物的白居易，不仅创作了《新乐府》五十首、《秦中吟》十首等，而且还提出了一定的指导理论，如创制新乐府的意义就在于讽喻，是"为君、为臣、为民、为物、为事而作，不为文而作也"；在创作手段上要易于"谕、诫、传信"和"可以播于乐章歌曲也"[①]。另外，元稹的《田家词》，张籍的《野老歌》，王建的《水夫谣》等，都是较为优秀的新乐府作品。如白居易的《新丰折臂翁》中老翁在回答"致折何因缘？"的一段忆述：

---

 ① 白居易：《新乐府五十首并序》，载《白居易诗精选精注》，广西师范大学出版社，1996年版。

是时翁年二十四，兵部牒中有名字。
夜深不敢使人知，偷将大石捶折臂。
张弓簸旗俱不堪，从兹始免征云南。
骨碎筋伤非不苦，且图拣退归乡土。
此臂折来六十年，一肢虽废一身全。

2. 五古

五古诗在隋代及唐初，虽然仍承齐梁遗绪，但到了陈子昂手里，为之不变。陈子昂提出了"文章道弊，五百年矣，汉魏风骨，晋宋莫传……思古人常恐逶迤颓靡，风雅不作，以耿耿也"① 的改革诗风的主张，并写出了"感遇三十八首"、《登幽州台歌》等五言古诗，才确立起唐代五古诗质朴的叙事风格与抒写怀抱的汉魏传统。再经张九龄（《感遇》）和"田园诗派"孟浩然（《田园作》）、王维（《青溪》）以及"边塞诗派"高适（《答侯少府》）、岑参（《初过陇山途中呈宇文判官》）、李颀（《古塞下曲》）等初盛唐名家的着力创作，于是诗坛上就出现了清淡婉约与质朴气骨的两种风格。试各举一例如下：

夏日南亭怀辛大

（唐）孟浩然

山光忽西落，池月渐东上。
散发乘夕凉，开轩卧闲敞。
荷风送香气，竹露滴清响。
欲取鸣琴弹，恨无知音赏。
感此怀故人，终宵劳梦想。

---

① 陈子昂：《与东方左史虬修竹篇序》，载《唐代散文选注》，上海古籍出版社，1981年版。

塞下曲

（唐）李颀

黄云雁门郡，日暮风沙里。

千骑黑貂裘，皆称羽林子。

金笳吹朔雪，铁马嘶云水。

帐下饮蒲萄，平生寸心足。

继后的李白（《古风五十九首》）、杜甫（《自京赴奉先县咏怀五百字》）在五古诗的创作上有着广阔宏深的视野和才力。至中唐后期，由于"元白诗派"诸公着力于"新乐府"的创作，五古诗较平实淡泊，不像同时以韩愈、孟郊、李贺、贾岛为代表的"怪诞诗派"的五古诗来得奇特惊世。尤其是韩愈，"以文为诗"，笔健语险，开拓进取。如其在《孟东野失子》中，只按故事的起诉、答辩、醒悟顺序一一写来，不加修饰，特别是其中的"鸱枭啄母脑，母死子始翻。蝮蛇生子时，坼裂肠与肝"的描写，形成了故事情节和诗氛的奇谲凶诡，充分显示出韩孟诗派刻意追求险怪朴拙的戛戛独创精神。

3. 七古

与五古诗在魏晋时就已大为兴盛不同，七古诗到了唐代方始盛行。"初唐四杰"在七古诗上采用了歌行和诗体律化相结合的方法，规模渐拓。如王勃的《滕王阁诗》、卢照邻的《长安古意》、骆宾王的《帝京篇》等，语言流丽，多用律句。到了盛唐，先是李颀的《古从军行》、高适的《送浑将军出塞》、岑参的《走马川行奉送出师西征》等七古的骨整气遒，一扭初唐的七古之弱。接着便是李白的突起，《梁园吟》《梦游天姥吟留别》等多篇七古迭出，试举一例：

宣州谢朓楼饯别校书叔云
（唐）李白

弃我去者，昨日之日不可留。

乱我心者，今日之日多烦忧。

长风万里送秋雁，对此可以酣高楼。

蓬莱文章建安骨，中间小谢又清发。

俱怀逸兴壮思飞，欲上青天览日月。

抽刀断水水更流，举杯销愁愁更愁。

人生在世不称意，明朝散发弄扁舟。

李白之七古思绪横逸，笔调纵肆，"后世作者，无以加矣"。而杜甫七古则独构新格，如《哀江头》《茅屋为秋风所破歌》等，不仅结构跌宕，音节抑扬顿挫，而且语言畅中有拗，气格沉而不浮。

中唐后韩愈的七古另辟蹊径，以散文句法、章法入诗。如《谒衡岳庙遂宿岳寺题门楼》《石鼓歌》等，叙述、议论、描写交替，有雄强奇杰之气。而白居易、元稹之七古则继"初唐四杰"的体式，将叙事、写景、抒情巧妙地融合起来，创作了《长恨歌》等长篇，铺陈致密，层层渲染而使之曲尽其妙，成为天下绝唱。犹若明代戏曲理论家何良俊所点评的："至于太傅《长恨歌》《琵琶行》，元相《连昌宫词》，皆是直陈时事，而铺写详密。宛如画出，使今世人读之犹可想见当时之事。余以为当为古今长歌第一。"①

（二）近体诗

近体诗，又称今体诗或格律诗，是初唐之后正式形成的一种对句数、字数、对仗和平仄、押韵都有严格规定和限制的诗歌体裁，因有别于古体诗，而名之为近体诗。唐代近体诗可分为律、

---

① 何良俊：《四友斋丛说》卷二五，中华书局，1959年版。

绝两种，前者称为律诗，主要以五律、七律、排律为主，尚有六言律、三韵小律等；后者称为绝句，分五言绝句和七言绝句两种。

1. 律诗

(1) 五律

虽然唐代近体诗的起源可追溯到南齐永明体诗，但五言律诗的真正形成却肇始于后来梁、陈之际何逊、徐陵等人的作品。如何逊的《与胡兴安夜别》："居人行转轼，客子暂维舟。念此一筵笑，分为两地愁。露湿寒塘草，月映清淮流。方抱新离恨，独守故园秋。"显然已具有近体诗的风貌，可谓五律之滥觞了。到了初唐四杰杨炯的《从军行》、骆宾王的《在狱咏蝉》等，已基本为五律奠定了基础。其后的沈佺期、宋之问及杜审言，又创作了不少五言律诗，三家的写作水准更高。试举一例：

春 闺

（唐）沈佺期

铁马三军去，金闺二月还。
边愁离上国，春梦失阳关。
池水琉璃净，国花玳瑁斑。
岁华空自掷，忧思不胜颜。

由此遂将五律进一步推向成熟而定型。是故，南宋诗人兼诗论家严羽在论及诗体发展时明确言道："风、雅、颂一变而为《离骚》，再变而为两汉五言，三变而为歌行杂体，四变而为沈宋律诗。"[1]

到了盛唐，五律在差不多同时的孟浩然、王维、常建和高适、岑参、王昌龄以及李白、杜甫等名家大师的创作下，各展其

---

[1] 严羽：《沧浪诗话·诗体》，人民文学出版社，2005年版。

长、各尽其妙。李白诗作中五律少见，而杜甫诗作中，则大半为五言诗，五言诗中又大半为五律诗（六百余首）。加之气格高古、法度严整、诗风沉郁，对后世影响深远。试举一例：

登岳阳楼

（唐）杜甫

昔闻洞庭水，今上岳阳楼。

吴楚东南坼，乾坤日夜浮。

亲朋无一字，老病有孤舟。

戎马关山北，凭轩涕泗流。

中唐的刘长卿、韦应物和"大历十才子"的卢纶、钱起、韩翃、司空曙等，接着的韩愈、孟郊、白居易、元稹、刘禹锡、柳宗元，晚唐"小李杜"的杜牧、李商隐，以及温庭筠，再后来的唐彦谦、罗隐、韦庄、方干等诗人，亦写出了很多五言律。其中有不少传世名篇，如刘长卿的《寻南溪常道士》、司空曙的《喜外弟卢纶见宿》、白居易的《赋得古原草送别》、李商隐的《蝉》、韦庄的《章台夜思》等。但无论如何，却难以逾越盛唐诸家五律的樊篱与高度。试举其中较为著名的一例：

商山早行

（唐）温庭筠

晨起动征铎，客行悲故乡。

鸡声茅店月，人迹板桥霜。

槲叶落山路，枳花明驿墙。

因思杜陵梦，凫雁满回塘。

（2）七律

与五律相较，七律的缘起要迟缓得多。因为一则永明体诗基本为五言，未为七言诗直接垂范；二则七律难于七古，亦难于五律。因为"近体之难，莫难于七言律。五十六个字之中，意若贯珠,言如合璧。……一篇之中,必数者兼备,乃称全美。故名流哲匠,自古难之"①。

至盛唐开元、天宝年间,一些较为著名的诗人动手创作七律,才始有佳作出现。其中王维的精雅和李颀的清空,可谓令人耳目一新。如:

送杨少府贬郴州
（唐）王维

明到衡山与洞庭,若为秋月听猿声。
愁看北渚三湘远,恶说南风五两轻。
青草瘴时过夏口,白头浪里出溢城。
长沙不久留才子,贾谊何须吊屈平?

到了杜甫手里,七律方始兴盛。因杜甫"以穷愁寂寞之身,借诗遣日,于是七律益尽其变,不惟写景,兼复言情;不惟言情,兼复使典。七律之蹊径,至是益大开"②。亦即杜甫之七律不仅数量多(约一百五六十首)、质量高,而且名篇迭出。试举被胡应麟称之为"今古七律第一"的一首:

登　高
（唐）杜甫

风急天高猿啸哀,渚清沙白鸟飞回。
无边落木萧萧下,不尽长江滚滚来。
万里悲秋常作客,百年多病独登台。
艰难苦恨繁霜鬓,潦倒新停浊酒杯。

中、晚唐的七律,在盛唐诸公及杜甫的影响下仍有所发展。如中唐韦应物的《寄李儋元锡》、韩愈的《左迁至蓝关示侄孙

---

① 胡应麟:《诗薮・内编》,上海古籍出版社,1958年版。
② 赵翼:《瓯北诗话》卷十二,人民文学出版社,1963年版。

湘》、白居易的《钱塘湖春行》、元稹的《遣悲怀三首》等,皆为七律佳作。晚唐杜牧的《早雁》、李商隐的《无题》、罗隐的《燕昭王墓》、郑谷的《渚宫乱后作》等,亦都是七律之优者。而其中的李商隐(义山)尤擅七律,作品具有一种象征朦胧、用典繁密、语凝词涩、缠绵伤感的独特艺术风格与魅力。试举一例:

无　题

(唐) 李商隐

飒飒东风细雨来,芙蓉塘外有轻雷。
金蟾啮锁烧香入,玉虎牵丝汲井回。
贾氏窥帘韩掾少,宓妃留枕魏王才。
春心莫共花争发,一寸相思一寸灰。

清代诗人吴乔曾言唐代诗人中能自开路径独创一面的只有李白、杜甫、韩愈、李商隐四人,即"唐人能自辟宇宙者,唯李、杜、昌黎、义山"[①]。无疑是颇有见地的。

(3) 排律

排律又称长律,是指长篇的律诗。排律亦必须严格遵循平仄、对仗、押韵等规定,每首至少五韵十句,多的甚至百韵二百句以上而不限。除首尾两联外,中间各联均须对仗。排律亦分为五言排律和七言排律两种,以五言排律为主,七言排律较为稀少。排律的缘起可上溯至两晋南北朝之五古诗与七古诗,五古如谢灵运的《湖中瞻眺》、七古如鲍照的《拟行路难·一》等,都在五韵十句以上,中间各联基本对仗,仅平仄上有所不合,故在形式上几与排律无异。正如明代学者徐师曾所指出的:"按,排律原于颜、谢诸人,梁陈以还,俪句尤切。唐兴,始专此体,而有排律之名……大抵排律之体,不以锻炼为工,而以布置有序、

[①] 吴乔:《西昆发微·序》,商务印书馆,1937年版。

首尾贯通为尚。"① 排律的题材以酬赠为主，亦涉及一些边塞、咏物、怀古的内容，总体上的反映度不及五律、七律广阔深远。试各举一例：

边夜有怀
（唐）骆宾王

汉地行逾远，燕山去不穷。
城荒犹筑怨，碣石尚铭功。
古戍烟尘满，边庭人事空。
夜关明陇月，秋塞急胡风。
倚伏良难定，荣枯岂易通。
旅魂劳泛梗，离恨断征蓬。
苏武封犹薄，崔骃宦不工。
惟馀北叟意，欲寄南飞鸿。

春早秋初，因时即事，兼寄浙东李侍郎
（唐）白居易

春早秋初昼夜长，可怜天气好年光。
和风细动帘帷暖，清露微凝枕簟凉。
窗下晓眠初灭被，池边晚坐乍移床。
闲从蕙草侵阶绿，静任槐花满地黄。
理曲管弦闻后院，熨衣灯火映深房。
四时新景何人别，遥忆多情李侍郎。

2. 绝句

绝句，亦称截句，是近体诗中体制最小的一种诗体。分为五绝和七绝两种，但却几乎占有唐代近体诗的半壁江山。绝句缘于古诗、古乐府，而最早题名为"绝句"诗的，是南朝陈的徐陵收

---

① 徐师曾：《文体明辨·排律诗》，人民文学出版社，1962年版。

在《玉台新咏》卷十中的《绝句四首》。据古今学者考证,此四首诗应是汉魏之际至少是晋代之前的作品。如第一首:"藁砧今何在,山上复有山。何当大刀头,破镜飞上天。"七言绝句的缘起实际上与五言绝句相距的时间不远,如梁萧子显的《春别·其四》:"衔悲揽涕别心知,桃花李花任风吹。本知人心不似树,何意人别似花离?"两诗节奏、用韵、修辞、风貌已与唐代五绝、七绝无甚差异,只是平仄欠合,可谓绝句之雏形。

绝句虽然在句数、字数上为律诗之半,但在韵格、声律上仍与律诗保持一致,故绝句又被称为律绝、小律诗。由于绝句在近体诗中篇幅最小,与其他诗体相较,显得更为精练、含蓄、言尽意长和朗朗上口。故其最大的特点,就是胡应麟概括的:"语半于近体,而意味深长过之;节促于歌行,而咏叹悠永倍之。"[①]

(1) 五绝

初唐时,在"四杰"手里,五绝就已兴起且较为精工。特别是王勃的五绝,从容不迫,刚柔相济,"意虽未深,却为正声之始"[②]。试举一例:

山　中

(唐) 王勃

长江悲已滞,万里念将归。

况属高风晚,山山黄叶飞。

接着的沈佺期、宋之问亦有佳作出现。到了盛唐,有王之涣(《登鹳雀楼》)、孟浩然(《春晓》)、崔国辅(《小长干曲》)、储光羲(《江南曲四首》)等,名篇迭出,试举王之涣的这首千古绝唱为例:

---

① (明) 胡应麟:《诗薮·内编》,上海古籍出版社,1958年版。
② (清) 沈德潜:《唐诗别裁》卷十九,上海古籍出版社,1979年版。

登鹳雀楼

（唐）王之涣

　　白日依山尽，黄河入海流。
　　欲穷千里目，更上一层楼。

　　至王维、李白，五绝则达到了高峰。如王维的《杂诗三首》《辋川集》二十首等，不仅数量多，而且笔调幽玄超逸，诗风闲静自然。又如李白的《夜思》《独坐敬亭山》等，数量亦不少，格调宏大，气势奔放。中唐仍有不少五绝名篇涌现，如刘长卿的《逢雪宿芙蓉山主人》、韦应物的《秋夜寄邱员外》、柳宗元的《江雪》、白居易的《问刘十九》等。试举号称"五言长城"刘长卿的一首名作：

逢雪宿芙蓉山主人

（唐）刘长卿

　　日暮苍山远，天寒白屋贫。
　　柴门闻犬吠，风雪夜归人。

　　好一幅雪夜山屋投宿图，意念、感触耐人寻味而千年传诵。至晚唐，张祜的《何满子》、李频的《渡汉江》以及李商隐的《自况》《乐游原》等皆为五绝佳作，而李商隐的五绝浑融蕴蓄，尤胜一筹。到了晚唐后期，出现了陆龟蒙、皮日休、司空图等几位隐逸诗人，亦写出了不少五绝名篇，如陆龟蒙的《残雪》、皮日休的《芳草渡》、司空图的《即事九首》等。皆情趣淡雅，神韵远逸而有几分孤寂萧疏之感，对后世颇有影响。试举一例：

即事九首·其二

（唐）司空图

　　十年深隐地，一雨太平心。
　　匣涩休看剑，窗明复上琴。

(2) 七绝

唐代七绝无论在数量和质量上都超越了五绝,但在初唐时,仍是"初变齐梁,音律未谐",作者较少,作品不多。除王勃的《秋江送别二首》、杜审言的《渡湘江》等少数几首七绝稍优外,佳作难觅。进入盛唐,不仅七绝作者辈出,而且名篇亦不断涌现。先是贺知章的《回乡偶书二首》、张说的《襄阳路逢寒食》、王之涣的《凉州词》等,接着是王维的《九月九日忆山东兄弟》、高适的《别董大》、王翰的《凉州曲》等。尤其是王翰,诗作并不多,但仅凭这首"蒲萄美酒夜光杯"之《凉州曲》,却一举名闻天下。

唐代七绝到了王昌龄、李白手里,则达到了顶峰。王昌龄被世人称为"七绝圣手",七绝作品分边塞、闺怨、送别三类共七十五首,其中名篇不少,气势雄浑,格调高昂,同时又深厚含蓄,曲致深远。试举被明代诗人李攀龙推崇为唐代七绝压卷的一例:

出塞二首·其一

(唐) 王昌龄

秦时明月汉时关,万里长征人未还。
但使龙城飞将在,不教胡马度阴山。

正如清代学者吴乔所评说的:"王昌龄七绝,如八股之王济之也。起承转合之法,自此而定,是为唐体,后人无不宗之。"(《围炉诗话》卷二)李白七绝稍多于王昌龄,有八十余首,且家喻户晓的名篇亦不少,如《下江陵》《赠汪伦》等。诗作融合了比喻、夸张、对比等艺术手法,思绪飞逸,情感激荡,气势豪壮。正如清代学者施补华所赞叹的:"太白七绝,天才起逸,而神韵随之。"(《岘佣说诗》)试举一例:

望庐山瀑布
（唐）李白
日照香炉生紫烟，遥看瀑布挂前川。
飞流直下三千尺，疑是银河落九天。

至中唐，七绝仍继而不衰，名作不断，如钱起的《归雁》、韩翃的《寒食》以及张继的《枫桥夜泊》、李益的《夜上受降城闻笛》、刘禹锡的《乌衣巷》等。试看被《唐诗解》称为"可泣鬼神、感飞鸟"的钱起的这首《归雁》：

归　雁
（唐）钱起
潇湘何事等闲回？水碧沙明两岸苔。
二十五弦弹夜月，不胜清怨却飞来。

晚唐的七绝亦不逊色，前有杜牧、李商隐两位名家的作品，后有李频的《题钓台障子》、韦庄的《金陵图》、韩偓的《已凉》、杜荀鹤的《再经胡城县》等佳作。试举二例：

泊秦淮
（唐）杜牧
烟笼寒水月笼沙，夜泊秦淮近酒家。
商女不知亡国恨，隔江犹唱后庭花。

题钓台障子
（唐）李频
君家尽是我家山，严子前台枕古湾。
却把钓竿终不可，几时入海得鱼还。

杜牧的七绝作品近两百首，主要分咏史怀古、写景抒情及风月遣怀三类，名篇较多。如《题乌江亭》《秋夕》《遣怀》等。笔调清丽、韵味隽永，往往脍炙人口。李商隐的七绝数量略多于杜牧，有二百余首，其中佳作名篇亦不少，如《贾生》《东还》《夜雨寄北》等。李商隐善于描写和表现细微的情感，意深辞婉、风格绮丽。

三、宋词与宋诗

宋代作为继汉唐之后的又一个中央集权国家，是个国力相对软弱而经济文化却又相当发达的王朝。

宋代国力的相对软弱主要表现在以下方面。

一是疆域较唐代大为缩小。宋代除失去对西域的控制外，甘肃、青海一带为西夏占领，北方燕云十六州，亦被辽国占据。

二是军事实力相当孱弱。因实施重文轻武、"守内虚外"的方略，两宋在与外族入侵的守卫国土的战争中，大多以失败告终。

三是屈膝求和，纳币称臣。两宋基本上是通过"澶渊之盟""宋夏和议""绍兴和议"等屈辱条约，向辽、西夏、金、元等游牧民族政权输银纳帛求和而生存下来的。如"绍兴和议"，南宋称臣于金，每年向金国输纳银二十五万两，绢二十五万匹。[①]

经济文化发达主要表现在以下四个方面。

一是农工业经济的发展。农业方面，宋代鼓励垦荒、移植高产品种、扩种经济作物等。如开宝末（975年前后）全国垦田2953320顷，至天禧五年（1021），仅过了四十多年，全国垦田数几乎翻倍，达到了5245584顷。[②]越南占城稻抗旱力强，成熟期短，各地大量引进种植，如江浙一带常年稻产量每亩为两三石，改种占城稻后，每亩可达五六石。大力推广棉、油、糖、茶等经济作物，如江南、荆南、福建等路，每年输入政府专卖机构

---

① 陈邦瞻：《宋史纪事本末》卷七十二，中华书局，1977年版。
② 马端临：《文献通考·田赋考》，中华书局，2011年版。

的茶就达一千四百万斤。① 工业方面矿冶、丝织、造船、制瓷等生产规模和产量、质量都有了显著提升，如庄季裕《鸡肋篇》有载："昔汴京数百万家，尽仰石炭，无一家燃薪者。"说明煤炭在北宋时就已大量开采和消费。又如制瓷业，当时在北方就有定、汝、磁、钧四大名窑，南方有越、龙泉、景德镇等名窑。1998年在对浙江慈溪寺龙口越窑的考古发掘中，出土有南宋石砌龙窑一座，长49.5米、最宽处2.0米、残高0.5米，并出土有天青釉的碗、瓶、盘、杯、鸟食罐等多件，以及大量为宫廷烧造的祭祀用的钟、觚、香炉等御用青釉（秘色瓷）祭器。② 社会经济发展的一个重要标志，就是人口的快速增长，据《宋会要辑稿》记载：宋代开国初期的太平兴国元年（976），全国户数仅309万余，到元丰六年（1083），户数增至1720万。再据《宋史·地理志》载：崇宁元年（1102），全国户数又增至2000万，若按每户3~4人计，口数当在6000万至8000万左右。

二是厚文士，崇理学。宋初进士依唐旧制，每岁不过二三十人，到太宗太平兴国二年（977），进士额近五百人，增加了二十倍。据张希清《北宋贡举登科人数考》（北京大学《国学研究》第二卷）一文的统计：北宋一代共开科69次，取进士19281人，诸科16331人，如包括特奏名及史料缺载者，取士总数约为61000人，平均每年取士约360名。在广开科举的同时又大办学校，除中央国子学、太学，地方州县学外，又倡办书院。以白鹿洞、石鼓、岳麓、应天四大书院为首，全国各地书院共达二三百所。士子入仕后，在官有俸禄，随员佣仆亦有衣粮，子孙世守，复有职田，"此宋一代制禄之大略也，其待士大夫可谓厚矣"③。与此同时，创始于北宋周敦颐（濂学），奠基和形成于张载（关

---

① 脱脱等：《宋史·食货志》，中华书局，1977年版。
② 浙江省文物考古研究所等：《寺龙口越窑址》，文物出版社，2002年版。
③ 赵翼：《廿二史札记·宋制禄之厚》，中华书局，1963年版。

学)与程颢、程颐兄弟(洛学),集大成于南宋朱熹(闽学)的"理学",即以"三纲五常"为核心的儒家伦理道德规范体系亦得到了尊崇和倡导。

三是科技发达,文艺卓越。两宋是中国古代科技发展的极盛时期,"四大发明"中的火药、指南针和活字印刷术就产生于宋代。此外还发明了天文仪器的漏壶圭表、利用水轮为动力的天文钟,以及在数学、医药学、地理学、地质学、冶金、造船、纺织、制瓷等科学技术方面,都有极高的成就。与之相匹配,宋代的词和散文是中国文坛上的两座高峰,另外,文人画的兴盛、"文房四宝"的工艺品化、秘色瓷的创制等,亦为宋代在文化艺术上的独特贡献。

四是都市繁华,市民崛起。在两宋已涌现出了汴京(开封)、临安(杭州)两座大都会和大名、应天、苏州、南郑等商贸城市及泉州、明州、温州、钦州等外贸港口城市。如真宗时,汴京新旧城内设有十厢,分管121坊,共97750户。神宗时,汴京共有各种行会一百六十余所,以商行居多,资本较丰的大中型商铺已达6400多家。[1] 又如临安,在南宋晚期已有38万余户,120多万人。各种行会414所,街市上商铺作坊、茶肆旅店、酒楼歌观林立,生意兴隆,市面繁荣。淳熙年间(1174—1189),临安府城内外及诸县一年商税钱就达102万贯,为北宋景祐年间(1034—1037)全国最高商税的四分之一。[2] 而且在都城和其他城市里,已崛起和形成了一个除农民以外的包括士、工、商、兵、妓、佣仆、苦力(车夫、轿夫、船夫、挑夫等)、游民(江湖艺人、郎中、算命先生以及社会闲杂人员、乞丐等)、方外(僧、道)等数量庞大、人员密集的市民阶层。

---

[1] 李焘:《续资治通鉴长编》卷二六二,中华书局,1979年版。
[2] 李心传:《建炎以来朝野杂记》甲集卷十四,中华书局,2006年版。

正是在这种"华夏民族之文化，历数千年之演进，造极于赵宋之世"①的文化大背景下，于唐代就已滋生兴起、但尚不能与一代声诗相颉颃的长短句，却以言诗所不能言的新的思想艺术风貌而屹立于两宋文坛。换言之，两宋的文化环境非常适合并有利于娱宾佐欢、歌舞遣兴的长短句歌辞这一特殊诗体的成长与发展，加之，为防止唐末藩镇割据局面的重演，有宋一代不仅对武将文臣削兵权、厚俸禄，并还采取了弱其志、励其奢的措施。如宋太祖就公开勉导官僚们"多积金、市田宅以遗子孙，歌儿舞女以终天年"（司马光：《涑水纪闻》）。亦就更促进了声色歌舞之社会风气的形成。故作为能与唐诗并提为"一代之胜"的宋词，就是在宋代这一独特文化环境下繁荣起来的。当然继唐诗而来的宋诗，亦会在此文化背景的影响下有所变化而形成自己的特色。

（一）宋词

词在本质上是一种格律诗，只不过它不像唐代律绝那样整齐，而是一种长短句，而且它是配合燕乐歌唱的，是在"由乐定词"的过程中逐步形成的。但人们为何在习惯上一提到词就首先想到"宋词"，则如清代诗人兼文学评论家潘德舆所说的："词滥觞于唐，畅于五代，而意格之闳深曲挚，则莫盛于北宋。词之有北宋，犹诗之有盛唐。"② 具体而言，宋词数量空前，《全宋词》录有两万余首，作者一千四百余人，遍及帝王将相、文人儒士、隐逸僧道、布衣女子，而且词之体制亦已达到完备阶段。据清《钦定词谱》的著录看，宋时已有词调八百余种、词体二千三百余种。故诗坛上就有不少文人学士如明清之际的李渔、清之焦循、民国之王国维等，均是将"唐之诗""宋之词""元之曲"并称的，如"夫一代有一代之所胜……汉则专取其赋；魏晋六朝至

---

① 陈寅恪：《邓广铭〈宋史职官志考证〉序》，载《金明馆丛稿二编》，上海古籍出版社，1980年版。

② 潘德舆：《与叶生名沣书》，《养一斋集》，清道光二十九年刻本。

隋则专录其五言诗；唐则专录其律诗；宋专录其词；元专录其曲；明专录其八股。一代还其一代之所胜"①。

由于词是合乐的，词调大多从曲调转化而来，故词按节拍可分为令、引、近、慢等名目，但一般都按每首词的字数多少而分为小令、中调、长调三类。正如清代文学家宋翔凤所指出的："令者，乐家所谓小令也；曰引、曰近者，乐家所谓中调也；曰慢者，乐家所谓长调也。不曰令曰引、曰近、曰慢，而曰小令、中调、长调者，取流俗易解，又能包括众题也。"② 至于小令、中调、长调的字数如何划分，清代学者毛先舒在其《填词名解》中提出了划分的具体规定："凡填词五十八字以内为小令，自五十九字始至九十字止为中调，九十一字以外者为长调也，此古人定例也。"虽然字数规定有些刻板而欠灵活，"古人定例"亦缺乏依据而遭受到不少批评，但毛氏的这一划分只要不过分拘泥于一两个、两三个字数之差，几已为大多数词家所接受，并自清迄今而沿用未废。历代研究者基本以时空为界，将宋词划分为北宋词和南宋词两个时期。

1. 北宋时期的词

北宋前期是上承唐五代、下启宋代鼎盛期的青黄不接的阶段，出现的词人不多，主要有重臣王禹偁（《点绛唇·雨恨云愁》）、寇准（《踏莎行·春色将阑》），以及潘阆（《酒泉子·长忆西湖》）、林逋（《长相思·吴山青》）几位。这几位词人大体上沿袭了唐五代以来的绮艳词风。如为人亢直的一代抗辽名相寇准，所作小词却相当温软凄婉。

到了北宋中期，宋词方正式兴起，勃发出以晏殊（《诉衷情·芙蓉金菊斗馨香》）、欧阳修（《临江仙·柳外轻雷池上雨》）、

---

① 焦循：《易余籥录》卷一五，清光绪丙戌刻本。
② 宋翔凤：《乐府余论》，载《词话丛编》，1986年版。

张先（《谢池春慢·缭墙重院》）等为代表的富贵雅婉的小令词和以范仲淹（《渔家傲·塞下秋来风景异》）、王安石（《桂子香·登临送目》）等为代表的抒发怀抱的慷慨词，更涌现出柳永这样一位开拓了宋代新词体、新词风的词坛大家。

柳永（字耆卿）出身官宦之家，几经坎坷中进士后，只任过微职。柳永喜冶游，好作词，现存词二百余首。宋词至柳永而一变，柳永之变一是全力创作慢词，发展了长调体制；二是"以俗为美"，使词由雅向俗转化，从而形成了"凡有井水饮处，即能歌柳词"的局面。试举其由唐教坊曲翻新的一首新词：

定风波·自春来
（宋）柳永

自春来，惨绿愁红，芳心是事可可。日上花梢，莺穿柳带，犹压香衾卧。暖酥消，腻云亸，终日厌厌倦梳裹。无那！恨薄情一去，锦书无个。　　早知恁么。悔当初、不把雕鞍锁。向鸡窗、只与蛮笺象管，拘束教吟课。镇相随，莫抛躲。针线闲拈伴伊坐。和我。免使年少，光阴虚过。

至后期宋词进入了兴盛阶段，不仅产生了豪放词大家苏轼和涌现出一批受其影响的如"苏门四学士"的黄庭坚（《念奴娇·断虹霁雨》）、晁补之（《水龙吟·问春何故匆匆》）、秦观（《望海潮·梅英疏淡》）、张耒（《风流子·木叶亭皋下》），以及晏几道（《木兰花·秋千院落重帘暮》）、贺铸（《拥鼻吟·别酒初销》）等著名词人，而且还出现一位北宋末期词坛上的"集大成者"周邦彦。

宋词至苏轼又一变，苏轼之变亦主要有二：一是突破"词为艳科""诗庄词媚"的沿习，极大地拓展了词的题材内容，即将羁旅行役、吊古凭史、咏物寓志、怀乡思亲、悼亡送别、赋闲开卷、琴棋书画、花鸟酒茶、耕植钓猎、田园山水等等，无不囊括其中;二是苏轼之前的词风主要以绮丽婉约和闲淡雅致为主,苏词不仅有此,更重要的是苏轼通过"以诗为词"而开创了疏旷豪放的一路。其《江城子·密州出猎》《念奴娇·赤壁怀古》等,就是这一路的代表作。试举其中一例:

满江红·寄鄂州朱使君寿昌
（宋）苏轼

江汉西来,高楼下、蒲萄深碧。犹自带,岷峨雪浪,锦江春色。君是南山遗爱守,我为剑外思归客。对此间、风物岂无情,殷勤说。　《江表传》,君休读;狂处士,真堪惜。空洲对鹦鹉,苇花萧瑟。独笑书生争底事,曹公黄祖俱飘忽。愿使君、还赋谪仙诗,追黄鹤。

苏轼现存词三百六十余首。正是由于苏轼自幼饱读苦练,加之禀赋过人,于诗词文章、书法绘画、山水美食等样样精通,故无愧于史书对其的评价:"器识之闳伟,议论之卓荦,文章之雄俊,政事之精明,四者皆能以特立之志为之主,而以迈往之气辅之。"①

周邦彦（字美成）在宋徽宗时为徽猷阁待制、提举大晟府（管理乐府的官员）,精通音律,能自度曲和自制长短句,亦善于将小令增改为慢词长调,因而创制了不少新声,如《六丑》《红林檎近》《夜飞鹊》等。后人多以其为正体,而依之填词。有《清真集》,存词二百余首。试举其自创的三叠长调新词一首：

瑞龙吟
（宋）周邦彦

章台路。还见褪粉梅梢,试花桃树。愔愔坊陌人家,定巢燕子,归来旧处。　黯凝伫。因记个人痴小,乍窥门户。

---

① 脱脱等:《宋史·苏轼传》,中华书局,1976年版。

侵晨浅约宫黄，障风映袖，盈盈笑语。　　前度刘郎重到，访邻寻里，同时歌舞。唯有旧家秋娘，声价如故。吟笺赋笔，犹记燕台句。知谁伴、名园露饮，东城闲步？事与孤鸿去。探春尽是，伤离意绪。官柳低金缕。归骑晚，纤纤池塘飞雨。断肠院落，一帘风絮。

周词工于布局，长于铺叙，格律严谨，形成了"富艳精工、缜密典丽"的风格而自成一家。故被尊为婉约派词风转变的集大成者和格律词派的创始人，即开南宋姜夔等格律派雅正词之先河。犹如晚清词论家陈廷焯赞评他的那样："词至美成，乃有大宗，前收苏、秦之终，后开姜、史之始，自有词人以来不得不推为巨擘。后之为词者，亦难出其范围。"[1]

2. 南宋时期的词

南宋前期的词作基本为身历"靖康之变"、从北宋转辗至南宋的词人所制，除以李清照为代表的婉约词外，更崛起以岳飞（《满江红·怒发冲冠》）、张元幹（《前调·梦绕神州路》）、张孝祥（《六州歌头·长淮望断》）等为代表的爱国词，差不多与此同时亦出现了一股以朱敦儒（《鹧鸪天·我是清都山水郎》）、苏庠（《菩萨蛮·自宜兴还西冈作》）、向子諲（《秦楼月·芳菲歇》）等为代表的隐逸词。试举李清照的一首：

永遇乐·落日熔金
（宋）李清照

落日熔金，暮云合璧，人在何处？染柳烟浓，吹梅笛怨，春意知几许？元宵佳节，融和天气，次第岂无风雨？来相招、香车宝马，谢他酒朋诗侣。　　中州盛日，闺门多暇，记得偏重三五。铺翠冠儿，撚金雪柳，簇带争济楚。如今憔

---

[1]　陈廷焯：《白雨斋词话》卷二，人民文学出版社，1959年版。

悴，风鬟雾鬓，怕见夜间出去。不如向、帘儿底下，听人笑语。

李清照以女性特有的细腻清新的语言和其特具"倜傥有丈夫气"的气魄，形成了曲折而直率、轻巧而跌宕、雅丽而俗白、委婉而奇俊的独特词风。即如明代杨慎评骘她的"宋人中填词，李易安亦称冠绝，使在衣冠之列，当与秦七、黄九争雄，不独雄于闺阁也。……山谷所谓以故为新，以俗为雅者，易安先得之矣"①。是故李词"不徒俯视巾帼，直欲压倒须眉"而别开一格。

进入宋代中期，先是出现了陆游这样一位爱国诗人兼词人（《水调歌头·江左占形胜》），接着形成了以辛弃疾为主及陈亮（《念奴娇·登多景楼》）、刘过（《六州歌头·镇长淮》）、刘克庄（《沁园春·何处相逢》）等豪放派的爱国词和以姜夔为代表及史达祖（《三姝媚·烟光摇缥瓦》）、吴文英（《莺啼序·残寒正欺病酒》）、卢祖皋（《宴清都·春讯飞琼管》）等格律派的雅正词。

辛弃疾（号稼轩）先参加中原抗金义军，后奉表南归，一直在地方任职。他虽有恢复国土的志愿和文武双全的才干，却屡受排挤和打击，一生中三次罢官，被迫赋闲在家长达十五六年。故其词作虽以忠愤豪放的爱国词为主，但尚有不少的婉约词、乡居词、艳情词和"以文""以俗"入词的诙谐词等，现存词六百余首。试举一例：

永遇乐·京口北固亭怀古
（宋）辛弃疾

千古江山，英雄无觅、孙仲谋处。舞榭歌台，风流总被、雨打风吹去。斜阳草树，寻常巷陌，人道寄奴曾住。想当年：金戈铁马，气吞万里如虎。　　元嘉草草，封狼居

---

① 杨慎：《词品》卷二，商务印书馆，1937年版。

骨，赢得仓皇北顾。四十三年，望中犹记，烽火扬州路。可堪回首，佛狸祠下，一片神鸦社鼓。凭谁问：廉颇老矣，尚能饭否。

对于才华横溢而又人生坎坷的辛弃疾而言，无事不可描绘？无境不可表达？无情不可倾诉？无法不可运用？从而使辛词尤其是占主导地位的豪放爱国词成了中国词坛上的一座丰碑。正如《四库全书总目·稼轩词提要》评述他的那样："其词慷慨纵横，有不可一世之概，于倚家为变调，而异军特起，能于剪红刻翠之外，屹然别立一宗，迄今不废。"

姜夔（号白石）终生布衣，过着清客游士生活，晚年十分穷困，客死临安。姜氏诗、词、书、乐皆工，不仅重视审音协律，词必合乐，音调皆婉（其词集中有十七首，自注工尺旁谱），而且要求填词要有章法，还善于在词前配以韵味隽永之小序。有《白石道人歌曲》词集传世，存词八十余首。试举被词人兼词论家张炎称之为词之赋梅"前无古人后无来者"的一首：

暗　香
（宋）姜夔

旧时月色，算几番照我，梅边吹笛？唤起玉人，不管清寒与攀摘。何逊而今渐老，都忘却春风词笔。但怪得、竹外疏花，香冷入瑶席。　　江国，正寂寂，叹寄与路遥，夜雪初积。翠尊易泣，红萼无言耿相忆。长记曾携手处。千树压、西湖寒碧。又片片吹尽也，几时见得？

至晚期，因词人基本跨越宋、元两朝，故又称为宋末遗民词。其中承接周邦彦、姜夔衣钵的格律派雅正词的有蒋捷（《一剪梅·舟过吴江》）、王沂孙（《眉妩·新月》）、张炎（《解连环·孤雁》）等人；发扬苏轼、辛弃疾风骨的豪放派爱国词的有刘辰翁（《兰陵王·丙子送春》）、文天祥（《满江红·燕子楼中》）、邓刻（《唐多令·雨过水明霞》）等人。试举一例：

酹江月·驿中言别友人
（宋）文天祥

水天空阔，恨东风、不借世间英物。蜀鸟吴花残照里，忍见荒城颓壁。铜雀春情，金人秋泪，此恨凭谁雪？堂堂剑气，斗牛空认奇杰。　　那信江海余生，南行万里，属扁舟齐发。正为鸥盟留醉眼，细看涛生云灭。睨柱吞嬴，回旗走懿，千古冲冠发。伴人无寐，秦淮应是孤月。

（二）宋诗

宋诗是承唐诗发展而来的，其被历代尊唐派诗人或诗论家所诟病的以文为诗、以议论入诗、以学问为诗以及说理、发露、好显等，其实均来自于韩愈、杜甫、白居易诸唐代名公大师。最早对宋诗发难的是北宋的魏泰和南宋的张戒，尤其是张戒，其在《岁寒堂诗话》中说："自汉魏以来，诗妙于子建，成于李、杜，而坏于苏、黄。"明代以降，前后七子则更为变本加厉，如王世贞称："文必秦汉，诗必盛唐，大历以后书勿读。"[①] 直至晚清"同光体"诗盛行，宋诗方始中兴。进入现代，旧体诗虽已式微，但尊唐抑宋之音仍不绝于耳。如鲁迅于1934年在给杨霁云的一封信中说道："我以为一切好诗，到唐代已被做完，此后倘非能翻出如来掌心之齐天大圣，大可不必动手。"实事求是而言，宋诗是继唐诗之后的又一诗坛丰碑，其与唐诗各有所长，各有所胜，宛若春兰、秋菊，各显不同之精神风貌，伯仲之间难骘高低。其最为尊唐派攻讦的那几点，恰恰正是宋诗有别于唐诗的艺术特色与妙境。犹如清代学者兼诗人翁方纲所指出的："唐诗妙境在虚处，宋诗妙境在实处"，"谈理至宋人而精，说部至宋人而

---

① 张廷玉等：《明史·王世贞传》，中华书局，1974年版。

富,诗则至宋而益加细密。盖刻抉入里,实非唐人所能囿也。"①这亦是当代著名学者钱锺书在《谈艺录》中所点评的:"唐诗多以丰神情韵擅长,宋诗多以筋骨思理见胜。"即各具特色,各有千秋。

据北京大学古籍整理研究所编纂的《全宋诗》来看,收录的诗人达九千余人,诗歌总量达二十余万首。其中苏轼诗二千七百余首、杨万里诗四千二百余首、陆游诗九千三百余首。无论诗人人数、诗人个人作品数量还是总体作品数量,都超越了唐代。一般而言,可将宋诗分为北宋前、后期和南宋前、后期四个时期。

1. 北宋前期

北宋前期的诗歌基本上是中晚唐诗风的延续。主要有效法白居易的徐铉、王禹偁等"香山派",效法贾岛的林逋、惠崇等"晚唐派",效法李商隐的杨亿、钱惟演等"西昆体派"。至仁宗、英宗朝,方才出现了以欧阳修、苏舜钦、梅尧臣等为代表的旨在反西昆体的注重思想内容与质朴通俗诗风的流派。如梅尧臣的《答裴送序意》中的诗句:"我于诗言岂徒尔,因事激风成小篇。词虽浅陋颇克苦,未到二雅未忍捐。安取唐季二三子,区区物象磨穷年",正是这一派诗歌创作的写照,从而始现出宋诗散文化、议论化的特点。

2. 北宋后期

北宋后期是宋诗的第一个繁荣期。影响较大者为王安石之"荆公体"诗、苏轼之"东坡体"诗、黄庭坚之"山谷体"诗。即"王介甫以工,苏子瞻以新,黄鲁直以奇"(陈师道:《后山诗话》)。亦就基本上代表了宋诗的最高艺术水准。"荆公之诗"被梁启超称为"实导江西派之先河,而开有宋一代之风气"②。苏

---

① 翁方纲:《石洲诗话》卷四,清乾隆三十三年刻本。
② 梁启超:《王荆公》,《饮冰室合集》本,中华书局,1989年版。

轼出欧阳修门下,黄庭坚又为"苏门四学士"之一,从欧开始的"以文为诗"经苏至黄而益发光大。黄庭坚为"江西诗派"的实际开创者,其在押韵、奇句硬语、说理、用典等形式技巧上狠下功夫,倡导"无一字无来处""点铁成金"以及诗"当以理为主,理得则辞顺"(《与王观复书》)等,从而形成了清新奇峭、质朴瘦硬、书卷气浓厚和以学问为诗的诗风。试举二例:

即 事

(宋)王安石

云从无心来,还向无心去。
无心无处寻,莫觅无心处。

登快阁

(宋)黄庭坚

痴儿了却公家事,快阁东西倚晚晴。
落木千山天远大,澄江一道月分明。
朱弦已为佳人绝,青眼聊因美酒横。
万里归船弄长笛,此心吾与白鸥盟。

3. 南宋前期

南宋前期,先是从北宋过渡到南宋的陈与义、吕本中等江西派诗人主盟诗坛,接着出现的是被号称为"南宋四大家"的尤袤、杨万里、范成大和陆游。这一时期是宋诗的第二个繁荣期。其中杨万里的诗称"诚斋体",师法自然,清新通脱;陆游的诗称"放翁体",既有平淡婉丽的写景咏物诗,更有雄豪悲愤的忧国伤时诗。试举二例:

小 池

(宋)杨万里

泉眼无声惜细流,树阴照水爱晴柔。
小荷才露尖尖角,早有蜻蜓立上头。

十一月四日风雨大作

（宋）陆游

僵卧孤村不自哀,尚思为国戍轮台。
夜阑卧听风吹雨,铁马冰河入梦来!

4. 南宋后期

南宋中叶以后,即出现了徐玑、徐照、赵师秀等描写山水田园的"四灵派"诗人和戴复古、赵汝鐩、刘克庄等忧国讥政的"江湖派"诗人。亡国之际,又涌现出文天祥、汪元量、谢翱、郑思肖等一批救亡图存的爱国诗人。这些爱国诗沉郁苍凉、忠愤感慨,为宋诗抹上了最后一道"黍离之悲"。试举谢翱在严子陵钓台祭奠文天祥时所作的一首:

西台哭所思

（宋）谢翱

残年哭知己,白日下荒台。
泪落吴江水,随潮到海回。
故衣犹染碧,后土不怜才。
未老山中客,难应赋《八哀》。

四、唐宋辞赋

(一) 唐代辞赋

受到"一代文学之胜"唐诗的冲击与影响,唐代的辞赋一体尤其是大赋已走向衰落。正如章炳麟所指出的:"李白赋《明堂》,杜甫赋《三大礼》,诚欲为扬雄台隶,犹几弗及,世无作家,二家亦足以殿,自是赋遂泯绝。"[①] 但中唐以后的骚赋一体,仍有佳作出现,如柳宗元写于永州的《解祟赋》《囚山赋》五篇、

---

① 章炳麟:《国故论衡·辨诗》,商务印书馆,2010年版。

刘禹锡的《秋声赋》、李远的《题桥赋》、朱桃椎的《茅茨赋》等小赋，就是其中的代表作。

更为重要的是，在唐代出现了一种辞赋的新体——律赋。律赋又称试赋，因其产生于唐代科举取士中的小赋，即"自唐迄宋，以赋造士，创为律赋，用便程式"（孙梅《四六丛话》）。唐代进士科考赋始于武则天垂拱二年（685），是年考试的赋题为"高松赋"，有颜元孙等人及第；长安二年（702）试题为"东堂壁画赋"，有张九龄、徐秀等人及第。由于试赋限字限韵（一般八韵），声律规定极严，故称律赋。在律赋兴盛的唐代，亦涌现出不少的律赋名家，如中唐的李程以试《日五色赋》被擢为状元；王起为中唐律赋最多产之大家，作品达五十余篇，其中的《庭燎赋》《墨竹赋》等清雅典重，不露刻划痕迹。又如晚唐的黄滔和王棨被誉为晚唐律赋双雄，黄滔的《汉宫人诵洞箫赋》，为时人传诵；王棨有律赋四十五篇，其中的应试之作《江南春赋》最负盛名：

> 丽日迟迟，江南春兮春已归。分中元之节候，为下国之芳菲。烟幂历以堪悲，六朝故地；景葱龙而正媚，二月晴晖。谁谓建业气偏，句吴地僻。年来而和煦先遍，寒少而萌芽易坼。诚知青律，吹南北以无殊；争奈洪流，亘东西而是隔。

（二）宋代辞赋

宋代科举承唐制，进士科试诗、赋各一首，故试赋创于唐，至宋而完备。如范仲淹，北宋大中祥符八年（1015）进士，所存律赋有《金在熔赋》《用天下心为心赋》等三十五篇。晏殊、欧修阳、苏轼、秦观等皆为进士出身，所作律赋亦不少。南宋的李纲、黄公度、周必大等均是登进士第而入仕者，在律赋上亦有一定名声。但宋代最为突出的是，又一新赋体——文赋的一度兴盛。文赋是唐宋古文运动的产物，起源于唐代，杜牧的《阿房宫赋》就是文赋肇始时的代表作品。到了北宋，随着欧阳修、苏轼等继唐代韩愈、柳宗元后的古文运动的扩大深入，文赋亦就相应达到了成熟和繁荣阶段。所谓的文赋就是以赋的结构形式用古文语言所写的韵文，有着韵散或骈散结合、以议论为主、用韵宽松、体裁自由、近乎散文诸特点。故而元代赋论家祝尧对文赋有着这样的评述："尚理而不尚辞，则无咏歌之遗，而丽乎何有？后代赋家之文体是已。"①

北宋初，文赋作品甚少，如宋祁存赋四十余篇、范仲淹存赋三十余篇，几乎全为骈赋、律赋及仿汉古赋，而无文赋。直至北宋古文运动展开后，文赋才随之兴盛起来，自然古文家亦就是文赋的创作代表者。如唐宋古文八大家的宋六家，除苏洵、曾巩未有赋存世外，其余四家均有文赋作品，如欧阳修的《秋声赋》《憎苍蝇赋》，王安石的《龙赋》，苏轼的前后《赤壁赋》《昆阳城赋》，苏辙的《缸砚赋》《墨竹赋》等。除此而外，尚有梅尧臣的《鱼琴赋》，黄庭坚的《东坡居士墨戏赋》，秦观的《寄老庵赋》，张耒的《哀伯牙赋》等。其中最脍炙人口的传世名篇，即为欧阳修的《秋声赋》和苏东坡的前后《赤壁赋》。试举《秋声赋》听秋声的一段：

  初淅沥以萧飒，忽奔腾而砰湃，如波涛夜惊，风雨骤至。其融于物也，鏦鏦铮铮，金铁皆鸣；又如赴敌之兵，衔枚疾走，不闻号令，但闻人马之行声。予谓童子："此何声也？汝出视之！"童子曰："星月皎洁，明河在天，四无人声，声在树间。"

南宋文赋不多，李纲有《迷楼赋》等三篇，杨简有《广居

---

① 祝尧：《古赋辨体》卷三《两汉体上》，《四库全书》本。

赋》等三篇，中兴四大家的尤、范、陆、杨，唯有杨万里有《浯溪赋》《糟蟹赋》数篇。其他诗人如徐玑、赵师秀、戴复古、陈亮、魏了翁、刘克庄等，皆无文赋传世。又如南宋存赋较多（达二十余篇）的薛季宣，亦仅有《信乌赋》一篇文赋。故而欧、苏开创的北宋新文赋，至南宋已式微，在以后的元、明、清三朝更是寂寥。犹如当代的文学史专家马识高所说："唐开始的新文赋经过宋元两代，已经走到尽头了。"（《赋史》）究其原因，主要就是祝尧所指出的：文赋尚理而不尚辞，实为赋家之散文体而已。

第二节 《切韵》与诗歌格律

一、《切韵》

在诗歌声韵演变发展方面，中古阶段较上古阶段最为突出的特点有两项：一是产生了《切韵》系韵书，二是在声调上确立了平、上、去、入四声。其实除上节所述的诗歌辞赋诸韵文材料外，《切韵》系韵书更是研究中古阶段诗歌声韵及其演变发展的不可或缺的重要材料。因《切韵》系韵书基本上为"官韵"，即以先秦两汉的声韵为基础，又集中古阶段的审音精华，借官府之力而推行的韵书。《切韵》系韵书不仅是隋唐以来历代科举考试中诗赋声韵的标准和依据，而且还是研究上古与近古甚至现当代即今古诗歌声韵的连接点和集中点。而所谓的《切韵》系韵书，是由一系列的韵书如隋之《切韵》、唐之《唐韵》、宋之《广韵》以及后继的《平水韵》等组成的声韵书系，它们依反切发声以分音，收声以分韵，故曰"切韵"。在这一系列的《切韵》系韵书中，注音皆采用反切法，故以"切韵"系韵书作为中古阶段诗歌声韵研究的重要材料，则又必须先了解和掌握反切，即以反切作为出发点。

（一）反切的形成

欲吟诵或创作中国古典诗词曲，则应首先了解汉字的读音，方能掌握诗词曲的押韵和平仄关系。但中国古代既无音标，亦无拼音字母，只能用一个常用的汉字字音来给另外的汉字注音，即将汉字本身作为了注音工具。而反切注音法，就是在汉字注音字母拼音法创造与实施之前的、从东汉三国至清末民初所沿用时间最长，也是最主要和最重要的汉字注音方法。

1. 反切法产生的原因与反切含义

反切法虽是一种很古老的汉字注音方法，但在其正式确立前，已经有几种汉字注音方法在使用，即在前文第二章第二节中所提到过的直音、譬况、"读若"或"读如"这三种主要方法。

直音法是选用一个与被注音汉字读音完全相同的汉字来注音。如《史记·韩民儒传》："廷尉当恢逗挠，当斩。"司马贞《索隐》："逗音豆，又音住，住谓留此也。"又如《汉书·五行志》："匹马觭轮无反者。"服虔《注》："觭音奇偶之奇。"

譬况法是用简单的语言描述汉字的发音情况。一般分为以舌位譬况、以送气急缓和声调长短譬况及口势譬况几种：如《淮南子·修务训》："胡人有知利者，而人谓之䮒。"高诱注："䮒读似质，缓气言之者，在舌头乃得。"《淮南子·地形训》："其地易桼，多旎尾。"高诱注："旎读绸缪之缪，急气言之乃得。"又如《公羊传·庄公十八年》："春秋伐者为客，伐者为主。"何休注："伐人者为客，读伐长言之"；"见（被）伐者为主，读伐短言之"。两个"伐"字，读音依据声调长短来区分。再如《管子》中记载大臣东郭牙观察齐桓公和管仲悄悄商量攻打莒国时说话的口形、手势，并结合当时的政治军事形势而得知攻莒之事的。不过这一口势譬况法很笼统和复杂，不易得到较正确的发音。

"读若""读如"是以常用的同音汉字或近音汉字指明另一个汉字的读音。段玉裁曾言："读若者，皆拟其音也……读若亦言读如。"如《说文》:"唉,应也。从口矣声,读若埃。"又如《礼记·中庸》:"虽危其居,竟信其志。"郑玄注:"信,读如屈伸之伸,假借字也。"

虽然以上几种注音方法能起到对汉字注音的一定作用,但直音法如某汉字无同音字或同音字生僻难认,就无法注音或注而无效;譬况法的描述毕竟有些含糊,未能一读即对读音了然准确;"读若""读如"法在注音时往往兼及注义,且还有同音与近音不易区分等问题,即都存在着本身难以克服的先天不足之处。故以上方法在一定范围和程度上就影响了被注汉字的读音,反切注音法即由此应运而生。

所谓的反切注音法就是用两个汉字给另一个汉字注音的方法,即两个汉字(反切字)中上字取其声母,下字取其韵母(包括介音)和声调,两者拼合出被注汉字(被切字)的读音。宋代丁度等编撰的《礼部韵略》对此解释为:"音韵展转谓之反,亦作翻;两字相摩以成声,谓之切。"元代刘鉴则进一步说明:"反切二字,本同一义,反即切也。……或作反,或作切,皆可通用,是字虽异而义同也。"(《〈总括玉钥匙玄关歌诀〉序》)例如中国的"中"字,《广韵》的注音为"中,陟弓切"。即用上切字"陟"的声母和下切字"弓"的韵母与声调,拼合得出被切字"中"的读音。借用现代汉语拼音表示即为:中(zhōng),陟[zh(i)]弓[(g)ōng]切。正是由于反切法的注音原则和实际操作较为简便易行,不仅读音不含糊、准确度较高,而且同声母、同韵母的字较多,易于选用,这就弥补了前述直音法、譬况法、"读若""读如"法的诸多缺陷与不足,这就是反切法一直应用至清末民初而历久不衰的主要原因。

2. 反切注音法的具体形成

至于反切注音法是如何产生形成的,主要有两种针锋相对的观点:前者认为反切起源于东汉末,如颜之推认为:"孙叔然创

《尔雅音义》,是汉末人独知反语。至于魏末,此事大行。"① 隋陆德明、宋王应麟、清江永与段玉裁等皆持此见。后者认为反切来自于西域,如陈振孙认为:"反切之学,自西域入于中国至齐梁间盛行。"② 宋郑樵、清纪昀等均持此观点。其实中国自古以来就有反切注音的基础存在,只不过不够完善成熟、不够自觉普遍。而随着佛教从西域传入中土带来了梵语拼音法,受此影响与启发,用两个汉字给另一个汉字注音的反切法就正式形成和逐渐通行了,这亦完全符合任何一种语言本身在内外因互相作用下的演变发展逻辑。其具体情况则可从以下两个方面进行考析。

一是中国本土已具备反切注音的内在因素。

在西域梵文拼音传入中土之前,即汉民族在反切法正式确立前的直音、譬况、"读若""读如"的注音方法基础上,中国就已有双声、叠韵、合音等语词现象的出现与存在,说明古人已有了对音节分析知识的一定认识和掌握。尤其是合音与反切的操作原则基本一致,从而为后来反切注音法的正式形成奠定了内在基础。试各举二例如下。

(1) 双声。

(a)《诗经·召南·关雎》:"参差荇菜,左右流之。"其中"参差"为双声词。

(b)《楚辞·离骚》:"忽驰骛以追逐兮,非余心之所急。"其中"追逐"为双声词。

所谓的双声就是两字同声母,即只要两字的声母相同即可,不必考虑其韵母。如借用现代汉语拼音表示:(a) 参[cen]差[ci],即两字声母相同皆为[c],韵母则不相同;(b) 追[zhui]逐[zhu],即两字声母相同皆为[zh],韵母则不相同。

---

① 颜之推:《颜氏家训·音辞篇》,湖北辞书出版社,2007年版。
② 陈振孙:《直斋书录解题》卷三,上海古籍出版社,1987年版。

(2) 叠韵。

(a)《战国策·秦策》:"嫂蛇行匍伏,四拜自跪而谢。"其中"匍伏"为叠韵词。

(b)《孟子·公孙丑上》:"虽有镃基,不如待时。"其中"镃基"为叠韵词。

所谓的叠韵就是两字同韵母,即只要两字的韵母相同即可,而不必考虑其声母。如借用现代汉语拼音表示:(a)匍 [pu] 伏 [fu],即两字韵母相同均为 [u],声母则不相同;(b)镃 [zi] 基 [ji],即两字韵母相同均为 [i],声母则不相同。

(3) 合音。

(a)《春秋·桓公十二年》:"公及宋公、燕人盟于榖丘",《左传》则作"句渎之丘","句""渎"两字合一音读"榖"字。

(b)《论语·颜渊》:"虽有粟,吾得而食诸?"《经传释词》云:"诸,之乎也。急言之曰'诸',徐言之曰'之乎'。"

所谓的合音就是"两声合为一字",即连用二字合一音,在两字连续时只取前一字声母弃其韵母和只取后一字韵母弃其声母。如借用现代汉语拼音表示:(a)句 [g (ou)] 渎 [(d)u],榖 [gu]。即前字取声母 [g] 弃韵母 [ou],后字取韵母 [u] 弃声母 [d],而合一音 [gu]。(b)之 [zh (i)] 乎 [(h) u],诸 [zhu]。即前字取声母 [zh] 弃韵母 [i],后字取韵母 [u] 弃声母 [h],而合一音 [zhu]。

二是西域传入的梵文拼音这一外在条件的影响。

佛教传入中国已有两千多年,在正史中的最早记载应为西汉末的哀帝元寿元年(前2):"昔汉哀帝元寿元年,博士弟子景卢受大月氏王使伊存口受《浮图经》。"[①] 接着,正史记载,东汉初

[①] 《三国志·魏书》三十卷裴松之注所引三国魏鱼豢著《魏略·西戎传》,中华书局,1959年版。

明帝永平十年（67），佛教正式由官方传入。即："明帝梦见金人，长大，顶有光明，以问群臣。臣或曰：'西方有神，名曰佛。'……帝于是遣使天竺问佛道法，遂于中国图画形像焉。楚王英始信其术，中国因此颇有奉其道者。后桓帝好神数祀浮图老子，百姓稍有奉者，后遂转盛。"① 再据南朝梁僧人慧皎所编之《梁高僧传》卷一《摄摩腾传》和《竺法兰传》记载：明帝遣使去西域寻访佛法，带回了中天竺人摄摩腾和竺法兰，并得佛像经卷，用白马驮着共还洛阳。明帝特于"城西门外立精舍以处之"，人称白马寺。两人来中土后，即共译佛经《四十二章经》《佛本行经》等五部。虽不可避免含有一些传说成分，但总体上将史书记载与佛家所著僧人传记结合起来看，佛教在西汉末东汉初从西域传入中国是可信的。随着佛教的传入，佛经的翻译亦就相应展开。据任继愈的《汉唐佛教思想论集》所载，从汉明帝永平十年（67）至东汉末年（220），佛经译本已达292部。而翻译佛经，必然要从梵文直接译成汉文，或通过中亚的古代语言吐火罗文转译成汉文。这两种文字都是拼音文字，在将此拼音文字译成汉字的启示下，将汉字语音结构析为声母、韵母前后两个部分，再根据实际需要对这两个汉字的声母、韵母进行拼合，反切法遂正式形成。

综合而言，在汉字反切注音法确立之前，古人们已对汉字音节分析知识有了一定程度的掌握，如双声和叠韵都首先要将两字分别析成声母与韵母两个部分，然后前者只能由两个声母相同（韵母不考虑）的字组成，后者只能由两个韵母相同（声母不考虑）的字组成。这种将一个汉字的字音析成声母与韵母两个部分的做法，正是反切注音法形成的必要前提。而合音取前字声母和后字韵母拼合成一个字的读音，即连用二字合一音的做法与反切

---

① 范晔：《后汉书·西域传》，中华书局，1965年版。

法的原理基本一致，两者已非常接近。无怪乎就有不少古代学者将合音直接称作反切者：如明末清初音韵学家顾炎武在《音论下·反切之始》中就提到"不可为叵""何不为盍"以及"蒺藜正切茨""瓠芦正切壶"等，从而得出"反切之语，自汉以上即已有之"的结论；又如清代学者俞正燮在《癸巳类稿》中所说的："古人用文字中自有反切，两合则反，则古人制文字中亦有反切。"当然他们所谓的这一反切只是一种汉字合音的注音法，虽与正式的反切法已很接近，但毕竟只是古人的一种自发性认知，若要称之为反切法，亦仅仅是自为性的相似于反切的一种操作，还未上升到自觉性的真正意义上的反切，实际上就是中国已具备了反切法的内在要素，只需遇到外在条件的激发，就能很快成熟问世。而汉代佛教从西域的传入和佛经翻译中将梵文译成汉字，正是促进反切法正式诞生的外因即外部条件。因梵文的拼音字母——悉昙，可分为体文和摩多两种：体文有32个，为辅音；摩多有14个，为元音。据唐义净《悉昙十八章》载，体文、摩多相互拼切成十八章，合计一万多个梵语文字。在佛经的传播与翻译中，这种梵语文字通过体文和摩多（基本相当于汉语的声母与韵母）的拼合而获得的注音方式，就启发和促进了处于自为状态下的离反切法仅一步之遥的二字合一音的合音法很快地就发展成为正式的反切注音法。正如北宋著名学者沈括所言："切韵之学，本出于西域。汉人训字，止曰'读如某字'，未用反切。然古语已有二声合为一字者，如'不可'为'叵'、'何不'为'盍'、'如是'为'尔'、'而已'为'耳'、'之乎'为'诸'之类，似西域二合之音，盖切字之源也。"① 故简言之，中国古代反切法的正式形成就是：中国汉语中的二字合一音的反切要素之内因与佛经翻译中将梵文译为汉字之外因共同作用的结果。

---

① 沈括：《梦溪笔谈·艺文二》，中华书局，2003年版。

至于反切法正式形成的时间,一般通行的看法是东汉末至三国时期,发明者为"受学郑玄之门,人称东州大儒"的三国魏人孙炎(字叔然)。因其在《尔雅音义》和为《春秋》"三传"所作的训释中大量使用反切法,故不少学者将其奉为反切法的创始者。如北齐颜之推在《颜氏家训·音辞篇》说:"孙叔言(然)创《尔雅音义》,是汉末人独知反语。"又如隋陆德明《经典释文·序录》云:"古人音书,止为譬况之说,孙炎是为反语,魏朝以降,蔓衍实繁。"等等。但后来据唐代慧琳至近代章炳麟等人的考证,汉桓帝、灵帝时人应劭、服虔(早孙炎几十年),已用反切注音,他们的反切注音在《史记》《汉书》中皆多处被其他注家所引用。如《史记·留侯世家》,裴骃《集解》引应劭注:"狙,七预反";《汉书·五行志》,颜师古注引应劭注:"笤,镞也,音奴,又乃互反"。又如《史记·张耳陈余列传》,司马贞《索隐》引服虔注:"案,(孱)服虔音鉏闲反";《汉书·陈胜项籍传》,颜师古引服虔注:"惴音章瑞反"。由此可见,反切法为孙炎发明并不可靠,当然亦未必是应劭、服虔所发明。其实反切法是在佛经翻译中将梵文拼音译为汉字的启发下才正式问世的,因而真正的反切注音法的发明创造者应是那些懂得梵文和汉文,即既掌握了梵文拼音方法又通晓汉文二字合一音的佛经翻译者,而应劭、服虔、孙炎等只不过是及时地将反切法运用到汉字注音中著书立说的学者罢了。尤其是大儒孙炎,原本就著书不少,负有一定声望,加之他广泛地运用反切法注音,使用反切的时间早、数量多而颇引人注目,相对于那些埋头译经、默默无闻的佛经翻译者来说,后人将反切法的发明权归之于孙炎名下,亦就不足为奇了。

(二)《切韵》的产生

1.《切韵》前的韵书

东汉三国时期反切注音法的正式形成,为韵书的编撰创造了条件。所谓的韵书就是以分韵和注音为主要功能，即按照汉字的字音分韵编排以分辨和规定文字的正确读音，从而便于读写诗赋词曲及韵文检索的参考工具书。中国较早的韵书为三国时李登的《声类》和晋代吕静的《韵集》，两书早已亡佚，但从一些古籍的记载中可知，前者是"以五声命字，不立诗部"（唐封演《闻见记》），后者是"宫商角徵羽，各为一篇"（《魏书·江式传》）。至南北朝，韵书便纷然迭出。据有关记载，这一时期的韵书有几十种之多，仅《隋书·经籍志》就载有周研《声韵》四十一卷、张谅《四声韵林》二十八卷、段宏《韵集》八卷、无名氏《韵集》十卷、王该《文章音韵》二卷、阳休之《韵略》一卷、李概《音谱》四卷、刘善经《四声指归》一卷，等等。由于这一时期南北分裂割据，各家韵书自成门户，地方色彩浓厚，不仅不交流，反而互相排斥。这正如北齐颜之推在《颜氏家训·音辞》篇中所说的：虽然"自兹厥后，音韵蜂出"，但却"各有土风，递相非笑"。

2. 陆法言的《切韵》

隋朝一统天下，结束了南北朝纷乱对峙的局面，中国音韵史上里程碑式的巨著——陆法言编撰的《切韵》，终于在隋文帝仁寿元年（601）问世了。陆法言，名词，字法言，以字行，魏郡（今河北）临漳人。"敏有家风，释褐承奉郎。"后因父陆爽为太子杨勇更名之事被文帝责罚，受累免官。罢官后，陆法言遂于家居中将十八年前自己与八位学者共同讨论过并亲自于"烛下握笔，略记纲纪"的音韵记录，进行整理，从而完成了此书。《切韵》共五卷，收字一万二千余个，分平声54韵、上声51韵、去声56韵、入声32韵，共193韵部，唐初被定为官韵。此书原本已佚，现法国巴黎国家图书馆藏有敦煌唐写本《切韵》残卷三种，应为目前所存最古的《切韵》版本了。

《切韵》韵部的音系，是单一（代表某地域）的，还是综合的？据相关文献资料，目前学者已大致考证出以洛阳音为主，适当吸收了金陵、邺城的一些方音，兼顾南北而带有一定折衷性的综合性语音体系。

其一，据陆法言本人所作的《切韵序》，"昔开皇初，有刘仪同臻、颜外史之推、卢武阳思道、魏著作彦渊、李常侍若、萧国子该、辛谘议德源、薛吏部道衡等八人，同诣法言门宿。夜永酒阑，论及音韵。以今声调，既自有别。诸家取舍，亦复不同。……因论南北是非，古今通塞。欲更捃选精切，除削疏缓，颜外史、萧国子多所决定。魏著作谓法言曰：'向来论难，疑处悉尽，何为不随口记之。我辈数人，定则定矣。'法言即烛下握笔，略记纲纪。……今返初服，私训诸弟子……遂取诸家音韵，古今字书，以前所记者定之，为《切韵》五卷。"由此可见，该书既取各家韵书，又经过南北是非、古今通塞的综合考量和选精削疏的取舍，故无疑是带有一定综合性的语音体系。

其二，《切韵》并非陆法言一人所为，而是经过陆法言与八位在当时颇有名望的学者共同酝酿商榷而定下来的。这九人中，虽然刘臻、颜之推、萧该三位生于南方，但真正的南方人唯有萧该一人。另外的六位生于北方，均久居邺下（今河北临漳西南邺镇一带）。邺城与今河南毗邻，离黄河不远，自古以来就是中原逐鹿之地，其地虽为邺城方音，但通行的雅言却是被称之为"夏言"的河洛语。经过九人共同商讨，由"我辈数人，定则定矣"的《切韵》音系，必然要受到直接制定者地域语音的影响，故该书以洛阳音为主的河洛语这一雅言作为基础音系亦就在情理之中了。

其三，《切韵》虽经九人共同讨论，但更进一步的甄选、削除，乃"颜外史、萧国子多所决定"。而萧该是南方人，颜之推祖籍虽为琅琊临沂（今山东临沂），但世居建康，后来被俘出仕北齐，仍操南方建康口音则无疑。故其定音系的标准或方法，则如颜之推所说的："共以帝王都邑，参校方俗，考敷古今，为之折衷，权而量之，独金陵与洛下耳。"① 洛阳不仅为东汉、西晋帝都，亦是隋、唐两都（长安、洛阳为西东两都）之一；而金陵（建康）为六朝之都，且当时金陵正音亦为西晋衣冠南渡带过去的洛下旧音，两者同源。故以帝王都邑之音，参考古今方俗，"为之折衷，权而量之"的《切韵》，当为以融合部分金陵正音的洛阳音为主，亦不排除适当吸收一些邺下语音的一种兼顾南北的折衷性语音体系。

（三）《切韵》系韵书

1. 唐代的《切韵》系韵书

陆法言的《切韵》面世后，因收字不多，韵字注释简单，一般不注出处，有的根本不解释字义，于是就不断有学者为其增字补释，甚至进行修订。在唐代主要有如下三种韵书。

一是王仁煦于唐中宗时在《切韵》基础上整理增订而成的《刊谬补缺切韵》。王氏指出，《切韵》"时俗共重，以为典规。然苦字少，复阙字义"，该书除对《切韵》加以刊正、补注义训外，还增字六千余，增韵两个，即上声多分出"广"韵、去声分出"严"韵，共一百九十五韵。

二是孙愐于唐玄宗天宝十年（751）编成的《唐韵》五卷。该书收字二万六千余，共一百九十五韵，在《切韵》的基础上，于上声、去声各增一韵，与王仁煦《刊谬补缺切韵》大体相同。该书虽为孙氏私修，命名却带有官方性质，名气较王书更大。因王、孙两韵书均加入注释，引文皆有出处，故亦具有辞书和字典的功能。

三是李舟在唐代宗、德宗之世所编的《切韵》一书。该书长处是调整了一些韵部的次序。正如王国维指出的："取唐人韵书，

---

① 颜之推：《颜氏家训·音辞》，湖北辞书出版社，2007年版。

与宋以后韵书比较观之,则李舟于韵学上有大功二。一、使各部皆以声类相从;二、四声之次相配不紊是也。前者如降'覃''谈'于'侵'后,升'蒸''登'于'青'后……"① 惜该书已佚。

2. 宋代《切韵》系韵书

(1)《新定雍熙广韵》

真正由官方对《切韵》进行较大规模修订活动的则在宋代,宋继唐仍以《切韵》为官韵。第一次官方修订《切韵》是在宋太宗时期,据南宋学者王应麟所编类书《玉海》的记载:先是"太平兴国元年(976)六月,诏太子中舍陈鄂等五人,同详定《玉篇》《切韵》";后"太宗……命中正及吴铉、杨文举等,考古今同异,究隶篆根源,补缺刊谬,为《新定雍熙广韵》一百卷。端拱二年(989)六月丁丑上之,诏付史馆"。与此相印证,《宋史》卷二〇二亦有"句中正《雍熙广韵》一百卷、《序例》一卷"的记载。

(2)《大宋重修广韵》

《大宋重修广韵》简称《广韵》,是宋代第二次官修韵书的产物。宋真宗敕令陈彭年、丘雍等再度重修韵书,在《切韵》《新定雍熙广韵》基础上完成了《广韵》,成书时间为大中祥符元年(1008)。《广韵》是集大成之作,共五卷,206韵。其中193韵取于陆法言《切韵》、2韵来自王仁煦《刊谬补缺切韵》、尚有11韵采自孙愐天宝本《唐韵》。而韵部的排列次序、四声相承关系则依据李舟之《切韵》。《广韵》在韵目数量上虽有增加,但并未增加韵母数量,只是将《切韵》原书的某些韵部一分为二而已,音系仍未变动。《广韵》收字量大,共有韵字二万六千余,不少是奇字、冷僻字;注文有十九万一千余字,注解往往罗列姓氏

---

① 王国维:《观堂集林》卷八《李舟切韵考》,中华书局,1959年版。

名、人名、地名等。如"东"韵中的"公"字，仅解释古姓氏就长达几百字，实为烦冗。

《广韵》全书五卷，平声分上下二卷，上、去、入声各一卷。其中平声57韵（上平声28韵、下平声29韵），上声55韵，去声60韵，入声34韵。每卷之中所列各韵用一个代表字作为名称，即为韵目。部分韵目下加注"独用"或与某韵"同用"等字样。这对《广韵》的音系和当时实际语音及以后的韵部归并，都有非常重要的关系。一韵之中所含各字，按声母的不同分别排列，同声母的字称为"小韵"，亦称"纽"。小韵中的第一字下先注释字义，接着是反切注音，最后用数字标明该小韵所含字数。每小韵所含各字皆为同音（韵基相同）字，而韵基相同声调不同的几个韵，可以再构成一个更大的单位——韵部。一般而言，在中古音系里，一个舒声韵（包括阴声韵和阳声韵）部里应有平、上、去三个韵，一个入声韵部里只有入声一个韵。但在《广韵》里，虽然所有的入声韵部和绝大部分的舒声韵部都是如此，但亦有一些特例。如依据清代音韵学家戴震按四声相配规则将《广韵》韵目编成的《考定〈广韵〉独用同用四声表》来看：舒声韵去声的"泰""祭""夬""废"四韵，皆无平、上声相配；舒声韵平声"冬"韵的上声、平声，"臻"韵的上声、去声，因字少均附于邻近的韵中，而未单独列出韵目；入声韵34个，较与之相配的阳声韵少了一个"痕"韵的入声韵。故《广韵》206韵，如不计算声调，以平东、上董、去送为一韵部，以平真、上轸、去震为一韵部等，则实际上《广韵》只有61个舒声韵部（阴声韵26个、阳声韵35个），加上34个入声韵部，共为95个韵部。而每一个声调中的每一个韵部和其他声调中相应的韵部，都有一定的搭配关系，入声韵（韵尾为[p][t][k]）只能和有鼻音韵尾（[m][n][ng]）的阳声韵相配，一个阳声韵部和与之相配的入声韵共同构成一个韵系，阴声韵部没有入声韵相配，自成一个韵系。故《切韵》共有 61 个韵系。

另外,《广韵》为《切韵》的增订本,"广韵"之名,就是对《切韵》进行扩充增广之意。虽然在反切上,《广韵》与《切韵》残本相较,同多而异少,《广韵》基本上保留了《切韵》的音系,但两者在时间上相距四百余年,难免会有一些不同之处,其主要就反映在语音的演变上。如在《切韵》音系中,重唇音([b][p][m])与轻唇音([f][v])不分,到了《广韵》音系中,重唇音与轻唇音就已经分化开了,这在反切注音里就表现得较为明显。试举两例。

一是"表"字。《切韵》用"方小反"切"表"字;《广韵》用"陂矫切"切"表"字。说明在《切韵》时代,"方"是与"表"声母相同的字,到了《广韵》时代,声母已不相同,从而改用声母相同的"陂"作为反切上字了。

二是"铍"字。《切韵》用"普羁反"切"铍"字;《广韵》用"敷羁切"切"铍"字。说明在《切韵》时代"普"与"铍"这一声母相同的字,到了《广韵》时代声母已不相同,而改用声母相同的"敷"作为反切上字了。

(3)《礼部韵略》与《集韵》

宋真宗时,陈彭年、丘雍在奉敕编撰《广韵》同时,又要将《广韵》中重要、常用的字和注辑录出来,另编一部简约本《韵略》,以应科举考试之用。因科举考试由礼部负责,故称《礼部韵略》。后丁度又奉命对此进行修订,即为《景德韵略》,但仍称《礼部韵略》不变。此书仅收应试举子作诗赋的常用字,字目不足一万,注文亦较简略,以便检索与携带。

至宋仁宗时,因有不少人上书批评《广韵》和《礼部韵略》的不足之处,于是仁宗命丁度等人重新修订这两部韵书。所成简本即为《景德韵略》(习惯上仍称《礼部韵略》),繁本即为《集韵》。《集韵》于仁宗宝元二年(1039)葳稿,共十卷,分韵数目与《广韵》全同，只是韵目用字、部分韵目次序和韵目下所注的"同用"与"独用"规定略有不同。《集韵》最主要的特点就是收字多，且所收异体字特别多，一个字无论是正体、古体、俗体甚至变体，凡是稍有根据的，均囊括其中，有的字竟多达八九种写法。故《集韵》号称收字五万三千五百余，较《广韵》溢出二万七千余字。但现经四川大学编写组编写的《集韵通检》统计，因其同音字很多，一字有多种不同读音而分别列于不同韵部，造成重复，故按字头检点，实际收字为三万二千三百余。由于《集韵》的字训以《说文》为依据，反切多采自《经典释文》，虽收字较繁，但仍不失为一部较好的字书和韵书。

（4）平水韵

"平水韵"其实并非韵书之名，而是因两部韵书的作者皆为平水（亦称平阳，今山西临汾）籍人而得名。通常认为《平水韵》有两个版本。最早的版本为金朝书籍官平水人王文郁，于金正大六年（1229）按金朝功令将《广韵》的简本《礼部韵略》206韵部中同用的归并后成106韵部的《平水新刊韵略》（简称王本）。其后的版本为南宋平水籍人刘渊于宋淳祐十二年（1252）将《广韵》206韵部归并成107韵部的《壬子新刊礼部韵略》（简称刘本）。由于这两部《平水韵》先后面世时间只相差23年，刘本107韵所多出的一韵，只是将王本106韵中的上声韵中的"迥、拯"拆成两韵而得，其余基本一致。而且刘本所注明的"平水新增"的426个字，其中大多数的反切、注释与王本雷同，甚至一些错别字亦错得完全一样，这就不得不引起后来学者的质疑。清代著名学者钱大昕就认为："渊所刊者殆即文郁之本，或失其序文，而读者误认为渊所做耳。"[①] 即疑刘本抄自王本。还

[①] 钱大昕：《与谢方伯论平水韵书》，《潜研堂文集》卷三十五《书三》，商务印书馆，1937年版。

有一种疑问,王本、刘本或据有其他的同一蓝本而造成大体一致的状况,亦未可知。实际上在王本、刘本之前,同为平水人的毛麾就曾编撰过一本《平水集》的韵书,不过此书早佚,无法就三书内容做具体考证,但在出书时间先后上,仍有案可稽。

如在清代著名学者、方志学家谢启昆所著的《小学考》卷三十三的"毛氏麾"条目下,就有记述:"《山西通志》曰:毛麾,字牧达,平阳人。大定十六年(1176)举学行,特赐进士出身,授校书郎,入教宫掖。历太常博士,终于同知沁州军事。有《平水集》行世。"关于毛麾其人的生平,尚有元代元好问所编之金朝诗歌总集《中州集》卷七中录有毛氏诗七首及其小传;而在正史《金史·世宗本纪》中亦有其相关记载:"大定二十年(1180)十月壬寅,上谓宰臣曰:'校书郎毛麾,朕屡问以事,善于应对,真该博老儒,可除太常职事,以备讨论。'"由此可知:毛麾,平水人,1176年应试,赐进士出身,授校书郎,后擢为太常博士。能诗,善应对,为一博通学问之鸿儒,著有韵书《平水集》。具体生卒时间不详,大定二十七年(1187)致仕,约1190年前后辞世。虽然毛麾的具体生卒年月不甚清楚,但其人出生、其书问世于王文郁、刘渊前几十年,是确凿无疑的事实。故其韵书《平水集》被王、刘采用而成为编写《平水韵》的蓝本是极其可能的,这就是王本和刘本两书产生了高度相似性的最大可能及最重要的原因。

由于宋金之际兵燹不断,南北分隔,音讯难通,先是北宋亡于金,接着金与南宋又相继亡于元,故毛氏《平水集》先佚,随之王、刘两《平水韵》亦亡。元初阴时夫的《韵府群玉》继承王文郁本,分106韵;元初熊忠的《古今韵会举要》继刘渊本,分107韵。明代定《平水韵》为官韵,出现了多种版本的韵书,如凌稚隆的《五车韵瑞》等,皆以106韵为准。清代仍奉《平水韵》为官韵,康熙年间官修的《佩文韵府》和同时成书之简略本

《佩文诗韵》，均按 106 韵编排；雍正年间官修的《音韵阐微》亦为 106 韵；清代其他较有影响的韵书如《诗韵集成》《诗韵合璧》等，仍都是按《平水韵》系统的四声 106 韵部排列。因从王文郁和刘渊的《平水韵》开始，一直经元、明至清代的《佩文诗韵》和《诗韵合璧》等，分韵完全没有变化，只是在韵字的增减上有所不同，故世人将这一系列分韵为 106（少数为 107）韵部的韵书，皆相沿称之为"平水韵"。

平水韵是如何将《广韵》的 206 韵压缩为 106 韵的？前文已言，《广韵》每卷的韵目下都有一些加注"独用"或与某韵"同用"的字样，如"一东独用""五支脂之同用"等。平水韵就是将这些注明"同用"的韵部进行归并，甚至还扩大了一些同用归并的范围，即将某些在《广韵》中未注明"同用"或"独用"的韵，亦规定为同用而归并到一个韵部中去了。其归并的数量一般为二个至三个韵部。试按上平、下平、上、去、入声，各举二例如下。

（a）上平声

《广韵》的"二冬钟同用""三钟"，《平水韵》归并成"二冬"。

《广韵》的"十七真谆臻同用""十八谆""十九臻"，《平水韵》归并成"十一真"。

（b）下平声

《广韵》的"一先仙同用""二仙"，《平水韵》归并成"一先"。

《广韵》的"十八尤候幽同用""十九侯""二十幽"，《平水韵》归并成"十一尤"。

（c）上声

《广韵》的"四纸旨止同用""五旨""六止"，《平水韵》归并成"四纸"。

《广韵》的"四十一迥独用""四十二拯等同用""四十三等",《平水韵》归并成"二十四迥"(包括拯、等)。

(d) 去声

《广韵》的"五寘至志同用""六至""七志",《平水韵》归并成"四寘"。

《广韵》的"十八队代同用""十九代""二十废独用",《平水韵》归并成"十一队"(包括代、废)。

(e) 入声

《广韵》的"八物独用""九迄独用",《平水韵》归并成"五物"(包括迄)。

《广韵》的"二十陌麦昔同用""二十一麦""二十二昔",《平水韵》归并成"十一陌"。

通过类似于以上的种种归并,《平水韵》系统将《广韵》206韵部的平声57韵合并为30韵(上平声15韵和下平声15韵)、上声55韵合并为29韵、去声60韵合并为30韵、入声34韵合并为17韵,得106韵部。这106韵部的《平水韵》,从金代《平水新刊韵律》至清代《佩文诗韵》,又通称为《诗韵》,一直沿用至今。其具体构成内容简示如下。

(a) 上平声

一东、二冬、三江、四支、五微、六鱼、七虞、八齐、九佳、十灰、十一真、十二文、十三元、十四寒、十五删

(b) 下平声

一先、二萧、三肴、四豪、五歌、六麻、七阳、八庚、九青、十蒸、十一尤、十二侵、十三覃、十四盐、十五咸

(c) 上声

一董、二腫、三讲、四纸、五尾、六语、七麌、八荠、九蟹、十贿、十一轸、十二吻、十三阮、十四旱、十五潸、十六铣、十七筱、十八巧、十九皓、二十哿、二十一马、二十二养、

二十三梗、二十四迥、二十五有、二十六寝、二十七感、二十八俭、二十九豏

(d) 去声

一送、二宋、三绛、四寘、五未、六御、七遇、八霁、九泰、十卦、十一队、十二震、十三问、十四愿、十五翰、十六谏、十七霰、十八啸、十九效、二十号、二十一个、二十二祃、二十三漾、二十四敬、二十五径、十二六宥、二十七沁、二十八勘、二十九艳、三十陷

(e) 入声

一屋、二沃、三觉、四质、五物、六月、七曷、八黠、九屑、十药、十一陌、十二锡、十三职、十四缉、十五合、十六叶、十七洽。

综而言之，自隋代陆法言编著的《切韵》开创了中国韵书修撰的体例后，从唐泊清，一直沿用未废。而其归纳的语音体系，经《唐韵》《广韵》《集韵》到"平水韵"系列，其间虽有韵目和字数的增补与删减，甚或对某些字音的变化进行了修订，但其反切注音的语音体系仍一脉相承，并一直是官方认定的作为诗赋读写依据的声韵正统。

二、诗歌格律

(一) 诗歌格律的起源与形成

1. 诗歌格律的起源

所谓格律的"格"，就是指一定的标准或式样，如《礼记·缁衣》："言有物而行有格也。""律"，就是指法则、规则，如《易·师》："师出以律，否臧凶。"而"格律"之于诗，即诗歌格律，就是指诗歌本身所体现出的样式和规则要求（限定）。《现代汉语词典》对"格律"的解释为："诗、赋、词、曲等关于字数、句数、对偶、平仄、押韵等方面的格式和规则。"亦即字数、句

数、对偶是对诗的格式限定,平仄(声)、押韵(韵)是对诗的声韵规则要求。而诗歌格律是中国古典诗歌形式美与内容美的高度展示,特别注重形式上的对仗之美和声韵之美。

一般认为中国诗歌格律产生于南朝的"永明体"诗,也有学者认为其来源于佛经翻译中的"偈"诗。而实际上中国的原始诗歌由于是歌、乐、舞三位一体的综合艺术形式,就必然会产生出入乐的原始诗歌即歌辞的一种逐渐地符合自然声律——古人所谓的"天籁之音"的和谐之美。在古籍中有关此类的记载有很多,如"听凤凰之鸣,以别十二律",五帝之一的颛顼喜御风时听到的"熙熙、凄凄、锵锵"的声音,即命飞龙效"八风之音"作《承云》之乐,"以祭上帝"①。这正是《尚书·尧典》中所言的"诗言志,歌永言,声依永,律和声"。而笔者在第一章中就已列举过的《弹歌》《击壤歌》等原始诗歌,就是明证。只不过这一声韵不是人为设定而是自然形成的,与永明时期对诗歌声律的正式规定还有较大区别,但不能由此而否认原始诗歌的自然声律亦是形成中国诗歌格律的源头之一。

到了两周时期,中国第一部诗歌总集《诗经》的305篇诗章,几乎全部是可以和乐歌唱的歌词,就韵律而言,其韵部系统与用韵规律基本上是一致的。至汉武帝时,"以李延年为协律都尉,多举司马相如等数十人,造为诗赋,略论律吕,以合八音之调,作十九章之歌"。如李延年所作的《李夫人歌》:

> 北方有佳人,绝世而独立。
> 一顾倾人城,再顾倾人国。
> 宁不知倾城与倾国,佳人难再得!

此诗六句中有三句是平仄协调的律句:第三句"仄仄平平

---

① 吕不韦:《吕氏春秋·古乐》,上海古籍出版社,1995年版。

沈约之徒又适为此新学说之代表人。"①

永明是南朝齐武帝的年号，所谓的"永明体"亦称"新体诗"，是一种在永明年间正式形成的按严格的"四声八病"之说要求即强调声韵格律的新兴诗体。南朝史书中有着这方面的不少记载，特举二则如下：

> 时盛为文章，吴兴沈约、陈郡谢朓、琅玡王融以气类相推毂。汝南周颙善识声韵，约等文皆用宫商，将平、上、去、入四声，以此制韵，有平头、上尾、蜂腰、鹤膝。五字之中音韵悉异，两句之内角徵不同，不可增减，世呼为"永明体"。②

> 夫五色相宜，八音协畅，由乎玄黄律吕，各适物宜。欲使宫羽相变，低昂互节，若前有浮声，则后须切响。一简之内，音韵尽殊；两句之中，轻重悉异，如达此旨，始可言文。③

以上两则材料，第一则提出什么是永明体，并指出用平、上、去、入四声写诗，应避免声律上的"四病"。第二则为沈约对声律论主要内容的解释，即一句之中，不可都用平声或仄声，必须平仄相间；两句（一联）之内，不能平声对平声、仄声对仄声，必须平仄相对。一般而言，所谓的宫、商、角、徵、羽，就是古音律上的"五声"，以此组合变化可以演奏出各种不同的乐曲。而平、上、去、入四声，则为汉字高低、轻重、缓急、清浊的四个声调，平声相当于宫、商，上声相当于徵，去声相当于羽，入声相当于角，但不能等同。四声进一步又简化为平仄两类，平仍为平声类，上、去、入归为仄声类。故诗中以四声制

---

① 陈寅恪：《四声三问》，《清华大学学报》，1934年第2期。
② 李延寿：《南史·陆厥传》，中华书局，1975年版。
③ 沈约：《宋书·谢灵运传》，中华书局，1975年版。

韵，即为按平仄组合变化排列，使声调有高低、轻重、清浊的不同，亦就是所谓的"一简之内，音韵尽殊；两句之中，轻重悉异"。从而使得整首诗读起来低昂互节、抑扬顿挫而富有音乐美。在上一节的魏晋南北朝的诗歌中已例举了"永明体"诗的骨干人物谢朓的具有后世唐风的《秋竹曲》；现再举"永明体"诗的领军人物沈约的一首"永明体"之标准格式诗：

怀旧诗伤谢朓

（南朝梁）沈约

吏部信才杰，文峰振奇响。

调与金石谐，思逐风云上。

岂言陵霜质，忽随人事往。

尺璧尔何冤，一旦同丘壤。

"永明体"的诗律理论在论四声的同时，亦指出了声律中的"八病"，即除上例中所举出的"平头、上尾、蜂腰、鹤膝"外，尚还有"大韵、小韵、旁纽、正纽"四种病犯。然而有关"八病"的具体内容，在国内现存文献资料中已难寻觅，唯有在日本僧人遍照金刚（空海，774—835）之《文镜秘府论·文二十八种病》中方能一窥其概况：

平头，为五言诗"第一字不得与第六字同声，第二字不得与第七字同声"。即五言诗上一句开头两字，不能和下一句开头两字平仄相同而应相对。

上尾，为五言诗"第五字不得与第十字同声……唯连韵者非病也"。即五言诗上句最后一字与下句最后一字不能平仄相同，但连韵者可以。

蜂腰，为五言诗"一句之中第二字不得与第五字同声"。即两头粗，中央细，有似蜂腰。

鹤膝，为五言诗"第五字不得与第十五字同声"。即两头细，中央粗,有似鹤膝。(近人蔡宽夫在《蔡宽夫诗话》中指出:五字中首尾皆浊音而中一字清音者为蜂腰,首尾皆清音而中一字浊音者为鹤膝。当以蔡说为是。即五言诗中确应避免蜂腰之"仄仄平仄仄",鹤膝之"平平仄平平"此类平仄组合排列的出现。)

大韵,为"若以'新'为韵,上九字中不得更安'仁''津''邻''身''陈'等字,既同其类,名犯大韵"。即五言诗的一联之内,前九字不得与第十字的韵脚同韵。

小韵,为"除韵以外而有迭相犯者,名为犯小韵病也"。即五言诗的一联之内,韵脚之外的前九字,相互之间不得同韵。

旁纽,为五言诗"一句之中有'月'字,更不得安'鱼''元''阮''愿'等同声组字,此即双声,双声即为犯旁钮"。即一句之中,不得有两字或两字以上为双声。

正纽,为"五言诗'壬''衽''任''入'四字为一纽,一句之中已有'壬'字,更不得安'衽''任''入'等字,如此之类,名为犯正纽之病也"。即一句之中不得有两字或两字以上虽声调不同,但在一纽(声母、韵母都相同)之内。

由于"八病"的前四病是诗的平仄声调之病,属声律类;后四病是诗的用韵之病,属韵格类。而律诗以声律为重,历代诗人对前四病一贯恪守;对后四病则较为宽松,能守则守,不很苛求。无怪乎前所举《南史·陆厥传》中的一则,只提前四病而未提后四病;即为阐述"八病"内容的《文镜秘府论》亦关照说:"大韵、小韵、旁纽、正纽四病,但须知之,不必须避。"

"永明体"的诗律理论虽然重在声律即四声,但亦涉及了韵格问题,只不过不像四声因沈约"撰《四声谱》,以为在昔词人,累千载而不悟,而独得胸襟,穷其妙旨"[①]那样令人瞩目。正如与沈约同为南朝齐梁人的刘勰所指出的那样:"是以声画妍蚩,

---

① 李延寿:《南史·沈约传》,中华书局,1975年版。

寄在吟咏，吟咏滋味，流于字句，字句气力，穷于和韵。异音相从谓之和，同声相应谓之韵。韵气一定，故余声易遣；和体抑扬，故遗响难契。"① 即诗的字句的着力和功夫乃在于"和"与"韵"，两者不可偏废。诗句的不同声调（平仄）相组合称之"和"；韵脚同声相押（平押平、仄押仄）谓之"韵"。因而"永明体"在韵格方面的要求亦不可轻视。永明以前，虽同声相押已多次出现，但对"韵"却辨析不清，亦无韵格上的严格规定，只要同韵，不论其声调如何皆可相押，即平仄可以通押。到了永明辨析四声即"将平、上、去、入四声，以此制韵"后，在同韵的基础上再加上声调相同即同韵同声才能相押，当然就更显得和谐了。这也就是刘勰所称的"同声相应谓之韵"。

（二）诗的格律

由于"永明体"诗主要只立足于"一简之内"和"两句之中"的声律组合排列，虽两联句的对仗、用韵、声律符合格律的已不少，但从整体审视，自南北朝迄隋朝的八句五言诗中，难觅一首完全符合"永明体"的作品。至隋唐，因科举考试对试帖诗的要求，才使得文人学士尽心尽力于格律诗，即对格律三要素的对仗、韵格、声律的研习成风。到了唐代近体诗的两个类别即律诗和绝句诗的正式问世，其格律有的甚至到中唐才完全成熟定型。

1. 律诗的格律

（1）律诗的格式及对仗方面

在句数和字数上：五律、七律皆为八句四联，一、二句称首联，三、四句称颔联，五、六句称颈联，七、八句称尾联。每联上句称出句，下句称对句。五律每句五字，共四十字；七律每句七字，共五十六字。五言排律和七言排律分别是五律和七律的延

---

① 刘勰：《文心雕龙·声律》，江苏教育出版社，2006年版。

伸，句数至少十句，多者可达数十句甚至一两百句；句数不限定，一般由作者自定。

在对仗（对偶）上，首先无论五律、七律，颔联、颈联必须对仗，其他两联对仗与否未作要求，由作者自定。五、七排律对仗与五、七律一样，首尾联对仗不要求，但中间各联，无论多少联都必须对仗。而所谓的对仗，不仅要求字词的义类相同或相对，还要求做到句法结构的相同。但一般而言，只要求字面亦就是词类相同的互为对仗，即名词对名词、代词对代词、动词对动词、形容词对形容词、数词对数词、量词对量词、虚词对虚词即可。

（2）律诗的韵格方面

在韵格上，首先是偶句即二、四、六、八句必须押韵，即在这四句的句末必须用同韵同声的字做韵脚，并以韵书中同属一个韵部的字为标准。首句可押可不押，不过五律以首句不押韵为正格，七律以首句押韵为正格。其次是无论五、七律还是五、七排律，一般只押平声韵，押仄声律的相当稀少，而且一韵到底，不允许邻韵通押和换韵。再次是不能重韵，即某个字不能在一首诗中做两次韵脚，此为格律诗之大忌。

（3）律诗的声律方面

在声律上，律诗在用字上平仄相配就构成了一种高低、轻重、长短、缓急互相交错的节奏，既适合于吟哦朗诵，又使得诗歌声调有起伏，增强表现力和感染力。由于平声字音调稍长，不升不降；仄声字音调稍短，或升或降，显得不平。唐代《元和声谱》描写四声发音的特点为："平声哀而安，上声厉而举，去声清而远，入声直而促。"故而律诗的平仄组合排列就必须遵循一定的规则，即五、七律诗各有四种谱式：首句不入韵的仄起仄收式、首句不入韵的平起仄收式、首句入韵的仄起平收式、首句入韵的平起平收式。试举五、七律谱式各一例：

首句不入韵的仄起仄收式　　　　　**送王判官**

　　　　　　　　　　　　　　　　　（唐）徐安贞

　　　⊘仄⊕平仄，　　　　　　　　明月开山峡，
　　　平平⊘仄平。　　　　　　　　花源出五溪。
　　　平平⊕仄仄，　　　　　　　　城池青壁里，
　　　⊘仄仄平平。　　　　　　　　烟火绿林西。
　　　⊘仄⊕平仄，　　　　　　　　不畏王程促，
　　　平平⊕仄平。　　　　　　　　惟愁仙路迷。
　　　⊕平⊕仄仄，　　　　　　　　巴东下归棹，
　　　⊘仄仄平平。　　　　　　　　莫待夜猿啼。

首句入韵的平起平收式　　　　　**江南清明**

　　　　　　　　　　　　　　　　　（唐）郑准

　　　⊕平⊘仄仄平平，　　　　　　吴山楚驿四年中，
　　　⊘仄平平⊘仄平。　　　　　　一见清明一改容。
　　　⊘仄⊕平⊕仄仄，　　　　　　旅恨共风连夜起，
　　　⊕平⊘仄仄平平。　　　　　　韶光随酒着人浓。
　　　⊕平⊘仄⊕平仄，　　　　　　延兴门外攀花别，
　　　⊘仄平平⊘仄平。　　　　　　采石江头带雨逢。
　　　⊘仄⊕平⊕仄仄，　　　　　　无限归心何计是，
　　　⊕平⊘仄仄平平。　　　　　　路边戈甲正重重。

（注：⊕代表可平可仄，⊘代表可仄可平。）

　　律诗除遵循平仄谱式外，还应遵守"对"与"粘"、避免"孤平"、进行"拗救"等规则。所谓对，就是指同联中出句的平仄要与对句的平仄相对即相反，上平则下仄，上仄则下平，大体上要一一相对应。所谓粘，就是指下联出句的第二字的平仄必须

与上联对句的第二字的平仄相同,不同即为失粘,是律诗之大忌。所谓孤平,就是指平脚句子里除韵脚外只有一个平声字,而且又不接近韵脚字。如五律的"平平仄仄平"句式,第一字必须平,不能变成"仄平仄仄平";七律的"仄仄平平仄仄平"句式,第三字必须平,不能变成"仄仄仄平仄仄平",否则就犯孤平,亦是律诗之大忌。所谓的拗救,就是指诗句不按谱式规定用平仄,本应用平声字而用仄声字,本应用仄声字而用平声字,这就称为"拗",即不顺之意。故要用"救"的方法弥补,即"平拗仄救,仄拗平救",而"以平救仄"为多。拗救的方法主要有二种:一是本句自救。如李商隐《蝉》的尾联:"烦君最相警,我亦举家亲。"该联出句本应为:"平平平仄仄",即第三字平拗为仄,可在第四字上以平救仄,则拗救为:"平平仄平仄"。二是对句相救。如杜甫《江村》的颔联:"自去自来梁上燕,相亲相近水中鸥。"该联本应为"仄仄平平平仄仄,平平仄仄仄平平"。因出句第三字平拗为仄,可在对句相应位置即第三字上以平救仄,则拗救为"仄仄仄平平仄仄,平平平仄仄平平"。尚有一些对句相拗的情况及相应的救助方法,此处就略而不举了。

2. 绝句的格律

(1) 绝句的格式对仗方面

绝句在句数、字数上只有律诗的一半:五绝四句,二十字;七绝四句,二十八字。虽然绝句是从古诗、古乐府逐渐演变发展为古体绝句,并于唐代成熟定型为近体格律诗的,但在绝句创作的实际操作过程中,为便捷起见,诗人们往往采取截取律诗之半的方法进行创作,以确保绝句符合格律规则的要求。这也就是后人在研究唐代绝句中发现并提出"绝句,盖律诗之半"的缘故。通常我们将绝句(五绝、七绝相同)的格式分为四类,例举如下。

(a) 前对——截取律诗三、四联而成：

送韩十四被鲁王推递往济南府
（唐）崔国辅

西侯情何极，南冠怨有余。
梁王虽好士，不察狱中书。

(b) 后对——截取律诗一、二联而成：

代闺人
（唐）沈宇

杨柳青青鸟乱鸣，春风香霭洞房深。
百花帘下朝窥镜，明月窗前夜理琴。

(c) 前后对——截取律诗二、三联而成：

闺 情
（唐）郑虔

银钥开香阁，金台照夜灯。
长征君自惯，独卧妾何曾？

(d) 前后皆不对——截取律诗一、四联而成：

送友人
（唐）薛涛

水国蒹葭夜有霜，月寒山色共苍苍。
谁言千里自今夕，离梦杳如关塞长。

在对仗上，绝句可用对仗，亦可不用对仗，由作者依据截律诗之半的形式自定。如采用对仗，其要求则与律诗相同。

(2) 绝句的韵格方面

因绝句是律绝，在韵格上与律诗相同。且与律诗一样，五绝亦以首句不押韵为正格，七绝亦以首句押韵为正格。

（3）绝句的声律方面

在声律上五绝、七绝亦各有四种与五律、七律相同的谱式，即首句不入韵的仄起仄收式、首句不入韵的平起仄收式、首句入韵的仄起平收式、首句入韵的平起平收式。至于"对""粘"，避免"孤平"，进行"拗救"等要求，绝句与律诗基本一致，亦必须遵循。

（三）词的格律

词作为继唐诗而勃兴起来的盛行于宋代的长短句新诗体，是一种合乐的在字义上包含了摹绘物状的"意内"和发声助语的"言外"相结合的格律诗。虽然词与齐言的律绝诗在格式对仗、韵格、声律上有所不同，但仍有一些相当严格的规则与要求。

1. 词的格式对仗方面

首先，每首词都有词牌（词调），句数、字数基本固定。词牌是词调的名称，是填词所依据的固定格式和唱法的"乐谱"。由于词调不同，每首词都有自己的名称即词牌，如"调笑令""清平乐""贺新郎"，等等。后来词作为诗之一体，脱离了音乐关系，词调亦脱离曲调而独立，一个词调就只剩下包括字数、句式、韵脚、平仄的固定格律形式即"词谱"了，而词牌即成为词谱的名称。如"忆江南"这个词牌，其词谱则意味着有如下五句、二十七字、三平韵这样一种固定格律的形式（附谢逸的《望江南》）：

平⨀仄，⨀仄仄平◎。 ⨀仄⨀平平仄仄， ⨀平⨀仄仄平◎ ⨀仄仄平◎。

临川好，柳岸转平沙。门外澄江丞相宅， 坛前乔木列仙家。春到满城花。

（注：⨀代表可平可仄，⨀代表可仄可平。◎代表平韵，△代表仄韵。）

其次，词牌不同，词的句数、字数多少亦就不同。如最短的"竹枝词"，只两句十四字；最长的"莺啼序"为四十六句二百四十字。一般而言，每个词牌的字数是固定的，但亦有少数词牌的字数稍有变化，如"桂枝香"有九十九字、一百字、一百〇一字等数体。

再次，词为长短句结构形式，而且大多分段。词的句子，最短为一字句，如张孝祥的《十六字令》："归。十万人家儿样啼。"最长为十一字句，如陈德武的《水调歌头·爱月夜眠迟》上片第二句："自从窃药归去天上几千年。"但最常用的句式为四字句、五字句、六字句和七字句。词除部分小令不分段（全首只一段，如"忆王孙""如梦令"等）外，部分小令（如"长相思""忆秦娥"等）和中调（如"离亭燕""洞仙歌"等）及长调（如"沁园春""春风袅娜"等），一首基本上分为二段。有些长调亦有一首分为三段的，但数量不多，只有"西河""瑞龙吟""兰陵王"等几个词牌。甚至还有个别长调一首分为四段的，不过仅有"莺啼序""胜州令"两个词牌。词为一段的称单调，二段称双调，三段和四段不称调而称三叠、四叠。双调词的前、后两段一般又称上阕、下阕或前阕、后阕，亦可称上片、下片。

还有词的对仗不固定，根据词谱而定。词不像律诗那样中间两联必须对仗，其不仅对仗位置不固定，而且即使前后两句字数相同，词谱规定对仗即用对仗，如"捣练子"开首两句、"西江月"上下片开首两句等。词谱未规定对仗，即可不用对仗，如"望江南"中的两个七言句、"鹧鸪天"上片第三句和第四句等。另外，在词谱中做了规定的对仗句，亦不像近体诗那样对仗句必须平仄相对，且不能同字相对。词的对仗句平仄可对立亦可不对立，同字可不相对亦可相对。前者如葛胜仲《水调歌头》中的"庚公阁，子猷舫"（仄平平，仄平平）；后者如史达祖《解佩令》中的"相思一度，浓愁一度"。

2. 词的韵格方面

首先,词的用韵必须以词谱为依据:规定用平韵的只能用平韵,规定用仄韵的只能用仄韵,规定平仄两韵皆可的方能由作者自定。平仄两韵皆可的词不是很多,有"声声慢""念奴娇""多丽"等。在常见词中,仄韵词比平韵词多。

其次,许多词不像近体诗那样一韵到底固定不变,而是要依据词谱规定进行换韵。如"调笑令""菩萨蛮""虞美人""减字木兰花"等。试举一例:

虞美人·寄公度舒亶

芙蓉落尽天涵水,日暮沧波起。背飞双燕贴云寒,独向
　　　　　　　　　　　　△　　　　　　　　　◎

小楼东畔、倚阑看。　　浮生只合尊前老,雪满长安道。故
　　　　◎　　　　　　　　　　　　　　　　△

人早晚上高台,赠我江南春色、一枝梅。
　　　　◎　　　　　　　　　　◎

再次,词的韵脚位置不像近体诗那样固定在偶句上,而是根据词谱而定。有的韵密,句句押韵,字数间隔亦近,仅隔两三字至七八字即置韵脚。如"醉太平""渔家傲""河传"等;有的韵疏,句数、字数均间隔较远,有隔两三句甚至五六句、十六七字甚至二十三四字才置韵脚。如"兰陵王""风云归""莺啼序"等。试各举一例:

醉太平·闺情

(宋)刘过

情高意真,眉长鬓青。小楼明月调筝,写春风数声。
　　◎　　　　　◎　　　　　　　◎　　　　　◎

思君忆君，魂牵梦萦。翠绡香暖云屏，更哪堪酒醒。

◎　　　◎　　　◎　　　◎

莺啼序（节选第四叠）
（宋）吴文英

危亭望绝，草色天涯，叹鬓侵半苧。暗检点、离恨欢
　　　　　　　　　　　　△
唾，尚染鲛绡；鞾凤迷归，破鸾慵舞。殷勤待写，书中长
　　　　　　　　　　　　　　　△
恨，蓝霞辽海沈过雁，漫相思、弹入哀筝柱。伤心千里江
　　　　　　　　　　　　　　　△
南，怨曲重招，断魂在否？
　　　　　　　△

还有，根据词谱规定，有的一首词中的韵脚平仄可叶，即同一韵部的平仄声字可通押（同韵不同声）。如"醉翁操""渔家傲""西江月""幽玉管"等。试举一例：

西江月·丁巳长沙大阅
（宋）赵师侠

笳鼓旌旗改色，弓刀铠甲增明。攒花簇队马蹄轻，禀听
　　　　　　　　　　　　◎　　　　　　　◎
元戎号令。　　羊祜轻裘临阵，亚夫细柳屯营。观瞻已笃定
　△　　　　　　　　　　　　　　◎
王城，飞虎威名日振。
◎　　　△

3. 词的声律方面

词的平仄较严，必须依据词谱而定。因词不像近体诗是齐句而是长短句，其声调即平仄不须依"对""粘"规则安排，亦无"孤平""拗救"之说，而是由词谱决定，即不同的词牌因词谱不

同就各有不同的平仄组合安排。词谱规定平就必须用平声字，规定仄就必须用仄声字，规定可平可仄方可机动，作者不能离谱自定。而且在仄韵词中，有的词对同一韵部的上声字和去声字可通押，如"永遇乐""贺新郎""谢池春"等；有的词一般只押入声字，如"满江红"；有的词不能押入声字，如"卜算子"；有的词只能押平声字（平韵词），如"沁园春"。这也就是习惯上将创作诗称写诗，创作词却称填词（"依声填词"）的缘由。故词的声律要求较近体诗严格。

4. 词的韵谱方面

至于词的韵谱，唐宋时期词人作词一般仍依诗韵（"平水韵"），无专用韵谱可言。到了清代，才有了沈谦的《词韵略》、仲恒的《词韵》、戴戈的《词林正韵》、李渔的《笠翁词韵》等韵书出现。其中尤以戴氏的《词林正韵》最为有名，至今仍被不少词家奉为填词之定准。据戴氏言，该书乃"取古人之名词参酌而审定"，但实际上则是来自于邻韵相通原则下的《诗韵》，只不过戴氏将其进行了合并而已。不过戴氏也确实将唐宋词家用韵的规律作为了诗韵合并的重要参照与审定依据（因其总结归纳的韵类，基本与唐宋词人作词的用韵事实相符）。《词林正韵》共三卷，分平、上、去三声十四韵部，入声五韵部，共十九韵部。其具体内容简示如下：

平、上、去声十四部

第一部：平声"东""冬""钟"，上声"董""肿"，去声"送""宋""用"

第二部：平声"江""阳""唐"，上声"讲""养""荡"，去声"绛""漾""宕"

第三部：平声"支""脂""之""微""齐""灰"，上声"纸""旨""止""尾""荠""贿"，去声"置""至""志""末""霁""祭""泰（半）""队""废"

第四部：平声"鱼""虞""模"，上声"语""麌""姥"，去声"御""遇""暮"

第五部：平声"佳（半）""皆""咍"，上声"蟹""骇""海"，去声"泰（半）""卦（半）""怪""夬""代"

第六部：平声"真""谆""臻""文""欣""魂""痕"，上声"珍""准""吻""隐""混""很"，去声"震""稕""问""恩""恨"

第七部：平声"元""寒""桓""删""山""先""仙"，上声"阮""旱""缓""潸""产""铣""狝"，去声"愿""翰""换""谏""裥""霰""线"

第八部：平声"萧""宵""肴""豪"，上声"篠""小""巧""皓"，去声"啸""笑""效""号"

第九部：平声"歌""戈"，上声"哿""果"，去声"个""过"

第十部：平声"佳（半）""麻"，上声"马"，去声"卦（半）""祃"

第十一部：平声"庚""耕""清""青""蒸""登"，上声"梗""耿""静""迥""拯""等"，去声"映""净""劲""径""证""嶝"

第十二部：平声"尤""侯""幽"，上声"有""厚""黝"，去声"宥""候""幼"

第十三部：平声"侵"，上声"寝"，去声"沁"

第十四部：平声"覃""谈""盐""添""咸""衔""严""凡"，上声"感""敢""琰""忝""豏""槛""俨""范"，去声"勘""阚""艳""陷""鉴""酽""梵"

入声五部

第十五部:"屋""沃""烛"

第十六部:"觉""药""铎"

第十七部:"质""术""栉""陌""麦""昔""锡""职""德""缉"

第十八部:"物""迄""月""没""曷""末""黠""辖""屑""薛""叶""帖"

第十九部:"合""盍""洽""狎""业""乏"

第三节 中古诗歌声韵从魏晋至唐宋的逐步演变

虽然诗歌声韵在总体上是一个从上古阶段到中古阶段、再到近古阶段与现当代阶段的四大音系的演变发展过程,但成系统的四大音系之间都不可能是突然地或短时间内发生转变,即从一个音系一下跳到另一个音系,而是缓慢地循序渐进的。且在每一大阶段内的不同时期,即使音系未变,但汉语语音,尤其是通用性的雅言,因受战争动乱、改朝换代、国都移址、人口较大规模迁徙等政治和文化环境的影响亦会发生一些变动。如中古阶段从魏晋到唐宋的诗歌声韵,虽然一直都是以《切韵》系韵书即洛阳音系(以河洛雅言为主,适当吸收了金陵、邺城的一些音类)为代表,但除从汉代过渡到魏晋时,语音音系发生过较大变化外,从魏晋到南北朝、再从南北朝至隋唐,及唐洎宋,每一时期的声韵仍有一定的变化,当然韵部的变动及一些字类在韵部之间的转移,较声调上的变动要大得多。

一、诗歌音韵从汉代到魏晋的主要演变

东汉后期,诗歌声韵已从先秦的 30 韵部减少到 28 韵部,但到了魏晋,尤其是到了东晋中后期,又增至 35 韵部。其主要原

因是有的韵部分化而增加了韵部的数量,当然,也有个别韵部归并而减少了韵部数量,只不过较少罢了。如阴声韵的"之"部分化为"之""灰"二部,"脂"部分化为"脂""皆"二部,"祭"部分化为"祭""泰"二部;阳声韵的"蒸"部分化为"蒸""登"二部,"真"部分化为"真""魂"二部,"元"部分化为"寒""先"(包含"元"韵在内)二部;入声韵的"物"部分化为"物""没"二部,"月"部分化为"曷""屑"(包含"月"韵在内)二部。亦即因韵部分化而增加了"灰""皆""泰""登""魂""寒""没""曷"共八个韵部。与此同时,亦因入声韵的"药""铎"二部归并为"药"部而减少了"铎"韵部。故魏晋时期的韵部为:

阴声韵"之""灰""支""鱼""宵""幽""脂""皆""歌""祭""泰" 11 部;

阳声韵"蒸""登""耕""阳""东""冬""真""魂""先""寒""侵""谈" 12 部;

入声韵"职""锡""药""屋""觉""物""质""没""屑""曷""缉""叶" 12 部。

另则,有的韵部虽然没有发生分化或归并的大变动,但却有韵部之间一些字类的转移,如"之"部与"幽"部、"鱼"部与"幽"部、"真"部与"先"部、"质"部与"薛"部之间等。试择要分述如下。

(一)韵部的分化与归并

1. 阴声韵"之"部分化为"之""灰"二韵部。试举二例证:

名行显患滋

(魏)嵇康

位高势重祸基,美色伐性不疑。

厚味腊毒难治,如何贪人不思。

读《山海经》·其二
（晋）陶渊明

精卫衔微木，将以填沧海。
刑天舞干戚，猛志故常在。
同物既无虑，化去不复悔。
徒设在昔心，良辰讵可待！

以上第一例诗的韵脚有"基""疑""治""思"，第二例诗的韵脚有"海""在""悔""待"，在东汉，两者皆属阴声韵的"之"部。至魏晋，因之部分化为"之""灰"二部，故第一例诗的韵脚仍为"之"部，第二例诗的韵脚则转入了"灰"部。再如东汉的《古诗·李翊夫人碑叹》：

阴阳分兮钟律滋，星月列兮有四时。
神宓设兮万姓熹，寿十二兮九九期。
五三末兮衰在姬，秋发兮春华殆。
周公九兮成称灾，靡黄发兮盖夭胎。
此有皇兮气所裁，赴鸿渊兮逝不来。

从该诗稽考，其韵脚"滋""时""熹""期""姬""殆""灾""胎""裁""来"，在东汉皆属"之"部。如在魏晋，由于"之"部分化为"之""灰"两部，除"滋""时""熹""期""姬"仍留在"之"部，其余的"殆""灾""胎""裁""來"则转入了"灰"部。

2. 阴声韵"脂"部分化为"脂""皆"（含部分"灰"韵）二韵部。试举二例证：

答赵景猷诗十一章·其五
（西晋）曹摅

道有夷险，遇有通否。
骥不称力，士贵所履。

识归要会，岂嫌途轨。

苟非德义，于我糠秕。

西晋燕射歌辞·食举乐东西厢歌十二章·其二

宾之初筵，蔼蔼济济。

既朝乃宴，以洽百礼。

颂以位叙，或廷或陛。

登傧台叟，亦有兄弟。

胥子陪察，宪兹度楷。

观颐养正，降福孔偕。

以上第一例诗的韵脚有"否""履""轨""秕"，第二例诗的韵脚有"济""礼""陛""弟""楷""偕"，在汉魏，两者皆属阴声韵"脂"部。至两晋，因"脂"部分化为"脂""皆"二部，故第一例诗的韵脚仍为"脂"部，第二例诗的韵脚则转入了"皆"部。再如东汉徐淑的《答秦嘉诗》（节选）：

旷废兮待觐，情敬兮有违。

君今兮奉命，远适兮京师。

悠悠兮离别，无因兮叙怀。

瞻望兮踊跃，伫立兮徘徊。

思君兮感结，梦想兮容晖。

君发兮引迈，去我兮日乖。

恨无兮羽翼，高飞兮相追。

从该诗稽考，其韵脚"违""师""怀""徊""晖""乖""追"，在汉魏皆属"脂"部。如在两晋，由于"脂"部分化为"脂""皆"两部，除"师""追"仍留在"脂"部，其余的"违""怀""徊""晖""乖"则转入了"皆"部。

3. 阴声韵"祭"部分化为"祭""泰"二韵部。试举二例证：

从征行方头山诗

（东晋）袁宏

峨峨太行，凌虚抗势。

天岭交气，窈然无际。

澄流入神，玄谷应契。

四象悟心，幽人来憩。

赠褚武良以尚书出为安东诗·其三

（西晋）挚虞

褚侯之迈，人望实大。

企彼江淮，眇焉如带。

智名不彰，勇功斯废。

靡德而称，靡仁而赖。

以上第一例诗的韵脚有"势""际""契""憩"，第二例诗的韵脚有"大""带""废""赖"，在东汉，两者皆属阴声韵的"祭"部。至魏晋，因"祭"部分化为"祭""泰"二部，故第一例诗的韵脚仍为"祭"部，第二例诗的韵脚则转入了"泰"部。

再如东汉蔡琰的《悲愤诗》（节选）：

去去割情恋，遄征日遐迈。

悠悠三千里，何时复交会。

念我出腹子，胸臆为摧败。

既至家人尽，又复无中外。

城郭为山林，庭宇生荆艾。

白骨不知谁，从横莫覆盖。

出门无人声，豺狼号且吠。

茕茕对孤景，怛咤糜肝肺。

登高远眺望，魂神忽飞逝。

从该诗稽考，其韵脚"迈""会""败""外""艾""盖"

"吷""肺""逝",在汉代皆属"祭"部。如在魏晋,由于"祭"部分化为"祭""泰"两部,除"迈""败""逝"仍留在"祭"部,其余的"会""外""艾""盖""吷""肺"则转入了"泰"部。

4. 阳声韵"蒸"部分化为"蒸""登"二韵部。试举二例证:

咏冬诗

(东晋)曹毗

绵邈冬夕永,凛厉寒气升。
离叶向晨落,长风振条兴。
夜静轻响起,天清月晖澄。
寒冰盈渠结,素霜竟橺凝。
今载忽已暮,来纪奄复仍。

答贾九州愁诗三章·其二

(东晋)郭璞

顾瞻中宇,一朝分崩。
天网既紊,浮鲵横腾。
运首北眷,邈哉华恒。
虽欲凌翥,矫翮靡登。
俯惧潜机,仰虑飞罾。
惟其险哀,虽辛备曾。
庶睎河清,混焉未澄。

以上第一例诗的韵脚有"升""兴""澄(平声)""凝""仍",第二例诗的韵脚有"崩""腾""恒""登""罾""曾""澄(去声)",在汉魏西晋,两者皆属阳声韵的"蒸"部。至东晋,因"蒸"部分化为"蒸""登"二部,故第一例诗的韵脚仍为"蒸"部,第二例诗的韵脚则转入了"登"部。再如西晋陆云的

《失题六章·其四》：

> 精气为物，或降或升。
> 徂落攸往，神奇有登。
> 死生为徒，存亡曷胜。
> 谓予不信，遗籍有征。

从该诗稽考，其韵脚"升""登""胜""征"，在汉魏西晋皆属"蒸"部。但在东晋，由于"蒸"部分化为"蒸""登"两部，除"升""胜""征"仍留在"蒸"部，"登"则转入了"登"部。

5. 阳声韵"真"部分化为"真""魂"二韵部。试举二例证：

豫章行苦相篇（节选）
（西晋）傅玄

> 苦相身为女，卑陋难再陈。
> 男儿当门户，坠地自生神。
> 雄心志四海，万里望风尘。
> 女育无欣爱，不为家所珍。
> 长大逃深室，藏头羞见人。

三都赋（节选）
（西晋）左思

> 于后则却背华容，北指昆仑。
> 缘以剑阁，阻以石门。
> 流汉荡荡，惊浪雷奔。
> 即之云昏。

以上第一例诗的韵脚有"陈""神""尘""珍""人"，第二例赋的韵脚有"仑""门""奔""昏"，在汉魏，两者皆属阳声韵的"真"部。至两晋，因"真"部分化为"真""魂"二部，故

第一例诗的韵脚仍为"真"部,第二例赋的韵脚则转入了"魂"部。再如东汉末曹操的《陌上桑》(节选):

驾虹蜺,乘赤云,登彼九嶷历玉门。
济天汉,至崑崙,见西王母谒东君。
交赤松,及羡门,受要秘道爱精神。

从该诗稽考,其韵脚"云""门""崙""君""神"在汉魏皆属"真"部。但在两晋,由于"真"部分化为"真""魂"两部,除"神"仍留在"真"部,其余的"云""门""崙""君"则转入了"魂"部。

6. 阳声韵"元"部分化为"寒""先(包含元韵在内)"二韵部。试举二例证:

西长安行(节选)
(西晋)傅玄

所思兮何在?乃在西长安。
何用存问妾?香橙双珠环。
何用重存问,羽爵翠琅玕。

为贾谧作赠陆机诗·其八
(西晋)潘岳

廊庙惟清,俊义是延。
擢应嘉举,自国而迁。
齐辔群龙,光缵纳言。
优游省闼,珥笔华轩。

以上第一例诗的韵脚有"安""环""玕",第二例诗的韵脚有"延""迁""言""轩",在汉魏,两者皆属阳声韵"元"部。至两晋,因"元"部分化为"寒""先"二部,则第一例诗的韵脚转入了"寒"部,第二例诗的韵脚转入了"先"部。再如东汉古诗《四坐且莫喧》：

> 四坐且莫喧，愿听歌一言。
> 请说铜炉器，崔巍像南山。
> 上枝似松柏，下根据铜盘。
> 雕文各异类，离娄自相连。
> 谁能为此器？公输与鲁班。
> 朱火然其中，香烟飚其间。
> 从风入君怀，四坐莫不欢。
> 香风难久居，空令蕙草残。

从该诗稽考，其韵脚"言""山""盘""连""班""间""欢""残"在汉魏皆属"元"部。但在两晋，由于"元"部分化为"寒""先"两部，则其中的"盘""班""欢""残"转入了"寒"部，"言""山""连""间"转入了"先"部。

7. 入声韵"物"部分化为"物""没"二韵部。试举二例证：

答许询诗九章·其一
（东晋）孙绰
仰观大造，俯览事物。
机过患生，吉凶相拂。
智以利昏，识由情屈。
野有寒枯，朝有炎郁。
失则震惊，得必充诎。

咏史诗二首·其一
（东晋）袁宏
周昌梗概臣，辞达不为纳。
汲黯社稷器，栋梁表天骨。
陆贾厌解纷，时与酒梼杌。

婉转将相门，俱令道不没。

以上第一例诗的韵脚有"物""拂""屈""郁""诎"，第二例诗的韵脚有"纳""骨""杌""没"，在汉代，两者皆属入声韵"物"部。至两晋，因"物"部分化为"物""没"二部，故第一例诗的韵脚仍为"物"部，第二例诗的韵脚则转入了"没"部。再如西汉枚乘的辞赋《七发》（节选）：

观其所驾轶者，所擢拔者，所扬汩者，所温汾者，所涤汔者，虽有心略辞给固未能缕形其所由然也。怳兮忽兮，聊兮慄兮，混汨汨兮……

从该赋稽考，其韵脚"轶""汩""汔""忽""慄""汨"在汉代可分为"质"和"物"两部（两汉时两部已通押），质部有"轶""慄"二韵；物部有"汩""汔""忽"三韵，五韵相押。如在两晋，由于"物"部分化为"物""没"两部，则"物"部三韵中的"汩""忽"转入了"没"部，"汔"仍留在"物"部。

8. 入声韵"月"部分化为"薛（包含'月'韵在内）""曷"二韵部。试举二例证：

大人先生歌

（魏）阮籍

阳和微弱阴气竭，
海冻不流绵絮折，
呼吸不通寒洌洌。

杂 诗

（魏）应方

贫子语穷儿，无钱可把撮。
耕自不得粟，采彼北山葛。
箪瓢恒日在，无用相可喝。

以上第一例诗的韵脚有"竭""折""洌",第二例诗的韵脚有"撮""葛""喝",在汉代,两者皆属入声韵"月"部。至魏晋,因月部分化为"薛""曷"二部,则第一例诗的韵脚转入了"薛"部,第二例诗的韵脚转入了"曷"部。再如东汉《古诗十九首·其十七》:

孟冬寒气至,北风何惨慄。
愁多知夜长,仰观众星列。
三五明月满,四五蟾兔缺。
客从远方来,遗我一书札。
上言长相思,下言久离别。
置书怀袖中,三岁字不灭。
一心抱区区,惧君不识察。

从该诗稽考,其韵脚"列""缺""别""灭""察",在汉代皆属"月"部。如在两晋,由于"月"部分化为"薛""曷"两部,则其中的"列""缺""别""灭"转入了"薛"部,"察"转入了"曷"部。

9. 入声韵"铎""药"二部归并为一个"药"部。试举一例证:

与王使君诗五章·其三

(东晋)郭璞

怀远以文,济难以略。
光赞岳谟,折冲帷幄。
凋华振彩,坠景增灼。
穆其德风,休声有邈。
方恢神邑,天衢再廓。

以上例诗的韵脚有"略""幄""灼""邈""廓"。在汉魏,"略""幄""廓"属入声韵"铎"部;"灼""邈"属入声韵"药"

部。至两晋,因"铎"部与"药"部归并为一个"药"部,故两者皆属于"药"部。

(二) 韵部之间的字类转移

1. 汉代阴声韵"之"部所包含的"尤""某""谋""邮""丘""牛""裘""友""有""否""久""右""旧""疚""祐""侑""妇""负""洧""龟"等"尤"韵字,至魏晋时转入了阴声韵"幽"部。其例证:

野田黄雀行
(魏) 曹植

置酒高殿上,亲友从我游。
中厨办丰膳,烹羊宰肥牛。
秦筝何慷慨,齐瑟和且柔。
阳阿奏奇舞,京洛出名讴。
乐饮过三爵,缓带倾庶羞。
主称千金寿,宾奉万年酬。
久要不可忘,薄终义所尤。
谦谦君子德,磐折欲何求。
惊风飘白日,光景驰西流。
盛时不可再,百年忽我遒。
生存华屋处,零落归山丘。
先民谁不死,知命复何忧。

该例诗的韵脚有"游""牛""柔""讴""羞""酬""尤""求""流""遒""丘""忧"。其中:"游""柔""讴""羞""酬""求""流""遒""忧"在汉代属"幽"部;"牛""尤""丘"在汉代属"之"部,至魏晋,因其为"之"部"尤"韵而转入了"幽"部。

2. 汉代阴声韵"鱼"部所包含的"侯""娄""后""逅"

"沟""钩""苟""媾""构""口""厚""偶""头""偷""豆""斗""漏""寇""走""句"等"侯"韵字,至魏晋时转入了阴声韵"幽"部。其例证如下:

长歌行

(西晋)傅玄

利害同根源,赏下有甘钩。
义门近横塘,兽口出通侯。
抚剑安所趋,蛮方未顺流。
蜀贼阻石城,吴寇凭龙舟。
二军多壮士,闻贼如见仇。
投身效知己,徒生心所羞。
鹰隼厉爪翼,耻与燕雀游。
成败在纵者,无令鸷鸟忧。

该例诗的韵脚有"钩""侯""流""舟""仇""羞""游""忧"。其中:"流""舟""仇""羞""游""忧"在汉代属"幽"部;"钩""侯"在汉代属"鱼"部,至魏晋,因其为"鱼"部"侯"韵而转入了"幽"部。

3. 汉代阳声韵"真"部所包含的"先""坚""牵""贤""咽""怜""天""颠""田""电""填""甸""年""千""扁""编""遍""玄""炫""渊"等"先"韵字,至魏时,始转入阳声韵"元"部;到了两晋,则又与"元"部(分为"寒""先"两部)所包含的"山"韵字、"仙"韵字及部分"元"韵字一起,转入了阳声韵"先"部。其例证如下:

芙蓉池作诗

(魏)曹丕

乘辇夜行游,逍遥步西园。
双渠相溉灌,嘉木绕通川。

卑枝拂羽盖，修条摩苍天。
惊风扶轮毂，飞鸟翔我前。
丹霞夹明月，华星出云间。
上天垂光彩，五色一何鲜。
寿命非松乔，谁能得神仙。
遨游快心意，保己终百年。

该例诗的韵脚有"园""川""天""前""间""鲜""仙""年"。其中："园""川""前""间""鲜""仙"在汉魏属"元"部，如在两晋转入了"先"部；"天""年"在汉代属"真"部，至魏时，因其为"真"部"先"韵而转入了"元"部，但到了两晋，又转入了"先"部。

4. 汉代入声韵的"质"部所包含的"节""结""即""噎""鳌""垤""切""窃""屑""跌""迭""棣""替""戾""逮""涅""穴""血""惠""穗"等"屑"韵字，至两晋时，转入入声韵"薛"部。其例证如下：

游仙诗十九首（选二）
（东晋）郭璞

十三
四渎流如泪，五岳罗若垤。
寻我青云友，永与时人绝。

十六
放浪林泽外，被发师岩穴。
髣髴若士姿，梦想游列缺。

该两例诗的韵脚有"垤""绝""穴""缺"。其中："绝""缺"在汉代属"月"部，至两晋转入了"薛"部；"垤""穴"在汉代属"质"部，至两晋因其为"质"部"屑"韵而转入了"薛"部。

二、诗歌音韵从魏晋到南北朝的主要演变

东晋后期,诗歌声韵已从东汉末的28韵部增至35韵部,到了南北朝尤其是南北朝后期,更增至53韵部。其主要原因是有很多韵部分化而增加了韵部数量,但亦有个别韵部归并而减少了韵部数量。如阴声韵的"支"部分化为"支""佳"二部,"鱼"部分化为"鱼""模"二部,"宵"部分化为"宵""豪""肴"三部,"脂"部分化为"脂""微"二部,"皆"部分化为"皆""齐"二部,"歌"部分化为"歌""麻"二部;阳声韵的"耕"部分化为"庚(耕)""青"二部,"东"部分化为"东""江"二部,"真"部分化为"真""文"二部,"寒"部分化为"寒""删"二部,"先"部分化为"先""山"二部,"侵"部分化为"侵""覃"二部,"谈"部分化为"谈""盐"二部;入声韵的"职"部分化为"职""德"二部,"锡"部分化为"锡""陌"二部,"屋"部分化为"屋""沃"二部,"薛"部分化为"薛""黠"二部,"缉"部分化为"缉""合"二部,"叶"部分化为"叶""业"二部等。亦即因韵部的分化而增加了"佳""模""豪""肴""微""齐""麻""青""江""文""删""山""覃""盐""德""陌""沃""黠""合""业"等韵部。与此同时,亦因韵部归并如阴声韵"脂"部与"之"部归并为"之"部,"祭"部与"齐"部归并为"齐"部而减少了"脂""祭"二个韵部。故南北朝时期的诗歌韵部如下。

阴声韵"之""灰""支""佳""鱼""模""宵""豪""肴""幽""微""皆""齐""歌""麻""泰"16部;

阳声韵"蒸""登""耕""青""阳""东""江""冬""真""文""魂""寒""删""先""山""侵""覃""谈""盐"19部;

入声韵"职""德""锡""陌""药""屋""沃""觉""物""没""质""薛""黠""曷""缉""合""叶""业"18部。

另则，有的韵部虽然没有发生分化或归并的大变动，但却有一些韵部之间的字类转移，如"之"部与"灰"部、"支"部与"皆"部、"脂"部与"灰"部、"微"部与"灰"部、"文"部与"魂"部、"文"部与"真"部、"先"部与"魂"部、"药"部与"屋"部、"药"部与"锡"部、"沃"部与"锡"部、"物"部与"质"部、"薛"部与"没"部、"物"和"质"两部与"微""脂""灰""祭"四部之间，等等。试择要分述如下。

（一）韵部的分化与归并

1. 阴声韵"支"部分化为"支""佳"二韵部。试举两例证：

春诗二首·其一

（南齐）王俭

兰生已匝苑，萍开欲半池。

轻风摇杂蕙，细雨乱丛枝。

示封中录诗二首·其一

（北周）庾信

贵馆居金谷，关扃隔蕙街。

冀君见果顾，郊间光景佳。

以上第一例诗的韵脚有"池""枝"，第二例诗的韵脚有"街""佳"。在魏晋，两者皆属阴声韵"支"部。至南北朝，因"支"部分化为"支""佳"二部，故第一例诗的韵脚仍为"支"部，第二例诗的韵脚则转入了"佳"部。

2. 阴声韵"鱼"部分化为"鱼""模"二部。试举两例证：

皇太子释奠诗七章·其四

（南齐）袁浮丘

司业克终，告成奠旅。

简习容章，筮辰献举。

肃兹戒禁，洁此牲俎。
摇金盖凤，自宫徂序。

左冯翊歌
（南齐）陆厥

上林滴紫泉，离宫赫千户。
飞鸣乱凫雁，参差杂兰杜。
比翼独未群，连叶谁为伍。
一物或难致，无云泣易睹。

以上第一例诗的韵脚有"旅""举""俎""序"，第二例诗的韵脚有"户""杜""伍""睹"，在魏晋，两者皆属阴声韵"鱼"部。至南北朝，因"鱼"部分化为"鱼""模"二部，故第一例诗韵脚仍为"鱼"部，第二例诗的韵脚则转入了"模"部。

3. 阴声韵的"宵"部分化为"宵""豪""肴"三部。试举三例证：

乐府·清楚引
（南齐）王融

平原数千里，飞观郁岩岩。
清月同将曙，浩露零中宵。
转叶度沙海，别羽自冰辽。
四面通寒色，左右竟严飚。
崤渑多榛梗，京索久尘苗。
逝将凭神武，奋剑荡遗妖。

离合诗赠江藻
（南陈）沈炯

开门枕芳野，井上发红桃。
林中藤莴秀，木末风云高。
屋室何寥廓，至士隐蓬蒿。

　　　　故知人外赏，文酒易陶陶。
　　　　友朋足谐晤，又此盛诗骚。
　　　　朗月同携手，良景共含毫。
　　　　栾巴有妙术，言是神仙曹。
　　　　百年肆偃仰，一理讵相劳。

周祀方泽歌·昭夏降神（节选，北周郊庙歌辞）
　　　　报功阴泽，展礼玄郊。
　　　　平琮镇瑞，方鼎升庖。
　　　　调歌丝竹，缩酒江茅。
　　　　声舒钟鼓，器质陶匏。

　　以上第一例诗的韵脚有"岧""宵""辽""飚""苗""妖"，第二例诗的韵脚有"桃""高""蒿""陶""骚""毫""曹""劳"，第三例诗的韵脚有"郊""庖""茅""匏"。在魏晋，三者皆属阴声韵"宵"部。至南北朝，因"宵"部分化为"宵""豪""肴"三部，故除第一例诗的韵脚仍为"宵"部外，第二例诗的韵脚和第三例诗的韵脚则分别转入了"豪"部与"肴"部。

　　4. 阴声韵"脂"部分化为"脂""微"二部。试举两例证：

西陵遇风献康乐诗五章·其三
　　　　（刘宋）谢惠连
　　　　靡靡即长路，戚戚抱遥悲。
　　　　悲遥但自弭，路长当语谁。
　　　　行行道转远，去去情弥迟。
　　　　昨发浦阳汭，今宿浙江湄。

饯谢文学离夜诗
　　　　（南齐）虞炎
　　　　差池燕始飞，暑历草初辉。
　　　　离人恨东顾，游子怆西归。

清潮已驾渚,溽露复沾衣。
一乖当春聚,方掩故园扉。

以上第一例诗的韵脚有"悲""谁""迟""湄",第二例诗的韵脚有"辉""归""衣""扉"。在魏晋,两者皆属阴声韵"脂"部。至南北朝,因"脂"部分化为"脂""微"二部,故第一例诗的韵脚仍为"脂"部,第二例诗的韵脚则转入了"微"部。

5. 阴声韵"皆"部分化为"皆""齐"二部。试举两例证:

山斋诗

(北周)庾信

寂寥寻静室,蒙密就山斋。
滴沥泉浇路,穹窿石卧阶。
浅槎全不动,盘根唯半埋。
圆珠坠晚菊,细火落空槐。
直置风云惨,弥怜心事乖。

侍宴华光殿曲水奉勅为皇太子作诗九章·其五

(南齐)谢朓

西京蔼蔼,东都济济。
秋祓濯流,春禊浮醴。
初吉云献,上除方启。
昔驾阳颖,今帐云陛。

以上第一例诗的韵脚有"斋""阶""埋""槐""乖",第二例诗的韵脚有"济""醴""启""陛"。在魏晋,两者皆属阴声韵"皆"部。至南北朝,因"皆"部分化为"皆""齐"二部,故第一例诗的韵脚仍为"皆"部,第二例诗的韵脚则转入了"齐"部。

6. 阴声韵"歌"部分化为"歌""麻"二部。试举两例证:

乐府·明王曲

（南齐）王融

明王日月照，至乐天地和。
辛息云门吹，复歇咸池歌。
桂序金鞀转，瑶轩丝石罗。
朱骐步踯躅，玄鹤舞蹉跎。
露凝嘉草秀，烟度醴泉波。
皇基方万祀，齐民乐如何。

答徐侍中为人赠妇诗

（南梁）邱迟

丈夫吐然诺，受命本遗家。
糟糠且弃置，蓬首乱如麻。
侧闻洛阳客，金盖翼高车。
谒帝时来下，光景不可奢。
幽房一洞启，二八尽芳华。
罗裙有长短，翠鬓无低斜。
长眉横玉脸，皓腕卷轻纱。
俱看依井蝶，共取落檐花。
何言征戍苦，抱膝空咨嗟。

以上第一例诗的韵脚有"和""歌""罗""跎""波""何"，第二例诗的韵脚有"家""麻""车""奢""华""斜""纱""花""嗟"。在魏晋，两者皆属阴声韵"歌"部。至南北朝，因"歌"部分化为"歌""麻"二部，故第一例诗的韵脚仍为"歌"部，第二例诗的韵脚则转入了"麻"部。

7. 阳声韵"耕"部分化为"庚（耕）""青"二部。试举两例证：

乐府·长歌引
（南齐）王融

周雅听休明，齐德觏升平。
紫烟四时合，黄河万里清。
翠柳荫通街，朱阙临高城。
方毂雷尘起，接袖风云生。
酣笑争日夕，丝管互逢迎。
徂年无促虑，长歌有余声。

同门生为李谧语

青成蓝，蓝谢青。
师何常，在明经。

以上第一例诗的韵脚有"平""清""城""生""迎""声"，第二例诗的韵脚有"青""经"。在魏晋，两者皆属阳声韵"耕"部。至南北朝，因"耕"部分化为"庚（耕）""青"二部，故第一例诗的韵脚仍为"庚"部，第二例诗的韵脚则转入了"青"部。

8. 阳声韵"东"部分化为"东""江"二部。试举两例证：

赠徐孝嗣诗（节选）
（南齐）王俭

婉婉游龙，载游载东。
靡靡行云，并跃齐踪。
无类不感，有来斯雍。
之子云迈，嗟我莫从。

月中飞萤诗
（南梁）纪少瑜

远度时依幕，斜来如畏窗。
向月光还尽，临池影更双。

以上第一例诗的韵脚有"东""踪""雍""从",第二例诗的韵脚有"窗""双"。在魏晋,两者皆属阳声韵"东"部。至南北朝,因"东"部分化为"东""江"二部,故第一例诗的韵脚仍为"东"部,第二例诗的韵脚则转入了"江"部。

9. 阳声韵"真"部分化为"真""文"二部。试举两例证:

于安城答灵运诗五章
(刘宋)谢瞻

跬行安步武,铩翮周数仞。
岂不识高远,违方往有咎。
岁寒霜雪严,过半路愈峻。
量己畏友朋,勇退不敢进。
行矣励令猷,写诚酬来讯。

侍皇太子释奠诗
(南齐)萧子良

霜轻流日,风送夕云。
雕檐结彩,绮井生文。
四琏合旨,八簋舒芬。

以上第一例诗的韵脚有"仞""咎""峻""进""讯",第二例诗的韵脚有"云""文""芬"。在魏晋,两者皆属阳声韵"真"部,至南北朝,因"真"部分化为"真""文"二部,故第一例诗的韵脚仍为"真"部,第二例诗的韵脚则转入了"文"部。

10. 阳声韵"寒"部分化为"寒""删"二部。试举两例证:

九日侍宴诗
(南齐)萧子良

月殿风转,层台气寒。
高云敛色,遥露已团。
式诏司警,言戒秋峦。

轻筋时荐，落英可餐。

别诗二首·其一
（南梁）萧绎

别罢花枝不共攀，别后书信不相关。
欲觅行人寄消息，衣常潮水瞑应还。

以上第一例诗的韵脚有"寒""团""峦""餐"，第二例诗的韵脚有"攀""关""还"。在魏晋，两者皆属阳声韵"寒"部。至南北朝，因"寒"部分化为"寒""删"二部，故第一例诗的韵脚仍为"寒"部，第二例诗的韵脚则转入了"删"部。

11. 阳声韵"先"部分化为"先""山"二部。试举两例证：

白纻辞二首·其一
（南梁）萧衍

朱丝玉柱罗象筵，飞琯促节舞少年。
短歌流目未肯前，含笑一转私自怜。

别　鹤
（南梁）吴均

别鹤寻故侣，联翩辽海间。
单栖孟津水，惊唳陇头山。

以上第一例诗的韵脚有"筵""年""怜"，第二例诗的韵脚有"间""山"。在魏晋时，两者皆属阳声韵"先"部。至南北朝，因"先"部分化为"先""山"二部，故第一例诗的韵脚仍为"先"部，第二例诗的韵脚则转入了"山"部。

12. 阳声韵"侵"部分化为"侵""覃"二部。试举两例证：

效阮公诗十五首·其一
（南梁）江淹

岁暮怀感伤，中夕弄清琴。

戾戾曙风急，团团明月阴。
孤云出北山，宿鸟惊东林。
谁谓人道广，忧慨自相寻。
宁知霜雪后，独见松竹心。

江南曲
（南梁）沈约

櫂歌发江潭，采莲渡湘南。
宜须闲隐处，舟浦予自谙。
罗衣织成带，堕马碧玉篸。
但令身楫渡，宁计路崭嵌。

以上第一例诗的韵脚有"琴""阴""林""寻""心"，第二例诗的韵脚有"谭""南""谙""篸""嵌"。在魏晋，两者皆属阳声韵"侵"部。至南北朝，因"侵"部分化为"侵""覃"二部，故第一例诗的韵脚仍为"侵"部，第二例诗的韵脚则转入了"覃"部。

13. 阳声韵"谈"部分化为"谈""盐"二部。试举两例证：

谶　诗
（南梁）释宝志

昔年三十八，今年八十三。
四中复有四，城北火酣酣。

答秘书丞张率诗八章·其二
（南梁）到洽

上京羽仪，十纪鸿渐。
竹待羽栝，木资刬刬。
皎皎素丝，湼而不染。
晨鸡靡喧，径寸谁掩。

以上第一例诗的韵脚有"三""酣",第二例诗的韵脚有"渐""剡""染""掩"。在魏晋,两者皆属阳声韵"谈"部。至南北朝,因"谈"部分化为"谈""盐"二部,故第一例诗的韵脚仍为"谈"部,第二例诗的韵脚则转入了"盐"部。

14. 入声韵"职"部分化为"职""德"二部。试举两例证:

临高台
(南齐)谢朓

千里常思归,登台临绮翼。
才见孤鸟还,未辨连山极。
四面动清风,朝夜起寒色。
谁知倦游者,嗟此故乡忆。

泛长溪诗
(南梁)任昉

狗禄聚归粮,依隐谢羁勒。
绝物甘离群,长怀思去国。
长溪永东舍,震区穷水域。
道遇垂纶叟,聊访问津惑。
弭楫申九言,无为累牵繶。
长泛沧浪水,平明至曛黑。

以上第一例诗的韵脚有"翼""极""色""忆",第二例诗的韵脚有"勒""国""域""惑""繶""黑"。在魏晋,两者皆属入声韵"职"部。至南北朝,因"职"部分化为"职""德"二部,故第一例诗的韵脚仍为"职"部,第二例诗的韵脚则转入了"德"部。

15. 入声韵"锡"部分化为"锡""陌"二部。试举两例证:

暮游山水应令赋得碛字诗

（南梁）庾肩吾

余春属清夜，西园恣游历。
入迳转金舆，开桥通画鹢。
细藤初上楥，新流渐涵碛。
云峰没城柳，电影开岩壁。

陶徵君潜田居

（南梁）江淹

种苗在东皋，苗生满阡陌。
虽有荷锄倦，浊酒聊自适。
日暮巾柴车，路暗光已夕。
归人望烟火，稚子候檐隙。
问君欲何为，百年会有役。
但愿桑麻成，蚕月得纺织。
素心正如此，开迳望三益。

以上第一例诗的韵脚有"历""鹢""碛""壁"，第二例诗的韵脚有"陌""适""夕""隙""役""织""益"。在魏晋，两者皆属入声韵"锡"部，至南北朝，因"锡"部分化为"锡""陌"二部，故第一例诗的韵脚仍为"锡"部，第二例诗的韵脚则转入了"陌"部。

16. 入声韵"屋"部分化为"屋""沃"二部。试举两例证：

自为童谣

（刘宋）卞彬

可怜可念尸着服。
孝子不在日代哭。
列箫暂鸣死列族。

咏司农府春幡诗

（南梁）徐勉

播谷重前经，人天称往录。
青珪禩东甸，高旗表治粟。
逶迟乘旦风，葱翠扬朝旭。
平秩庭春司，和气承玉烛。
岂伊盈八政，兼兹辩荣辱。
十千既万取，利民谁不足。

以上第一例诗的韵脚为"服""哭""族"，第二例诗的韵脚为"录""粟""旭""烛""辱""足"。在魏晋，两者皆属入声韵"屋"部。至南北朝，因"屋"部分化为"屋""沃"二部，故第一例诗的韵脚仍为"屋"部，第二例诗的韵脚则转入了"沃"部。

17. 入声韵"薛"部分化为"薛""黠"二部。试举两例证：

(1) **代悲哉行**

（刘宋）鲍照

羁人感淑节，缘感欲回辙。
我行讵几时，华实骤舒结。
睹实情有悲，瞻华意无悦。
览物怀同志，如何复乖别。
翩翩翔禽罗，关关鸣鸟列。
翔鸣尚俦偶，所叹独乖绝。

答江革联句不成

（南梁）何逊

日余乏文干，逢君善草扎。
工拙既不同，神气何由拔。

以上第一例诗的韵脚有"节""辙""结""悦""别""列"

"绝",第二例诗的韵脚有"扎""拔"。在魏晋,两者皆属入声韵"薛"部。至南北朝,因"薛"部分化为"薛""黠"二部,故第一例诗的韵脚仍为"薛"部,第二例诗的韵脚则转入了"黠"部。

18. 入声韵"缉"部分化为"缉""合"二部。试举两例证:

玄圃讲诗
(南梁)萧统

白藏气已暮,玄英序方及。
稍觉蜇声悽,转闻鸣雁急。
穿池状浩汗,筑峰形嶪岌。
旰云缘宇阴,晚景乘轩入。
风来幔影转,霜流树条湿。
林际素羽翱,漪闲赪尾吸。
试欲游宝山,庶试信根立。
名利白巾谈,笔札刘王给。
兹乐逾笙磬,宁止消悁邑。
虽娱惠有三,终寡闻知十。

敬赠萧谘议诗十章·其八
(南梁)虞羲

枚叟上书,吴王弗纳。
夫君正谏,直道难合。
有伐问仁,阳狂不答。
乃蒙矢刃,永离噂沓。

以上第一例诗的韵脚有"及""急""岌""入""湿""吸""立""给""邑""十",第二例诗的韵脚有"纳""合""答""沓"。在魏晋,两者皆属入声韵"缉"部。至南北朝,因"缉"部分化为"缉""合"二部,故第一例诗的韵脚仍为"缉"部,第二例诗的韵脚则转入了"合"部。

19. 入声韵"叶"部分化为"叶""业"二部。试举两例证：

钓　竿
（南梁）戴暠

试持玄渚钓，暂罢池阳猎。
翠羽饰长纶，蘪花装小艓。
钩利断蕙丝，帆举牵菱叶。
聊载前鱼童，还看后舟妾。

《文心雕龙·通变》赞
（南梁）刘勰

文律运周，日新其业。
变则其久，通则不乏。
趋时必果，乘机无怯。
望今制时，参古定法。

以上第一列诗的韵脚为"猎""艓""叶""妾"，第二例的韵脚有"业""乏""怯""法"。在魏晋，两者皆属入声韵"叶"部。至南北朝，因"叶"部分化为"叶""业"二部，故第一例诗的韵脚仍为"叶"部，第二例赞的韵脚则转入了"业"部。

20. 阴声韵"之"部与"脂"部归并为"之"部。试举一例：

张司空华离情
（南梁）江淹

秋月映帘栊，悬光入丹墀。
佳人抚鸣琴，清夜守空帷。
兰径少行迹，玉台生网丝。
庭树发红彩，闺草含碧滋。
延伫整凌绮，万里赠所思。

愿垂湛露惠，信我皎日期。

该例诗的韵脚有"埋""帷""丝""滋""思""期"。在魏晋，其中："丝""滋""思""期"属"之"部；"埋""帷"属"脂"部。至南北朝中后期，因"之"部与"脂"部归并，故两者皆属于"之"部。

21. 阴声韵"齐"部与"祭"部归并为"齐"部。试举一例：

第五兄揖到太傅竟陵王属奉诗五章·其三
（南齐）王寂

天遥汉远，日华月丽。
彦无沉隐，贤岂幽滞。
如兰斯芬，如花斯蒂。
臣实有恭，皇亦有憓。

该例诗的韵脚有"丽""滞""蒂""憓"。其中："丽""蒂""憓"属于从"皆"部分化出的"齐"部；"滞"自汉魏时就属"祭"部。至南北朝中后期，因"齐"部与"祭"部归并，故两者皆属于"齐"部。

（二）韵部之间的字类转移

1. 阴声韵"之"部所包含的"来""台""才""采""哉""埃""埋""灰""悔""每""媒""倍""贿""杯""宙"等"来"韵字，至南北朝时转入了阴声韵"灰"部。试举一例：

听邻妓诗
（南齐）邱巨源

披祍乏游术，凭轼寡文才。
蓬门长自寂，虚席视生埃。
贵里临倡馆，东邻歌吹台。
云间娇响彻，风末艳声来。

飞华瑶翠幄，扬芬金碧杯。
久绝中州美，从念尸乡灰。
遗情悲近世，中山安在哉。

该例诗的韵脚有"才""埃""台""来""杯""灰""哉"。原全属"之"部，至南北朝，因其为"之"部"来"韵字而全转入了"灰"部。

2. 阴声韵"微"部所包含的"哀""开""乖""淮""怀""瑰""魁""回""徊""推""雷""崔""裴""枚""排"等"哀"韵字，至南北朝时转入了阴声韵"灰"部。试举一例：

临高台

（南齐）王融

游人欲骋望，积步上高台。
井莲当夏吐，窗桂逐秋开。
飞花低不入，鸟散远时来。
还看云栋影，含月共徘徊。

该例诗的韵脚有"台""开""来""徊"。其中："台""来"由原属"之"部的"来"韵字转入"灰"部；"开""徊"原属"微"部，至南北朝，因其为"微"部"哀"韵字而转入了"灰"部。

3. 阳声韵"文"部所包含的"门""根""奔""孙""恩""论""存""村""寸""昏""魂""温""困""豚"等"门"韵字，至南北朝时转入了阳声韵"魂"部。试举一例：

挽　歌

（刘宋）颜延之

令龟告明兆，撒奠在方昏。
戒徒赴幽壑，祖驾出高门。
行行去城邑，遥遥首丘园。

息镳竟平隧，税驾列岩根。

该例诗韵脚有"昏""门""园""根"。其中："园"由原属"先"部的"元"韵字转入"魂"部；"昏""门""根"原属"文"部，至南北朝，因其为"文"部"门"韵字而转入了"魂"部。

4. 阳声韵"文"部所包含的"春""真""伦""轮""巾""银""彬""贫""辰""震""谆""漘""训""允""顺"等"春"韵字，至南北朝时转入了阳声韵"真"部。试举一例：

远期篇

（刘宋）何承天

远期千里客，肃驾候良辰。
近命城郭友，具尔惟懿亲。
高门启双闱，长筵列嘉宾。
中唐僎六佾，三庙罗乐人。
箫管激悲音，羽毛扬华文。
金石响高宇，弦歌动梁尘。
修标多巧捷，丸剑亦入神。
迁善自雅调，成化由清均。
主人垂隆庆，群士乐亡身。
原我圣明君，迩期保万春。

该例诗韵脚有："辰""亲""宾""人""文""尘""神""均""身""春"。其中："亲""宾""尘""神""均""身"原就属"真"部；"辰""文""春"原属"文"部，至南北朝，因其为"文"部"春"韵字而转入了"真"部。

5. 阳声韵"先"部所包含的"元""原""辕""园""垣""远""宣""选""前""肩""宴""蕃""繁""典""犬"等"元"韵字，至南北朝时转入了阳声韵"魂"部。试举一例：

登作乐山诗

（刘宋）刘骏

修路轸孤辔，耸石顿飞辕。
遂登千寻首，表里望丘原。
屯烟扰风穴，积水溺云根。
汉潦吐新波，楚山带旧苑。
壤草凌故国，拱木秀颓垣。
目极情无留，客思空已繁。

该例诗韵脚有"辕""原""根""苑""垣""繁"。其中："根"由原属"文"部的"门"韵字转入"魂"部；"辕""原""苑""垣""繁"原属"先"部，至南北朝，因其为"先"部"元"韵字而转入了"魂"部。

6. 入声韵"药"部所包含的"陌""百""白""柏""伯""格""客""泽""择""怿""夕""赫""戟""籍"等"陌"韵字，至南北朝时转入了入声韵"锡"部。试举一例：

数名诗

（南梁）虞羲

一去濠水阳，连翩远为客。
二毛飒已垂，家贫无所择。
三径日荒疏，徭人心不怿。
四豪不降意，何事黄金百。
五日来归者，朱轮竟长陌。
六郡轻薄儿，追随穷日夕。
七发动音容，宾从纷奕奕。
八表服英严，光光满坟籍。
九流意何以，守玄遂成白。
十载职不移，来归落松柏。

该例诗的韵脚有"客""择""怿""百""陌""夕""奕""籍""白""柏"。原全属"药"部,至南北朝,因其为"药"部"陌"韵字而全转入了"锡"部。

7. 入声韵"薛"部所包含的"月""刖""越""曰""粤""厥""阙""揭""歇""谒""掘""发""伐""罚""袜"等"月"韵字,至南北朝时转入了入了入声韵"没"部。试举一例:

七夕咏牛女诗

(刘宋)刘铄

秋动清风扇,火移炎气歇。
广檐含夜阴,高轩通夕月。
安步巡芳林,倾望极云阙。
组幕萦汉陈,龙驾凌霄发。
谁云长河遥,颇剧促筵越。
沈情未申写,飞光已飘忽。
来对眇难期,今欢自兹没。

该例诗韵脚有"歇""月""阙""发""越""忽""没"。其中:"忽""没"原就属"没"部;"歇""月""阙""发""越"原属"薛"部,至南北朝,因其为"薛"部"月"韵字而转入了"没"部。

8. 入声韵"物""质"两部的"气""费""弃""醉""对""碎""计""戾"等入声字,至魏晋南北朝时皆演变为去声,分别转入了阴声韵的"微(气、费)""脂(弃、醉)""灰(对、碎)""祭(计、戾)"四部。试举一例:

登钟山下峰望诗

(南梁)虞骞

冠者五六人,携手岩之际。
散意百仞端,极目千里睇。

叠岫乍昏明，浮云时卷闭。

遥看野树短，远望樵人细。

该例诗的韵脚有"际""睇""闭""细"。其中："际""睇""细"原属"祭"部；"闭"原属"质"部入声字，至魏晋南北朝，因其为"质"部"计"韵字变为去声而转入了"祭"部。

三、诗歌音韵从南北朝到唐代的主要演变

到了唐代，尤其是唐代中后期，诗歌韵部已从南北朝的53韵部减少至33韵部，主要原因是自隋至唐，已开始有《切韵》《唐韵》诸韵书可参照遵行，作诗用韵逐渐规范统一，以致有很大一部分韵部归并而缩减了韵部的数量。如阴声韵的"之""支"二部归并为一个"支"部，"佳""皆"二部归并为一个"皆"部，"鱼""模"二部归并为一个"鱼"部，"宵""肴"二部归并为一个"宵"部；阳声韵的"蒸""登"二部归并为一个"蒸"部，"耕""青"二部归并为一个"庚"部，"阳""江"二部归并为一个"阳"部，"东""冬"二部归并为一个"东"部，"真""文"二部归并为一个"真"部，"寒""删"二部归并为一个"寒"部，"谈""覃"二部归并为一个"谈"部；入声韵的"职""德"二部归并为一个"职"部，"锡""陌"二部归并为一个"锡"部，"药""觉"两部归并为一个"药"部，"屋""沃"二部归并为一个"屋"部，"质""物"二部及"没"部的"没"韵字归并为一个"质"部，"薛""黠"二部及"没"部的"月"韵字归并为一个"薛"部，"叶""业"二部归并为一个"叶"部等。亦即因韵部的归并而减少了"支""佳""模""肴""登""青""江""冬""文""删""覃""德""陌""沃""觉""物""没""黠""业"等韵部。与此同时，亦有个别韵部因字类转移至其他韵部而消失了的，如阴声韵"泰"部所属的全部字类分别转入了"灰""齐""皆"三部，由此消失而减少了"泰"部。故

唐代中后期的诗歌韵部如下。

阴声韵"支""灰""鱼""宵""豪""尤(幽)""微""皆""齐""歌""麻"11部；

阳声韵"蒸""庚""阳""东""真""魂""寒""元""山""侵""谈""盐"12部；

入声韵"职""锡""药""屋""质""薛""曷""缉""合""叶"10部。

另则，还有一些韵部之间发生了字类的转移，除上述的"泰"部与"灰""齐""皆"三部之间外，尚有"尤(幽改为尤)"部与"鱼"部、"佳"部与"麻"部、"覃"部与"盐"部、"叶"部与"合"部之间，等等。试择要分述如下。

(一) 韵部的归并

1. 阴声韵"之""支"二部归并为"支"部。试举一例：

卷末偶题三首·其二

(唐) 郑谷

七岁侍行湖外去，岳阳楼上敢题诗。
如今寒晚无功业，何以胜任国士知。

该例诗韵脚有"诗""知"。在南北朝，其中："知"属"支"部；"诗"属"之"部。至唐代，因"之""支"二部归并为"支"部，故两者皆属于"支"部。

2. 阴声韵"佳""皆"二部归并为"皆"部。试举一例：

遣悲怀三首·其一

(唐) 元稹

谢公最小偏怜女，自嫁黔娄百事乖。
顾我无衣搜荩箧，泥他沽酒拔金钗。
野蔬充膳甘尝藿，落叶添薪仰古槐。
今日俸钱过十万，与君营奠复营斋。

该例诗韵脚有"乖""钗""槐""斋"。在南北朝,其中:"乖""槐""斋"属"皆"部;"钗"属"佳"部。至唐代,因"佳""皆"二部归并为"皆"部,故两者皆属于"皆"部。

3. 阴声韵"鱼""模(虞)"二部归并为"鱼"部。试举一例:

送李少府贬峡中王少府贬长沙
(唐)高适

嗟君此别意何如?驻马衔杯问谪居。
巫峡啼猿数行泪,衡阳归雁几封书。
青枫江上秋帆远,白帝城边古木疏。
圣代即今多雨露,暂时分手莫踌躇。

该例诗韵脚有"如""居""书""疏""躇"。在南北朝,其中:"如""居""书""疏"属"鱼"部;"躇"属"模(虞)"部。至唐代,因"鱼""模(虞)"二部归并为"鱼"部,故两者皆属于"鱼"部。

4. 阴声韵"宵""肴"二部归并为"宵"部。试举一例:

山中寡妇
(唐)杜荀鹤

夫因兵死守蓬茅,麻苎衣衫鬓发焦。
桑柘废来犹纳税,田园荒后尚征苗。
时挑野菜和根煮,旋斫生柴带叶烧。
任是深山更深处,也应无计避征徭。

该例诗的韵脚有"茅""焦""苗""烧""徭"。在南北朝,其中:"焦""苗""徭"属"宵"部;"茅""烧"属"肴"部。至唐代,因"宵""肴"二部归并为"宵"部,故两者皆属于"宵"部。

5. 阳声韵"蒸""登"二部归并为"蒸"部。试举一例：

寄青城龙溪奂道人

（唐）岑参

五岳之丈人，西望青憕憕。
云开露崖峤，百里见石棱。
龙溪盘中峰，上有莲花僧。
绝顶少兰若，四时岚气凝。
身同云虚无，心与溪清澄。
诵戒龙每听，赋诗人则称。
杉风吹袈裟，石壁悬孤灯。
久欲谢微禄，誓将归大乘。
愿闻开士说，庶以心相应。

该例诗韵脚有"憕""棱""僧""凝""澄""称""灯""乘""应"。在南北朝，其中："凝""澄""称""乘""应"属"蒸"部；"憕""棱""僧""灯"属"登"部。至唐代，因"蒸""登"二部归并为"蒸"部，故两者皆属于"蒸"部。

6. 阳声韵"耕""青"二部归并为"庚"部。试举一例：

华 亭

（唐）胡曾

陆机西没洛阳城，吴国春风草又青。
惆怅月中千岁鹤，夜来犹为唳华亭。

该例诗韵脚有"城""青""亭"。在南北朝，其中："城"属"耕"部；"青""亭"属"青"部。至唐代，因"耕""青"二部归并为"庚"部，故两者皆属于"庚"部。

7. 阳声韵"阳""江"二部归并为"阳"部。试举一例：

寄荆娘写真（节选）

（唐）李涉

结客有少年，名总身姓江。

征帆三千里，前月发豫章。

知我别时言，识我马上郎。

恨无羽翼飞，使我徒怨沧波长。

开箧取画图，寄我形影与客将。

如今憔悴不相似，恐君重见生悲伤。

苍梧九疑在何处，斑斑竹泪连潇湘。

该例诗韵脚有"江""章""郎""长""将""伤""湘"。在南北朝，其中："章""郎""长""将""伤""湘"属"阳"部；"江"属"江"部。至唐代，因"阳""江"二部归并为"阳"部，故两者皆属于"阳"部。

8. 阳声韵"东""冬"二部归并为"东"部。试举一例：

送李嘉祐正字括图书兼往扬州觐省

（唐）司空曙

不事兰台贵，全多韦带风。

儒官比刘向，使者得陈农。

晚烧平芜外，朝阳叠浪东。

归来喜调膳，寒笋出林中。

该例诗韵脚有"风""农""东""中"。在南北朝，其中："风""东""中"属"东"部；"农"属"冬"部。至唐代，因"东""冬"二部归并为"东"部，故两者皆属于"东"部。

9. 阳声韵"真""文"二部归并为"真"部。试举一例：

三月三日，自京到华阴，于水亭独酌，寄裴六、薛八（节选）

（唐）独孤及

祗役匪遑息，经时客三秦。

还家问节候,知到上巳辰。
山县何所有,高城闭青春。
和风不吾欺,桃杏满四邻。
旧友适远别,谁当接欢欣。
呼儿命长瓢,独酌湘吴醇。
一酌一朗咏,既酣意亦申。
言筌暂两忘,霞月只相新。

该例诗韵脚有"秦""辰""春""邻""欣""醇""申""新"。在南北朝,其中:"秦""辰""春""邻""醇""申""新"属"真"部;"欣"属"文"部。至唐代,因"真""文"二部归并为"真"部,故两者皆属于"真"部。

10. 阳声韵"寒""删"二部归并为"寒"部。试举一例:

南庭竹
(唐)李绅

东南旧美凌霜操,五月凝阴入坐寒。
烟惹翠梢含玉露,粉开春箨笋琅环。
莫令戏马童儿见,试引为龙道士看。
知尔结根香实在,凤皇终拟下云端。

该例诗韵脚有"寒""环""看""端"。在南北朝,其中:"寒""看""端"属"寒"部;"环"属"删"部。至唐代,因"寒""删"二部归并为"寒"部,故两者皆属于"寒"部。

11. 阳声韵"谈""覃"二部归并为"谈"部。试举一例:

战城南
(唐)卢照邻

将军出紫色,冒顿在乌贪。
笳喧雁门北,阵翼龙城南。
雕弓夜宛转,铁骑晓参驔。

应须驻白日,为待战方酣。

该例诗韵脚有"贪""南""骥""酣"。在南北朝,其中:"酣"属"谈"部;"贪""南""骥"属"覃"部。至唐代,因"谈""覃"二部归并为"谈"部,故两者皆属于"谈"部。

12. 入声韵"职""德"二部归并为"职"部。试举一例:

胡笳十八拍·第二拍
(唐)刘商

马上将余向绝域,厌生求死死不得。
戎羯腥膻岂是人,豺狼喜怒难姑息。
行尽天山足霜霰,风土萧条近胡国。
万里重阴鸟不飞,寒沙莽莽无南北。

该例诗韵脚有"域""得""息""国""北"。在南北朝,其中:"域""息"属"职"部;"得""国""北"属"德"部。至唐代,因"职""德"二部归并为"职"部,故两者皆属于"职"部。

13. 入声韵"锡""陌"二部归并为"锡"部。试举一例:

晓
(唐)权德舆

晓风摇五两,残月映石壁。
稍稍曙光开,片帆在空碧。

该例诗韵脚有"壁""碧"。在南北朝,其中:"壁"属"锡"部;"碧"属"陌"部。至唐代,因"锡""陌"二部归并为"锡"部,故两者皆属于"锡"部。

14. 入声韵"药""觉"二部归并为"药"部。试举一例:

享惠昭太子庙乐章
（唐）裴度

重轮始发祥，齿胄方兴学。
冥然升紫府，铿尔荐清乐。
奠斝致馨香，在庭纷羽籥。
礼成神既醉，仿佛缑山鹤。

该例诗韵脚有"学""乐""籥""鹤"。在南北朝，其中："籥""鹤"属"药"部；"学""乐"属"觉"部。至唐代，因"药""觉"二部归并为"药"部，故两者皆属于"药"部。

15. 入声韵"屋""沃"二部归并为"屋"部。试举一例：

秋晚铜山道中宿隐者
（唐）鲍溶

我乡山川遥，秋晚空景促。
天明共云散，日落依鸟宿。
主人逃名子，鹤发卧空谷。
野言得真风，山貌宜古服。
喜于无声地，暂傲羲皇俗。
秋窗照疏萤，寒犬吠落木。
朝隐留此处，一点天边宿。
今忆见此时，添悲览止足。
迟迟清夜昼，幽路出深竹。
笑谢万户侯，余将耻干禄。

该例诗韵脚有"促""宿""谷""服""俗""木""宿""足""竹""禄"。在南北朝，其中："宿""谷""服""木""竹""禄"属"屋"部；"促""俗""足"属"沃"部。至唐代，因"屋""沃"二部归并为"屋"部，故两者皆属于"屋"部。

16. 入声韵"质""物"二部及"没"部的"没"韵字归并

为"质"部。试举一例:

北 征(节选)

(唐)杜甫

皇帝二载秋,闰八月初吉。
杜子将北征,苍茫问家室。
维时遭艰虞,朝野少暇日。
顾惭恩私被,诏许归蓬荜。
拜辞诣阙下,怵惕久未出。
虽乏谏诤姿,恐君有遗失。
君诚中兴主,经纬固密勿。
东胡反未已,臣甫愤所切。
挥涕恋行在,道途犹恍惚。
乾坤含疮痍,忧虞何时毕。

该例诗韵脚有"吉""室""日""荜""出""失""勿""切""惚""毕"。在南北朝,其中:"吉""室""日""荜""出""失""切""毕"属"质"部;"勿"属"物"部;"惚"属"没"部"没"韵字。至唐代,因"质""物"二部及"没"部"没"韵字归并为"质"部,故三者皆属于"质"部。

17. 入声韵"薛""黠"二部及"没"部的"月"韵字归并为"薛"部。试举一例:

奉酬窦郎中早入省苦寒见寄

(唐)杨巨源

玄冥怒含风,群物戒严节。
空山顽石破,幽涧层冰裂。
题诗金华彦,接武丹霄烈。
旷怀玉京云,孤唱粉垣雪。
穷阴总凝洰,正气正肃杀。

天狼看坠地，霜兔敢拒穴。
悠然蓬蒿士，亦得奉朝谒。
羸骖苦迟迟，单仆怨切切。
端闱仙阶邃，广陌冻桥滑。
旭日鸳鹭行，瑞烟芙蓉阙。
司寒申郑重，成岁在凛冽。
谢监逢酒时，袁生闭门月。
渐思霜霰减，欲报旧和发。
谁家挟纩心，何地当炉热。
惨舒能一改，恭听远者说。

  该例诗韵脚有"节""裂""烈""雪""杀""穴""谒""切""滑""阙""冽""月""发""热""说"。在南北朝，其中："节""裂""烈""雪""穴""切""冽""热""说"属"薛"部；"杀""滑"属"黠"部；"谒""阙""月""发"属"没"部"月"韵字。至唐代，因"薛""黠"二部及"没"部"月"韵字归并为"薛"部，故三者皆属于"薛"部。

  18. 入声韵"叶""业"二部归并为"叶"部。试举一例：

苦哉行五首·其三
（唐）戎昱

登楼望天衢，目极泪盈睫。
强笑无笑容，须妆旧花靥。
昔年买奴仆，奴仆来碎叶。
岂意未死间，自为匈奴妾。
一生忽至此，万事痛苦业。
得出塞垣飞，不如彼蜂蝶。

  该例诗韵脚有"睫""靥""叶""妾""业""蝶"。在南北朝，其中："睫""靥""叶""妾""蝶"属"叶"部；"业"属

"业"部。至唐代，因"叶""业"二部归并为"叶"部，故两者皆属于"叶"部。

（二）韵部之间的字类转移

1. 阴声韵"佳"部所包含的部分"佳"韵字如"佳""崖""涯""娃""罢"等，至唐代则转入了"麻"部。试举一例：

与鲜于庶子自梓州，成都少尹自褒城，同行至利州道中作（节选）

（唐）岑参

剖竹向西蜀，岷峨眇天涯。
空深北阙恋，岂惮南路赊。
前日登七盘，旷然见三巴。
汉水出嶓冢，梁山控褒斜。
栈道笼迅湍，行人贯层崖。
岩倾岁马通，石窄难容车。

该例诗韵脚有"涯""赊""巴""斜""崖""车"。其中："赊""巴""斜""车"原就属"麻"部；"涯""崖"原属"佳"部，至唐代，因其为"佳"部的部分"佳"韵字而转入了"麻"部。

2. 阴声韵"尤（幽）"部所包含的部分"尤""候"韵的唇音字如"亩""部""茂""母""妇""覆"等，至唐代则转入了"鱼"部。试举一例：

念金銮子二首·其一

（唐）白居易

衰病四十身，娇痴三岁女。
非男犹胜无，慰情时一抚。
一朝舍我去，魂影无处所。
况念夭札时，呕哑初学语。
始知骨肉爱，乃是忧悲聚。

唯思未有前，以理遣伤苦。
忘怀日已久，三度移寒暑。
今日一伤心，因逢旧乳母。

该例诗韵脚有"女""抚""所""语""聚""苦""暑""母"。其中："女""所""语""暑"原就属"鱼"部；"苦""抚""聚"原属"模（虞）"部，唐代归并入"鱼"部；"母"原属"尤（幽）"部，至唐代，因其为"尤（幽）"部"尤（候）"韵的唇音字而转入了"鱼"部。

3. 阴声韵"泰"部所包含的"泰"韵字的全部，如"泰""太""盖""蔼""奈""害""带""沛""旆""蔡""赖""会""桧""外""兑"等，"废"韵字的全部如"废""肺""吠""被""秽""喙""乂""刈""艾"等，"夬"韵字的全部如"夬""哙""狯""快""迈""败""蛋""话""嘬"等，至唐代则各自分别转入了"灰"部、"齐"部、"皆"部。试各举一例：

广德初銮驾出关后登高愁望二首·其二
（唐）钱起

愁看晴川色，惨惨云景晦。
乾坤暂运行，品物遗覆载。
黄尘涨戎马，紫气随龙旆。
掩泣指关东，日月妖氛外。
臣心寄远水，朝海去如带。
周德更休明，天衢仁开泰。

该例诗的韵脚有"晦""载""旆""外""带""泰"。其中："晦""载"原就属"灰"部；"旆""外""带""泰"原属"泰"部，至唐代，因其为"泰"部"泰"韵字而转入了"灰"部。

连昌宫词(节选)

(唐)元稹

尔后相传六皇帝,不到离宫门久闭。

往来年少说长安,玄武楼成花萼废。

该例诗韵脚有"帝""闭""废"。其中:"帝""闭"原就属"齐"部;"废"原属"泰"部,至唐代,因其为"泰"部"废"韵字而转入了"齐"部。

秋池二首·其一

(唐)白居易

前池秋始半,卉物多摧坏。

欲暮槿先萎,未霜荷已败。

默然有所感,可以从兹诫。

本不种松筠,早凋何足怪。

该例诗韵脚有"坏""败""诫""怪"。其中:"坏""诫""怪"原就属"皆"部;"败"原属"泰"部,至唐代,因其为"泰"部"夬"韵字而转入了"皆"部。

4. 阳声韵"覃"部所包含的"衔"韵字如"衔""鉴""监""槛""岩""芟""巉""忏""搀""衫"等,至唐代则转入了"盐"部。试举一例:

马诗二十三首·其二

(唐)李贺

腊月草根甜,天街雪似盐。

未知口硬软,先拟蒺藜衔。

该例诗韵脚有"甜""盐""衔"。其中:"甜""盐"原就属"盐"部;"衔"原属"覃"部,至唐代,因其为"覃"部"衔"韵字而转入了"盐"部。

5. 入声韵"叶"部所包含的"盍"韵字如"盍""嗑""榼""阖""腊""闸""塔""榻""蹋""遏"等,至唐代则转入了合部。试举一例:

志坚诗

（唐）元稹

嵩山老僧披破衲,七十八年三十腊。
灵武朝天辽海征,宇宙曾行三四匝。
初因怏怏薙却头,便绕嵩山寂师塔。
淮西未返半年前,已见淮西阵云合。

该例诗韵脚有"衲""腊""匝""塔""合"。其中:"衲""匝""合"原就属"合"部;"腊""塔"原属"叶"部,至唐代,因其为"叶"部"盍"韵字而转入了"合"部。

四、诗歌音韵从唐代到宋代的主要演变

至两宋,诗歌韵部又从唐代的 33 部减少到了 21 部,主要原因是继《唐韵》后,宋朝官修的《广韵》成为《切韵》系韵书的集大成者,两宋文人无不恪守遵循(亦为以后历代研究汉语语音最重要的工具书)。而《广韵》在每卷韵目下所加注的某韵与某韵"同用"规则,无疑使两宋文人在诗词的实际创作中,即在唐代韵部归并的基础上进行了更进一步的归并从而减少了韵部数量。如阴声韵的"支""微""齐"三部归并为一个"支"部,"灰""皆"二部归并为一个"灰"部,"宵""豪"二部归并为一个"宵"部;阳声韵"耕""蒸"二部归并为一个"庚"部,"真""魂"二部归并为一个"真"部,"寒""山"二部归并为一个"寒"部,"谈""盐"二部归并为一个"谈"部;入声韵"质""职""锡""缉"四部归并为一个"质"部,"薛""曷"二部归并为一个"薛"部等。亦即因韵部的归并而减少了"微"

"齐""皆""豪""蒸""魂""山""盐""职""锡""缉""曷"韵部。故两宋（因北宋亡于金，文人纷纷南徙，南宋诗歌声韵基本继北宋而一脉相承）的诗歌韵部如下：

阴声韵"支""灰""鱼""宵""尤""歌""麻"7部；
阳声韵"庚""阳""东""真""寒""先""侵""谈"8部；
入声韵"质""药""屋""薛""合""叶"6部。

需要指出的是，有不少研究者认为宋代诗歌韵部的归并只体现在宋词上，即宋代诗歌韵部的归并只能从宋词中归纳出来，宋代诗歌用韵还是一如既往地未发生变化。而其划分宋代诗歌韵部的主要依据则为戴戈按照两宋词家填词的实际情况归纳出宋词用韵为十九韵部的《词林正韵》。亦有一些研究者认为，宋代诗歌韵部可从宋词以及宋代古体诗的用韵中归纳出来，似乎宋代近体诗的用韵仍沿袭以往的用韵规则。经一番考证，实际上不仅宋词、宋代古体诗，乃至宋代近体律绝诗，均可体现出以上诗歌韵部的归并情况，亦即两宋诗歌韵部的归并皆可从宋代诗（包括古体、近体）、词作品的实际存在中得到实证（当然亦不排除一部分文人的诗词用韵仍承唐代的用韵规则）。两宋诗、词用韵的具体归并情况，试择要分述如下。

1. 阴声韵"支""微""齐"三部归并为"支"部。其诗、词例证如下：

书 哀

（北宋）梅尧臣

天既丧我妻，又复丧我子。
两眼虽未枯，片心将欲死。
雨落入地中，珠沉入海底。
赴海可见珠，掘地可见水。
唯人归泉下，万古知已矣。
拊膺当问谁？憔悴鉴中鬼。

该例五古诗韵脚有"妻""子""死""底""水""矣""鬼"。在唐代，其中："子""死""水"属"支"部；"鬼"属"微"部；"妻""底"属"齐"部。至两宋，因"支""微""齐"三部归并为"支"部，故三者皆属于"支"部。

风流子
（北宋）周邦彦

枫林凋晚叶，关河迥，楚客惨将归。望一川暝霭，雁声哀怨；半规凉月，人影参差。酒醒后，泪花销凤烛，风幕卷金泥。砧杵韵高，唤回残梦；绮罗香减，牵起余悲。　亭皋分襟地，难堪处，偏是掩面牵衣。何况怨怀长结，重见无期？想寄恨书中，银钩空满；断肠声里，玉箸还垂。多少暗愁密意，唯有天知。

该例词韵脚有"归""差""泥""悲""衣""期""垂""知"。在唐代，其中："差""悲""期""垂""知"属"支"部；"归""衣"属"微"部；"泥"属"齐"部。至两宋，因"支""微""齐"三部归并为"支"部，故三者皆属于"支"部。

2. 阴声韵"灰""皆"二部归并为"灰"部。其诗、词例证如下：

湖上寓居杂咏九首·其四
（南宋）姜夔

辇路垂杨两行栽，苑门秋水欲平阶。
朝朝南望宫云起，白鸟一双山下来。

该例七绝诗韵脚有"栽""阶""来"。在唐代，其中："栽""来"属"灰"部；"阶"属"皆"部。至两宋，因"灰""皆"二部归并为"灰"部，故两者皆属于"灰"部。

思远人

（北宋）赵令畤

素玉朝来有好怀。一枝梅粉照人开。晴云欲向怀中起，春色先从脸上来。　深院落，小楼台，玉盘香篆看徘徊。须知月色撩人狠，数夜春寒不下阶。

该例词韵脚有"怀""开""来""台""徊""阶"。在唐代，其中："开""来""台""徊"属"灰"部；"怀""阶"属"皆"部。至两宋，因"灰""皆"二部归并为"灰"部，故两者皆属于"灰"部。

3. 阴声韵"宵""豪"二部归并为"宵"部。其诗、词例证如下：

送道人归华阳

（南宋）周文璞

山中无酒禁，处处有松醪。
旋汲泉炊饮，多挑笋助庖。
天灯将出现，野月未能高。
忆我初游日，先将石鼓敲。

该例五律诗韵脚有"醪""庖""高""敲"。在唐代，其中："庖""敲"属"宵"部；"醪""高"属"豪"部。至两宋，因"宵""豪"二部归并为"宵"部，故两者皆属于"宵"部。

蓦山溪

（北宋）晁元礼

广寒宫殿，千里同云晓。飞雪满空来，翦云英、群仙齐到。乱飘僧舍，密处洒歌楼，闲日少。风光好。且共宾朋笑。　华堂深处，满满觥船掉。梅蕊拆来看，已偷得、春风些小。绮罗香暖，不怕卷珠帘，沉醉了。樽前倒。红袖休来叫。

该例词韵脚有"晓""到""少""好""笑""掉""小""了""倒""叫"。在唐代,其中:"晓""少""笑""掉""小""了""叫"属"宵"部;"到""好""倒"属"豪"部。至两宋,因"宵""豪"二部归并为"宵"部,故二者皆属于"宵"部。

4. 阳声韵"耕""蒸"二部归并为"庚"部。其诗、词例证如下:

览 照
(北宋)苏舜钦

铁面苍髯目有棱,世间儿女见须惊。
心曾许国终平房,命未逢时合退耕。
不称好文亲翰墨,自嗟多病足风情。
一生肝胆如星斗,嗟尔顽铜岂见明!

该例七律诗韵脚有"棱""惊""耕""情""明"。在唐代,其中:"惊""耕""情""明"属"耕"部;"棱"属"蒸"部。至两宋,因"耕""蒸"二部归并为"庚"部,故两者皆属于"庚"部。

满庭芳·上张紫微
(南宋)石孝友

笔走龙蛇,词倾河汉,妙年德艺双成。帝庭敷奏,亲擢冠群英。龙首其谁不取,便直饶、勋业峥嵘。偏他甚,泼天来大,一个好声名。 忆曾。瞻拜处,当年汝水,今日溢城。叹白首青衫,又造宾闳。谨赞诗文一卷,仗仙风、吹到蓬瀛。依归地,熏香摘艳,作个老门生。

该例词韵脚有:"成""英""嵘""名""曾""城""闳""瀛""生"。在唐代,其中:"成""英""嵘""名""城""瀛""生"属"耕"部;"曾""闳"属"蒸"部。至两宋,因"耕""蒸"二部归并为"庚"部,故两者皆属于"庚"部。

5. 阳声韵"真""魂"二部归并为"真"部。其诗、词例证如下：

用赵南塘赠黄希声韵呈南塘
（南宋）利登

凤凰一鹜千里论，营营燕蝠争朝昏。
黄河波清纵可待，失计已落千秋浑。
寋予生居百代后，上究笙典穷珠坟。
绿图丹书竟杳寞，嗷嗷宋玉徒招魂。

该例七古诗韵脚有"论""昏""浑""坟""魂"。在唐代，其中："论""昏""浑""魂"属"魂"部；"坟"属"真"部。至两宋，因"真""魂"二部归并为"真"部，故两者皆属于"真"部。

飞雪满群山
（南宋）蔡伸

冰结金壶，寒生罗幕，夜阑霜月侵门。翠筠敲竹，疏梅弄影，数声雁过南云。酒醒敧綵枕，怆犹有，残妆泪痕。绣衾孤拥，余香未减，犹是那时熏。　长记得、扁舟寻旧约，听小窗风雨，灯火昏昏。锦裯才展，琼签报曙，宝钗又是轻分。黯然携手处，倚朱箔、愁凝黛颦。梦回云散，山遥水远空断魂。

该例词韵脚有"门""云""痕""熏""昏""分""颦""魂"。在唐代，其中："云""熏""分""颦"属"真"部；"门""痕""昏""魂"属"魂"部。至两宋，因"真""魂"二部归并为"真"部，故两者皆属于"真"部。

6. 阳声韵"寒""山"二部归并为"寒"部。其诗、词例证如下：

书　愤
（南宋）陆游

早岁那知世事艰，中原北望气如山。
楼船夜雪瓜州渡，铁马秋风大散关。
塞上长城空自许，镜中衰鬓已先斑。
《出师》一表真名世，千载谁堪伯仲间！

该例七律诗韵脚有"艰""山""关""斑""间"。在唐代，其中："关""斑"属"寒"部；"艰""山""间"属"山"部。至两宋，因"寒""山"二部归并为"寒"部，故两者皆属于"寒"部。

沁园春
（南宋）陈人杰

诗不穷人，人道得诗，胜如得官。有山川草木，纵横纸上，虫鱼鸟兽，飞动毫端。水到渠成，风来帆速，廿四中书考不难。惟诗也，是乾坤清气，造物须悭。　金张许史浑闲。未必有功名久后看。算南朝将相，到今几姓，西湖名胜，只说孤山。象笏堆床，蝉冠满座，无此新诗传世间。杜陵老，向年时也自，井冻衣寒。

该例词韵脚有"官""端""难""悭""闲""看""山""间""寒"。在唐代，其中："官""端""难""看""寒"属"寒"部；"悭""闲""山""间"属"山"部。至两宋，因"寒""山"二部归并为"寒"部，故两者皆属于"寒"部。

7. 阳声韵"谈""盐"二部归并为"谈"部。其诗、词例证如下：

武夷棹歌十首·其五
（南宋）朱熹

四曲东西两石岩，岩花垂露碧㲹㲹。

金鸡叫罢无人见，月满空山水满潭。

该例七绝诗韵脚有"岩""毵""潭"。在唐代，其中："毵""潭"属"谈"部；"岩"属"盐"部。至两宋，因"谈""盐"二部归并为"谈"部，故两者皆属于"谈"部。

鹧鸪天·己巳生日自作
（南宋）郭应祥

屈指新年五十三。未嫌垂领雪毵毵。设弧届旦人交贺，题座无功我自惭。　　荣莫美，富休贪。寿龄也不慕彭聃。只思了却痴儿事，一榻香凝晓梦酣。

该例词韵脚有"三""毵""惭""贪""聃""酣"。在唐代，其中："三""毵""贪""聃""酣"属"谈"部；"惭"属"盐"部。至两宋，因"谈""盐"二部归并为"谈"部，故两者皆属于"谈"部。

8. 入声韵"质""职""锡""缉"四部归并为"质"部。其诗、词例证如下：

与客游沧浪亭得一字
（南宋）杨甲

露回林苍黄，涨落水寒碧。
西郊好风景，晓霁千里色。
相从二三子，洒扫溪上石。
主人信爱客，沽酒炊玉粒。
挥觞一再行，弄此竹间日。
跳波水中舞，野唱寒外急。
牛羊归匆匆，凫雁来一一。
颓然寄天放，不受世祸迫。
永怀堂中翁，回首千岁迹。
岂无独往愿，乃为饥冻逼。

霜空洞庭野，天阔云梦泽。
欲穷扶桑枝，尚挂沧瀣席。
何当从兹去，旦暮生羽翼。

该例五古诗韵脚有："碧""色""石""粒""日""急""一""迫""迹""逼""泽""席""翼"。在唐代，其中："日""一"属"质"部；"色""逼""翼"属"职"部；"碧""石""迫""迹""泽""席"属"锡"部；"粒""急"属"缉"部。至两宋，因"质""职""锡""缉"四部归并为"质"部，故四者皆属于"质"部。

渔家傲·从叔父乞苏州湿红笺
（北宋）陈师道

一舸姑苏风雨疾。吴笺满载红犹湿。色润朝花光触日。人未识。街南小阮应先得。　青入柳条初着色。溪梅已露春消息。拟作新词酬帝力。轻落笔。黄秦去后无强敌。

该例词韵脚有"疾""湿""日""识""得""色""息""力""笔""敌"。在唐代，其中："疾""日""笔"属"质"部；"识""得""色""息""力"属"职"部；"敌"属"锡"部；"湿"属"缉"部。至两宋，因"质""职""锡""缉"四部归并为"质"部，故四者皆属于"质"部。

9. 入声韵"薛""曷"二部归并为"薛"部。其诗、词例证如下：

过圣俞读其近文明日寄之
（北宋）刘敞

昨日过君家，双瞳偶清刮。
非无俗尘累，喜见秋阴豁。
住瑟请新声，瑶音逸超越。
神惊自束蹋，不为天寒发。

该例五律诗韵脚有"刮""豁""越""发"。在唐代，其中："越""发"属"薛"部；"刮""豁"属"曷"部。至两宋，因"薛""曷"二部归并为"薛"部，故两者皆属于"薛"部。

谒金门

（南宋）袁去华

烟水阔。夜久风生苹末。东舫西船人语绝。四更山吐月。　客里光阴电抹。不记离家时节。楼上单于听未彻。又催征棹发。

该例词韵脚有"阔""末""绝""月""抹""节""彻""发"。在唐代，其中："绝""月""节""彻""发"属"薛"部；"阔""末""抹"属"曷"部。至两宋，因"薛""曷"二部归并为"薛"部，故两者皆属于"薛"部。

五、诗歌声调从魏晋到唐宋的主要演变

中古的诗歌声调仍沿袭了上古的平、上、去、入四种调类，在总体上没有什么大的变化，但在每一历史阶段上，却多多少少会发生一些字声上的变动。如先秦时期的部分入声字、平声字、上声字到了魏晋南北朝时期则变成了去声字，还有一些平声字变成了上声字；先秦时期的一些浊音上声字到了中晚唐时期则转入了去声，即"浊变上声"；魏晋南北朝时期的入声韵尾［-p］［-t］［-k］，到了两宋时期则已开始混用与互叶等。

（一）魏晋南北朝时期诗歌声调的部分变动

1. 先秦的部分入声字如"置""代""赐""路""漱""啸""气""费""对""碎""计""戾"等，至魏晋南北朝时则变成了去声字。试举其中的"路"字为证：

《离骚》(节选)

(战国·楚) 屈原

惟草木之零落兮,恐美人之迟暮。
不抚壮而弃秽兮,何不改乎此度?
乘骐骥以驰骋兮,来吾道夫先路!

骢马驱

(南梁) 萧绎

朔方寒气重,胡关饶苦雾。
白雪昼凝山,黄云宿埋树。
连翩行役子,终朝征马驱。
试上金微山,还看玉关路。

该例一的韵脚"路",属入声韵"铎"部中的入声字;该例二的韵脚"路",属阴声韵"模"部中的去声字。由于"路"字,是先秦的部分入声字中至魏晋南北朝时转入去声的字,故同一"路"字,在先秦楚辞中为入声,到南北朝诗中则变成了去声。

2. 先秦的部分平声字如"汗""翰""状""叹""怨""信""讯""运""震""讼""庆""竟"等,至魏晋南北朝时则变成了去声字。试举其中的"叹"字为证:

《诗经·小雅·棠棣》(节选)

脊令在原,兄弟急难。
每有良朋,况也永叹。

拟行路难十八首·其八(节选)

(刘宋) 鲍照

西家思妇见悲惋,零泪沾衣抚心叹。
初送我君出户时,何言淹留节回换。
床席生尘明镜垢,纤腰瘦削发蓬乱。
人生不得恒称意,惆怅徙倚至夜半。

该例一的韵脚"叹",属阳声韵"元"部的平声字;该例二的韵脚"叹",属阳声韵"寒"部的去声字。由于"叹"字,是先秦的部分平声字中至魏晋南北朝时转入去声的字,故同一"叹"字,在先秦《诗经》中为平声,到南北朝诗中则变成了去声。

3. 先秦的一些上声字如"顾""怒""济""丽"等,至魏晋南北朝时则变成了去声字。试举其中的"济"字为证:

《诗经·齐风·载驱》(节选)

四骊济济,垂辔浓浓。

鲁道有荡,齐子岂弟。

郊庙歌辞·登歌乐(节选,北齐)

端感会事,俨思修礼。

齐齐勿勿,俄俄济济。

该例一的韵脚"济",属阴声韵"脂"部中的上声字;该例二的韵脚"济",属阴声韵"齐"部中的去声字。由于"济"字,是先秦的一些上声字中至魏晋南北朝时转入去声的字,故同一"济"字,在先秦《诗经》中为上声,到南北朝歌辞中则变成了去声。

4. 先秦的一些平声字如"泯""宠""享""养""爽"等,至魏晋南北朝时变成了上声字。试举其中的"爽"字为证:

《诗经·卫风·氓》(节选)

淇水汤汤,渐车帷裳。

女也不爽,士贰其行。

咏采甘露应诏诗

(南陈)江总

祥露晓氛氲,上林朝晃朗。

千行珠树出，万叶琼枝长。
徐轮动仙驾，清晏留神赏。
丹水波涛汎，黄山烟雾上。
风亭翠旆开，云殿朱弦响。
徒知恩礼洽，自怜名实爽。

该例一的韵脚"爽"，属阳声韵"阳"部中的平声字；该例二的韵脚"爽"，属阳声韵"阳"部中的上声字。由于"爽"字，是先秦的一些平声字中至魏晋南北朝时转入上声的字，故同一"爽"字，在先秦《诗经》中为平声，到南北朝诗中则变成了上声。

(二) 中晚唐时期诗歌声调的"浊上变去"

所谓的"浊上变去"就是指"并""奉""定""澄""从""邪""床""禅""群""匣"这些全浊声母的字由上声变成了去声。但其演变始于何时？长久以来，学界对此争议颇多，有南宋、北宋、五代、晚唐、中唐诸说。直至当代著名音韵学家罗常培先生在其1933年出版的专著《唐五代西北方音》中，发掘并引用了一则重要史料，即唐末曾出任过国子祭酒的李涪所撰《刊误》中的一段话："上声为去，去声为上，又有同一声分为两韵。……又恨怨之'恨'则在去声，佷戾之'佷'则在上声；又言辩之'辩'则在上声，冠弁之'弁'则在去声；又舅甥之'舅'则在上声，故旧之'旧'则在去声；又皓白之'皓'则在上声，号令之'号'则在去声；又以'恐'字'苦'字俱去声。今士君子于上声呼'恨'，去声呼'恐'，得不为有知之所笑乎？"① 才使"浊上变去"发生在唐代中晚期有了一个基本的定论。因李涪的原意是在《刊误》中批评《切韵》将一些去声字归

---

① 罗常培：《唐五代西北方音》，中央研究院历史语言研究所，1933年版，科学出版社1961年重印版。

入上声韵部的错误，而这恰恰是《切韵》中的全浊上声字，如"舅""皓"等，从而正好证实了不是《切韵》将这些字归声归错了，而是在李涪所处的时代（中晚唐），全浊声母的上声字有一大部分已转化成去声了。北宋以降，尤其进入元代的中古时期，这一变化趋势愈加明显；至现当代，北京话中大部分全浊上声字几乎都变成了去声。

总体而言，全浊上声字未变去声的尚有"腐""釜""辅""殍""缓""浣""皖""莞""很""俭""强""挺""仅""谨""场""迥""泂""汞"等，只是少数。大部分的全浊上声字，如以下所列的都已变成了去声：

并母的"部""罢""信""被""伴""抱""辨""辩""笨""蚌"等；

奉母的"父""妇""负""阜""范""饭""犯""愤""忿""奉"等；

定母的"杜""怠""弟""福""淡""诞""断""道""盾""动"等；

澄母的"柱""苎""赵""兆""联""丈""仗""篆""仲""重"等；

从母的"牪""聚""荠""静""尽""选""渐""践""在""罪"等；

邪母的"巳""祀""似""序""叙""绪""象""像"等；

床母的"士""仕""柿""撰"等；

禅母的"是""氏""市""社""善""甚""贤""受""绍""上"等；

群母的"巨""拒""技""奴""跪""件""健""圈""近""窘"等；

匣母的"户""祸""下""浩""后""厚""旱""限""吉""幸"等。

在中唐白居易、李贺，晚唐李商隐、唐彦谦、陆龟蒙、韩偓等诗人的诸多作品中，韵脚的"浊上变去"现象已屡见不鲜。试各举中、晚唐一例如下：

春归昌谷（节选）
（唐）李贺

发轫东门外，天地皆浩浩。
青树骊山头，花风满秦道。
宫台光错落，装尽偏峰峤。
细绿及团红，当路杂啼笑。
香风下高广，鞍马正华耀。
独乘鸡栖车，自学少风调。
心曲语形影，只身焉足乐。
岂能脱负担，刻鹄曾无兆。
幽幽太华侧，老柏如建纛。
龙皮相排戛，翠羽更荡掉。

该例诗的韵脚有"浩""道""峤""笑""耀""调""乐""兆""纛""掉"。在上古时，其中："浩"，声纽为全浊"匣"母，属上声"皓"韵；"道"，声纽为全浊"定"母，属上声"皓"韵；"兆"，声纽为全浊"澄"母，属上声"小"韵。到了中晚唐，则"浩""道""兆"皆变成了"豪（宵）"部去声韵，与其余"豪（宵）"部去声的韵脚字"峤""笑""耀""调""乐""纛""掉"相押。

酒乡
（唐）陆龟蒙

谁知此中路，暗出虚无际。
广莫是邻封，华胥为附丽。
三杯闻古乐，伯雅逢遗裔。

第三章

自尔等荣枯，何劳问玄弟。

该例诗的韵脚有"际""丽""裔""弟"。在上古时，其中："弟"，声纽为全浊"定"母，属上声"礼"韵。到了中晚唐，则"弟"变成了"齐"部去声韵，与其余"齐"部去声的韵脚字"际""丽""裔"相押。

（三）两宋时期诗歌声调入声韵尾［-p］［-t］［-k］开始混用

所谓的入声，从语音学角度说就是以塞音［-p］［-t］［-k］收尾的音节，但此塞音只有成阻阶段，并不发声。作为汉语的入声，既是个短声调（元音短促），又以塞而不裂的辅音作收声，而其收声，就是一个韵尾为［-p］［-t］［-k］的塞而不裂的清辅音。换言之，亦就是"入声短促急收藏"[①]。虽然上古时期的入声收尾情况尚须进一步探究，但从中古时期表现《切韵》的韵图来看，是将入声承阳声，有系统地配置［-p］承［-m］，［-t］承［-n］，［-k］承［-ng］的。而且《切韵》系韵书的《平水韵》，已将十七个入声韵韵部按其不同的韵尾分列：

尾韵为［-p］的有：十四缉［-ip］、十五合［-op］、十六叶［-ep］、十七洽［-aep］；

尾韵为［-t］的有：四质［-it］、五物［-ot］、六月［-iat］、七曷［-at］、八黠［-aet］、九屑［-et］；

尾韵为［-k］的有：一屋［-uk］、二沃［-uuk］、三觉［-eok］、十药［-ak］、十一陌［-eak］、十二锡［-ek］、十三职［-jik］。

虽然后来成书于南北宋之间的《四声等子》和《切韵指掌图》中的入声字，不再是只承阳声韵，而是既承阳声韵又承阴声

[①] 释真空：《篇韵贯珠集·玉钥匙歌诀》，明弘治十一年刻本。

韵的双承了。再从宋词的用韵来看，已大量出现了入声韵尾[-p][-t]混用和[-t][-k]混用，以及[-p][-k]混用，甚至[-p][-t][-k]混用的现象。正如陆志韦在《记邵雍〈皇极经世〉的"天声地音"》一文中所指出的："诗人押韵的习惯，到了唐末已渐渐改变，入声虽然不能押阴声，然而[-p][-t][-k]偶然互叶，再晚一点，《花间集》中已经不少，这样的例子，宋词更多。"① 故到了两宋时期，入声韵尾的[-p][-t][-k]已将近演变成元音的收声了。试举入声韵尾[-p][-t][-k]混用的南北宋词各一例如下：

七娘子·舟中早秋
（北宋）毛滂

山屏雾帐玲珑碧。更倚窗、临水新凉入。雨短烟长，柳桥萧瑟。这番一日凉一日。　　离多绿鬓多时白。这离情、不似而今惜。云外长安，斜晖脉脉。西风吹梦来无迹。

该例词的韵脚有"碧""入""瑟""日""白""惜""脉""迹"。其中："入"属入声韵"缉"部，韵尾[-ip]；"瑟""日"属入声韵"质"部，韵尾[-it]；"碧""白""惜""迹"属入声韵"锡"部，韵尾[-ek]；"脉"属入声韵"陌"部，韵尾[-eak]。即该词中出现有[-p][-t][-k]三种不同韵尾的入声韵韵脚字。由此可见，北宋词中，入声韵尾[-p][-t][-k]已开始混用。

念奴娇·垂虹亭
（南宋）朱敦儒

放船纵棹，趁吴江风露，平分秋色。帆卷垂虹波面冷，

---

① 陆志韦《记邵雍〈皇极经世〉的"天声地音"》，《燕京学报》，1946年第31期。

初落萧萧枫叶。万顷琉璃，一轮金鉴，与我成三客。碧空寥廓，瑞星银汉争白。　　深夜悄悄鱼龙，灵旗收暮霭，天光相接。莹澈乾坤，全放出、叠玉层冰宫阙。洗尽凡心，相忘尘世，梦想都消歇。胸中云海，浩然犹浸明月。

该例词的韵脚有"色""叶""客""白""接""阙""歇""月"。其中："叶""接"属入声韵"叶"部，韵尾 [−ep]；"阙""歇""月"属入声韵"屑"部，韵尾 [−et]；"客""白"属入声韵"锡"部，韵尾 [−ek]；"色"属入声韵"职"部，韵尾 [−jik]。即该词中亦出现了 [−p] [−t] [−k] 三种不同韵尾的入声韵韵脚字。由此可知，南宋词中，入声韵尾 [−p] [−t] [−k] 继北宋后仍在混用。

第四章 近古阶段：以《中原音韵》为代表的元至清的诗歌声韵

第一节 近古诗歌

一、元明清的诗

（一）元诗

元代前期，北方诗人如郝经、刘因、王恽等，大都为金宋遗民，受元好问影响较大，学习苏轼风格，豪放古朴；南方诗人如刘辰翁、方回、赵孟頫等，沿江湖派路子崇尚唐音，诗风清丽婉约。进入中叶，出现了虞集、杨载、范梈、揭傒斯的"元代四大家"，虽风格有异，但皆效法唐诗，颇有影响。试举一例：

寒夜作
（元）揭傒斯

疏星冻霜空，流月湿林薄。

虚馆人不眠，时闻一叶落。

元后期的诗人主要有杨维祯、倪瓒、王冕等，杨氏受唐代李贺影响较深，其诗被称为"铁崖体"。在后期还出现了不少少数民族诗人，如马祖常（蒙古族）、萨泰不华（色目人）、迺贤（突厥族）、笃鲁丁（回族）等。试举一例：

秋夜有怀明州张子渊

(元) 迺贤

云表铜盘挹露华，高城凉冷咽清笳。
弓刀夜月三千骑，灯火秋风十万家。
梦断佳人弹锦瑟，酒醒童子汲冰花。
起看归路银河近，愿借张骞八月槎。

(二) 明诗

明代前期，首先呈现的是宋濂、刘基、高启等几位经历了两朝的名臣诗作，其中刘基诗风古朴沉雄，高启诗风俊逸清丽。接着的是以三杨（杨士奇、杨荣、杨溥）为代表的台阁体，并一时成为诗坛的主流。虽然继之而起的以李东阳为首的茶陵派，试图用雄浑的唐诗之体来矫变台阁体萎弱冗沓的诗风，但因他们的作品亦平庸无甚新意，故未能奏效。到了中期，以李梦阳、何景明为代表的前七子和以王世贞、李攀龙为代表的后七子，掀起了"文必秦汉、诗必盛唐"的文学复古运动，台阁体诗风虽被遏止，但拟古诗风盛行又步入了新的歧途。当然亦不乏独立于风气之外，甚或反对者，如"吴中四友"中的诗画家文徵明、唐寅、祝允明，以及"拔戟自成一队"的杨慎。尤其是杨慎，诗、词、曲、文、诗话、笔记、小说兼擅，其诗婉丽苍凉，揽乎晚唐。试举其谪戍云南永昌卫后的诗作一首：

春兴·一

(明) 杨慎

最高楼上俯晴川，万里登临绝塞边。
碣石东浮三绛色，秀峰西合点苍烟。
天涯游子悬双泪，海畔孤臣谪九年。
虚拟短衣随李广，汉家无事勒燕然。

明后期，又出现了"公安三袁"（袁宗道、袁宏道、袁中道），为反对复古而提出了任性而发的"灵性说"；以竟陵人钟惺、谭元春为代表的既反对复古又反对公安派的浅露，欲以"幽深孤峭"的诗风来纠偏的"竟陵派"。至明末，一些爱国文人成立了"复社""几社"等政治文学团体进行政治斗争，其中最为著名的是陈子龙、夏完淳师生以及夏完淳之父夏允彝。试举夏完淳抗清被执不屈就义（年仅十七岁）前，诀别桑梓松江时所作的一首：

别云间
（明）夏完淳

三年羁旅客，今日又南冠。
无限山河泪，谁言天地宽？
已知泉路近，欲别故乡难。
毅魄归来日，灵旗空际看。

有明一代，据清人朱彝尊编撰的《明诗综》所收录的作者就有3338位，诗作达10165首。不仅流派较多、各种创作理论较为丰富，而且诗歌作品或萎苶、或拟古、或浅露、或幽狭，加之"明代功名富贵在时文，全段精神，俱在时文用尽，诗其暮气为之"①，故较之唐诗、宋诗，已有衰落之象。

（三）清诗

清代前期，最初是以顾炎武、黄夫之、屈大均等抗清志士为代表的铿锵悲慨的"遗民诗"和以明臣仕清的钱谦益、吴伟业等为代表的沉郁苦闷的"贰臣诗"。接着的是创"神韵说"的王士禛，王氏崇尚唐音，诗风绵邈清远，左右诗坛数十年。试举一例：

---

① 吴乔：《围炉诗话·答万季野诗问》，载《清诗话续编》，上海古籍出版社，2016年版。

秋柳四首·其一
（清）王士祯

秋来何处最销魂，残照西风白下门。

他日差池春燕影，只今憔悴晚烟痕。

愁生陌上《黄骢曲》，梦远江南乌夜村。

莫听临风三弄笛，玉关哀怨总难论。

清中期，出现了号称浙派领袖的厉鹗，崇尚宋代黄庭坚，诗风幽瘦妍峭。接着便是效法盛唐的沈德潜，诗风蕴藉含蓄。稍后出现的是以袁枚为首的"性灵"派，倡导作诗要有真性情。因而乾嘉时期的绝大多数诗人，如赵翼、郑燮、黄景仁、宋湘等，皆不同程度地围绕在袁枚周围。如其中的黄景仁，布衣终生，贫病潦倒，诗多愁苦之音，试举一例：

别老母
（清）黄景仁

搴帏别母河梁去，白发愁看泪眼枯。

惨惨柴门风雪夜，此时有子不如无。

清后期，首开近代新诗风的为龚自珍、魏源、林则徐、贝青乔等一批经历了鸦片战争的爱国诗人。他们的诗作表现出对社会弊端、列强入侵及报国无门的忧愤。试举一例：

寰海后十首·其八
（清）魏源

曾闻兵革话承平，几见承平话战争？

鹤尽羽书风尽檄，儿谈海国婢谈兵。

梦中疏草苍生泪，诗里莺花稗史情。

官匪拾遗休学杜，徒惊绛灌汉公卿。

二、元明清的词

（一）元词

元代前期，宋词流风尚存，元词虽不及元曲，但仍有可观之处。元代前期词家，几全为金宋遗民，如耶律楚材、刘秉忠、仇远、赵孟頫等，词作皆有亡国的隐痛和生灵涂炭的伤悯。试举一例：

思佳客
（元）仇远

日影扶花一万重。秋香阁下又芙蓉。旧时楚楚霓裳曲，移入长杨短柳中。　文鹥碧，朵墙红。金舆苍鼠玉华宫。行人忍听啼乌怨，笛里关山落叶风。

元中后期词家主要有虞集、张翥、萨多剌、许有壬等。对难入仕难建功立业的愁慨和对半隐半俗生活的向往，是这一时期词作的主要内容。元代亦出现了不少少数民族词人，如耶律楚材（契丹族）、李齐贤（高丽族）、萨多剌（回族）、廉希宪（维吾尔族）等。尤其是萨多剌和廉希宪的词作，气势炽盛、词风豪迈。试举一例：

水调歌头·读书岩
（元）廉希宪

杜陵佳丽地，千古尽英游。云烟去天五尺五，绣阁绮朱楼。碧草荒岩五亩，翠霭丹崖百尺，宇宙为我留。读书名始起，万古入冥搜。　凤池崇，金谷树，一浮鸥。鼓觞尔能何许，也欲接余眸。唤起终南灵与，商略昔时名物，谁劣复谁优。白鹿庐山梦，颔颔天地秋。

据今词家唐圭璋所辑《全金元词》，收录有元代词人三百一十余人，词作三千七百余首。但因元词在总体上内容、艺术都较为贫乏,不可能像宋词那样极盛绚丽,反而有"愈趋愈下"之势。

(二)明词

明代初期,刘基、杨基、韩守益等人的词作还各具面目,留有宋元余风。进入中期,马洪、杨慎、汤显祖等,词作虽各有其长短,但大多气骨浮弱,遂使词格愈趋卑下。但亦不乏佳作,如杨慎《廿一史弹词》第三段开场词《临江仙·滚滚长江东逝水》,至今仍家喻户晓,朗朗上口。

至晚期,词苑方露出一线生机。陈子龙、夏完淳、屈大均、张煌言诸爱国志士的词作,不仅一扫积弊已久的浮华卑弱词风,且亦为清词的中兴开启了先声。试举一例:

满江红
(明)张煌言

屈指兴亡,恨南北黄图消歇。便几个孤忠大义,冰清玉烈。赵信城边羌笛雨,李陵台上胡笳月。惨模糊、吹出玉关情,声凄切。 汉宫露,梁园雪。双龙逝,一鸿灭。剩遗臣怒击,唾壶皆缺。豪杰气吞白凤髓,高怀眦饮黄羊血。试排云待把捧日心,诉金阙。

当代张璋编纂的《全明词》,收录有明代词人一千三百九十余人,词作约二万首。但就总体质量而言,上不逮宋元,下亦逊于清代。明词衰弱的原因除文人士子将绝大部分精力耗于应试之经术外,散曲在明代有着较全面的发展,几已取代词的地位,亦不能不说是一重大原因。

(三)清词

清代前期,以陈子龙、李雯、宋征舆为首的"云间词派"和屈大均、吴伟业、龚鼎孳等一批身历两朝的词人,一洗明代卑弱的词风,从而拉开了词在清代中兴的序幕。继而崛起的是以陈维崧、任绳隗、蒋京初为代表的"阳羡派"和以朱彝尊、李良年、龚翔麟为代表的"浙西派",从而真正廓清了明代词作的遗习。试举一例:

解珮令·自题词集
(清)朱彝尊

十年磨剑,五陵结客,把平生、涕泪都飘尽。老去填词,一半是、空中传恨。几曾围、燕钗蝉鬓? 不师秦七,不师黄九,倚新声、玉田差近。落拓江湖,且分付、歌筵红粉。料封侯、白头无分!

到了中期,又出现了以张惠言、周济、左辅为代表的"常州词派"。他们为矫正阳羡派的粗露和浙西派的绮弱,倡北宋词风,对词的深美厚重起到了积极作用,故清中期被誉为词的中兴期。常州词派自嘉庆年间开始左右词坛,直至清季,影响极为深远,但亦有晦涩和泥古的缺点。试举一例:

水调歌头五首·其一·春日赋示杨生子掞
(清)张惠言

东风无一事,妆出万重花。闲来阅遍花影,惟有月钩斜。我有江南铁笛,要倚一枝香雪,吹彻玉城霞。清影渺难即,飞絮满天涯。　飘然去,吾与汝,泛云槎。东皇一笑相语:芳意在谁家?难道春花开落,又是春风来去,便了却韶华?花外春来路,芳草不曾遮。

至后期,虽然常州词派仍主词坛,但随着鸦片战争的失败和时局的变化,于是出现了像林则徐、邓廷桢等抵御外侮、感忿时事的词人。接着出现的就是同光年间的"清季四大家"——王鹏运、郑文焯、朱祖谋、况周颐,以及梁鼎芬、文廷式等较为著名的词人。这些词人多感时忧国之作,试举一例:

浪淘沙·自题《庚子秋词》后
（清）王鹏运

华发对山青，客梦零星，岁寒濡响慰劳生。断尽愁肠谁会得？哀雁声声。 心事共疏櫺，歌断谁听？墨痕和泪渍清冰。留得悲秋残影在，分付旗亭。

此外，清季民初梁启超、秋瑾、王国维等人的词作，或豪畅，或悲慨，或婉曲，皆有较大感染力，为清末词坛涂上了最后几笔浓淡各异的色彩。

词在清代与其他文体相比，较为兴盛，犹如梁启超在《清代学术概论》中所说的：清代诗文皆趋衰落，独词"驾元明而上"。首先是词作丰富。据由南京大学张宏生教授领衔的《全清词》编纂研究室的规划，《全清词》分顺康、雍乾、嘉道、咸同、光宣五卷（已出版了二卷），五卷将收录有清一代万余名词人所创作的三十万首以上的词作。其次是优秀词人辈出，不断有杰出词人创立词派，主盟词坛。在他们的推动下，清词中不少的作品在思想、艺术上达到了较高水准。再次表现为词学研究之作层出不穷，如词律方面有万树的《词律》、戈载的《词林正韵》等，词论方面有张宗橚的《词林纪事》、况周颐的《蕙风词话》等。总之，清词无论在作品数量、作品质量上，还是在理论研究上，都超越了元明，但因传统的词和诗、曲、赋、文一样，花团锦簇的盛开时节已过，无论词人如何努力，都挽救不了其必然衰落的历史命运。

三、元明清的曲

（一）元曲

元曲作为与唐诗、宋词鼎足并峙的一种新的艺术形式，是与元代特定的文化背景密不可分的。元代的历史不长，从忽必烈定国号为"大元"，至元顺帝被明军逐出大都，仅97年。由于蒙古族在历史上是与突厥系民族一脉相通的北亚游牧民族之一，因而社会经济文化发展水平落后于汉民族，故其入主中原，必然会对农耕文明造成一定的破坏。如元军在占领大江以北和消灭南宋过程中使用了非常残酷与野蛮的手段；大量农田被强占而改辟为牧场，如赵天麟在奏疏中就曾指出："今王公大人之家，或占民田近于千顷，不耕不稼，谓之草场，专放孳畜。"① 而且在统治上将人分成四等，以蒙古人为第一等，色目人为第二等，北方汉人为第三等，南方汉人为第四等；停止科举，儒为末业；皇上奢侈，吏治腐败；贿赂公行，冤狱遍地，等等。仅成宗大德七年（1303），"七道（全国共二十二道）奉使宣抚所罢赃污官吏凡一万八千四百七十三人；缴赃银四万五千八百六十五锭（每锭合五十两）；审冤狱五千一百七十六事"②。但元朝建立后，亦在全国大一统的基础上进行了一系列的革新，在文化上采用了较为先进的汉制，故无论在巩固疆域、恢复生产、发展经济、稳定秩序等方面，还是在促进科技进步、加强中外交流诸方面，都取得了较大成就。辩证地看，元朝的崛起和元代宋是一种历史性的进程，在客观上促进了社会历史的发展。

政治方面。忽必烈一登基即改革蒙古旧俗，力行汉制。如帝号、官制、赋税、钞法、郊祀、祭令、太庙、谥法、旌表、舆服、学校、贡举、刑法等等，汉家制度几乎都被作为国制承袭下来了。尤其是元仁宗恢复科举时，下令"明经内四书五经，以程子、朱晦庵注解为主"③，由此程朱理学一跃而为"官学"，并一直延续到清末1905年废止科举，足足影响了中国六百年。

经济方面。元初，统治者在农业上召集流民，鼓励垦荒和兴修水利，停止毁农田为牧场，恢复农业生产。到至大年间，全国

---

① 杨士奇：《历代名臣奏议》卷六六，上海古籍出版社，2012年版。
② 宋濂等：《元史·成宗纪》，中华书局，1974年版。
③ 《通制条格》卷五《科举》，浙江古籍出版社，1986年版。

屯田有百二十余所，屯田总数达十七万五千多顷。① 至元十三年（1276）蒙古灭南宋时，全国户数合计为 11338370 户，以平均每户四口计，全国人口总数约为 4500 多万。到至元三十年（1293），仅过了十七八年，户数就增至 14002760 户，仍按每户四口计，人口已达 5600 余万，几乎增加了四分之一。在工商业方面，不仅官营手工业发达，民间手工业亦有很大发展，如景德镇从元代开始烧造青花瓷、高温钴蓝瓷和釉里红瓷。松江人黄道婆从海南黎族地区带回了棉纺工具和技术，松江乌泥泾很快就发展成为拥有一千余家手工棉织业的小镇，所织棉布亦成了远近闻名的商品。② 元代的商业十分繁荣，忽必烈即位后即发行了纸币"中统元宝钞"，国内外贸易相当兴盛，"舍本农，趋商贾"的风气大行，除中小商贾遍布各城镇外，亦出现了一批民间的巨商大贾。如扬州富商张文盛，"家僮数百指，北出齐燕，南抵闽广，懋迁络绎，资用丰沛"③。随着工商业的发达，又促进了城市经济的发展。除传统的工商城市如西安、开封、扬州、杭州、广州、成都外，又出现了不少新兴的工商业城市如温州、福州、泉州、淮安、临清、松江、湖州、景德镇等。尤其是号称"人烟百万"的大都，作为元朝的政治经济文化中心，很快就跃居全国城市之首。

科技与文艺方面。元代在数学、天文学、农学、医学等科学技术方面取得了巨大的成就。如天文学家郭守敬完成了名为"授时历"的新历，以 365.2425 日为一年，与地球绕日一周的时间仅差 26 秒，与目前的公历——格里哥利历比肩，但早其三百年；又如在医学上涌现了金元"四大医家"，尤其是其中的朱震亨，著《格致余论》，论证了多种疾病的病机，还著有《素问纠略》

---

① 宋濂：《元史·武宗纪》，中华书局，1974 年版。
② 王逢：《梧溪集》卷三《黄道婆祠》，《四库全书》本。
③ 陆文圭：《墙东类稿》卷一三《张文盛墓志铭》，《四库全书》本。

《本草衍义补遗》等，在中国医学史上占有重要地位。由于元代工商业和城市经济发达，市民阶层在宋代基础上更为扩展，这就促进了元杂剧、南戏、话本（演讲故事的底本）的兴盛与发展。另外在绘画与书法上，文人画取得了较高成就，如黄公望的《富春江山居图》已成为传世珍品；元代书法在真、行、草这几种书体上亦取得了不少成就，如赵孟頫的书法将晋韵、唐法、宋意冶于一炉而推陈出新，尤其是他的楷书，成为垂范后世的范本。

中外交流方面。元代东西方的交往空前频繁，大批中西亚的军卒、商贩、工匠、旅行者来到中国，而成千上万的蒙古族、汉族及其他民族的人员又从中国迁往中西亚各地。而且元代官方使用三种语言文字：蒙古语为官方语，北方汉人和南方汉人使用汉语，色目人使用波斯语。中国本土文化、中西亚伊斯兰文化、东欧拜占庭文化、南亚佛教文化的交融，在中国历代王朝中亦是绝无仅有的。另外，在科技、商品交流方面，阿拉伯数字、阿拉伯银币，乃至历法、医书、武器，以及牙忽石（宝石）、阿剌吉酒（蒸酒）、速夫（毛巾）等日常生活用品，源源不断地输入中国；而中国的火药、指南针、印刷术、历法、数学，以及茶叶、丝绸、瓷器、书画作品、文房用具等，亦通过各种途径进入波斯、阿拉伯、俄罗斯和中欧。不同层面的中外交流，使元代的文化更呈现出一种世界性的特征。

作为与"唐之诗，宋之词"并肩，"而后世莫能继焉者也"[①]的元曲，就是在上述文化背景下产生的，这种有着北方质朴自然、俚俗粗犷情致的元曲，正胚胎、成熟并兴盛于这样一种文化土壤中。换言之，元代的文化背景最适宜元曲这一具有"蛤蜊"或"蒜酪"风味的"主慷慨，其变也为朴实"[②]的以自然本色为

---

① 王国维：《宋元戏曲史序》，百花文艺出版社，2002年版。
② 王骥德：《曲律》卷一，上海古籍出版社，2012年版。

主流的新诗体的成长与发展，从而亦就成为有元一代文学的代表。故所谓的元曲，就是指与唐诗、宋词并称于世的一种元朝的代表性文学式样，包括元剧曲和元散曲。据元代曲家钟嗣成《录鬼簿》、元末明初杂剧作家贾仲明《录鬼簿续编》的辑录，元代有姓有名的杂剧作家有 200 余人、作品 530 余种。现存有姓名可考的杂剧作家的作品约 109 种，无名氏作品约 109 种；又据当代元曲专家隋树森《全元散曲》的辑录，元代散曲作家有 160 余人，存世小令 3800 余首、套数 450 余套。

1. 元剧曲

剧曲即为戏曲，是配合宾白（台词）、科介（表演）且有故事情节的戏剧唱词。戏曲又可分为南戏曲，即仅流行于浙东一带、元后期方渐兴盛的地方戏曲——"南戏"；北戏曲，即"元杂剧"，元剧曲主要指的就是元杂剧。

元杂剧剧本由折、楔子、宾白、曲调等几个部分构成，一般一剧四折，每折都有唱、白、科三要素；每折戏曲必须由同一宫调的若干支曲子按规定的次序组成，又称套曲，一剧四折即四套曲子，各用不同的宫调。每折的套曲一般由序曲、正曲、尾曲三部分组成。套曲可长可短，视剧情而定，套曲最短者只三支曲子，最长者可达二十六支曲子；宫调即律调，由七音（宫音）和十二律构成，理论上可得十二宫、七十二调，实际上常用者不过五宫四调，合称"九宫调"。如第一折中用【仙吕宫】，其曲必用［点绛唇］，接着用［混江龙］，结尾用［煞］；第二折用【南吕宫】，首曲［一枝花］，接着用［梁州第七］，结尾用［煞尾］；第三折用【中吕宫】，首曲［粉蝶儿］，接着用［醉春风］，结尾用［尾声］或［啄木儿煞］；第四折用【双调】，首曲多用［新水令］，接着用［驻马听］［醉东风］等。元杂剧按内容可分为神仙道化、隐居乐道、忠臣烈士、教义廉节、叱奸骂谗、铍刀赶棒、风花雪月、悲欢离合等十二类。

2. 元散曲

元散曲是相对于元剧曲而言的没有宾白、科介的"清唱"式的歌诗。一般可分为小令和散套两种基本形式，以及从这两种基本形式所衍生出的重头、带过曲、集曲等形式。

小令，又称"叶儿"，是独立的一支小曲。小曲是散曲中的最小单位，虽以三十字左右的居多，亦有长达一百多字的，长短不一，有一定腔格。如〔中吕·山坡羊〕，〔双调·水仙子〕等。

散套，又称"套曲"，是将同一宫调的若干支曲子连缀在一起的完整的组曲。散套可长可短，短的只有两个曲牌，长的可达二十多个曲牌。每一散套只押一韵，中间不能换韵，且散套中的各宫调都有相对稳定的曲组。如【正宫】中的〔端正好〕〔滚绣球〕〔叨叨令〕〔脱布衫〕〔小梁州〕〔幺篇〕〔快活三〕〔朝天子〕〔煞尾〕等组成散套。

重头，是指将声调格律完全相同的曲调重复填写而成的双重曲或多重曲。重复多少首无限定，两首亦可，百首亦可。如贯云石的【正宫】〔小梁州·春夏秋冬〕，共四首重头，每首重头又用〔幺篇〕反复一次。

带过曲，是指根据乐律衔接关系，连续用两三支曲去共同表达某一具体内容的组曲。其最多用三个曲子，且宫调必须相同，一韵到底。北曲常用的带过曲有四宫一调，如【正宫·小梁州带风入松】【中吕宫·醉高歌带喜春来】【双调·锦上花带清江引碧玉箫】等。

集曲，是指从几支、十几支、几十支不同曲调中选出一句或几句组成一支新的并另取一个新调名的曲调。集曲在南曲中常用，北曲中少见。如北曲中刘时中的【正宫·端正好·上高司监】套曲中〔货郎儿〕这一集曲，先用〔货郎儿〕首三句，下接〔醉太平〕全曲，再以〔货郎儿〕末句收尾。

3. 元曲概况

元曲包括元杂剧（剧曲）和散曲。其分期大致以元仁宗延祐元年（1314）为界，划分为前后两个时期：前期是是剧曲的兴盛期和散曲的繁荣期，后期是剧曲的衰微期和元曲的变异期。这也就是作为"一代之文学"的元曲，在前后两大时期的历时性存在。

（1）元代前期

元代前期，无论是元曲中的剧曲还是散曲，都进入了一个创作高峰时期。其创作中心为大都，而平阳、真定、东平等地区也有一定数量的曲作家，从而形成了一个元曲的北方创作圈。在这个创作圈里，既有专攻散曲的重要作家，如刘秉忠、卢挚、冯子振等；亦有专写杂剧（散曲写得极少）的重要作家，如杨显之、王实甫、康进之等；更有散曲、杂剧兼擅的作家，如"元曲四大家"中的前三家关汉卿、白朴、马致远等。如果按曲风分类，还可以大致将他们区分为豪放派与清雅派两个作家群。

金元易代之际，正是金院本向元杂剧、金词向金元散曲转化的关键时期，而生活在这一时期的元好问（1190—1257），则为开创散曲的第一人。元好问所存散曲虽不多，仅小令九首，残曲二首，但这些作品却是金末元初最早的散曲式样。如他的自度曲《小圣乐·骤雨打新荷》，就是摘取《小圣乐》上片后五句，改字谐律，变词牌名为曲牌名，从而开启散曲先声的。稍晚于元好问的刘秉忠（1216—1274），则有化诗为曲的倾向。刘秉忠现存小令十二首，此处试举其将民歌俚谣转为曲的一首：

【南吕】干荷叶八首·其七
（元）刘秉忠

干荷叶，水上浮，渐渐浮将去。跟将你去，随将去。你问当家中有媳妇，问着不言语。

前期元曲普遍具有豪放之风,关汉卿、陈草庵、马致远、冯子振等,即为该作家群的代表。关汉卿(约1220—1300),号一斋,大都人,是大都"玉京书会"的领袖。《录鬼簿》称其为"太医院户……金遗民,入元不仕"。其所创杂剧,有目可考者达67种,今存18种;另作散曲小令41首,连章体组曲一组共16首,套曲13套,残套2套。关汉卿一生以创作杂剧为主,是元杂剧的奠基者,如社会剧《窦娥冤》、历史剧《单刀会》、爱情剧《望江亭》等,堪称元杂剧之代表作。关汉卿的散曲亦相当出色,如【南吕】[一枝花·不伏老]【双调】[乔牌儿·世情推物理]等,皆脍炙人口。其作品题材广泛,风格悲壮,此处试举其杂剧《闺怨佳人拜月亭》第一折中正旦王瑞兰的二段唱词(剧曲)如下:

【仙吕】[点绛唇]

锦绣华夷,忽从西北天兵起。觑那关口城池,马到处成平地。

[油葫芦]

分明是风雨催人辞故国,行一步一叹息。两行愁泪脸边垂;一点雨间一行凄惶泪,一阵风对一声长吁气。(做滑倒科)口应!百忙里一步一撒;嗨!索与他一步一提。这一对绣鞋儿分不得帮和底,稠紧紧粘梗梗带着淤泥。

富有清雅之风的元曲在元前期中亦有不少,是曲"词化"乃至"诗化"的产物,杨果、白朴、胡祇遹、卢挚等,即为这一作家群的代表。卢挚(1242—约1314),号疏斋,涿州人,官至江东道肃政廉访使,有《疏斋集》行世,现存小令120首,为元前期除马致远外创作散曲最丰者。其作品崇尚自然,风格清丽典雅。尤其是他的遣怀抒情之作,饱含着避世逃祸的思想,有"乐隐"的倾向,这也是元散曲文学精神的基调。试举其小令一首:

【双调】沉醉东风·重九

(元)卢挚

题红叶清流御沟,赏黄花人醉歌楼。天长雁影稀,月落山容瘦。冷清清暮秋时候,衰柳寒蝉,谁肯教白衣送酒。

(2)元代后期

这一时期是元曲的衰变期,其创作中心也移至杭州,许多北方作家纷纷南下,一些南方文人亦加入元曲的创作队伍,遂形成了以杭州为中心,包括扬州、建康、平江等地在内的南方作家圈。元后期的散曲已诗词化,由前期的质朴自然向后期的清秀雅丽转变;元后期的杂剧已开始衰落,不仅作家和作品数量比前期减少,而且作品的思想性与艺术性亦较前期逊色,即从原先的以关注社会现实的本色为主向宣扬神仙道教与追求华美典雅的诗剧艺术风格演变。因元后期的杂剧脱离了现实,故不合市民阶层的口味而逐渐式微,与此同时,南戏日渐兴盛,并将其取而代之。

元后期较为著名的杂剧作家有郑光祖、乔吉、秦简夫、李直夫等。如郑光祖(?—1329),字德辉,平阳襄陵人,曾以儒生补杭州路吏员,后病卒于杭州,为"元曲四大家"之一。据《录鬼簿》,郑光祖所著杂剧有17种,今存7种;散曲今存小令6首,套曲2套。郑光祖的成就主要在杂剧上,是元后期创作杂剧数量最多的作家。其代表作有爱情婚姻剧《倩女离魂》、历史剧《王粲登楼》《三战吕布》等。其作品情景交融,格调雅致,语言流畅。试举《王粲登楼》第三折中王粲的二段唱词如下:

【中吕】[迎仙客]

雕檐外红日低,画栋畔彩云飞;十二栏干,栏干在天外倚。我这里望中原,思故里,不由我感叹酸嘶,越搅得我这一片乡心碎。

[红绣鞋]

　　泪眼盼秋水长天远际，归心似落霞孤鹜齐飞；则我这襄阳倦客苦思归。我这里凭栏望，母亲那里倚门悲，争奈我身贫归未得。

　　元后期较为著名的散曲作家有张养浩、张可久、乔吉、贯云石等。张可久（1279—约1354），字小山，庆元人。中年以后方任桐庐典史等微职，因仕途不得志，晚年隐居，放浪于山水之间。张可久毕生专攻散曲，现存小令855首，套曲9套。其作品数量虽居有元一代散曲作家之首，但题材的涉及面不广，大多以山林隐逸、怀古咏物为主。其作品辞藻雅丽、格律严谨、声韵和谐，少用俗语衬字，为元散曲家中首屈一指的"雅化"大家。试举其小令一首：

【黄钟】人月圆·客垂虹
（元）张可久

　　三高祠下天如镜，山色浸空蒙。莼羹张翰，渔舟范蠡，茶灶龟蒙。故人何在，前程那里，心事谁同？黄花庭院，青灯夜雨，白发秋风。

　　值得一提的是，元曲尤其是散曲的少数民族作家，人才辈出，如蒙古族的伯颜、阿鲁威，女真族的奥敦周卿，维吾尔族的贯云石，回鹘人薛昂夫，回回人阿里耀卿、阿拉伯人大食惟寅等。其中尤以贯云石和薛昂夫最为杰出。与散曲相比，元杂剧的少数民族作家要少得多，但亦有蒙古族的杨纳和女真族的李直夫两位杰出代表。杨纳著杂剧18种，今存《西游记》《刘行首》两种。李直夫著杂剧12种，今存《虎头牌》一种。此处试举贯云石的散曲一例如下：

【正宫】塞鸿秋·代人作
（元）贯云石

战西风几点宾鸿至，感起我南朝千古伤心事。展花笺欲写几句知心事，空交我停霜毫半晌无才思。往常得兴时，一扫无瑕疵，今日个病厌厌刚写下两个相思字。

（二）明曲

明人对散曲较为重视，其作家和作品的数量都超过了元代。据凌景埏等编辑的《全明散曲》，明代有姓名可考的散曲作家就达四千余人，小令一万零五百余首，套曲二千余套。但遗憾的是，明代的曲家和曲作，无论就其文学地位而言，还是就其对后世的影响而言，都赶不上元代。明剧曲可分为明杂剧和明传奇中的唱词这两种。据傅惜华《明代杂剧全目》统计，明杂剧作家有两百余人，作品有五百余种，但其数量、质量（思想、艺术）均不及元杂剧。再据傅惜华《明代传奇总目》统计，其作者姓名可考的传奇作品有618种，无名氏传奇作品332种，共达950种，明代是传奇戏曲的兴盛发展时期。

明代前期，散曲基本沉寂；到了中期，散曲创作才形成较大规模并达到高潮，而且还产生了"南北二派"的北散曲和南散曲。中期的北曲作家主要有康海、王九思、冯惟敏等。其中冯惟敏存世小令有两百余首，套曲近四十套，为明代散曲之巨擘，技巧精湛，嬉笑怒骂皆成绝唱。南曲作家主要有沈仕、杨慎、黄娥等。其中沈仕开曲中"香奁体"一派。至明后期，南曲日益发展，特别是昆腔兴起后，北曲很快式微，南曲即逐渐成为主流。其代表作家为梁辰鱼、沈璟、施绍莘等。其中的梁辰鱼是一位散曲、剧曲双栖作家，同时又是一位既傲骨嶙峋，又"漫自倚翠偎红"的布衣穷士，其曲风缠绵幽怨又不失精美典雅。试举一例：

南【正宫】[白练序] 暮秋闺怨

(明)梁辰鱼

　　西风里,见点点昏鸦渡远洲,斜阳外,景色不堪回首。寒骤,漫倚楼,奈极目天涯无尽头。消魂久,凄凉水国,败荷衰柳。

　　明代杂剧是在金元杂剧的基础上发展而来的,前期的主要作家及作品为藩王朱权的《冲漠子独步大罗》、贾仲明的《萧淑兰》等。明后期,北曲演变为由南曲写成或南北合套的南杂剧,较著名的作家及作品主要有李开先的《园林午梦》、徐渭的《四声猿》、陈与郊的《昭君出塞》等。其中徐渭的《四声猿》由《渔阳弄》《玉禅师》《雌木兰》《女状元》四剧组成,其中的《女状元》共五折,全用南曲,标志着北杂剧已向南杂剧的正式转化,故被清代戏曲家李调元称之为"明第一曲"①。明代传奇是从宋元南戏衍展而来的,前期成就不高,后期开始盛行,出现了李开先的《宝剑记》、梁辰鱼的《浣纱记》以及相传为王世祯作的《鸣凤记》三部重要的传奇。至万历年间,南方因地域文化不同而出现了弋阳腔、余姚腔、海盐腔、昆山腔等戏曲。由于"(昆腔)流丽悠远,出乎三腔之上,听之最足荡人"②,故随着昆腔的流播,剧坛几乎成了昆腔的天下。昆腔最负盛名的作品则为沈璟的《义侠记》和汤显祖的《牡丹亭》。《牡丹亭》是一部以杜丽娘和柳梦梅生死离合的爱情故事为线索,充满梦幻异彩的浪漫主义剧作,全剧采用抒情诗的手法,情景交融,辞彩华丽。试举第十出《惊梦》中的一段唱词如下:

---

① 李调元:《雨村曲话》卷下,载《中国古典戏曲论著集成》,中国戏剧出版社,1959年版。

② 徐渭:《南词叙录》,载《南词叙录注释》,中国戏剧出版社,1989年版。

[皂罗袍]

原来姹紫嫣红开遍,似这般都付与断井颓垣。良辰美景奈何天,赏心乐事谁家院。(白)怎般景致,我老爷和奶奶再不提起。(合)朝飞暮卷,云霞翠轩;雨丝风片,烟波画船。锦屏人忒看的这韶光贱!

(三)清曲

清前期的散曲,大多承明代遗风,雅丽而重文采。至中期,散曲南北分野已渐趋消淡而日趋"北曲化"。其代表性的曲家有厉鹗、郑燮、蒋士铨、许光治等。厉鹗是散曲领域继朱彝尊之后清雅一格的旗手,曲风清空飘逸,似乎将曲回归成了词或诗。进入后期,散曲式微,但因鸦片战争的爆发,国难日深,因而散曲的内容相应亦有了一些变化,与社会现实的联系更加紧密,涌现了一些揭露清廷昏愦腐败和列强入侵的作品。这一阶段较具代表性的作者有谢元淮、薇庐、姚华、陈栩等。试举薇庐的套曲【新万古愁曲】中的一支曲子如下:

[龙尾吟]

(清)薇庐

谁知道沧桑变,风波闹。赤帝子,夷台皂;碧眼儿,逞天骄。鸦片一战,便送掉了南隆噢。尼布一约,更失却了东隅早。圆明一炬烧,烽火三边扰,那矮人儿也割取我台湾岛。那卷须儿更横夺我胶和澳。拳祸兴,教堂烧,赔款动盈数百兆,到如今只赢得满地是腥臊!

与诗词相较,有清一代对散曲不太重视,甚至被皇家所纂辑之《四库全书总目》列入了"卑体",即"词曲二体,在文章技艺之间。厥品颇卑,作者弗贵。特才华之士以绮语相高耳"。因此清代创作散曲的人数较创作诗词的人数为少,名家更少。当代凌景埏等编辑的《全清散曲》,所收录的作者只有二百四十余人,小令仅三千二百余首，套曲一千一百余套。这些作品在艺术、风格上承袭较多，创新之处与特色较少，几乎成了诗词的附庸而不得不走向衰落。

杂剧在清前期的雍乾年间即进入尾声，传奇较杂剧要活跃一些。清初以李玉为首的"苏州派"传奇作品较多，其中李玉的《清忠谱》、朱素臣的《十五贯》等较为有名。与此同时，李渔的包括《风筝误》《意中缘》等在内的喜剧《笠翁十种曲》亦颇受士大夫阶层的欢迎。而最有影响的传奇则为康熙时期洪昇的《长生殿》和孔尚任的《桃花扇》，世称"南洪北孔"。试举《桃花扇》剧末套曲《哀江南》中的最后一支唱曲如下：

[离亭宴带歇指煞]

俺曾见金陵王殿莺啼晓，秦淮水榭花开早，谁知道容易冰销。眼看他起朱楼，眼看他宴宾客，眼看他楼塌了。这青苔碧瓦堆，俺曾睡风流觉，将五十年兴亡看饱。那乌衣巷不姓王，莫愁湖鬼夜哭，凤凰台栖枭鸟。残山梦最真，旧境丢难掉，不信这舆图换稿。诌一套《哀江南》，放悲声唱到老。

到了嘉道年间，地方剧种的高腔、弦索、梆子、皮黄和原先的昆腔（合称五大声腔）已盛行于全国各地。而且在乾隆时进京的四大徽班，吸收了京、昆、秦诸腔的优点后形成了京剧，此时亦流行到各地，并发展成为全国最大的剧种。故道光以后，随着地方戏曲在全国的遍地开花，杂剧和传奇便逐渐消歇了。

四、元明清的赋

（一）元赋

元蒙金灭宋后，辞赋上最明显的变化就是律赋的衰歇与古赋的复兴。其因主要有二：一是有很多文人学士如郝经、王恽、耶律铸等，视律赋为前朝"亡国余习"。郝经现存赋作十五篇，全为古赋。二是元朝罢科举几十年，至元仁宗延祐元年（1314）方正式恢复，并变科考中的律赋为古赋。吴讷《文章辨体·序说》："延祐设科，以古赋命题。"而有系统地倡导辞赋复古的则为赋论家祝尧，其在《古赋辨体》一书中提出了"心乎古赋者，诚当祖骚而宗汉""故欲求赋体于古者，必先求之于情"① 的"祖骚宗汉"和"以情为本"的两大赋体复古主张，对当时和以后的赋家产生了较为深远的影响。

元代前期古体赋作者主要有耶律铸（《天香台赋》）、郝经（《泰山赋》）、赵孟頫（《修竹赋》）等。到了元代中后期，古赋一统天下，主要作者有虞集（《古剑赋》）、王沂（《温泉赋》）、杨维桢（《吊伍君赋》）等。试举一例：

忧释赋（节选）

（元）杨维桢

> 天之何为使聪明而无信兮，明畏之无神。贤不必福兮，寿不必仁。不义而富兮，好礼而贫。蹠以考终兮，圣泣袂于踣麟。冶緐身于非罪兮，冉疾于哲人。曾日食以万资兮，汲九馈于旬之期。郎三叶而遘兮，七世或袭其遗。饱侏儒欲死兮，长九尺者饥。

据有关专家研究，在元代可考的三百余位辞赋作者及一千一百余篇作品中，基本上没有律赋，文赋数量亦很少，而百分九十以上都是古赋。其中最为突出者，则是号为"铁崖"的杨维桢，他不仅有《丽则遗音》《铁崖赋稿》等辞赋专集，作品数量（109首）亦为元代之冠。虽然他的有些赋作好发露、少含蓄，但往往寓情于文，不乏微旨大义，且语简言洁，卓有神采，故《四库全书总目·〈丽则遗音〉》评曰："铁崖才力富健，回飙驰霆激之气

---

① 祝尧：《古赋辨体》卷三、卷八，《四库全书》本。

以就有司绳尺，格律不更，而神采迥异。"

(二) 明赋

明代前期的辞赋仍承元风，赋坛上高擎复古大纛，且以"宗汉"为主。如刘基的《伐寄生赋》、方孝孺的《友筠轩赋》等。明中期的赋风仍以复古为主，然已渐移为"祖骚"一派，并进一步注重作品的"真情"，辞赋亦较前期有较大提升。如李东阳的《拟恨赋》、何景明的《别思赋》等。

明后期因王守仁"心学"的兴起，整个晚明文坛都反映出一种由反对理学说教到接纳心学的过程。受此影响，也就涌现出了"世道既变，文亦因之，今之不必摹古者也，亦势也。……赋体日变，赋心亦工。古不可优，今不可劣"①的反对复古的思潮。而徐渭的"本色"论、汤显祖的"至情"论，亦从不同角度对明代文坛的复古形成了共同的冲击，从而出现了性情大开的活泼局面，晚明小品赋亦由此而兴盛。如杨慎的《蚊赋》、徐渭的《醉月寻花赋》、汤显祖的《嗤彪赋》、王思任的《老酒豆酒赋》等，俱为小赋中的佳作。其中特别值得一提的是以"万事皆可入赋"而知名的周履靖。周氏《赋海补遗》收录了他个人抒情咏物小赋617篇，乃古今存赋最多的作家。试举一例：

象戏赋
（明）周履靖

界列一宫，河分两岐。中心而运险巇，一枰而决雌雄。纵横而争手敌，深密而察神机。守卒兮而不险，渡河兮而用奇。象御兮何须疾，马去兮不容迟。飞孤炮而神妙，横单车而智戏。进退难算，胜负易知。五卒过河兮备失，两车分路兮防危。败似荥阳围急处，胜如淝水凯旋时。寄云当局者，莫作等闲窥。

---

① 袁宏道：《与江进之》，《袁宏道集笺校》，上海古籍出版社，2006年版。

到了明末，文坛涌现出了不少赤胆义魂、悲壮愤慨的辞赋作品，其中尤以陈子龙、夏完淳的作品最为突出。陈子龙的《感逝赋》《别赋》，夏完淳的《寒泛赋》《大哀赋》，均为此一时期的代表作。

据马积高等新编的《历代辞赋总汇》来看，明代辞赋已达五千余篇，作者一千一百余人。明赋成就虽不及明曲，但因中后期注重"真情"而涌现了在数量和质量上都有大幅度提升的小赋，尤其是"性情大开"的小品赋，在日趋衰落的赋坛上留下了一抹不可多得的光彩。

（三）清赋

辞赋历经楚骚、汉赋、南朝骈赋、唐律赋、宋文赋，体制已穷。元明只能在复古与反复古上做文章，至清代，辞赋体求变更不可能。于是清代赋家只得另辟蹊径，即发掘每一种赋体的优势，将各种赋体的特质或特色发挥到极致，从而尽力激发辞赋在文学上的总体功效。清人在赋体上注重律赋，在题材上以学术入赋的成就尤为突出。如在科举的两端，即最基层的岁科和最高的翰林院馆试及大考上，一改元明以古赋为宗的惯例，远绍唐风而试律赋，故士人创作律赋亦自然成风；又如清代前期康熙时的内阁学士、考据学家徐乾学撰写辞赋时，往往将经传、舆地、金石、辨史等实证学的诸多内容都一一囊括赋中。如他在《经史赋》中论及金石云："缅蔡邕之刻石，至孟蜀而增锓。历五厄而未烬，亘千劫兮仍留。虽逾远而弥耀，信迈迹于前修。"在其开创下，清代书院课赋时，亦纷纷引导学生将经史学术之题材纳入辞赋。后来，就逐渐形成了包括朱筠、阮元、孙星衍、钱大昕、江藩等考据学家在内的"以学术入赋"的创作群体。

清代中期，辞赋各体已逐渐兴盛，如阳湖派张惠言的大赋《游黄山赋》、小赋《望江南花赋》为一时名篇。桐城派姚鼐之高足管同的咏物赋《哀邹阳赋》、袁枚的咏物抒情小赋《秋兰赋》、张九钺的叙景抒情之赋《燕山八景赋》等亦为佳作。而这一时期的骈赋，如汪中的《哀盐船文》和洪吉亮的《过旧居赋》已相当出色。特别是《哀盐船文》，几成绝唱，故被著名学者杭世骏誉为"惊心动魄，一字千金者"①。

　　清代后期，先有龚自珍的《燕昭王求仙台赋》和金应麟的《哀江南赋》等。文赋如皮锡瑞的《韩昌黎平淮西碑赋》，亦是以古文入赋之名作。值得一提的是清末经学家王闿运，作骈赋《哀江南赋》《上征赋》等多篇，被章太炎称道为"并世所见"，"王闿运能尽雅，文如此，赋亦然"。无疑王闿运是清代骈赋之殿军。而章太炎本人的《哀韩赋》《哀山东赋》亦有着鲜明的爱国精神，小赋《木樨赋》别具风采，故马积高先生在其所著的《赋史》一书中评赞道："他这位集清代小学之大成的大师，在绵延两千余年的赋史上，恰好是最后一位作者。世无作者……亦足以殿。"②试举章氏辞赋一例：

哀山东赋（节选）
（民国）章炳麟

　　夫何泰岱之无灵兮，不能庇此齐鲁。海潮忽其上逆兮，又重以钲鼓。两雄奋而相撞兮，金铁鸣于括中。初既蔺我田稼兮，后又处吾之宫。彼姬姜之窈窕兮，充下陈于醮颔。驱丁男以负担兮，老弱转于沟浍。厥角蛾伏兮，固僇态也；奉箪食而不省兮，死又莫我代也。

　　清代古赋、骈赋、律赋、文赋各体全面复兴，故作品十分丰富。据《历代辞赋总汇》，今存清代辞赋作者四千一百余人，作品一万九千四百余篇，超过明代以前各代赋家的总和与作品的总和。而且清人在赋集的编纂方面和赋论、赋话的撰写上，其数量

---

① 杭世骏：《哀盐船文序》，《道古堂全集》，《续修四库全书》本。
② 马积高：《赋史》，上海古籍出版社，1987年版。

与质量皆逾历朝。因此,我们有充分的理由和证据说:有清一代是中国古代辞赋演变发展史上的最后总结。

第二节 曲的体制格律与《中原音韵》

一、曲的体制格律

(一)曲的缘起

曲是继诗、词之后勃兴起来的又一种新的诗歌形式,它在本质上仍是一种格律诗,只不过在具体的体制格律上与诗、词有所不同,而且它在形式上还可以分为剧曲(戏曲)和散曲两种。

1. 剧曲的缘起

我国戏曲艺术滥觞于原始社会歌、乐、舞三位一体的混合形态,国家形成后又经历了朝廷祭典中的乐舞,西周末年出现的俳优戏,春秋战国时期宫廷的角抵戏①,汉代的乐府、百戏,北齐、北周的"踏摇娘""拨头",隋朝的宫廷乐舞、法曲和西域传入的九部乐,唐代的燕乐二十八调、大曲、滑稽戏(如由参军、苍鹘两方作滑稽对话或动作的"参军戏"),以及各种歌曲、舞曲等形态。到了北宋,因艺人表演的技艺日益增多,不仅有小唱、诸宫调、舞蹈、滑稽戏、武艺、杂技,而且还有小说、讲史、说笑话等,于是一种新兴的娱乐场所——瓦舍,就在汴京、临安及各工商业城市纷纷兴起。与瓦舍出现的同时,以编写话本、剧本、曲词等各种讲唱文艺或戏曲脚本谋生的职业文人亦随之产生了。在此背景下,民间艺人在唐参军戏的基础上,广泛吸收其他歌唱技艺和表演艺术而形成了宋杂剧,并一跃成为宋代各种伎艺中首要的品类。这正如宋人灌园耐得翁所指出的那样:"散乐,

---

① "角者,角其伎也。两两相当,角及伎艺射御也,盖杂伎之总称云。"见宋陈旸《乐书》。

传学教坊十三部,唯以杂剧为正色。"①

宋杂剧一般由艳段、二段正杂剧、杂扮三部分构成,二段正杂剧有完整的故事情节,唱白结合。据王国维在《宋元戏曲考·宋官本杂剧段数》中所言:宋官本杂剧有二百八十本,其中用"大曲""法曲""诸宫调""词调"等演唱的有一百五十本,已过半数。金代后期,又逐渐形成了北方派的杂剧——金院本,即伎女、乐工、伶人流动演唱所用的戏剧脚本。金院本与宋杂剧名称虽异,其实则一,亦由艳段、正杂剧、杂扮三部分组成,只不过金院本所用曲子有用流行于燕京一带的曲调来演唱的,这就开了北曲的先声。因此,用曲子来叙事和演唱故事,并通过唱白相间、滑稽表演这种综合形式展现剧情的宋杂剧和金院本,为元杂剧的正式形成与成熟奠定了深厚的基础。宋杂剧和金院本中用于演唱的曲子包括大曲、法曲、诸宫调、词调等,亦就成了元剧曲中北戏曲的文化之源了。

元剧曲中的南曲,则源自于北宋末叶温州一带的地方小戏——南戏。明徐渭在《南词叙录》中认为,南戏"或云宣和间已滥觞,其盛行则自南渡,号曰'永嘉杂剧'",并进一步指出:"永嘉杂剧兴,则又即村坊小曲而为之,本无宫调,亦罕节奏,徒取其畸农、士女顺口可歌而已。"南戏计有一百七十种左右,但大多失佚,全本留存者以高明的《琵琶记》最为著名。其他仅有《白兔记》《拜月亭》《荆钗记》等二十余种,多为明人窜改。

2. 散曲的缘起

散曲主要是指北散曲,而传统的词曲理论则认为"曲承词变"。如明人王世贞在《曲藻序》中说:"曲者,词之变,自金元入主中国,所用胡乐,嘈杂凄紧,缓急之间,词不能按,乃更为新声以媚之。"不可否认词对散曲是有较大影响的,如元散曲之

---

① 灌园耐得翁:《都城纪胜·瓦舍众伎》,商务印书馆,2013年版。

宫调牌名有很多与宋词词牌名相同,即"曲之宫调有从词之宫调而来者"。宋词之字数不多的小调辞章与元散曲小令,宋词之双叠、三叠、四叠与元散曲重头、带过、套数皆有一定的递嬗关系。元散曲的俚俗诙谐与宋词尤其是金词的俚歌俗调的运用亦有沿袭关系。但元散曲对隋唐宫廷乐曲、民间乐曲、燕乐、法曲、大曲及宋代诸宫调均有吸收,不可能单一地从宋词演变而来。

就元散曲的歌曲形态方面而言,它是以辽金时期北方的流行音乐为基础而发展起来的,而隋唐宋的各种乐曲又是其最早的源头,其中尤与大曲、诸宫调最有渊源关系。所谓的"大曲",就是汉魏至唐宋间在伎乐基础上发展起来的多段大型歌舞音乐,一般是由数支曲段组成的一种大型的载歌载舞的乐曲表演。实际上它是一种由文辞形式不同的曲调组成的套曲,各支曲辞已不是齐言诗而是长短句,与元散曲之散套大体相同。所谓的"诸宫调",就是流行于宋金元时期的一种民间叙述体的说唱文学形式。其取同一宫调的若干曲牌联成短套,一韵到底,中间插以简短说白,然后再用不同宫调的许多短套缀连成长篇,用以讲唱故事。若剔去其说白,剩下所唱的曲子即包括单曲、一曲带尾、缠体(套曲),则实际上已是元散曲之先声了。所以,唐宋大曲和宋金诸宫调无疑是元散曲的重要源头。

就元散曲的文学体式而言,是金代散曲的进一步成熟与发展,且与宋词、金词都有着较深的渊源。正如近代著名曲家吴梅所言:"曲也者,为宋金词调之别体。当南宋词慢、近盛行之时,即为北调榛莽胚胎之日。"[①] 而词对曲的作用与影响不是指乐曲而是指语言和韵味风格方面的传承变化。如宋词中与文人词相对而言的民间词,有衬字、有和声、有双调,字数不定,平仄通叶,而且语言俚俗质朴;即使是以创作婉约或豪放之文人词为主

---

① 吴梅:《顾曲麈谈·原曲》,中国戏剧出版社,1983年版。

的词家，如欧阳修、黄庭坚、秦观、朱敦儒、辛弃疾诸名公，亦时有俚言俗语入词的诙谐之趣，甚或直接创作一些俗词。如欧阳修的《醉蓬莱·见羞容敛翠》、黄庭坚的《沁园春·把我身心》、秦观的《品令·掉又臞》、朱敦儒的《感皇恩·一个小园儿》、辛弃疾的《卜算子·齿落》等，皆是他们所创下的俗词代表作。金词虽以金戈铁马的雄壮风格为主，但亦产生了不少与曲调韵味类似的词作，如马钰的《长相思·屋贪多》、赵秉文的《青杏儿·风雨替花愁》等。由上可见宋金词对元曲影响之大。当然元散曲最直接的缘起是对金散曲的承袭与发展，而金散曲的产生又和北杂剧的前身——金杂剧的出现不无关系。据元陶宗仪所言："稗官废而传奇作，传奇作而戏曲继。金季国初，乐府犹宋词之流，传奇犹宋戏曲之变。世谓之杂剧。"① 而金杂剧中演唱的曲子不仅是元剧曲中北戏曲的先声，而且也是诞生金散曲的温床，对金代剧曲作家和散曲作家无不产生重大影响。因金人入主中原后，游牧民族粗犷豪放的牧歌情怀必然会以民歌谣曲取代汉族传统诗词，唱曲之风很快风靡北方。元人燕南芝庵在《唱论》里指出："凡唱曲有地所：东平唱［木兰花慢］，大名唱［摸鱼子］，南京唱［生查子］，彭德唱［木斛沙］，陕西唱［阳关三叠］［黑漆弩］。"在如此盛行的唱曲风气之下，像元好问、杨果、商道、杜仁杰等金代著名文人在创作金词的同时，亦创作了不少金散曲，如元好问的【仙吕】［后庭花破子·玉树后庭前］，商道的【双调】［风入松·暮云楼阁景萧疏］等。他们无疑是元散曲的先行者和开拓者。所以，宋金词特别是金散曲亦是元散曲的重要源头。

（二）曲的体制格律

曲和词原本都是先有调子，再按其节拍配上歌词来唱的，即

---

① 陶宗仪：《南村辍耕录·杂剧曲名》，中华书局，2004年版。

都是"由乐定词"的。故唐、宋、元以来,曲和词的称谓是混淆不清的:唐人所言的"曲",是后代所说的"词";元人所言的"词",又是后代所说的"曲"。所谓的"曲",按段玉裁《说文解字注》:"乐章为曲。谓音宛曲而成章也。"故曲的本义应为音乐曲调之曲。但因中国自远古时起就是乐曲、歌辞、舞蹈三位一体的,词曲紧密结合,以文写之则为词,以声度之则为曲,词就是曲的歌辞,曲就是词的曲调。当歌辞随着时代发展逐渐摆脱乐曲而独立为一种文学样式的时候,就产生了诗,再产生了词,最后又产生了曲。今天所说"诗、词、曲"并称中的"曲",是指金元以来继词之后兴起来的散曲和剧曲,即为那"最后产生"的一种新的歌词。就其歌的方面而言,即为一种歌曲形态;就其词的方面而言,即为一种格律诗的文学体式。

　　日本学者盐谷温在《支那文学概论》中说:"汴京陷落,为中国声曲史上划一时期,实后世南、北曲之分歧点。宋乐自汴京流入于金,为金元北曲之先驱,其传于南方者,遂为南曲之渊源。"亦即北曲兴于金,盛于元,盛于元后则称为元曲。北曲是在长期的民族冲突与融合中,汉民族的固有传统文化向北传播交流受到阻碍而后由北方民间艺人创造出来的,是北剧曲(杂剧)和北散曲所用各种曲调的统称。而南曲兴于南宋,盛于明,在元代南曲还只有剧曲而无散曲,直到明代传奇盛行后方才兴起南散曲,故学界在论说元曲时,一般都不包括南曲。虽然曲与词一样都是"由乐定词"的长短句式的格律诗体,但在体制格律上却有着与词不同的许多特征。试分述如下。

　　其一,每首曲都有曲牌(曲调),一般为单调,字数不固定,可以加衬字,甚至在某些曲调中还可增减句子。

　　(1)曲有曲调,就是写曲时所依据的乐谱,曲调的名称即为曲牌。而曲调所规定的字数、句式、韵律、声调等就是曲谱。清代《九宫大成南北词宫谱》就收有北曲曲调五百八十一个。曲调的选用有一定的规定：有些曲调只能用于小令，如《醉太平》《一半儿》等；有的曲调只能用于套曲，如《滚绣球》等；有的曲调则小令、套曲皆可用，如《叨叨令》《落梅风》等。

（2）曲为单调，不像词的体式结构有双调、三叠，甚至四叠，且字数亦不固定。

（3）曲有衬字，就是在曲调规定的字数外可以增加字。衬字一般加在句首，句末不加。衬字有虚字亦有实字，但往往是些无关紧要、不占重要拍子的字。衬字用多少无具体规定，从衬一字到衬十字、二十多字的均有，但一般衬一二字或五六字者较为常见。试举几例如下（加小黑点者为衬字）：

　　a. 衬一字的，如周文质【正宫】［叨叨令·自叹一］中："受贫的是个凄凉梦。"

　　b. 衬三字的，如贯云石【双调】［水仙子·田家一］中："直吃的老瓦盆干。"

　　c. 衬二十三字的，如关汉卿【南吕】［一枝花·不伏老］套曲之［尾］曲："凭子弟每谁教你钻入他锄不断斫不下解不开顿不脱慢腾腾千层锦套头。"

（4）增减句子，据元人周德清《中原音韵》所载三百五十个曲调中，有【正宫】［端正好］【仙吕】［后庭花］【南吕】［草池春］【双调】［折桂令］等十四个曲调，注明是可以增减句子的。试举未增减句子的［折桂令］（十一句）和增加了句子的［折桂令］（十二句）各一例如下：

【双调】［折桂令·叹世］
（元）马致远

　　咸阳百二山河，两字功名，几阵干戈。项废东吴，刘兴西蜀，梦说南柯。韩信功兀的般证果，蒯通言那里是风魔？成也萧何，败也萧何，醉了由他。

【双调】［折桂令·赠楚云］

（元）吕济民

寄襄王雁字安排。出岫无心，蔽月多才。月极潇湘，家迷秦岭，梦到天台。浮碧汉阴晴体态，逐西风聚散情怀。卷又还开，去又还来。雨罢巫山，飞下阳台。

其二，曲调另立韵部，且韵脚较密，同韵部平仄声常可互押，一韵到底。

（1）曲不像词那样基本依据诗韵（明清后才有《词韵》），而是另立曲韵，即周德清依据北方共同语语音系统编著的《中原音韵》。其将"平水韵"一百零六韵部归并为十九韵部，押韵相对宽松了许多。

（2）曲不像词那样可以隔二三句甚至五六句才置韵脚，而是押韵相当密集，几乎句句押韵。且同韵平仄声可以互押，亦即同韵的平、上、去三声可以相押。试举一例：

【中吕】［山坡羊·长安怀古］

（元）赵善庆

骊山横岫，渭水环秀，山河百二还如旧。狐兔悲，草木秋，秦宫隋苑徒遗臭，唐阙汉陵何处有？山，空自愁；河，空自流。

该曲十一句，置八个韵脚，即"岫"（去）、"秀"（去）、"旧"（去）、"秋"（平）、"臭"（去）、"有"（上）、"愁"（平）、"流"（平）。平、上、去三声相押，同属《曲韵》十六"尤侯"韵部。

（3）曲无论小令、套曲均一韵到底，不可转换韵部。且还可用同一个字做整首曲的韵脚，即称之为"独木桥体"。小令如上例所举，试举套曲和独木桥体各一例如下：

【南吕】［骂玉郎过感皇恩采茶歌·杨驹儿墓园］

（元）张可久

［骂玉郎］

莓苔生满苍云径，人去小红亭。题情犹是酸斋赠，我把那诗句赓。书画评，栏干凭。

［感皇恩］

茶灶尘凝，墨水冰生。掩幽扃，悬瘦影，伴孤灯。琴已亡伯牙，酒不到刘伶。策短藤，乘暮景，放吟情。

［采茶歌］

写新声，寄春莺。明年来此赏清明，窗掩梨花庭院静，小楼风雨共谁听！

该套曲共置十九个韵脚，同属《曲韵》十五"庚青"韵部。虽由三支曲组成，却一韵到底。

【正宫】鹦鹉曲·赠玉香

（元）吕济民

可人儿暖玉生香，弄玉团香，惜玉怜香。画蛾眉玉鉴遗香，伴才郎玉枕留香，捧酒卮玉容喷香，摘花枝玉指偷香。问玉何香，料玉多香。见玉思香，买玉寻香。

该曲共十一句，置十一个韵脚，个个为"香"，即用一个"香"字做了整首曲的韵脚。且每一句中皆含一个"玉"字，与曲题"赠玉香"相符，这亦是该曲别具特色之处。

其三，曲的平仄较为严格，有的曲调不仅要分平仄，且在仄声中还要进一步区分上声、去声。

（1）有的曲调很讲究，在曲谱上就已规定韵脚要分平仄，仄声再分上声、去声。试举一例（包括曲谱、曲文）如下：

【南吕】［四块玉］（曲谱）

⊘仄平，平平上。⊘仄平平、仄平平。㊀平⊘仄平平去。⊘仄平，⊘仄平，平去平（上）。

【南吕】［四块玉·酷吏一］

（元）曾瑞

官况甜，公途险，虎豹重关整威严。仇多恩少人皆厌。业贯盈，横祸添，无处闪。

该曲七句，七个韵脚互押《曲韵》十八"监咸"韵，即"甜"（平）、"险"（上）、"严"（平）、"厌"（去）、"盈"（平）、"添"（平）、"闪"（上）。完全符合曲谱对韵脚的平仄相押以及仄分上、去声的要求。

（2）有的曲调在曲谱上规定非韵脚处亦要仄分上、去声。试举一例（包括曲谱、曲文）如下：

【仙吕】［一半儿］（曲谱）

㊀平⊘仄仄平平，⊘仄平平⊘去平（上）。⊘仄㊀平平去平，仄平平，一半儿平平一半儿平（上）。

【仙吕】［一半儿·春妆］

（元）查德清

自将杨柳品题人，笑拈花枝比较春，输与海棠三四分。再偷匀，一半儿胭脂一半儿粉。

该曲五句五韵，句句押《曲韵》第七"真文"韵。但要求第二句和第三句中的一个非韵脚字，即韵脚前的一个仄声字必须为去声。该曲第二句的这个仄声字为"较"、第三句的这个仄声字为"四"，皆为去声，完全符合曲谱规定。

其四，曲无对仗规定，在语言上可用口语方言。

（1）曲在对仗上虽与诗词一样，亦有正对、反对、流水对、合璧对、鼎足对等形式,但曲对对仗既无近体诗那样的严格规定,亦无词那样按词谱要求的对仗,而是无明确具体规定。故曲的对仗,完全是出于作者在自己修辞上的喜好和曲本身的需要与否,而不是曲律上的要求。试举二例如下:

【越调】[天净沙·即事四首(选二)]
(元)乔吉

一

笔尖扫尽痴云,歌声唤醒芳春,花担安排酒樽。海棠风信,明朝陌上吹尘。

三

隔窗谁爱听琴,倚帘人是知音,一句话当时至今。今番推甚,酬劳凤枕鸳衾。

以上一、三两支[天净沙]小令皆为乔吉所撰。第一支前三句为鼎足对,第三支只是前二句对仗,第三句不仅不对仗,反而增添了一个衬字。可见对不对仗,如何对仗,完全由作者自定,曲谱未作规定。

(2)在语言运用上,诗正词雅,若用口语、俗字、俚谚、方言,不仅有伤大雅,而且亦不符诗词韵味。而曲恰恰相反,其本身就亦庄亦谐,如俗字俚语运用得当,反而更显得活泼清新、妙趣横生。试举一例如下:

【般涉调】[耍孩儿·庄家不识勾栏](节选)
(元)杜仁杰

[五煞]要了二百钱放过咱,入得门上个木坡,见层层叠叠团圞坐。抬头觑是个钟楼模样,往下觑却是人旋窝。见几个妇女向台儿上坐,又不是迎神赛社,不住的擂鼓筛锣。

[一煞]教太公往前挪不敢往后挪,抬左脚不敢抬右脚,翻来复去由他一个。太公心下实焦燥,把一个皮棒槌则一下

打做两半个。我则道脑袋天灵破,则道兴词告狀,划地大笑呵呵。

[尾]则被一泡尿,爆得我没奈何。刚揰刚忍更待看些儿个,枉被这驴颏笑杀我。

二、《中原音韵》

(一)《中原音韵》的成书及其语音系统性质

1. 《中原音韵》的成书

中古阶段的诗歌声韵较远古阶段而言,有两个较为突出的变化:一是在音韵上从洛阳语音转向北方共同语语音;二是在声调上从平、上、去、入四声转变成阴、阳、上、去四声。而这两项转变的显著标志,就是《中原音韵》。

《中原音韵》是中国最早的一部关于元曲创作的曲韵著作,于元代泰定元年(1324)面世,作者为周德清。有关周氏的情况,文献资料较少,据元末明初曲家贾仲明《录鬼簿续编》记载:"周德清,江右人,号挺斋,宋周美成之后,工乐府,善音律。"另在其故里江西高安县的县志里还可以见到一条简单记述:"周德清,暇堂人,工乐府,精通音律之道,所著《中原音韵》行于世。"[①]再依据一些零星的记录综合起来看:周德清,生于宋端宗景炎二年(1277),卒于元惠宗至正二十五年(1365),字日湛,号挺斋,高安(今江西高安市杨圩镇暇塘周家)人,北宋著名词家兼音律家周邦彦之后裔。工乐府,善音律,终身不仕。《全元散曲》录其小令31首,套数3套。《中原音韵》是为曲家正语定音(北曲用韵)而作的,在中国戏曲史和声韵学史上都占有极其重要的地位。

---

① 《高安县志》第三十八卷《文苑传》,清康熙刻本。

2. 《中原音韵》语音系统的性质

至于《中原音韵》所代表语音系统的性质问题，可从如下三个方面进行考证。

一是周德清撰写《中原音韵》的主要依据与目的。因周德清本身就是一位在元曲理论和创作上都极有造诣和成就的曲家，在其较长的实践和研究过程中，深感一般北曲作者和演唱者在语言、声韵、格律等方面存在一些问题，如周氏自述："余尝于天下都会之所，闻人间通济之言，世之泥古非今，不达时变者众，呼吸之间，动引《广韵》为证，宁甘受鸹舌之诮而不悔，亦不思混一日久，四海同音。上自缙绅讲论治道，及国语翻译，国学教授言语，下至讼庭理民，莫非中原之音。不尔，止依《广韵》呼吸，上、去、入声姑置，未暇殚述。略举平声，如'靴'（许戈切），在'戈'韵；'车''邪''遮'却在'麻'韵。'靴'不协'车'，'车'却协'麻'，'元''暄''鸳''言''骞''焉'俱不协'先'，却与'魂''痕'同押。"（《中原音韵·正语作词起例》）周氏为纠弊立正，故奋力完成《中原音韵》一书。亦即"惜无有以训之者，予甚欲为订砭之文以正其语、便其作而使成乐府"。且周氏在《中原音韵·自序》中还更明确地表示："言语一科，欲作乐府，必正言语；欲正言语，必宗中原之音。"也就是说周德清撰此书的主要依据就是"混一日久，四海同音"的北方共同语（"莫非中原之音"），并以此来纠正泥古非今、不达时变者（"止依《广韵》呼吸"）的积弊，从而达到"以正其语、便其作而使成乐府（元曲）"的目的。

二是中原音韵音系的出处与定位。这一所谓的北曲定韵所必宗的"中原之音"，则以明代朱权在《琼林雅韵·序》中的解释最为通晓清晰："中州之韵，中州者，中山赵地。北音惟中山为正，南不过定远，北不过彭城，东不过江浦，西不过睢阳，四境千里，过其境则土音生矣。惟北方无乡谈，其音谓之台，台从上声言也。其言无入声，以入声为三声之用。"（载清人沈雄：《古今词话》）故"中原之音"音系的出处（"北音之正"的范围）不是一个点，而是一个方圆千里的片区，亦即在元代就已经形成了以中山语音为标准的北方共同语雅言（北音），也就是定位于当时通行的以大都（元朝都城，今北京）一带话语为中心的无土音的北方共同语语音系统。

三是一些业内行家、学者对《中原音韵》的鉴评。如元代孔齐就曾说过："北方声音端正，谓'中原雅音'，今汴、洛、中山等处是也。"① 明代蔡清则说得更为明白："盖天地之中气，在中国；中国之中气，在中州。气得其中则声得其正，而四方皆以为的焉。此元高安周德清先生之《中州韵》所以为人间不可无之书也。"（《中原音韵·序》）进入现当代，钱玄同首先指出：《中原音韵》是近代北音的上源，代表了六百年前"普通口音"（《文字学音篇》）。而王力认为，"周德清《中原音韵》应该代表大都的语音系统"，并将《中原音韵》作为汉语史分期的重要依据，视其为近代汉语语音的代表（《汉语史稿》上册）。廖珣英认为："《中原音韵》的音系是一个综合音系，大致代表当时北方话音韵的共同格局，不必是当时任何一个地点方言的语音记录。"② 耿军亦认为："《中原音韵》虽然个别地方有人为审定的成分，但总体上是反映实际语音的，是汉语共同语在元代的代表。"③

由上可见，《中原音韵》虽是为了纠正当时艺坛上语音混乱现象，以规范北曲用韵所作的一部韵书，且仍存在少许人为审定成分，但其性质毕竟是根据当时实际语言的声韵编制而成的十三四世纪北方话口语的语音系统，即元代以大都一带话语为中心

---

① 孔齐：《至正直记·中原雅音》，上海古籍出版社，1987年版。
② 廖珣英：《试论〈中原音韵〉的语音基础》，《语文杂志》，1983年第10期。
③ 耿军：《元代汉语音系研究——以〈中原音韵〉音系为中心》，中国对外翻译出版有限公司，2013年版。

（中山语音为标准）的超方言的北方共同语语音系统，是近古汉语音系的代表，即北方共同语雅言。同时，亦为现当代普通话语音的形成奠定了基础。

（二）《中原音韵》的主要内容

《中原音韵》一书的主要内容包括三个部分。

1. 曲韵《韵谱》

《韵谱》主要是为北曲创作者、演唱者提供一个审音定韵的规范。周氏以"中原之音"为依据，收集了北曲中用作韵脚的常用单词5867个，按字的读音进行分类，编成了曲韵韵谱。韵谱先分19个韵部；再将所收集的韵脚单词按阴平、阳平、上声、去声的声调次序，分别安排到相应的每一个韵部里去，而入声字则又分别附于相关的舒声韵后；每一个韵部内的同一声调下，又按"每空是一音"的体例分成不同的"空"，即同音字组，或称小韵。同音字组之间用圆圈隔开，共计有1627个空。正因为《中原音韵》是为了给北曲的创作、演唱者提供语音规范，故其与《佩文诗韵》《词林正韵》一起，被学人并称为中近古以来诗、词、曲三韵书。《韵谱》简示如下：

一、东钟

［阴平声］东冬〇钟中终……［阳平声］同铜童〇戎茸……［上声］董懂〇腫种冢……［去声］洞动栋〇凤奉讽……

二、江阳

［阴平声］姜江疆〇邦梆帮……［阳平声］阳扬羊〇忙茫邙……［上声］讲港镪〇养痒鞅……［去声］绛降虹〇象像相……

三、支思

［阴平声］支氏脂〇訾兹资……［阳平声］儿而〇慈茨

疵……〔上声〕纸旨止○尔迩耳……〔入声作上声〕涩瑟○塞，〔去声〕市事试○似祀四……

四、齐微

〔阴平声〕机基奇○归圭规……〔阳平声〕徽薇维○黎离厘……〔入声作平声〕实十射○直秩掷……〔上声〕迤旖○尾荁……〔入声作上声〕质炙只○七戚漆……〔去声〕未味○胃尉位……〔入声作去声〕日入○觅蜜……

五、鱼模

〔阴平声〕居驹俱○诸猪朱……〔阳平声〕庐驴蒌○如儒嚅……〔入声作平声〕独读突○复佛服……〔上声〕语雨羽○吕旅缕……〔入声作上声〕谷毂骨○缩谡速……〔去声〕御遇预○虑滤屡……〔入声作去声〕禄鹿麓○木穆目……

六、皆来

〔阴平声〕皆街楷○该垓荄……〔阳平声〕来莱○鞋谐……〔入声作平声〕白帛舶○宅泽择……〔上声〕海醢○觟诒给……〔入声作上声〕拍珀魄○策册测……〔去声〕懈械薤○寨债眦……〔入声作去声〕麦陌蓦○额厄……

七、真文

〔阴平声〕分纷氛○昏婚荤……〔阳平声〕邻燐鳞○贫频颦……〔上声〕畛诊稹○肯恳龈……〔去声〕震阵振○信迅烬……

八、寒山

〔阴平声〕山删潸○丹单殚……〔阳平声〕寒邯汗○阑兰斓……〔上声〕反返坂○散伞……〔去声〕旱汉翰○旦诞但……

九、桓欢

［阴平声］官冠观○搬般欢……　［阳平声］鸾峦栾○瞒谩漫……　［上声］馆管琯○纂缵……　［去声］换缓逭○玩腕惋……

十、先天

［阴平声］先仙鲜○煎笺溅……　［阳平声］连莲怜○眠绵……　［上声］远阮苑○兖偃演……　［去声］院愿怨○劝券……

十一、萧豪

［阴平声］萧宵僑○貂刁彫……　［阳平声］豪号嗥○辽憀聊……　［入声作平声］浊镯擢○铎度踱……　［上声］小篠誂○皎缴矫……　［入声作上声］角觉脚○捉卓琢……　［去声］笑啸跳○钓调掉……　［入声作去声］岳药瀹○搭诺……

十二、歌戈

［阴平声］歌哥柯○科蝌窠……　［阳平声］罗螺蠃○摩磨魔……　［入声作平声］合鹤盍○跛魃……　［上声］锁琐○果裹螺……　［入声作上声］葛阁蛤○钵拨跋……　［去声］贺荷○左坐座……　［入声作去声］跃幕末○若弱蒻……

十三、家麻

［阴平声］家葭佳○巴疤笆……　［阳平声］麻蟆痲○划华骅……　［入声作平声］达踏沓○滑猾……　［上声］马妈○雅……　［入声作上声］搭獭塌○杀霎……　［去声］驾嫁假○亚迓娅……　［入声作去声］腊拉辣○纳衲……

十四、车遮

［阴平声］嗟罝○奢赊……　［阳平声］爷琊呆○斜邪……　［入声作平声］协穴侠○杰竭碣……　［上声］野也冶○者赭……

[入声作上声] 屑薛泄○切妾妄……[去声] 舍射赦○卸泻夜……[入声作去声] 挜聂臬○灭蔑蔑……

十五、庚青

[阴平声] 京庚荆○精旌菁……[阳平声] 平屏娉○明名冥……[上声] 景梗境○丙秉饼……[去声] 敬径竞○应凝硬……

十六、尤侯

[阴平声] 挈啾湫○鸠阄……[阳平声] 尤游由○猴喉候……[入声作平声] 轴逐○熟……[上声] 有友诱○柳罶……[入声作上声] 竹烛粥○宿……[去声] 又右柚○昼咒宙……[入声作去声] 肉褥○六……

十七、侵寻

[阴平声] 针斟砧○金今禁……[阳平声] 林霖临○寻镡䁻……[上声] 廪懔凛○稔衽荏……[去声] 朕沈鸩○荫饮恁……

十八、监咸

[阴平声] 庵鹌谙○担聃湛……[阳平声] 南喃男○咸函衔……[上声] 感鳡敢○览揽榄……[去声] 勘磡○赣淦绀……

十九、廉纤

[阴平声] 瞻占沾○兼縑鹣……[阳平声] 廉奁帘○鲇黏拈……[上声] 掩厣剡○捡脸……[去声] 艳焰验○赡苫……

2.《正语作词起例》

《正语作词起例》主要是关于韵谱编制体例和审音原则以及宫调曲牌等方面的说明。周氏在《正语作词起例》中说明《韵谱》只收录五千八百余字，有些单词则不宜作为曲韵韵脚，并对一些容易误混为同音的字，列表对比，加以区别。此外，周氏还列举了北曲中常用的12个宫调和335支曲牌，以及对北曲的一些宫调的调性色彩做了一定的描述说明。

3.《作词十法》

《作词十法》主要是周德清的曲学理论主张和对曲词创作方法的论述。十法为"知韵""造语""用事""用字""入声作平声""阴阳""务头""对偶""末句""定格"。试简述其中两法。如"知韵"，即要求作曲者掌握北曲声韵规律，"究其词之平仄阴阳"与"考其词音"；又如"务头"，即须"知某调、某句、某字是务头，可施俊语于其上"。

(三)《中原音韵》的"平分阴阳"与"入派三声"

《中原音韵》在声调系统方面的主要变化是"浊上变去""平分阴阳"和"入派三声"。"浊上变去"在上一章第三节中的"中晚唐时期诗歌声调的'浊上变去'"里已有论述，不过在《中原音韵》里，原中古全浊声母上声字多数变为不送气的清声母去声字，与中古去声字混并，如"句""巨"与"范""泛"分别变为"鱼模"去声与"寒山"去声，故不再赘述。而"平分阴阳"与"入派三声"则为周氏的两项独创。

1."平分阴阳"

周氏将其称之为"作词之膏肓，用字之骨髓"，并在书中详尽地列举了各种曲牌，指明什么地方该用"阴"字，什么地方该用"阳"字。平分阴阳的具体情况则在下节中简述。

2."入派三声"

周氏在《韵谱》中将原入声字收于阴声韵的9个韵部里。但其在派入的工作中，不是将其直接与平、上、去声字并在同一个小韵，而是单独成小韵，即"次本韵后，使黑白分明"。且周氏在《正语作词起例》中还进一步说道："入声派入平、上、去三声者，以广其押韵，为作词而设耳。然呼吸言语之间，还有入声之别。"这就引起了后世学者对《中原音韵》"入派三声"的争论。简言之，主要有两种不同的看法：一是以赵荫棠、王力、张世禄等为代表，认为《中原音韵》已无入声，"入派三声"实际上就是"入变三声"。周氏所言的"呼吸言语之间，还有入声之别"，乃是就当时的一些方言中还有入声现象说的。二是以陆志韦、李新魁、杜其容为代表，认为《中原音韵》仍有入声，"入派三声"不能等同于"入变三声"。周氏实际上是为撰曲、唱曲方便而"入派三声"的，正如他自己所说"以广其押韵，为作词而设耳"。两种看法针锋相对，各据其理。但细加推敲，入声作为一个调类，其调值是一定的。如仅仅为了作曲唱曲的押韵方便，非要将其派入其他声调，则亦只能按照调值近似原则将其派入平、上、去三个声调中的一个，而不可能有规律地被派入三个声调中。换言之，《中原音韵》如仍有入声存在，就根本不可能将其派入三个声调中。但在实际上《中原音韵》已将全浊入声派入阳平声、次浊入声派入去声、清入声派入上声，即入声很有规律地融进了其他三个声调中，此足以说明《中原音韵》已无入声。另则，假如元代大都话里有三种入声存在，那为何当今北京话里没有一点入声遗痕呢？以此反推，亦可说明《中原音韵》里入声已经消失。"入派三声"的具体情况将在下节中简述。

第三节　近古诗歌声韵的主要演变

到了元代，包括剧曲、散曲在内的元曲盛行，并完全超越了传统的诗、词、赋、文，而成为一代文学之主流。因此，在此大文化背景中应运而生的《中原音韵》，亦就自然地被奉为了曲韵之圭臬。《中原音韵》的韵部不仅从宋代的 21 个减为 19 个，而且已无入声（入声已分别派入平、上、去三声中），即入声韵部完全消失，只有阴声韵："支思""齐微""鱼模""皆来""萧豪""歌戈""家麻""车遮""尤候"9部；阳声韵："东钟""江阳""真文""寒山""桓欢""先天""庚青""侵寻""监咸""廉纤"10部。在声调上，平声分为阴平声和阳平声，声调系统从平、上、去、入变为阴平、阳平、上声、去声的新四声。元至清末，诗歌声韵变化不大，甚至进入现当代，诗歌声韵变化仍然不大，即韵部只减少了一个，变为18个（以民国时期的《中华新韵》和中华人民共和国成立后的《诗韵新编》为代表），而声调系统仍为阴平、阳平、上声、去声。故探讨近古时期诗歌声韵的演变，只需着重考察从宋到元的主要变动——韵部的转并与组合、一字收入两韵甚至三韵的变化，以及声调上的"入派三声""平分阴阳"即可。

一、诗歌音韵从宋到元的主要演变

（一）韵部的转并与字类的转移

元代的韵部在数量上虽然较宋代只减少了二个，但其转化并合的范围却相当大，不仅宋代的"质""药""屋""薛""合""叶"六个入声韵部全部消失，即分别转并到了元代的"支思""齐微""皆来""鱼模""歌戈""萧豪""尤候""车遮""家麻"9个阴声韵部中；宋代阴声韵"灰""麻"部各自转并到元代的"齐微""皆来"和"家麻""车遮"阴声韵部中；宋代阳声韵"庚"部的一部分转并到元代的"东钟"阳声韵部中，阳声韵"寒"部转并到元代的"寒山""桓欢"阳声韵部中；此外，尚有宋代阳声韵"谈"部的"凡"韵转并到元代的"寒山"阳声韵部中；等等。下文试择要分述如下：

1. 宋代入声韵"质"部（"质""物""职""德""陌""锡""缉"，以及原"没"部之"没"韵部分）分别转并到元代阴声韵"齐微""皆来""鱼模"三部。其中："石""食""十""质"

"七""漆""笔""迹""国""碧""尺""锡""德""急""日""液""历""力""立""粒"等转入了"齐微"部;"宅""帛""泽""策""格""白""伯""百""拍""魄""隔""客""革""责""摘""仄""色""陌""额""麦"等转入了"皆来"部;"突""術""述""佛""拂""骨""忽""笏""不""屈""窟""幅""卒""兀""没""律""物""勿""屈""纳"等转入了"鱼模"部。试各举二例证如下。

(1) 宋代入声韵"质"部转入元代阴声韵"齐微"部例证:

忆少年·别历下
(宋) 晁补之

无穷官柳,无情画舸,无根行客。南山尚相送,只高城人隔。 暮画园林溪绀碧,算重来、尽成陈迹。刘郎鬓如此,况桃花颜色。

【正宫】[醉太平·警世二]
(元) 汪元亨

莫争高竞低,休说是谈非,此身不肯羡轻肥,且埋名隐迹。叹世人用尽千般计,笑时人倚尽十分势,看高人着尽一枰棋。老先生见机。

上例词韵脚有"客""隔""碧""迹""色",在宋代,属入声韵"质"部;下例曲韵脚有"低""非""肥""迹""计""势""棋""机",在元代,属阴声韵"齐微"部。因宋代"质"部中的包括"迹"字在内的部分字类到元代已转入"齐微"部,故该两例中的同一韵脚字"迹",在宋词中属入声韵"质"部,在元曲中则成了阴声韵"齐微"部。

(2) 宋代入声韵"质"部转入元代阴声韵"皆来"部例证:

正气歌（节选）

(宋) 文天祥

嗟哉沮洳场，为我安乐国。
岂有他缪巧，阴阳不能贼。
顾此耿耿在，仰视浮云白。
悠悠我心悲，苍天曷有极。
哲人日已远，典刑在夙昔。
风檐展书读，古道照颜色。

【中吕】最高歌摊破喜春来·玉簪

(元) 张养浩

想人间是有花开，谁似他幽闲洁白，亭亭玉立幽轩外，别是个清凉境界。裁冰剪雪应难赛，一段香云压绿苔，空惹得暮云生，越显得秋容淡，常引得月华来。和露摘，端的压尽凤头钗。

上例诗韵脚有"国""贼""白""极""昔""色"，在宋代，属入声韵"质"部；下例曲韵脚有"开""白""外""界""赛""苔""淡""来""摘""钗"，在元代，属阴声韵"皆来"部。因宋代"质"部中包括"白"字在内的部分字类到元代已转入"皆来"部，故该两例中的同一韵脚字"白"，在宋五古诗中属入声韵"质"部，在元曲中则成了阴声韵"皆来"部。

(3) 宋代入声韵"质"部转入元代阴声韵"鱼模"部例证：

念奴娇·赤壁怀古

(宋) 苏轼

大江东去，浪淘尽、千古风流人物。故垒西边，人道是：三国周郎赤壁。乱石崩云，惊涛裂岸，卷起千堆雪。江山如画，一时多少豪杰。　遥想公谨当年，小乔初嫁了，雄姿英发。羽扇纶巾，谈笑间、樯橹灰飞烟灭。故国神游，多情应笑我,早生华发。人间如梦,一樽还酹江月。

【南吕】[一枝花·咏剑]

(元)施惠

[梁州]

金错落盘花扣挂,碧玲珑镂玉妆束。美名儿今古人争慕。弹鱼空馆,断蟒长途,逢贤把赠,遇寇即除。比镆铘端的全殊,纵干将未必能如。曾遭遇谇朝谏烈士朱云,能回避叹苍穹雄夫项羽,怕追陪报私仇侠客专诸。价孤,世无,数十年是俺家藏物。吓人魂,射人目,相伴着万卷图书酒一壶,遍历江湖。

上例词韵脚有"物""壁""雪""杰""发""灭""发""月",在宋代,属入声韵"质"部;下例曲韵脚有"束""慕""途""除""殊""如""羽""诸""孤""无""物""目""壶""湖",在元代,属阴声韵"鱼模"部。因宋代"质"部中包括"物"字在内的部分字类到元代已转入"鱼模"部,故该两例中同一韵脚字"物",在宋词中属入声韵"质"部,在元曲中则成了阴声韵"鱼模"部。

2. 宋代入声韵"药"部("药""铎""觉")分别转并到元代阴声韵"歌戈""萧豪"二部。其中:"鹤""泊""薄""铎""度""浊""濯""镯""学""凿""杓""阁""莫""幕""寞""洛""恶""萼""掠""虐"等转入了"歌戈"部;"擢""博""涸""芍""著""角""觉""脚""捉""卓""琢""缴""烁""雀""讬""爵""削""落""索""略"等转入了"萧豪"部。试各举二例证如下。

(1) 宋代入声韵"药"部转入元代阴声韵"歌戈"部例证:

瑞鹤仙

(宋)周邦彦

悄郊原带郭,行路永、客去车尘漠漠。斜阳映山落,敛余红犹恋,孤城阑角。凌波步弱,过短亭、何用素约?有流莺劝我,重解绣鞍,缓引春酌。　不记归时早暮,上马谁扶?醒眠朱阁。惊飚动幕。扶残醉,绕红药。叹西园已是花深无地,东风何事又恶?任流光过却,犹喜洞天自乐。

【中吕】[粉蝶儿·西湖十景]

(元)贯云石

[扑灯蛾]

叠叠层楼画阁,簇簇奇花异果。远远的绿莎茵,茸茸的芳草坡,圪蹬的马蹄踏破。隐隐长桥卧波,细袅袅绿柳金拖。迢迢似渔舟钓艇,碧澄澄满船雨笠共烟蓑。

上例词韵脚有"郭""漠""落""角""弱""约""酌""阁""幕""药""恶""却""乐",在宋代,属入声韵"药"部;下例曲韵脚有"阁""果""坡""破""波""拖""蓑",在元代,属阴声韵"歌戈"部。因宋代"药"部中包括"阁"字在内的部分字类到元代已转入"歌戈"部,故两例中的同一韵脚字"阁",在宋词中属入声韵"药"部,在元曲中则成了阴声韵"歌戈"部。

(2)宋代入声韵"药"部转入元代阴声韵"萧豪"部例证:

满江红

(宋)柳永

暮雨初收,长川静、征帆夜落。临岛屿、蓼烟疏淡,苇风萧索。几许渔人飞短艇,尽载灯火归村落。遣行客、当此念回程,伤漂泊。　桐江好,烟漠漠。波似染,山如削。绕严陵滩畔,鹭飞鱼跃。游宦区区成底事?平生况有云泉约,归去来、一曲仲宣吟,从军乐。

【双调】拨不断·自叹
（元）王和卿

恰春朝,又秋宵。春花秋月何时了?花到三春颜色消,月过十五光明少。月残花落。

上例词韵脚有"落""索""落""泊""漠""削""跃""约""乐",在宋代,属入声韵"药"部;下例曲韵脚有"朝""宵""了""消""少""落",在元代,属阴声韵"萧豪"部。因宋代"药"部中包括"落"字在内的部分字类到元代已转入"萧豪"部,故两例中的同一韵脚字"落",在宋词中属入声韵"药"部,在元曲中则成了阴声韵"萧豪"部。

3. 宋代入声韵"屋"部（"屋""沃""烛"）分别转并到元代阴声韵"鱼模""尤侯"二部。其中:"独""复""服""叔""族""谷""速""幅""筑""哭""暴""屋""沃""木""目""绿""曲""玉""束""足"等转入了"鱼模"部;"轴""逐""熟""竹""烛""粥""宿""肉""褥""六"等转入了"尤侯"部。试各举二例证如下。

(1) 宋代入声韵"屋"部转入元代阴声韵"鱼模"部例证:

念奴娇
（宋）黄庭坚

断虹霁雨,净秋空、山染修眉新绿。桂影扶疏,谁便道、今夕清辉不足?万里青天,姮娥何处,驾此一轮玉。寒光零乱,为谁偏照醽醁? 年少从我追游,晚凉幽径,绕张园森木。共倒金荷,家万里、难得尊前相属。老子平生,江南江北,最爱临风曲。孙郎微笑,坐来声喷双竹。

【正宫】[黑漆弩·游金山寺]
（元）王恽

苍波万顷孤岑矗，是一片水面上天竺。金鳌头满咽三杯，吸尽江山浓绿。蛟龙虑恐下燃犀，风起浪翻如屋。任夕阳归棹纵横，待偿我平生不足。

上例词韵脚有"绿""足""玉""渌""木""属""曲""竹"，在宋代，属入声韵"屋"部；下例曲韵脚有"矗""竺""绿""屋""足"，在元代，属阴声韵"鱼模"部。因宋代"屋"部中包括"绿""足"字在内的部分字类到元代已转入"鱼模"部，故两例中的同一韵脚字"绿""足"，在宋词中属入声韵"屋"部，在元曲中则成了阴声韵"鱼模"部。

（2）宋代入声韵"屋"部转入元代阴声韵"尤侯"部例证：

寓居定惠院之东，杂花满山，有海棠一株，土人不知贵也（节选）
（宋）苏轼

江城地瘴蕃草木，只有名花苦幽独。
嫣然一笑竹篱间，桃李漫山总粗俗。
也知造物有深意，故遣佳人在空谷。
自然富贵出天姿，不待金盘荐华屋。
朱唇得酒晕生脸，翠袖卷纱红映肉。
林深雾暗晓光迟，日暖风轻春睡足。

【中吕】[满庭芳·渔父词]（二十首选一）
（元）乔吉

携鱼换酒，鱼鲜可口，酒热扶头。盘中不是鲸鲵肉，鲟鲊初熟。太湖水光摇酒瓯，洞庭山影落鱼舟。归来后，一竿钓钩，不挂古今愁。

上例诗韵脚有"木""独""俗""谷""屋""肉""足"，在宋代，属入声韵"屋"部；下例曲韵脚有"酒""口""头""肉"

"熟""瓯""舟""后""钩""愁",在元代,属阴声韵"尤侯"部。因宋代"屋"部中包括"肉"字在内的部分字类到元代已转入"尤侯"部,故两例中同一韵脚字"肉",在宋七古诗中属入声韵"屋"部,在元曲中则成了阴声韵"尤侯"部。

4. 宋代入声韵"薛"部("薛""曷""黠",以及原"没"部之"月"韵部分)分别转并到元代阴声韵"车遮""歌戈"二部。其中:"穴""竭""叠""折""绝""屑""泄""切""缺""节""血""雪""说""铁""灭""烈""蔑""月""越""劣"等转入了"车遮"部;"活""勃""渤""魃""夺""钵""割""葛""括""阔""拨""抹""跋""渴""脱""撮""掇""泼"等转入了"歌戈"部。试各举二例证如下。

(1)宋代入声韵"薛"部转入元代阴声韵"车遮"部例证:

贺新郎·酬辛幼安再用韵见寄
（宋）陈亮

离乱从头说。爱吾民、金缯不爱,蔓藤累葛。壮气尽消人脆好,冠盖阴山观雪。亏杀我、一星星发。涕出女吴成倒转,问鲁为齐弱何年月。丘也幸,由之瑟。　斩新换出旗麾别。把当时、一桩大义,拆开收合。据地一呼吾往矣,万里摇肢动骨。这话霸、又成痴绝。天地洪炉谁扇鞴,算于中、安得长坚铁。淝水破,关东裂。

【双调】寿阳曲·其一
（元）马致远

云笼月,风弄铁,两般儿助人凄切。剔银灯欲将心事写,长吁气一声欲灭。

上例词韵脚字有"说""葛""雪""发""月""瑟""别""合""骨""绝""铁""裂",在宋代,属入声韵"薛"部;下例曲韵韵脚字有"月""铁""切""写""灭",在元代,属阴声韵

"车遮"部。因宋代"薛"部中包括"月""铁"字在内的部分字类到元代已转入"车遮"部,故两例中的同一韵脚字"月""铁",在宋词中属入声韵"薛"部,在元曲中则成了阴声韵"车遮"部。

(2) 宋代入声韵"薛"部转入元代阴声韵"歌戈"部例证:

玉楼春四首·其三
(宋) 欧阳修

西湖南北烟波阔,风里丝簧声韵咽。舞余裙带绿双垂,酒入香腮红一抹。　杯深不觉琉璃滑,贪看六么花十八。明朝车马各东西,惆怅画桥风与月。

【中吕】[粉蝶儿·西湖十景]
(元) 贯云石

[上小楼] 密匝匝那一坨,疏剌剌这几窝。我这里对着晴岚,倚着青山,湛着清波。微雨初收,微烟初散,微风初过。却正是再休题淡妆浓抹。

上例词韵脚有"阔""咽""抹""滑""八""月",在宋代,属入声韵"薛"部;下例曲韵脚有"坨""窝""波""过""抹",在元代,属阴声韵"歌戈"部。因宋代"薛"部中包括"抹"字在内的部分字类到元代已转入"歌戈"部,故两例中的同一韵脚字"抹",在宋词中属入声韵"薛"部,在元曲中则成了阴声韵"歌戈"部。

5. 宋代入声韵"合"部("合""洽""盍")分别转并到元代阴声韵"歌戈""家麻"二部。其中:"合""盒""盍""蛤"等转入了"歌戈"部;"眨""踏""峡""杂""洽""匣""甲""搭""榻""霎""札""答""夹""匝""法""衲""拉""插""镲""鸭""压"等转入了"家麻"部。试各举二例证如下。

(1) 宋代入声韵"合"部转入元代阴声韵"歌戈"部例证:

贺新郎
（宋）辛弃疾

把酒长亭说。看渊明、风流酷似，卧龙诸葛。何处飞来林间鹊？蹙踏松梢微雪，要破帽多添华发。剩水残山无态度，被疏梅料理成风月。两三雁，也萧瑟。　佳人重约还轻别。怅清江、天寒不渡，水深冰合。路断车轮生四角，此地行人销骨。问谁使君来愁绝？铸就而今相思错，料当初费尽人间铁。长夜笛，莫吹裂。

西厢记·第二本第四折
（元）王实甫

〔双调〕五供养　若不是张解元识人多，别一个怎退干戈。排着酒果，列着笙歌。篆烟微，花香细，散满东风帘幕。救了咱全家祸，殷勤呵正礼，钦敬呵当合。

上例词韵脚有"说""葛""雪""发""月""瑟""别""合""骨""绝""铁""裂"，在宋代，属入声韵"合"部；下例曲韵脚有"多""戈""果""歌""幕""祸""合"，在元代，属阴声韵"歌戈"部。因宋代"合"部中包括"合"字在内的部分字类到元代已转入"歌戈"部，故两例中的同一韵脚字"合"，在宋词中属入声韵"合"部。在元曲中则成了阴声韵"歌戈"部。

（2）宋代入声韵"合"部转入元代阴声韵"家麻"部例证：

六么令
（宋）晏几道

绿阴春尽，飞絮绕香阁。晚来翠眉宫样，巧把远山学。一寸狂心未说，已向横波觉。画帘遮匝，新翻曲妙，暗许闲人带偷掐。　前度书多隐语，意浅愁难答。昨夜诗有回纹，韵险还慵押。都待笙歌散了，记取留时霎。不消红蜡，闲云归后，月在庭花旧阑角。

【南吕】［一枝花·买笑］

（元）曾瑞

［二煞］能清歌妙舞捱时霎，会受谇承科度岁华。就着这期间觑看你的甚参杂，拣一个可意的冤家。酩子里由伊驱驾，更有行志不谎诈。肯的你舒心儿便许俺，我古自未敢道真假。

上例词韵脚有"阁""学""觉""匣""掐""答""押""霎""角"，在宋代，属入声韵"合"部；下例曲韵脚有"霎""华""杂""家""驾""诈""假"，在元代，属阴声韵"家麻"部。因宋代"合"部中包括"霎"字在内的部分字类到元代已转入阴声韵"家麻"部，故两例中的同一韵脚字"霎"，在宋词中属入声韵"合"部，在元曲中则成了阴声韵"家麻"部。

6. 宋代入声韵"叶"部（"叶""业"）转并到元代阴声韵"车遮"部。如"协""侠""挟""叠""蝶""喋""涉""捷""睫""接""妾""箧""揲""摄""颊""贴""帖""叶""烨""猎"等转入了"车遮"部。试举二例证如下：

念奴娇·书东流村壁

（宋）辛弃疾

野棠花落，又匆匆过了，清明时节。划地东风欺客梦，一夜云屏寒怯。曲岸持觞，垂杨系马，此地曾轻别。楼空人去，旧游飞燕能说。　闻道绮陌东头，行人长见，帘底纤纤月。旧恨春江流未断，新恨云山千叠。料得明朝，樽前重见，镜里花难折。也应惊问，近来多少华发？

关大王独赴单刀会·第四折

（元）关汉卿

［双调］新水令　大江东去浪千叠，引着这数十人，驾着这小舟一叶。又不比九重龙凤阙，可正是千丈虎狼穴，大

丈夫心别。我觑这单刀会似赛村社。

上例词韵脚有"节""怯""别""说""月""叠""折""发",在宋代,属入声韵"叶"部;下例曲韵脚有"叠""叶""阙""穴""别""社",在元代,属阴声韵"车遮"部。因宋代入声韵"叶"部中包括"叠"字在内的部分字类到元代已转入阴声韵"车遮"部,故两例中同一韵脚字"叠",在宋词中属入声韵"叶"部,在元曲中则属阴声韵"车遮"部。

7. 宋代阴声韵"灰"部("灰""咍""皆""泰""夬",以及原"佳"韵之部分)分别转并到元代阴声韵"齐微""皆来"二部。其中:"灰""杯""推""堆""瑰""崔""催""梅""枚""媒""煤""雷""垒""回""徊""嵬""陪""培""会""桧"等转入了"齐微"部;"皆""街""差""该""灾""栽""台""哀""埃""开""来""才""霭""泰""大""盖""奈""害""外""赖"等转入了"皆来"部。试各举二例证如下。

(1) 宋代阴声韵"灰"部转入元代阴声韵"齐微"部例证:

无 题
(宋) 钱惟演

香歇环沉无限猜,春阴浓淡画帘开。
有时盘马看犹懒,尽日投壶笑未回。
蝶怨岂能重傅粉,雉娇拟待更求媒。
啼妆不冶金翘暗,肠断温郎玉照台。

【双调】[寿阳曲·潇湘夜雨]
(元) 马致远

渔灯暗,客梦回,一声声滴人心碎。孤舟五更家万里,是离人几行情泪。

上例诗韵脚有"猜""开""回""媒""台",在宋代,属阴声韵"灰"部;下例曲韵脚有"回""碎""里""泪",在元代,属阴声韵"齐微"部。因宋代阴声韵"灰"部中包括"回"字在内的部分字类到元代已转入阴声韵"齐微"部,故两例中同一韵脚字"回",在宋七律诗中属阴声韵"灰"部,在元曲中则成了阴声韵"齐微"部。

(2) 宋代阴声韵"灰"部转并入元代阴声韵"皆来"部例证:

寒　夜

(宋)陈师道

留滞常思动,艰虞却悔来。
寒灯挑不焰,残火拨成灰。
冻水滴还歇,风帘掩复开。
孰知文有忌,情至自生哀。

【黄钟】[人月圆]

(元)刘因

茫茫大块洪炉里,何物不寒灰?古今多少,荒烟废垒,老树遗台。太行如砺,黄河如带,等是尘埃。不须更叹,花开花落,春去春来。

上例诗韵脚有"来""灰""开""哀",在宋代,属阴声韵"灰"部;下例曲韵脚有"灰""台""带""埃""来",在元代,属阴声韵"皆来"部。因宋代阴声韵"灰"部中包括"来""灰"字在内的部分字类到元代已转入阴声韵"皆来"部,故两例中同一韵脚字"来""灰",在宋五律诗中属阴声韵"灰"部,在元曲中则成了阴声韵"皆来"部。

8. 宋代阴声韵"麻"部("麻"韵及原"佳"韵之部分)一部分转并入元代阴声韵"车遮"部。如"车""嗟""罝""赊""遮""爹""些""爷""耶""斜""邪""蛇""佘"等转入了"车遮"部。试举二例证如下:

桃 花
（宋）向敏中

千朵秾芳倚树斜，一枝枝缀乱云霞。
凭君莫厌临风看，占断春光是此花。

【双调】［拨不断·闲乐］
（元）吴弘道

暮云遮，雁行斜，渔人独钓寒江雪。万木天寒，冻欲折，一枝冷艳开清绝。竹篱茅舍。

上例诗韵脚有"斜""霞""花"，在宋代，属阴声韵"麻"部；下例曲韵脚有"斜""雪""折""绝""舍"，在元代，属阴声韵"车遮"部。因宋代阴声韵"麻"部中包括"斜"字在内的部分字类到元代已转入阴声韵"车遮"部，故两例中的同一韵脚字"斜"，在宋七绝诗中属阴声韵"麻"部，在元曲中则成了阴声韵"车遮"部。

9. 宋代阳声韵"庚"部（"耕""蒸""青""登"）一部分转并到元代阳声韵"东钟"部。如"肱""觥""轰""兄""泓""崩""烹""冯""荣""薨""盲""横""弘""彭""鹏""棚""永""猛""孟""莹"等转入了"东钟"部。试举二例证如下：

感 愤
（宋）王令

二十男儿面似冰，出门嘘气五霓横。
未甘身世成虚老，待见天心却太平。
狂去诗浑夸俗句，醉余歌有过人声。
燕然未勒胡雏在，不信吾无万古名。

【仙吕】［点绛唇］
（元）于伯渊

［金盏儿］脸霞红，眼波横。见人羞推整双头凤，柳情

花意媚东风。钿窝儿里粘晓翠,腮斗儿上晕春红。包藏着风月约,出落着雨云踪。

上例诗韵脚有"冰""横""平""声""名",在宋代,属阳声韵"庚"部;下例曲韵脚有"红""横""凤""风""红""踪",在元代,属阳声韵"东钟"部。因宋代"庚"部中包括"横"字在内的部分字类到元代已转入阳声韵"东钟"部,故二例中的同一韵脚字"横",在宋七律诗中属阳声韵"庚"部,而在元曲中则成了阳声韵"东钟"部。

10. 宋代阳声韵"寒"部("寒""山""桓""删")一部分转并到元代阳声韵"桓欢"部。如"官""冠""观""般""欢""潘""端""剜""酸""宽""峦""鸾""瞒""漫""桓""丸""完""团""博""胖"等转入了"桓欢"部。试举二例证如下:

霜花腴·重阳前一日泛石湖
(宋)吴文英

翠微路窄,醉晚风、凭谁为整敧冠。霜饱花腴,烛消人瘦,秋光作也都难。病怀强宽。恨雁声、偏落歌前。记年时,旧宿凄凉,暮烟秋雨野桥寒。　妆靥鬓英争艳,度清商一曲,暗坠金蝉。芳节多阴,兰情稀会,晴晖称拂吟笺。更移画船。引佩环、邀下蝉娟。算明朝、未了重阳,紫萸应耐看。

【双调】[水仙子·无题]
(元)张养浩

中年才过便休官,合共神仙一样看。出门来山水相流恋,倒大来耳根清眼界宽。细寻思这的是真欢。黄金带缠着忧患,絮罗襕裹着祸端,怎如俺藜杖藤冠?

上例词韵脚有"冠""难""宽""前""寒""蝉""笺""船""娟""看",在宋代,属阳声韵"寒"部;下例曲韵脚有"官"

"看""宽""欢""患""端""冠",在元代,属阳声韵"桓欢"部。因宋代"寒"部中包括"冠""宽""看"字在内的部分字类到元代已转入"桓欢"部,故两例中同一韵脚字"冠""宽""看",在宋词中属阳声韵"寒"部,而在元曲中则成了阳声韵"桓欢"部。

11. 宋代阳声韵"谈"部("谈""覃""盐""衔""严")的"凡"韵字转并到元代阳声韵"寒山"部。如"凡""帆""梵""范""笵""犯""泛"等转入了"寒山"部。试举二例证如下:

夜泊宁陵

(宋)韩驹

汴水日驰三百里,扁舟东下更开帆。
旦辞杞国风微北,夜泊宁陵月正南。
老树挟霜鸣窣窣,寒花垂露落毵毵。
茫然不悟身何处,水色天光共蔚蓝。

【越调】[天净沙·闲题一]

(元)吴西越

长江万里归帆,西风几度阳关,依旧红尘满眼。夕阳新雁,此情时拍阑干。

上例诗韵脚有"帆""南""毵""蓝",在宋代,属阳声韵"谈"部;下例曲韵脚字有"帆""关""眼""干",在元代,属阳声韵"寒山"部。因宋代"谈"部中包括"帆"字在内的"凡"韵字在元代已转入"寒山"部,故两例中的同一韵脚字"帆",在宋七律诗中属阳声韵"谈"部,而在元曲中则成了阳声韵"寒山"部。

(二)一字收入两韵及收入三韵

由于《中原音韵》的音系是一个综合音系,是以通行于当时大都一带的话语为主,适当吸收了一些冀、豫语言的超方言的北方共同语语音系统,虽然较宋代只减少了二个韵部,但从以洛阳语为主(河洛雅言)的106韵部的"平水韵"演变发展为以大都语为主(北方共同语雅言)的19韵部的《中原音韵》,不仅韵部转化并合的范围相当大,而且还出现了很多一字收入两韵的,如:"居""车"等字归入"鱼模""车遮"二韵部;"复""佛"等字归入"鱼模""歌戈"二韵部;"逐""筑"等字归入"鱼模""尤候"二韵部;"带""垛"等字归入"皆来""歌戈"二韵部;"浊""莫"等字归入"萧豪""歌戈"二韵部;"辖""穴"等字归入"家麻""车遮"二韵部;"虹""绛"等字归入"东钟""江阳"二韵部;"兄""荣"等字归入"东钟""庚青"二韵部;"坚""肩"等字归入"真文""先天"二韵部;"辨""绊"等字归入"寒山""桓欢"二韵部;"寻""镡"等字归入"侵寻""廉纤"二韵部;"簪"字归入"侵寻""监咸"二韵部,等等。甚至还有一字收入三韵的,如"大"字收入"家麻""歌戈""皆来"三韵部等(以一字收二韵居多,收三韵较少)。试择要举例如下。

1. "居""裾""琚""车"等字,收入"鱼模""车遮"二阴声韵部。试举二例证如下:

【双调】［折桂令·送王叔能赴湘南廉使］

(元)刘时中

正黄尘赤日长途,便雷奋天池,教雨随车。把世外炎氛,人间热恼,一洗无余。展洙泗千年画图,纳潇湘一道冰壶,报政何如。风动三湘,霜满重湖。

【中吕】［朱履曲·雪中黎正卿招饮赋此五章命杨氏歌之］(其四)

(元)卢挚

又没甚金吾呵夜,剩寻将玉女来也。一曲阳春助清绝,便章台街闲信马。曲江岸误随车,且不如竹窗深闲听雪。

上例曲韵脚有"途""车""余""图""壶""如""湖",在元代，属阴声韵"鱼模"部；下例曲韵脚有"夜""也""绝""车""雪"，在元代，属阴声韵"车遮"部。故两例同一韵脚字"车"，即一字归入"鱼模""车遮"二韵。

2. "逐""轴""淑""蜀""孰""熟""否（是否）""筑""烛""粥""竹""粟""宿""辱""褥""肉"等字，归入"鱼模""尤侯"二阴声韵部。试举二例证如下：

【南吕】［一枝花］
（元）沈禧

［梁州］诗裁囊锦奚奴捕，醉压雕鞍侍女扶，看花南陌归来暮。香尘满路，月色盈衢。歌钟簇拥，珠翠萦纡。辕门画戟森成列，戍阁铜龙漏滴初。转氍毹红铺锦褥，灿金莲光摇银炬，击琅玕声碎珊瑚。醉呼，玉奴。流苏帐暖春风度，雪儿歌红拂舞。一刻千金未肯孤，洞府仙都。

【双调】［行香子·寄情］
（元）朱庭玉

［离亭带歇指煞］休违了剪发燃香咒，莫忘了并枕同衾褥。再休眉齐眼约闲迤逗。娘间阻人调斗，枉教咱千生万受。长办着惜花心，空闲了画眉手。

上例曲韵脚有"捕""扶""暮""路""衢""纡""初""褥""炬""瑚""呼""奴""度""舞""孤""都"，在元代，属阴声韵"鱼模"部；下例曲韵脚有"咒""褥""逗""斗""受""手"，在元代，属阴声韵"尤侯"部。故两例同一韵脚字"褥"，即一字归入"鱼模""尤侯"二韵。

3. "浊""濯""镯""铎""薄""箔""泊""学""缚""鹤""凿""芍""杓""合""活""勃""阁""鸽""岳""乐""药""约""跃""钥""搭""诺""末""沫""莫""漠""寞""落""络""烙""洛""酪""萼""鳄""恶""弱""翥""略""掠"

"虐""瘧"等字，归入"萧豪""歌戈"二阴声韵部。试举二例证如下：

【双调】[新水令]
（元）商道

[尾] 急煎煎每夜伤怀抱，扑簌簌泪点腮边落。唱道是废寝忘飡，玉减香消。小院深沉，孤帏里静悄。瘦影儿紧相随，一盏孤灯照。好教我急煎煎心痒难揉，则教我几声长吁到的晓。

【双调】[蝶恋花·悟迷]
（元）周文质

[四] 分薄，连枝树柯，斫来烧袄庙火。病魔，心如刀剉，对青铜知鬓皤。画阁，更深罗幕，伴灯花珠泪落。

上例曲韵脚有"抱""落""消""悄""照""晓"，在元代，属阴声韵"萧豪"部；下例曲韵脚有"薄""柯""火""魔""剉""皤""阁""幕""落"，在元代，属阴声韵"歌戈"部。故两例同一韵脚字"落"，即一字归入"萧豪""歌戈"二韵。

4. "肱""泓""轰""薨""崩""烹""兄""倾""宏""纮""弘""荣""嵘""横""棚""鹏""盲""萌""永""蜢""艋""咏""莹""孟""进"等字，归入"东钟""庚青"二阳声韵部。试举二例证如下：

【双调】[新水令·冬怨]
（元）姚燧

[乔牌儿] 闷怀双泪涌，恨锁两眉纵。自从执手河梁送，离愁天地永。

【仙吕】［赏花时·长江风送客］
（元）马致远

［赚煞］碧波清，江天静，既解缆如何往程。灭烛掀帘风越紧，转回头又到山城。过沙汀，烟水澄澄，千里洪波良夜永。峨眉月明，恰才风定，猛抬头观见豫章城。

上例曲韵脚有"涌""纵""送""永"，在元代，属阳声韵"东钟"部；下例曲韵脚有"清""静""程""城""汀""澄""永""明""定""城"，在元代，属阳声韵"庚青"部。故两例同一韵脚字"永"，即一字归入"东钟""庚青"二韵。

5. "辨""瓣""扮""半""绊""伴""泮""畔""玩""腕"等字，归入"寒山""桓欢"二阳声韵部。试举二例证如下：

【中吕】［朝天曲］
（元）薛昂夫

采鸾，怕寒，甲帐无人伴。文箫连累堕人间，卖韵供烟爨。谁使思凡，尘缘难断，羞还玉女班。紫坛，犯奸，误了朝元限。

【双调】［水仙子·山居自乐］
（元）孙周卿

功名场上事多般，成败如棋不待观。山林寻个好知心伴，要常教心地宽，笑平生不解眉攒。土坑上蒲席厚，砂锅里酒汤暖，妻子团圞。

上例曲韵脚有"鸾""寒""伴""间""灵""凡""班""坛""奸""限"，在元代，属阳声韵"寒山"部；下例曲韵脚有"般""观""伴""宽""攒""暖""圞"，在元代，属阳声韵"桓欢"部。故两例同一韵脚字"伴"，即一字归入"寒山""桓欢"二韵。

6. "簪"字，归入"侵寻""监咸"二阳声韵部。试举二例证如下：

【商调】［河西后庭花］
（元）王元鼎

［么篇］支楞弦断了绿绮琴，璃玎掂折了碧玉簪。嗨，堕落了题桥志。吁，阑珊了解佩心。走将来笑吟吟，妆呆妆婪。硬厮挣软厮禁，泥中刺绵里针，黑头虫黄口鸰。

【中吕】［朝天子·赋所感］
（元）乔吉

翠衫，玉簪，脂唇小樱桃淡。多情多绪眼脑馋，谁敢去胡摇撼。冷谇先口斩，呆科先探，小心儿真个敢。为俺，大胆，我倒有三分惨。

上例曲韵脚有"琴""簪""心""吟""婪""禁""针""鸰"，在元代，属阳声韵"侵寻"部；下例曲韵脚有"衫""簪""淡""馋""撼""斩""探""敢""俺""胆""惨"，在元代，属阳声韵"监咸"部。故两例同一韵脚字"簪"，即一字归入"侵寻""监咸"二韵。

7. "大"字，收入"家麻""歌戈""皆来"三阴声韵部。试举三例证如下：

【双调】［新水令］
（元）关汉卿

［七弟兄］我这里觅他，唤他。哎，女孩儿，果然道色胆天来大。怀儿里搂抱着俏冤家，揾香腮悄语低低话。

【中吕】［阳春曲·金莲］
（元）贯云石

金莲早自些娘大，着意收拾越逞过。如今相识眼皮儿薄，休显豁，越遮护着越情多。

【中吕】[普天乐·大明湖泛舟]

(元) 张养浩

画船开,红尘外。人从天上,载得春来。烟水闲,乾坤大,四面云山无遮碍。影摇动城郭楼台。杯斟的金波滟滟,诗吟的青霄惨惨,人惊的白鸟皑皑。

该第一例曲韵脚有"他""他""大""家""话",在元代,属阴声韵"家麻"部;该第二例曲韵脚有"大""过""薄""豁""多",在元代,属阴声韵"歌戈"部;该第三例曲韵脚有"开""外""来""大""碍""台""皑",在元代,属阴声韵"皆来"部。故三例同一韵脚字"大",即一字收入"家麻""歌戈""皆来"三韵。

二、诗歌声调从宋到元的主要演变

元代的诗歌声调虽亦为四声,但已从宋代的平、上、去、入四声演变为阴平、阳平、上声、去声,其中最大的变化就是平声分为阴平声和阳平声、入声归并到平、上、去三声中,即周德清在《中原音韵》中所做出的两项独创性贡献:"平分阴阳"和"入派三声"。这也是诗歌声调从中古发展到近古的最显著的变动。

(一) 平声分为阴平声与阳平声

所谓的"平分阴阳"就是指"字别阴、阳者,阴、阳字平声有之,上、去俱无。上、去各止一声,平声独有二声:有上平声,有下平声。……阴者,即下平声;阳者,即上平声。"[①] 亦即中古平声字原声母为全清(帮母、心母等)音、次清(滂母、彻母等)音的,到近古变为阴平声字;中古平声字原声母为全浊(并母、匣母等)音、次浊(明母、娘母等)音的,到近古变为

---

① 周德清:《中原音韵·自序》,中华书局,2011年版。

阳平声字。当然亦有一些例外，如属于帮母的"罴"、属于彻母的"惆"等部分中古原声母为全清、次清音的平声字，在近古却变为阳声字；又如属于并母的"汾"、属于匣母的"酬"等部分中古原声母为全浊音的平声字，在近古却变为阴声字。但其数量毕竟不是很多，影响不大。试举全清、次清变阴平和全浊、次浊变阳平的例证各一例如下。

1. 中古平声字原声母为全清音的到近古变为阴平声例证：

【中吕】[阳春曲]
（元）王伯成

多情去后香留枕，好梦回时冷梦衾。闷愁山重海来深。独自寝，夜雨百年心。

该例曲韵脚有"枕""衾""深""寝""心"，其中"衾""深""心"三字，在中古是属于全清声母齿音"心"母的平声字，进入元代近古时期则变成了阴平声字。

2. 中古平声字原声母为次清音的到近古变为阴平声例证：

【仙吕】[解三酲·无题]
（元）真氏

奴本是明珠擎掌，怎生的流落平康，对人前乔做娇模样，背地里泪千行。三春南国怜飘荡，一事东风没主张，添悲怆。那里有珍珠十斛，来赎云娘？

该例曲韵脚有"掌""康""样""行""荡""张""怆""娘"，其中"康""张"二字，在中古是属于次清声母重唇音"滂"母的平声字，进入元代近古时期则变成了阴平声字。

3. 中古平声字原声母为全浊音的到近古变为阳平声例证：

【商调】[金络索挂梧桐·咏别]（其一）

（元）高明

　　羞看镜里花，憔悴难禁架。耽搁眉儿淡了叫谁画。最苦魂梦飞绕天涯，须信流年鬓有华。红颜自古多薄命，莫怨东风当自嗟。无人处，盈盈珠泪，偷弹洒琵琶。恨那时错认冤家，说尽了痴心话。

该例曲韵脚有"花""架""画""涯""华""嗟""琶""家""话"，其中"涯""华""琶"三字，在中古是属于全浊声母喉音"匣"母的平声字，进入元代近古时期则变成了阳平声字。

4. 中古平声字原声母为次浊音的到近古变为阳平声例证：

【中吕】[喜春来·春景]（其一）

（元）胡祗遹

　　几枝红雪墙头杏，数点青山屋上屏。一春能得几晴明？三月景，宜醉不宜醒。

该例曲韵脚有"杏""屏""明""景""醒"，其中"屏""明"二字，在中古是属于次浊声母重唇音"明"母的平声字，进入元代近古时期则变成了阳平声字。

（二）入声消失全部归派到平、上、去三声

所谓的"入派三声"就是指在近古以大都话为主的北方共同语的语音系统中，中古的入声字已消失，全部归并到阴声韵的"支思""齐微""鱼模""皆来""萧豪""歌戈""家麻""车遮""尤侯"九个韵部中。一直到现当代的国语、普通话中仍无入声。然在全国各地的方言中，据考查在少数地方仍有入声存在，甚至延续至今，如粤方言的广州话、客家方言的梅县话中，保留有入声［-p］［-t］［-k］三种塞音韵尾；赣方言的南昌话中，保留有入声［-t］［-k］二种塞音韵尾；闽方言的福州话中，保留有入声［-k］一种塞音韵尾等，但已无甚影响。现将"入派三声"的具体情况，简述如下。

其一，中古全浊声母的重唇音"并"母、轻唇音"奉"母、舌头音"定"母、舌上音"澄"母、齿头音"从"母和"邪"母、正齿音"床"母和"禅"母、牙音"群"母、喉音"匣"母的入声字到近古元代派入阳平声；

其二，中古次浊声母的重唇音"明"母、轻唇音"微"母、舌头音"泥"母、舌上音"娘"母、牙音"疑"母、喉音"喻"母、半舌音"来"母、半齿音"日"母的入声字到近古元代派入去声；

其三，中古全清声母的重唇音"帮"母、轻唇音"非"母、舌头音"端"母、舌上音"知"母、齿头音"精"母和"心"母、正齿音"照"母和"审"母、牙音"见"母、喉音"影"母和"晓"母，以及次清声母的重唇音"滂"母、轻唇音"敷"母、舌头音"透"母、舌上音"彻"母、齿头音"清"母、正齿音"穿"母、牙音"溪"母的入声字到近古元代基本派入上声。

试各举一例证如下。

1. 全浊声母的入声字派入阳平声例证：

韩翠颦御水题红叶·第三折
（元）白朴

[柳青娘] 谁曾道是趁逐，天赐这场厮遍逗。看了这诗中意投，必定是个俊儒流，裁冰剪雪忒惯熟。若来得双双配偶，尽今生共结绸缪，则这去年前红叶上，红叶上把诗修。

该例曲韵脚有"逐""逗""投""流""熟""偶""修"，在元代，属阴声韵"尤侯"部。其中的韵脚字"熟"，在中古时，为全浊声母正齿音"禅"母的入声字（如"拾""折""孰""熟"等）；到了元代，则被派入阴声韵"尤侯"部、"鱼模"部（一字收入两韵）的阳平声。

2. 次浊声母的入声字派入去声例证：

同乐院燕青博鱼·第一折
（元）李文蔚

［喜秋风］我与你便叮叮叫，我与你便磨磨擦。我为甚将这脚尖儿细细踏，我怕只怕这路儿有些步步滑。将那前街后巷我便如盘卦。刚才个渐渐里呵的我这手温和，可又早切切里冻的我这脚麻辣。

该例曲韵脚有"擦""踏""滑""卦""辣"，在元代，属阴声韵"家麻"部。其中的韵脚字"辣"，在中古时，为次浊声母半舌音"来"母的入声字（如"拉""勒""辣""猎"等）；到了元代，则被派入阴声韵"家麻"部的去声。

3. 全清声母的入声字派入上声例证：

【双调】［卖花声·悟世］
（元）乔吉

肝肠百炼炉间铁，富贵三更枕上蝶，功名两字酒中蛇。尖风薄雪，残杯冷炙，掩青灯竹篱茅舍。

该例曲韵脚字有"铁""蝶""蛇""雪""炙""舍"，在元代，属阴声韵"车遮"部。其中的韵脚字"雪"，在中古时，为全清声母齿头音"心"母的入声字（如"撒""索""雪"等）；到了元代，则被派入阴声韵"车遮"部的上声。

4. 次清声母的入声字派入上声例证：

【双调】［夜行船］
（元）马致远

［落梅风］天教你富，莫太奢。没多时好天良夜。富家儿更做道你心似铁。争辜负了锦堂风月。

该例曲韵脚有"奢""夜""铁""月"，在元代，属阴声韵

"车遮"部。其中的韵脚字"铁",在中古时,为次清声母舌头音"透"母的入声字(如"塔""獭""贴""铁"等);到了元代,则被派入阴声韵"车遮"部的上声。

第五章　现当代阶段：以《中华新韵》《诗韵新编》为代表的民国至当代的诗歌声韵

第一节　新旧诗歌的嬗变式发展：新诗的崛起、旧体诗的衰落与复苏

一、新旧诗歌嬗变式发展的文化背景

从汉赋、唐诗、宋词、元曲这一文学发展之流变来看，中国古代诗、词、曲、赋由微渐盛：赋至汉代，诗至唐代，词至宋代、曲至元代皆达顶峰。此后各自都难以超越（唯宋诗可另当别论）而渐趋式微。到了现代，新文化运动揭橥于世后，这一统称为旧体诗的诗、词、曲、赋，则已臻衰落，代之而起的是用白话文创作的新体诗。亦即通过变体、转型、创新，中国诗歌这一文学体裁又由旧体诗的衰微过渡到新诗的繁盛。要清楚地认识和把握这一新旧诗歌的嬗变进程，则必须从时空维度把握诗歌与政治、思想、经济、科技等其他领域的关系，以及诗歌与散文、戏剧、小说等作为同一文学体裁的关系，并结合诗、词、曲、赋的自身特征，尤其是诗歌创作主体本身与受众（审美主体）变化的关系等入手。换言之，即从文化背景着手。正如恩格斯所指出的

那样:"整个伟大的发展过程是在相互作用的形式中进行的,这里没有任何绝对的东西,一切都是相对的。"①

1840年鸦片战争后,国门洞开,西方文化汹涌而至。犹如梁启超在《五十年中国进化概论》中所言,第一次鸦片战争后五十年之中国,大体经历了西学层层深入的三个阶段:第一期是器物文化,而有学西方坚船利炮的"洋务运动";第二期是制度文化,而有"变法维新运动";第三期由自然科学文化进入人文科学文化,而要求有全人格的觉悟。在这西方文化层层深入特别是进入人文科学文化的阶段,不仅在时间上一直延伸至民主革命的结束即中华人民共和国诞生的1949年,而且通过西方文化与我国传统文化的碰撞、交流、融会后,产生了诸多新事物、新现象、新观念,以及其包括语言文字学、文学、文艺学、史学、考古学、哲学、宗教学、伦理学、心理学、民族学、社会学、政治学、经济学、法学、教育学等在内的人文科学与社会科学上的建设或变革。这正是新旧诗歌嬗变式发展即旧体诗衰落、新诗崛起的文化背景。试择要分述之。

其一,文化新事物与新现象的产生。

从1862年京师同文馆的创建到1895年洋务派开办各式新学堂22所,聘用外籍教师和引进、翻译西学书籍,三十余年间,仅京师同文馆就翻译了包括自然科学和社会科学在内的西方著作近两百种。1876年,清廷开始对外派驻使节。从1872年清廷派容闳率领十至十六岁的学童赴美留学,学习"军政、船政、步算、制造诸学",到1876年,五年间清廷共派出的留学生达一百二十名。1877年,又派遣福州船政学堂30名优秀毕业生赴英国格林尼治皇家海军学院、法国瑟保造船学校、巴黎国立高等矿业

---

① 恩格斯:《致康·施米特》,《马克思恩格斯选集》第4卷,人民出版社,1972年版。

学校等欧洲高校深造至少三年；1886、1897 年又有不少福州学生相继赴欧洲学习三年或六年①。自此之后，"官费"和"私费"出国留学的人日益增多，仅以留日学生为例，1900 年不过七八十人，而 1905 年就增至八千人左右，1906 年竟达万人以上。

这一时期，国内新式学校也如雨后春笋般在各地纷纷建立。1876 年外国传教士开设的教会学校总数已达 350 所，学生总数为 5975 人，至 1889 年，学生人数已增至 16836 人；中国自办的新式学校亦有很多，除京师同文馆外，较著名的有上海格致学院、正蒙书院，杭州求是书院，陕西格致实学书院等。1905 年科举废止，新式学校更得到了蓬勃发展：1904 年，全国学堂总数 4222 所，学生总数 92169 人；到 1909 年，学堂总数上升至 52348 所，学生总数上升至 1560270 人。其中官立高等学校 123 所（大学 3 所，省立高校 23 所，农科高校 5 所，工科高校 7 所、商科高校 1 所，特种高校即法、文、理、医等高校 84 所），学生总数 22262 人②。

国内图书馆、博物馆不断建立。光绪年间，英国在北京开办共读楼，藏书两万余卷，借阅者凭条借书，开中国图书馆设立之先风。1909 年，京师图书馆经清政府批准正式成立，至 1914 年，除京师图书馆外，全国共建有省级公共图书馆 18 所。中国最早的博物馆亦为西人创建。1868 年，法国神父韩伯禄在上海设立震旦博物院，收藏中国植物标本和东南亚地区物产标本。1914 年，民国政府内务部设立古物陈列所，在故宫内展出所藏彝鼎、陶瓷、书画、丝绣等文物。至 1921 年，全国已建立博物馆 13 所。

国内报刊事业日益繁荣。据梁启超《新旧各报存佚表》所

---

① 费正清等：《剑桥中国晚清史》，中国社会科学出版社，1985 年版。
② 陈景磐：《中国近代教育史》，人民教育出版社，2007 年版。

载：1872年至1902年，存佚报刊计有144种，其中以美国传教士于1868年创办的《万国公报》影响最大，以1872年外国商办的《申报》最为著名，中国人最早自办的报纸则为伍廷芳于1858在香港创办的《中外新报》。辛亥革命后，一时间报刊大兴，据《中国报学史》第五章所载，"当时统计全国（报刊）达五百家"，其中报纸二百五十余家，杂志亦二百余家，而且出现了许多专门的文艺性报刊。与报刊相呼应的出版机构，亦率先由西人创办。英国传教士于1843年在上海设立的墨海书馆，以及稍后在华设立的华美书馆、益智会等出版机构，皆为引领一时风气的新事物。中国自办的出版机构，较早的有洋务派创办的江南制造局翻译馆，最著名的有1897年创立的商务印书馆和1912年设立的中华书局。

西学翻译出版量不断增多。据《东西学书录》收录的20世纪以前的西学书目，自然科学译著437部，社会科学译著80部；再据《译书经眼录》记载，1900—1904年所译书目中，自然科学译著164部，社会科学译著327部。另据《日本译中国书综合目录》统计：1868—1895年，中译日文书共8种；而1896—1911年，中译日文书增至958种，其中自然科学译著172种，哲学社会科学译著786种。1900—1911年，译自欧美和日本的各类书籍已达1200种，数量已相当可观。

其二，包括旧体诗、新诗诗人在内的知识分子群体已形成。

按上海辞书出版社1979年版《辞海》的解释，"知识分子"是指"有一定文化科学知识的脑力劳动者。如科技工作者、文艺工作者、教师、医生等"。这一概念据说是俄国人于19世纪60年代提出来的，后逐步传播、推广才引入我国的。而在我国的传统文化中，类似于"知识分子"这一概念的称谓，则为"士"。在漫长的传统社会里，作为与农民、手工业者、商人有别而列于"士、农、工、商"四民之首的士，从孔子的"士志于道，而耻恶衣恶食者，未足与议也"①和曾子的"士不可不弘毅，任重而道远"②，到顾颉刚的"讲内心之修养者不能以其修养解决生计，故大部分人皆趋重于知识、能力之获得……宁越不务农，苏秦不务工、商，而惟以读书为专业，揣摩为手腕，取尊荣为目标，有此等人出，其名曰'士'"③的界定来看，中国的"士"即以读书为专业，能安于粗衣淡食，以知识和能力作为生存和追求理想及实现自我价值（尊荣）的手段，且具有坚毅品质的人。

自隋唐设科举以来，国家就在社会组织体制上为士铺设了一条通过科考，从读书、应试、做官、成为士大夫阶层中一员的既狭窄拥挤，又能实现其最高理想"达则兼济天下"这一自我价值的康庄大道。在此传统文化的背景下，读书人由士而仕，士的知识、能力必须附丽于政治、依托于官场，从而才能实现其上报国君、下济苍生的抱负，这已成为传统社会中"士之仕也，犹农夫之耕也"④的最常规最普遍的角色认同。随着西方文化的逐渐深入融和，以及新事物、新现象、新观念的不断产生和扩展，尤其是科举制度的最终废除，士人已无应试入仕的道路可走。加之近代中国已在农业和家庭手工业相结合的自然经济基础上形成和发展起了近代机器大工业和商贸金融业，社会职业分工日趋多样化、专业化，拥有现代自然科学与社会科学知识的专业技术人才亦日益增多。在此背景下，士当务之急的理想抱负是实业救国、科学救国、教育救国，等等。在新的时代变局中，传统的士可以脱离政治，远离官场，或服务工商业，或献身科学研究，或从事文教艺术，新的职业选择，为他们实现人生价值提供了更多的途径。于是，在清末社会中，在传统士人这一阶层的基础上，逐渐

---

① 《论语·里仁》，中华书局，1980年版。
② 《论语·泰伯》，中华书局，1980年版。
③ 顾颉刚：《武士与文人之蜕化》，载《史林杂识初编》，中华书局，1977年版。
④ 《孟子·滕文公下》，中华书局，1980年版。

产生和出现了一批又一批远离政治和官场,具有一定科学文化知识和专业技能,并以此作为生存和实现理想之手段的脑力劳动者。因此,从某种意义上可以说近代社会是埋葬旧式士阶层的坟墓和培育新一代知识分子的摇篮,而文化知识结构的更新和社会角色、自我角色新的认同,则是士向知识分子转型的必备条件。

在士向新型知识分子转型的具体过程中,大体有两种不同的类型:一种是从基本接受了旧式的传统文化教育,甚至还参加过科举考试的士人中蜕变出来的知识分子。如在第一代新型知识分子群中,较著名的有科学家兼发明家邹伯奇,工程师兼化学家徐寿,数学家李善兰,翻译家兼政论家、思想家王韬,画家张熊、虚谷,书法家何绍基、赵之谦等。第二代知识分子群中较著名的有实业家徐润、张謇、祝大椿,翻译家严复、林纾,语言学家马建忠,外交家兼法学家伍廷芳,改良活动家兼学者梁启超,诗人黄遵宪、樊增强,词人冯煦、陈廷焯,曲人刘清韵、顾家相,画家吴昌硕、任颐,历史地理学家、书法家杨守敬,经学家、书法家康有为,京剧演员孙菊仙、谭鑫培等。另外,新型知识分子中还有一种类型,即自小就读于新式学堂,后又留学国外,较系统地接受了西式教育而产生出来的知识分子群体。如在第一代知识分子群中,担任过曾国藩的翻译并率第一批学生赴美留学的学生监督容闳。第二代知识分子群中的实业家朱志尧、律师何启、会计学家蔡锡勇、政论家胡礼垣等。在以后的几批知识分子群中,大多数为自幼接受过私塾旧式教育和传统文化熏陶,后又留学国外,既有旧学功底又有西学新知识的混合型知识分子。如第三代知识分子群中较为著名的有实业家周学熙、荣宗敬,工程师詹天佑,教育家蔡元培,律师沈钧儒,国学家王国维、章炳麟、黄侃,诗人金天翮、柳亚子,词人朱祖谋、况周颐,曲人王季烈、吴梅等。第四代、第五代知识分子群中较著名的有地质学家李四光,气象学家竺可桢,物理学家钱学森,桥梁专家茅以升,数学家华罗庚,哲学家冯友兰,社会学家马寅初,语言学家赵元任、黎锦熙、罗常培、王力,考据学家兼新诗开创者胡适,历史学家兼新诗诗人郭沫若,语言学家兼新诗诗人刘半农,历史学家兼旧体诗诗人陈寅恪,思想家兼文学家鲁迅,小说家张恨水、茅盾、巴金,旧体诗诗人吴宓、张默君、聂绀弩,词人刘永济、龙榆生、沈祖棻,曲人孙为霆、陈翠娜、卢前,新诗诗人李金发、徐志摩、蒲风、戴望舒、臧克家、艾青,新闻记者邵飘萍,记者兼出版家邹韬奋,律师史良,名医周利川、秦伯末,会计学家兼执业会计师谢霖、潘序伦,画家张大千、徐悲鸿,书法家沈尹默、乔大壮,音乐家冼星海、聂耳,京剧演员梅兰芳、周信芳,电影导演郑正秋、蔡楚生,电影演员胡蝶、赵丹,等等。

其三,文化思想观念上的变化发展与论争。

若按时间顺序言之,近现代以来文化思想观念上的变化发展与论争主要有中西体用说、变法改良说、诗界革命说、三民主义民主革命说、新文化运动民主与科学说、文学革命说、东西方文化说、科学与玄学说、新儒学复兴说、社会性质说,等等。除将诗界革命说和文学革命说归置本节第二部分展开论述外,其余的择要简述如下。

"中学为体,西学为用",最早见之于郑观应于1893年刊行的《盛世危言》中的《西学》篇:"中学其本也,西学其末也。主以中学,辅以西学。"其实这一"中体西用"说的渊源可上溯至魏源于1842年刻印的《海国图志》中所提出的"师夷长技以制夷",以及林则徐的学生冯桂芬于1861年提出的"以中国之伦常名教为原本,辅以诸国富强之术"[①]。故"中体西用"几乎成了19世纪中后期的时代思潮,即"中学为体,西学为用的口号……而举国以为至言"(梁启超《清代学术概论》)。随着甲午

---

① 冯桂芬:《校邠庐抗议》,上海书店出版社,2002年版。

战争的失败，尤其是北洋水师的覆没，使当时的知识分子群体及广大有识之士都认识到了虽然洋务运动对开一代风气和发展民族工业及振兴国家经济军事实力具有一定意义，但从根本上并不能抵御列强的入侵掠夺而能守卫传承了几千年的"中国文物制度、事事远出西人之上"（洋务派首领李鸿章语）的"中体"。于是"变法改良"说应时而起。

发起"公车上书"，以康有为、梁启超为首的维新派认为，要救国仅凭"中体西用"是不行的，必须维新，而维新又必须要学习西方，进行变法改良。其核心内容主要有两个方面：一是肯定了西方自由、民权、平等诸思想观念，并将其作为变法维新的基础；二是主张在不动摇皇权的前提下实行君主立宪的传统制度改良和发展民族资本主义。这一变法改良的维新思想得到了广泛的传播和响应，维新团体如学会、学堂、报刊等在全国各地纷纷创立，变法维新风行一时。但从 1898 年 6 月 11 日光绪帝发布《明定国是上谕》宣布变法，到 9 月 21 日被慈禧太后血腥镇压，仅历时一百零三天。究其失败的主因，就是这一不中不西的变法改良，既无对旧制度的彻底破坏性，又乏对新制度的根本建设性。正如梁启超本人痛定思痛后所总结的："康有为、梁启超、谭嗣同辈，即生育于此种'学问饥荒'之环境中，冥思苦索，欲构成一种'不中不西，即中即西'之新学派，而已为时代所不容。盖固有之旧思想，既深根固蒂，而外来之新思想，又来源浅觳，汲而易竭，其支绌灭裂，固宜然矣。"[①]

在吸取洋务派、维新派失败之经验教训的基础上，革命先行者孙中山提出了中国不能一味仿效西方的变革之路，而应将政治革命和社会革命"毕其功于一役"的革命思想理念。这也就是 1905 年 8 月同盟会成立时，孙中山所起草的"驱除鞑虏，恢复

---

① 梁启超：《清代学术概论》，上海古籍出版社，1998 年版。

中华,建立民国,平均地权"的同盟会纲领。同年11月,孙中山又在《民报发刊词》中首次将同盟会纲领概括为"三大主义:曰民族、曰民权、曰民生"①,即"三民主义"。作为民主革命理论纲领的三民主义,民族主义就是"驱除鞑虏,恢复中华",即推翻清王朝,恢复中华各民族的平等地位;民权主义就是"建立民国",即埋葬君主专制制度,建立民主共和政体的中华民国;民生主义就是"平均地权",即通过"核定地价,其现有之地价,仍属原主。所有革命后社会改良进步之增价,则归于国家,为国民所共享"的办法,来解决土地问题,从而解决社会问题。虽然三民主义在孙中山生前未能成功实现,但其将民族革命的民族独立、政治革命的民主体制、社会革命的平均地权与发展资本主义这三者结合起来,充分体现了革命先行者将中国具体国情与西学融会后的独立、自主、富强、自由、平等、博爱的思想精神,故具有重大的历史进步意义。

辛亥革命虽然推翻了清王朝和帝制,但却未能实现民主政体、平均地权的民权主义与民生主义。正如梁启超所言:"革命成功将近十年,所希望的件件都落空,渐渐有点废然思返。觉得社会文化是整套的,要拿旧心理运用新制度,决计不可能,渐渐要求全人格的觉悟。"② 亦即振兴中华民族、建立民主制度、解决民生问题,达到民富国强不是从某个方面或几个方面着手就可毕其功于一役的,而是一整套的社会文化系统工程。只有先从文化思想上进行启蒙,中华民族才能如东方睡狮般地醒悟过来,而后方能发力奋斗和重立于世界之林。1915年9月,陈独秀创办《青年》杂志(第二卷起更名为《新青年》),即为新文化运动发端之标志。陈独秀在《新青年》上发表文章说:坚决"拥护那德

---

① 李新:《中华民国史》第一编,中华书局,1981年版。
② 梁启超:《五十年中国进化概论》,《梁启超全集》,中华书局,1989年版。

莫克拉西（Democray）和赛因斯（Science）两位先生"，而"要拥护那德先生，便不得不反对孔教、礼法、贞节、旧伦理、旧政治；要拥护那赛先生，便不得不反对旧艺术、旧宗教；要拥护德先生又要拥护赛先生，便不得不反对国粹和旧文学"①。陈独秀等人所高举的民主（德先生）和科学（赛先生）两面旗帜，正是新文化运动的两大核心主题。在这一用民主取代君主专制、用科学扫除封建迷信的影响和感召下，1919年5月4日，爆发了以北京三千余大中学校学生为主的青年知识分子群体，在天安门前集会游行和放火焚烧赵家楼，要求政府拒绝在《凡尔赛和约》上签字的请愿示威活动，并很快形成了席卷全国的学生罢课、工人罢工、商人罢市的革命运动。五四运动浪潮的涌现，虽然对传统文化不分良莠、"一视同仁"地予以攻击乃至摧毁，遗留下不少历史文化的伤痕，但其毕竟是一场近现代中国思想解放的大高潮，并推动了整个新文化运动向纵深的发展。

从《新青年》创办的新文化运动伊始，到1927年文化论争热点转移到中国性质说迄止的十余年间，关于东西文化的论争甚嚣尘上，是近现代中国历时最长、规模最大、涉及问题最多的一场文化大论战。虽然论争各方在反对封建文化这一立场上是共同的，但在东西文化的优劣与相互关系、如何建设中华民族新文化的问题上就有了较大分歧甚至对立。认为东方文化主静，西方文化主动，主张用东方文化去拯救世界的东方文化派的先驱是杜亚泉，而集大成者则为梁漱溟。梁漱溟在《东西文化及其哲学》一文中明确提出中国人对待世界未来文化应持的态度：第一，要排斥印度文化；第二，对西方文化全盘承受而根本改过；第三，批评地把中国原来文化重新拿出来。② 而最早提出"全盘西化"的

---

① 陈独秀：《罪案之答辩书》，《新青年》，1919年第6卷第1号。
② 刘梦溪主编：《中国现代学术经典·梁漱溟卷》，河北教育出版社，1996年版。

是胡适，主张最力者则为陈序经，陈序经认为东方文化是延迟的文化，而成为落后的文化；西方文化是演变的文化，而成为进步的文化（《文化学概观》），所以"百分之一百的全盘西化，不但有可能，而且是一个较为完善较少危险的文化出路"①。对东西文化持调和论的是主张以农立国的章士钊，1919年9月章士钊在寰球中国学生会进行演说时说道："无论政治方面、学术或道德方面，亦尽心于调和之道而已。万不可蹈一派浮薄之恶习，动曰若者腐败当吐弃，若者陈旧当扫除。"② 在这一文化论争中，代表了中国第一批马克思主义者的陈独秀、李大钊、瞿秋白等都发表了相关的文章。如瞿秋白在《东方文化与世界革命》一文中就提出了"东西文化的差异，其实不过是时间上的"，"西方文化，现已经资本主义至帝国主义，而东方文化还停滞于宗法社会及封建制度之间"，两者都应为当代社会所抛弃。只有进行无产阶级世界革命，"方能得真正文化的发展"③。

二、现代阶段新旧诗歌的嬗变式发展

（一）旧体诗的嬗变与式微

欲论述现代新旧诗歌的嬗变式发展，不得不与戊戌变法前后的"诗界革命"相衔接。换言之，发生在十九世纪末二十世纪初的这一诗界革命下所涌现出来的"新派诗"，既是中国传统旧体诗嬗变的起点，亦是20世纪一二十年代现代中国新诗诞生的前奏。虽然步入近代以后，龚自珍、魏源等人的诗作对传统诗歌的老路子有所冲击，但实质上并未突破旧体诗的藩篱，还谈不上变革。而真正引发和推动中国旧体诗变革的则为梁启超、夏尊佑、黄遵宪等人所倡导的"诗界革命"。此一口号提出者当为梁启超，

---

① 陈序经：《全盘西化的辩护》，《独立评论》，第160号。
② 章士钊：《新时代青年》，《东方杂志》，第16卷11号。
③ 瞿秋白：《东方文化与世界革命》，《新青年》，1923年第1期。

梁不仅于1899年提出了"要之,支那非有诗界革命,则诗运殆将绝",主张"第一要新意境,第二要新语句,而又须以古人之风格入之,然后成其为诗"①。而且在其百余首诗作中,亦有不少的"新派诗",如:

壮别二十六首·十八
梁启超

孕育今世纪,论功能萧何?
华拿总余子,卢孟实先河。
赤手铸新脑,雷音殄古魔。
吾侪不努力,负此国民多。

(注:华,华盛顿;拿,拿破仑;卢,卢梭;孟,孟德斯鸠。)

而在这一旧体诗变革中实绩最丰、且被梁启超誉为"诗界革命旗帜"的则为黄遵宪。黄氏曾以外交官身份在日、英、美等地任职,直接接触西方文化,形成了一种将轮船、电报、选举、独立、平等、自由等西方新事物、新名词融入诗中的"新派诗"。故其诗作既继承了旧体诗的形式,又具有新题材、新概念以及雅俗共赏的风格与流畅、生动的特点。如:

纪事(节选)
黄遵宪

击我共和鼓,吹我共和笳。
书我共和簿,擎我共和花。
请听我党语,汝众勿喧哗:
……　……
巍巍九层楼,高悬总统旗。

---

① 梁启超:《夏威夷游记》,《梁启超全集》,中华书局,1989年版。

> 吁嗟华盛顿，及今百年矣。
> 自树独立旗，不复受压制。
> 红黄黑白种，一律平等视。
> 人人得自由，万物咸遂利。
> 民智益发扬，国富乃倍蓰。
> 泱泱大国风，闻乐叹观止。

"诗界革命"发聋振聩，响应参与者甚众。梁启超曾言："盖当时所谓新诗者，颇喜寻撦新名词以自表异。丙申、丁酉间，吾党数子皆好作此体。"[①] 其中较著名的有夏尊佑、康有为、蒋智由、丘逢甲、麦孟华等。试举一例：

无题·第二十首
夏尊佑

> 冰期世界太清凉，洪水茫茫下土方。
> 巴别塔前分种教，人天从此感参商。

"以旧风格含新意境""熔铸新理想以入旧风俗"的"诗界革命"，不仅仅是形式上的"老瓶装新酒"，更重要的是将时代的政治风云、社会的变革潮流、眼下的现实生活和诗歌创作紧密地结合在一起，从而使传统旧体诗发生了嬗变，即具有了鲜明的政治进步倾向和艺术上的革新，为后来"文学革命"的新体诗问世奠定了一定基础。

戊戌变法失败后，在民主革命浪潮中又涌现出一批民主革命派诗人，如章炳麟、秋瑾及革命文学团体"南社"成员陈去病、柳亚子、苏曼殊、宁调元等。试举一例：

---

① 梁启超：《饮冰室诗话》，《梁启超全集》，中华书局，1989年版。

秋怀（四首选一）
宁调元

风凄露冷上江楼，望渺天涯客思悠。

祸水连天谁起陆，胡尘卷地恰当头。

魔天漫自谈公理，奴界何缘得自由。

欲把秦风编楚些，大家相约赋同仇。

与旧体诗新派和民主革命诗派相并行的，仍有一些传统旧体诗派。传统旧体诗派，先是以程恩泽、祁隽藻、何绍基、郑珍为代表活动于道咸年间的"宋诗派"，至同光年间又衍变为以陈三立、沈曾植、陈衍、郑孝胥为代表的"同光体"，"同光体"实为"宋诗派"之承续。他们更重苍瘦清峭的艺术品位，而缺乏时代内容与气息，试举一例如下：

至鹿洞庭湖书院
陈衍

路转峰回处，苍松各不群。

一溪多见底，五老尚横云。

海外多奇字，山中只旧闻。

流芳桥上伫，水石本清芬。

除"宋诗派"外，尚有以王闿运、邓辅纶为代表的"汉魏六朝派"和以樊增祥、易顺鼎为代表的"晚唐派"。前者全力摹古，刻意模拟；后者意境缠绵，诗风绮靡。两者虽有一些作品亦能表达出忧国忧民的情怀，但总体来说，仍以复古为主，有脱离现实的倾向。试各举一例：

望庐山（其二）
邓辅纶

香炉蕴烟气，石镜悬秋空。

畴昔悦攀跻，眷言憩云峰。

八月六日过灞桥口占
樊增祥
残柳黄于陌上尘,秋来长是翠眉颦。
一弯月更黄于柳,愁煞桥南系马人。

在旧体诗逐渐衰微、新诗勃发的新文化运动的"文学革命"大潮下,仍有一部分知识分子甚至民主革命者对推倒旧体诗、采用新体诗持有异议,林纾、严复、章炳麟、柳亚子等即为其代表。如林纾就认为新文化运动"尽反常规,侈为不经之谈"(《致蔡鹤卿太史书》)。而直接与文学革命和新诗对垒的,则主要是以东南大学教授梅光迪、吴宓、胡先骕等于1922年9月在南京创办《学衡》杂志(1933年停刊)的"学衡派"。他们主张民族文化传统不可偏废,旧体诗不应革除,并特辟"文苑"专栏刊登旧体诗。作者除东南大学教授外,尚有"同光体"和南社诸团体诗人,如黄侃、汪东、陈三立、夏敬观、吴梅、陈寅恪、柳诒徵、胡小石、刘永济、缪钺、马一浮、朱自清等。试举他们所撰写的诗、词、曲各一例如下:

落花诗八首·其二(1928年)
吴 宓
色相庄严上界来,千年灵气孕凡胎。
含苞未向春前放,离瓣还从雨后开。
根性岂无磐石固,蕊香不假浪蜂媒。
辛勤自了吾生事,瞑目浊尘遍九垓。

西江月(1925年)
汪 东
秋草将哀转绿,暮云欲去翻还。旧时歌舞已阑珊,新恨如何消遣。　把酒常思风月,登楼却见家山。眼前流水日潺湲,中有啼珠无限。

【南商调】[山坡羊·过旧贡院]（1922年秋）

    吴　梅

  明远楼更筹都废，至公堂风霜未圮。二十年乡科早停，想当时短尽书生气。秋草肥，秦淮花月非。便几间矮屋，历遍沧桑矣。身外浮名，人间何世？东西，文场改旧基。高低，层楼接大堤。

  直至1937年全面抗战爆发，新诗、旧体诗的诗人们很快就放下了彼此间的陈见和隔阂，走到为同一个"救亡图存"目标而摇旗呐喊甚至感慨悲歌的道路上来了。如1938年1月，教育短波出版社出版了《抗战诗选》，就辑录了何香凝、冯玉祥、马君武、王统照、叶绍钧、艾芜等人的新旧体诗共56首而熔于一炉。撰写旧体诗的群体不仅有国共党、政、军人员，诗人、作家、教授、编辑、画家、演员，还有普通民众及海外侨胞等。

  国共党、政、军人员中较著名的有何香凝、于右任、黄炎培、程潜、毛泽东、朱德、林伯渠、陈毅等。试举二例如下：

出太行（1940年）

    朱　德

  群峰壁立太行头，天险黄河一望收。

  两岸烽烟红似火，此行当可慰同仇。

七绝二首·其二（1942年）

    戴安澜

  策马扬鞭走八荒，远征大业迈秦皇。

  誓澄宇宙安黎庶，手挽长弓射夕阳。

  诗人主要有柳亚子、沈尹默、马一浮、汤国梨、张默君、叶嘉莹、高燮、高亨、陈粹劳等。试举女诗人汤国梨（章炳麟夫人）、叶嘉莹（后寓居海外）诗作各一例如下：

丁丑吟九首·选一（1937 年）
汤国梨

忽闻飞将下惊雷，画栋雕梁付劫灰。
满地江湖催客去，漫天烽火逼人来。
空城寂寞无鸡犬，旧院凄凉尽草莱。
掩泪重寻池上路，清明于此记传杯。

深冬杂诗六首·其三（1944 年）
叶嘉莹

尽夜狂风撼大城，悲笳哀角不堪听。
晴明半日寒仍劲，灯火深宵夜有情。
入世已拼愁似海，逃禅不借隐为名。
伐茅盖顶他年事，生计如斯总未更。

以教授、作家、编辑为主的诗人群体，主要有郭沫若、陈寅恪、俞平伯、吴世昌、浦江清、钱仲联、老舍、茅盾、郁达夫、叶圣陶等。试举二例如下：

残春（1938 年）
陈寅恪

家亡国破此身留，客馆春寒却似秋。
雨里苦愁花事尽，窗前犹噪雀声啾。
群心已惯经离乱，孤注方看博死休。
袖手沉吟待天意，可堪空白五分头。

自汉皋至辰阳流亡途中口占（1938 年）
郁达夫

国破家亡此一时，侧身天地我何之？
同林自愿双栖老，大难宁教半镜差。
岂为行吟来楚泽，终期结绶到南枝。
月明三径垂杨下，元白传杯各记诗。

艺术家诗人群体，主要有齐白石、刘海粟、张大千、潘天寿、丰子恺、梅兰芳等。试举二例如下：

梦渡黄河（1943年）
潘天寿

时艰有忆田横士，诗绝弥怀敕敕歌。
为访幽燕屠狗辈，夜深风雪渡黄河。

减字木兰花四首·其一（1939）
梅兰芳

中年易过，检点从来真少可。无尽无休，来者堪追底用忧。平生志业，不负当前风与月。莫问儿曹，足与吾流未易遭。

词人主要有刘永济、张伯驹、汪东、夏承焘、唐圭璋、缪钺及女词人陈家庆、丁宁、沈祖棻等。试举二例如下：

行香子·匡山旅舍（1938年）
唐圭璋

狂虏纵横，八表同惊。惨离怀、甚饮芳醽。忍抛稚子，千里飘零。对一江风，一轮月，一天星。　乡关何在？空有魂萦。宿荒村、梦也难成。问谁相伴，直到天明？但幽阶雨，孤衾泪，薄帷灯。

一萼红（1944年）
沈祖棻

甲申八月，倭寇陷衡阳。守土将士誓以身殉，有来生再见之语。南服英灵，锦城丝管，怆怏相对，不可为怀，因赋此阕，亦长歌当哭之意也。

乱笳鸣，叹衡阳去雁，惊认晚烽明。伊洛新愁，潇湘泪满，孤戍还失严城。忍凝想、残旗折戟，践巷陌、胡骑自纵横！浴血雄心，断肠芳字，相见来生。　谁信锦官欢事，遍灯街酒市,翠盖朱缨。银幕清歌,红氍艳舞,浑似当日承平。几曾念、平芜尽处,夕阳外、犹有楚山青!欲待悲吟国殇,古调难赓。

曲家有王季烈、于右任、孙为霆、卢前、陈翠娜等。试举二例如下:

【南商调】［黄莺儿·闻京师陷苦忆二北,摄山中］(1937年)
卢前

渐觉鬓毛凋,故人书、久寂寥,哪知变到渔阳调。栖霞梦绕,落月山高,最伤心凝碧池头草。冷檀槽,零丁生涩,弹不出郁轮袍。

【越调】［天净沙·谒成陵］(成吉思汗陵,1941年)
于右任

兴隆山畔高歌,曾瞻无敌金戈。遗诏焚香读过,大王问我:几时收复山河?

尽管旧体诗在全面抗战时期曾一度复兴,但在白话新体诗蓬勃发展的新文化运动大趋势下,终究抵挡不住代表新生事物的新诗的全面冲击。在全面抗战结束后,旧体诗就逐渐沉寂,进入当代后,即很快走向了式微。

(二)新诗的萌生与崛起

中国的新诗萌发于"文学革命"。"文学革命"亦是对"诗界革命"更深入、更彻底的革新与拓展,而其直接源头却来自于取得官、民共识的白话文运动。1898年,白话文运动先驱裘廷梁创办《无锡白话报》,同年又在《苏报》上发表了《论白话为维新之本》的著名论文,极力倡导"废文言兴白话"的文体改革,影响很大。1913年,民国政府教育部在北京召集全国各省的语言学家代表开"读音统一会",从而促成了文言向白话转化即现代汉语文学载体的定型,于是白话文体在散文、小说中逐渐兴起与通行，而白话诗歌却付之阙如。1917 年 1 月 1 日，胡适的《文学改良刍议》在《新青年》第 2 卷第 5 号上发表，不久又在《谈新诗》一文中明确提出："新文学的语言是白话文，新文学的文体是自由的。"陈独秀则紧步其后，在 1917 年 2 月的《新青年》第 2 卷第 6 号上发表了《文学革命论》，公开提出了"建设平易的、抒情的国民文学"，"建设新鲜的、立诚的写实文学"，"建设明了的、通俗的社会文学"。接着钱玄同、刘半农、傅斯年等亦纷纷发表文章予以支持和呼喊，认定"白话文是文学的正宗"，"一代文辞之风气，必随一代语言以为转变"。

在此"文学革命"浪潮下，胡适、刘半农、沈尹默三人的白话诗分别在 1917 年和 1918 年的《新青年》上发表，陈独秀、周作人、鲁迅等亦群起响应、创作、发表白话诗。差不多与此同时，《新青年》还在"随感录"栏目中刊登了陈独秀、鲁迅、刘半农、钱玄同等人短小精悍的议论性白话散文。接着周作人、郭沫若、郁达夫、冰心、朱自清、俞平伯等人又撰写了很多抒情性白话散文。在小说方面，1918 年 5 月《新青年》登载了新文学的第一篇白话小说即鲁迅的《狂人日记》，接着叶圣陶、冰心、庐隐、郭沫若、郁达夫、张资平、茅盾、巴金、老舍、沈从文等人的白话小说亦纷至沓来，形成了现代小说创作的高潮。在戏剧方面，《新青年》于 1918 年 6 月开辟了"易卜生专号"，同年 10 月又开辟了"戏剧改良专号"。而胡适又于 1919 年 3 月发表了中国话剧史上最早的白话独幕剧《终身大事》。接着陈大悲的《英雄与美人》、田汉的《咖啡店之一夜》、郭沫若的《卓文君》等白话剧作先后登台，出现了中国现代话剧的初兴局面。

从 1918 年开始，《新青年》改用白话文体，至 1919 年，全国就出现了四百余家白话报刊。这一以白话自由体新诗为启端的声势浩大的"文学革命"运动，取得了两个方面的明显成果：一是作为现代国语的白话文被正式纳入了国家的教育体制，1920

年1月,民国政府教育部颁令全国国民学校一、二年级的国文教育统一采用语体文(白话文)。二是从根本上改变了中国文学作品的样式甚至创作方法,诗歌、散文、小说、戏剧等文学体裁的创作,都进行了从文言到白话文的变革,从而打破了近代以来的体用之争,使西方的文化思想和现代文学更能便捷地在中国传播和融会。此后,无论是旧体诗还是新诗都进入了现代(1917—1949)和当代(1949年至今)两个发展阶段。

中国最早出现的新诗是胡适于1917年2月发表在《新青年》上的8首诗歌和胡适、刘半农、沈尹默在1918年1月发表在《新青年》上的9首诗歌,共计17首白话诗。这是"文学革命"运动催生出的第一批用白话文创作的新体诗。这些新诗虽很稚嫩,但却是中国诗坛上新旧嬗变的标志,具有划时代的进步意义。试举其中的三例如下:

蝴 蝶
胡 适

两个黄蝴蝶,双双飞上天。

剩下那一个,孤单怪可怜。

不知为什么,一个忽飞还。

也无心上天,天上太孤单。

(载《新青年》第2卷第6号,1917年2月)

相隔一层纸
刘半农

屋子里拢着炉火,

老爷吩咐开窗买水果,

说:"天气不冷火太热,

别任它烤坏了我。"

> 屋子外躺着一个叫化子,
> 咬紧了牙齿,对着北风喊"要死"!
> 可怜屋外与屋里,
> 相隔只有一层薄纸!

(载《新青年》4卷1号,1918年1月。)

月 夜

沈尹默

> 霜风呼呼地吹着,
> 月光明明地照着。
> 我和一株顶高的树并排立着,
> 却没有靠着。

(载《新青年》4卷1号,1918年1月)

1920年3月,胡适出版了他的新诗集即中国诗歌史上第一部白话新诗集——《尝试集》,共收诗46首。在此启发下,陈独秀、周作人、俞平伯、康白情、刘大白、郭沫若等人亦纷纷在《新青年》《新潮》《少年中国》等报刊上发表新诗。其中,新诗巨子郭沫若在新诗的发展中贡献尤大。郭沫若自1919年始就在上海《时事新报》副刊《学灯》上不断发表新诗,1921年8月又出版了收诗56首的新诗集《女神》,这是继胡适而起的中国第二部个人新诗集。郭沫若高扬的个性和炽热的激情,创建了节奏明快、语言流动、富有浪漫主义精神的白话自由新诗体,对中国新诗起到了奠基的作用。试举一例如下:

凤凰涅槃·凤凰更生歌(节选)

郭沫若

我们更生了。/我们更生了。/一切的一,更生了。/一的一切,更生了。/我们便是他,他们便是我。/我中也有你,你中也有我。/我便是你。/你便是我。/火便是凰。/凤便是火。/翱翔！翱翔！/欢唱！欢唱！

随着"文学革命"运动的深入，1921年1月4日，由周作人、郑振铎、沈雁冰、叶绍钧等人发起，在北京成立了中国现代文学史上第一个新文学团体——文学研究会。次年，第一个专门发表新诗的刊物《诗》（月刊）在上海创办。1922年6月，商务印书馆出版了朱自清、周作人、郑振铎等八人的新诗合集《雪潮》；接着1921年7月，郭沫若、成仿吾、郁达夫等人成立了创造社，次年在上海创办了《创造》季刊；1923年，赵景深、于赓虞等人在天津成立绿波社，并创办了《绿波旬刊》《诗坛》；1925年，杨晦、冯至等人在北京成立了沉钟社，并创办了《沉钟》周刊，冯至于1927年出版了新诗集《昨日之歌》；1927年，蒋光慈、阿英、夏衍等人在上海成立了太阳社（后全体成员加入了"左联"），出版了《太阳》周刊，蒋光慈于1925年、1927年先后出版了新诗集《新梦》和《哀中国》；1927年7月，胡适、徐志摩、闻一多等人在上海建立新月书店，次年3月创办《新月》月刊，闻一多分别于1923、1924年出版了新诗集《红烛》和《死水》，徐志摩分别于1925、1927年出版了新诗集《志摩的诗》和《翡冷翠的一夜》，等等。于是中国新诗在20世纪20年代，很快就从萌芽期进入了成形期。成形期出现的新诗流派主要有自由体诗派，代表诗人除郭沫若外，尚有朱自清、叶绍钧等；象征诗派，代表诗人为李金发、穆木天、冯乃超等；新格律诗派，代表诗人为朱湘、闻一多、徐志摩等；政治抒情诗派，代表诗人为蒋光慈、殷夫等。试各举一例如下：

光　明

朱自清

风雨沉沉的夜里，/前面一片荒郊。/走尽荒郊，/便是人们底道。/呀！黑暗里歧路万千，/叫我怎么走好？/"上帝!快给我些光明吧,/让我好向前跑!"/上帝慌着说,"光明?/我没处给你找!/你要光明,/你自己去造!"

在淡死的灰里……(节选)
李金发

在淡死的灰里,/可寻出当年的火焰,/惟过去之萧条,不能给人温暖之摸索。/ 如海浪把我躯体载去,/仅存留我的名字在你心里,/切勿懊悔这丧失,我终将搁止于你住的海岸上。

死 水
闻一多

这是一沟绝望的死水,/清水吹不起半点漪沦。/不如多扔些破铜烂铁,/爽性泼你的剩菜残羹。/也许铜的要绿成翡翠,/铁罐上绣出几瓣桃花;/再让油腻织一层罗绮,/霉菌给他蒸出些云霞。/让死水酵成一沟绿酒,/漂满了珍珠似的白沫;/小珠们笑声变成大珠,/又被偷酒的花蚊咬破。/那么一沟绝望的死水,/也就夸得上几分鲜明。/如果青蛙耐不住寂寞,/又算死水叫出了歌声。/这是一沟绝望的死水,/这里断不是美的所在,/不如让给丑恶来开垦,/看它造出个什么世界。

哀中国(节选)
蒋光慈

我的悲哀的中国!/我的悲哀的中国!/你怀拥着无限美丽的天然,/你的形象如何浩大而磅礴!/你身上排列着许多蜿蜒的江河,/你身上耸峙着许多郁秀的山岳。/但是现在啊,/江河只流着很呜咽的悲音,/山岳的颜色更惨淡而寥落!/ 满国中外邦的旗帜乱飞扬,/满国中外人的气焰好猖狂!/旅顺大连不是中国人的土地么?/可是久已做了外国人的军港;/法国花园不是中国人的土地么?/可是不准穿中国服的人们游逛。/哎哟!中国人是奴隶啊!/为什么这般地自甘屈服?/为什么这般地萎靡颓唐?

1930年3月,中国左翼作家联盟在上海成立,并先后创办了《萌芽》(月刊)、《北斗》等刊物,登载新诗。1932年9月,由穆木天、任钧、蒲风等人发起,在上海成立了隶属于"左联"领导的中国诗歌会,次年2月创办了其会刊《新诗歌》,蒲风从1934年起出版了《茫茫夜》《六月流火》等八部诗集;1932年5月,由施蛰存任主编、戴望舒负责新诗稿件的《现代》杂志在上海创刊。接着现代派诗人卞之琳等于1934年10月在北平创办了《水星》月刊。1936年10月,戴望舒又约集卞之琳、冯至等人在上海编辑了大型诗刊《新诗》。戴望舒分别于1929年、1933年出版了诗集《我的记忆》《望舒草》,卞之林分别于1933年、1935年出版了诗集《三秋草》《鱼目集》;与此差不多同时,诗坛上还活跃着一股有着泥草气息的乡土诗,如臧克家分别于1933年、1934年、1936年出版了新诗集《烙印》《罪恶的黑手》《运河》等。艾青于1936年出版了新诗集《大堰河》。由此可见,中国新诗在20世纪20年代末至30年代("七七事变"前)就已步入了成熟期。试举几例如下:

茫茫夜(节选)
蒲 风

"母亲,母亲,母亲,"/再不能屈服此生!/为什么我们劳苦了整日整年,/要饱受饥寒,凌辱,打骂?/为什么他们整年饱吃寻乐,/我们却要永远屈服他?/为什么天灾人祸年年报?/为什么苛捐杂税没停过?/为什么家家使用外国货?/为什么乞丐土匪这么多?/为什么?为什么?/为着我们大众我离开了家,/为着我们的工作离开了你和她!/母亲，母亲，别牵挂！

断 章
卞之琳

你站在桥上看风景，/看风景的人在楼上看你。/ 明月装饰了你的窗子/你装饰了别人的梦。

老 马
臧克家

总得叫大车装个够，/它横竖不说一句话，/背上的压力往肉里扣，/它把头沉重地垂下！/ 这刻不知道下刻的命，/它有泪只往心里咽，/眼里飘来一道鞭影，/它抬起头望望前面。

1937年，全面抗战爆发，全国人民同仇敌忾。与旧体诗复兴类似，新诗较旧体诗能更直接地发挥出激励人心、催人奋进的战斗作用，而成为一时的中心文体。直至中华人民共和国诞生的1949年，整个四十年代的新诗都保持了相对独立的文化空间和诗风的多元格局，从而超越旧体诗有了更为蓬勃的发展。这一时期新诗的重要诗人有乡土派诗人艾青，七月派现实主义诗人胡风、田间、绿原、阿垅、贺敬之等，有西南联大诗人群的穆旦、冯至、郑敏、陈敬容、杜运燮等，有解放区民歌体诗人李季、张志民、阮章敬等，有国统区政治讽刺诗诗人臧克家、袁水拍、邹荻帆、白薇等。试各举一例如下：

我爱这土地
艾 青

假如我是一只鸟，/我也应该用嘶哑的喉咙歌唱：/这被暴风雨所打击着的土地，/这永远汹涌着我们的悲愤的河流，/这无止息地吹刮着的激怒的风，/和那来自林间的无比温柔的黎明……/——然而我死了，/连羽毛也腐烂在土地里面。/为什么我的眼里常含泪水?/因为我对这土地爱得深沉……

诗　人
绿　原

有奴隶诗人/他唱苦难的秘密/他用歌叹息/他的诗是荆棘/不能插在花瓶里/　有战士诗人/他唱真理的胜利/他用歌射击/他的诗是血液/不能倒在酒杯里

十四行诗·其一
冯　至

我们准备着深深地领受/那些意想不到的奇迹,/在漫长的岁月里忽然有/彗星的出现,狂风乍起。/　我们的生命在这一瞬间,/仿佛在第一次的拥抱里/过去的悲欢忽然在眼前/凝结成屹然不动的形体。/　我们赞颂那些小昆虫/它们经过了一次交媾/或是抵御了一次危险,/便结束它们美妙的一生。/我们整个的生命在承受/狂风乍起,彗星的出现。

王贵与李香香（节选）
李　季

太阳出来遍地红,革命带来了好光景。/崔二爷在时就像大黑天,十有九家没吃穿,/穷人翻身赶跑崔二爷,死羊湾变成活羊湾。/灯盏里没油灯不明,庄户人没地种就象没油的灯;/有了土地灯花亮,人人脸上发红光。/吃一嘴黄连吃一嘴糖,王贵聚了李香香。/男女自由都平等,自由结婚新时样。

发票贴在印花上（节选）
袁水拍

发票贴在印花上,/寇丹搨在脚趾上,/水兵出巡马路上,/吉普开到人身上。　黄浦汆到阶沿上,/房子造在金条上，/工厂死在接收上，/鸟窠做在烟囱上。/　　演得好戏我来看，/重税派在你头上，/学生募捐读书钱，/教师罢工课不上。

三、当代阶段新旧诗歌的嬗变式发展

（一）旧体诗的先寂后苏

1. 1949年10月至改革开放前，旧体诗的进一步衰落与沉寂

由于新文化运动下的"文学革命"将新诗抬到如同"独尊儒术"、将旧体诗贬到如同"罢黜百家"的地位相似，尽管旧体诗在全面抗日战争时期中兴过一时，但仍摆脱不了被新诗冲击而式微的趋向。特别是新中国成立以来，从批判电影《武训传》开始到"文化大革命"，政治运动连续不断，把包括诗词曲赋在内的中国传统文化都当作了"封建主义黑货"予以扫除；而旧体诗未在青少年中传授教育，传统诗教基本中断，旧体诗当然愈加衰败冷寂。其主要表现如下：以往建立的诗词学会、诗社、词社基本解体，新时代有关旧体诗的独立团体、组织机构几乎已不存在；专门发表旧体诗、词、曲的刊物亦消失了；旧体诗的写作队伍基本上是从旧时代过来的老干部、老诗人、老学者、老作家、老画家，年轻人写旧体诗的已是凤毛麟角，创作者日益递减，后继乏人；旧体诗、词、曲的作品数量不仅不断下滑，而且质量亦大为降低，大多为围绕政治形势和各种运动的跟风之作或感叹个人遭遇之作。

身历晚清、民国、共和国三朝的一些老诗家、词家、曲家如马一浮、沈尹默、张伯驹、张默君、汪东、刘永济、夏承焘、龙榆生、陈家庆、陈祖荼、孙为霆、陈翠娜、赵朴初等人的作品，其数量较之往昔大为减少，其内容亦平和稳妥得多，试举诗、词、曲各一例如下：

为鲁迅先生诞生八十周年纪念作（1961年）

沈尹默

踽踽一朝迹，泱泱四海风。
世人轻部吏，吾党重文雄。
见远明悬的，憎深巧引弓。
革新无限力，鼓舞艺林中。

临江仙·自我检讨后书感（1952年）

刘永济

检点心魂清静了，春光重豁吟眸。百年过半底须愁。河山皆锦绣，人物足风流。　明日欢欣何处见？百花齐放梢头。好开怀抱乐时休。人生归有道，此外更何求。

【双调】庆东源·海南访兴隆归侨农场（1961年）

赵朴初

绿暗群山洼，红明一路花。问风光道地东南亚。一村村老欢少哗，一队队勤工力稼，喜天涯客子还家。漫等闲茅草与棕麻，创江山件件都无价。

至于教授、作家、艺术家如陈寅恪、俞平伯、钱锺书、缪钺、董每勘、茅盾、老舍、刘海粟、丰子恺等旧式高级知识分子，为政治形势所迫，几乎都成了必须"脱胎换骨"的改造对象。故其诗作不仅"偶尔为之"，而且要么就是跟风高歌或闲居避祸之作，要么就是下放劳动改造思想或遭受政治风波之作。试举二例如下：

致詹安泰先生（1957年）

董每勘

书生积习总难忘，酒后常疏戒履霜。
长日空怀心耿耿，连宵深悔视茫茫。
浮名已为多言误，大错宁成致命伤？

枕上排愁歌代哭，群蛙声里起彷徨。

（作者系中山大学教授，该诗为划为右派后作）

浣溪沙·途中戏作（1961年）
丰子恺

饮酒看书四十春，酒杯常满眼长明。年年贪看华物新。
但愿天天多乐事，不妨日日抱儿孙。最繁华处作闲人。

2. 1978年12月至当今，旧体诗的逐渐复苏与复兴

以中国共产党第十一届三中全会召开为标志，随着改革开放的逐步深入和国力的不断增强及文学艺术整体的日益繁荣，衰微冷寂了半个多世纪的旧体诗开始复苏，到了21世纪已逐渐走向复兴。其具体表现如下。

首先，全国各级旧体诗词曲赋的组织机构纷纷成立。从20世纪80年代开始，全国各地先后建立了不少诗社，其中较早和较有影响的有广州诗社、湖北东坡赤壁诗社、湖南岳麓诗社、上海半江诗社、江苏江南诗词学会、兰州诗词学会等。经过一段时间的酝酿，1985年9月21日，由姜椿芳、周一萍等人发起召开了古典诗词同人北京座谈会，并向全国发出了《筹建中华诗词学会倡议书》，次年得到了文化部的批准。1987年5月31日，即传统的端午节，中华诗词学会成立大会在北京的全国政协礼堂隆重开幕。至2013年12月，全国除西藏、台湾外，32个省级行政区都已建立了诗词学会，全国包括各省、市、县及各行业系统在内的各级古典诗词组织已达万余个。截至2018年，仅中华诗词学会就有团体会员260个，个人会员3万多名。另外，2012年1月15日，中国辞赋学会在北京成立。截至2017年年底，全国各级辞赋类组织已有59个。

其次，专门发表旧体诗词曲的刊物如同雨后春笋般涌现。20世纪80年代开始，随着全国各地诗社的建立，各地古典诗词刊

物亦纷纷创办。其中较早和较有影响的有广州的《当代诗词》、湖北黄冈的《东坡赤壁诗词》、长沙的《岳麓诗词》、上海的《词学》、兰州的《诗词丛刊》等。各省（市、自治区）诗词学会建立后，其会刊如《湖南诗词》《上海诗词》《内蒙古诗词》等，以及各市（地、州）、县诗词学会的内部诗词刊物亦随之出现。自1990年1月《中华诗词》正式创刊后，面向全国公开发行的独立性诗词刊物如《诗词中国》《当代诗词》《当代散曲》《诗词月刊》《诗词之友》《城市诗人诗刊》《老兵诗刊》《榆林诗刊》等亦不断问世。至2003年底，全国公开与内部发行的诗词刊物已有800余种，仅《中华诗词》的发行量就达二万五千余册。另外，专门发表辞赋的刊物《中华辞赋》（双月刊）亦于2008年1月正式创办，2014年改为月刊。

再次，各类诗词活动丰富多彩，旧体诗词的作者队伍日益壮大，发表作品的数量、质量，已相当可观。自中华诗词学会成立后，全国性和各地所开展的诗词活动既内容丰富又数量众多，较重要者有由中华诗词学会主办的每年一次的全国性诗词研讨会（始于1987年），如2016年的第30届湖南攸县中华诗词研讨会等；为培养青年作者提高古典诗词创作水平而由中华诗词杂志社每年举办一次的"青春诗会"，如2017年的《中华诗词》许昌青春诗会等；一年一度的由中华诗词杂志社主办、某个地方政府承办并兼带采风活动的"金秋笔会"，如2018年的《中华诗词》"上杭紫金·金秋笔会"等。除此而外，尚有"天籁杯""星光杯""华鼎奖"等全国性诗词大奖赛，以及"陕西太白山杯""温州谢灵运杯""江苏汾湖柳亚子杯"等地方性诗词赛诸多活动。尤其值得一提的是近年来由中央电视台主办的全民参与的诗词节目——《中国诗词大会》。该节目自2016年2月12日开播以来，每年一季，至2020年2月共播出五季（每季10期，每期90～100分钟）。由于该节目以"赏中华诗词、寻文化基因、品生活之美"为宗旨,深深打动和吸引了广大人民群众及海外侨胞甚至热爱中华文化的外国人士,故对旧体诗的推广、普及与复兴,起到了相当大的作用。据《中华诗词》编委王子江、编辑部主任宋彩霞撰文称:经粗略统计,全国经常参加诗词活动的人数达二百万之众,诗词作者已超过百万,仅纸质媒介发表的诗、词、曲作品全国每年就有百万首之多(参见《创新,是中华诗词的创作之魂》等)。

正是改革开放这四十余年来的旧体诗的复苏与复兴,使得古典诗坛又重新繁荣起来,而且旧体诗作者遍及社会各个阶层,有知识分子、工人、农民、商人、学生、战士,乃至方外僧道等;在性别上有男有女;在年龄上有耄耋老翁,亦有龇龄小童。试择要简述如下:

老一辈的诗人中有一批出生于19世纪末20世纪初的创作群体,他们大多是学者、作家、艺术家等,如张伯驹、夏承焘、茅以升、苏步青、王力、俞平伯、缪钺、钱锺书、刘海粟等。改革开放后,他们虽年届高龄,但老当益壮,提笔抒写新时代的万丈豪情,为旧体诗的复苏立下了头功。试举二例如下:

怀闻一多(1983年)

王 力

旷世奇才有令名,诗人烈士两蜚声。
心思聪敏天生就,肝胆刚强铁铸成。
注屈笺唐精髓得,扬眉吐气鬼神惊。
玉溪妙笔常山舌,激起群论万古情。

汉宫春·黄山次韵辛稼轩会稽蓬莱阁怀古(1980年)

刘海粟

叠嶂层峦,似奔腾万马,欲饮江湖。青莲玉立千万仞,琢者天乎?心仪造化,骋襟怀游目须臾。君不见苍松迎客,风前招手遥呼！桃献天都开宴,对茫茫云海,万象昭苏。人间料无此境,此殆仙欤？奇峰怪石参差立,竞奏笙竽。谁捧出梨花春酿,流霞飞酌金乌。

还有一批20世纪二三十年代出生的学者、作家、编辑等,如丁芒、霍松林、刘征、郑伯农、羊春秋、袁鹰、李汝伦、袁行霈、周笃文、王筱婧（女）等。改革开放后,他们大多四五十岁,正是出成果的好时段,遂成为旧体诗复苏的前驱与引导力量。试举其诗、词、曲各一例如下：

三溪园 （1982年）
袁行霈

暂借松阴纳午凉,蝉鸣始觉暑天长。
赏心最是临池处,四面荷花袖底香。

浣溪沙·春明杂咏 （1983年）
王筱婧

迢递随槎到日边,荼蘼花发麦秋天。饯春长是费榆钱。
太液不知兴废事,照人还似画中仙。尽教收拾入吟笺。

【仙吕】[一半儿·桃花源偶题·其二] （1981年）
羊春秋

遇仙桥上豁然亭,眼底红尘洞里秦。怪底那渔人迷了津,变幻纷,一半儿风雨一半儿晴。

随着旧体诗的复苏,一批20世纪四五十年代出生的诗人登上了诗坛。其中有学者如莫砺锋、熊盛元、陈鹏举、包德珍（女）、蔡淑萍（女）、宋彩霞（女）等；有公务员如马凯、项宗西、寓真、张福有等；有军人（包括转业军人）如刘庆霖、王亚平、刘冀川（女）等；有先为工人后为教授的星汉,先为工人后为编辑的杨逸民、先为工人后为公司经理的林崇增等；有农民李志田、甄秀荣（女）等。因他们几乎都经历了"文化大革命"，大多都有着学生—上山下乡—参军或当工人—考上大学—成为诗人的沧桑经历，故视角广泛、意趣多元、风格多样，扎实的古典文学修养和丰富的人生经历，无疑使他们成了当代旧体诗复兴中最具优势的创作中坚力量。试举其诗、词、曲各一例如下：

题自家宅
李志田

编篱陋室一农家，落絮飞花又晚霞。

绝子无妻罕客至，无钱破寂倩昏鸦。

临江仙·威海至京华车中作
宋彩霞

我借长风临北海，今番高梦昆仑。人间天上觅诗魂。眼前千叠浪，岭外几星辰。　莫问红尘多少路，可怜凡骨凡身。春花谢了又秋晨。来时如梦令，去是画堂春。

【越调】[天净沙·巴中池园农家]
马　凯

春风云路人家，绯桃白李黄花。小院修竹新瓦。荷塘月下，陶公也想听蛙。

在出生于六七十年代的青年人中，亦涌现出一批诗人，且来自不同的职业岗位，如有教授钱志熙，编辑高昌、张青云、曾少立，公务员赵宝海、刘如姬（女），军人王子江，中医师林峰，教师周燕婷（女），农民孙守华等。他们经过"文化大革命"洗礼后都接受了正规的系统教育，又年富力强，作品中展现出创作活力和时代的新鲜感。试举其诗、词、曲各一例如下：

甲申冬夜过苏州轸怀钱仲联教授
张青云

胥江枫落又经年，车过姑苏万感牵。
诗国昔成王霸业，学林今富野狐禅。
青箱苕雪馨三世，绛帐阊门又数传。
不见大哉钱祭酒，中宵兀兀泪如泉。

蝶恋花·往事
刘如姬

纸伞江南烟雨巷，水墨人家，欸乃催双桨。侬曲数声波影漾，乌篷摇过莲花港。　藤蔓青青檐结网，墙角秋千，还在吱呀晃。年少情怀余惆怅，时间定格秋千上。

【中吕】[山坡羊·其二]
高　昌

春梅如沸，秋枫如愧，看甄甄历历饶风味。燕南飞，燕北飞，劳空了几许辛酸泪。细数着华年流作水。清，身自伟；洁，心自美。

在国学日渐回归和旧体诗复兴的影响与感召下，在 20 世纪八九十年代出生的年轻人中亦出现了一批旧体诗词爱好者与创作者，其中不乏相当优秀的诗人，如有"天为神州降此童"之美誉，且已出版《黑黑癸未诗词存稿》的程羽黑、"咱当兵的人就是不一样"的现役军旅诗人汪业盛等。而且进入 21 世纪后，中、小学生撰写旧体诗的业已不少，据尹贤编著的《新韵诗词曲选评》（2006）一书所附录的一批从全国各地甄选出来的"中小学生诗词"来看，虽然这些作品略显稚气，但基本符合格律要求，写作水平亦不错。其中如广东林小亮的诗、湖南唐智诚的词、云南梁晖的曲，皆有一定水准。试各举一例如下：

无 题
程羽黑
幕雨西窗枕手眠,想君风调最堪怜。
善书邺下才人语,能卜河间姹女钱。
未必三清同浩劫,犹从五浊识沦仙。
青衫老去应回首,曾见卿卿正妙年。

浣溪沙·界河乘艇巡逻
汪业盛
最爱山中古纳河,悠悠一水界中俄。谁耕碧垄漾清波?马达屡惊鸥鹤舞,浪花时惹鹿狍歌。翔鱼点点伴巡逻。

清 晨
林小亮（小学二年级）
清晨鸟语闹窗前,阵阵啾啾怎入眠。
快起床来朝外看,池塘又放小红莲。

江城子·残稻坞记
唐智诚（初三）
柴门犬吠稻流黄,野茫茫,路悠长。好友同游,无景亦何妨。归路桃源希误人,英未落,草正芳。 细思却笑己心狂,本平常,志昂扬。恬淡秦家,总属梦之乡。四野稻香风暗递,心渐静,羡蚕桑。

【越调】[天净沙·观流星雨]
梁晖（高三）
流星夜暮狂欢,激流光影空间。玉箭飕飕耀眼。举目凝视,倏然坠落山前。

由上可见,旧体诗的复苏和复兴,除不同年龄辈分、不同社会阶层、不同职业岗位的人们纷纷参与诗词曲的各种活动并进行创作外，还有作品众多、题材广泛、视野开阔、思维多元、语言生动、风格多样、质量不断提升等方面的表现。除此而外，较数千年以来旧体诗传统，当代古典诗坛还具有三个显著的特点：

一是与当今不同，古代无发表、出版诗词并获得相应稿费的版税付酬机制，诗人大多为入仕有着功名俸禄的文人学士。即便是民间诗人，亦基本上是以塾师、账房、郎中、优伶、僧道、乡绅、官宦豪富之家的眷属与清客之流为主的群体。以专门撰写诗词为生存手段的专职诗人几乎难觅。而从清末民初至今，不仅有以稿费、版税为生的专职诗人，而且尚有在诗词研究机构、诗词学会、诗词刊物等组织机构中从事诗词工作的专职人员。

二是最基层的村、乡（镇）的旧体诗集体活动和创作相当活跃。如在山西原平的楼板寨、解村、闫庄等13个乡镇和60多个村庄，自21世纪初以来就集体活动着一批散曲创作的农民作者，至2012年在册人数共达130余人，已创作散曲数千首，在《中华诗词》《当代散曲》等刊物上发表130余首（116人次）；江苏淮安市的淮阴、楚州、涟水、盱眙等市（县）农村里，21世纪以来，亦活跃着人数众多的从事旧体诗创作的农民作者。他们的作品经常在《中华诗词》等报刊上发表。试各举一例如下：

【仙吕】一半儿·农民诗人
邢　晨

牵牛拽马老行家，种麦撒葱栽过瓜，瞅空轻描诗穗花。不图啥，一半儿偷闲，一半儿雅。

栽秧女
孙秉中

体态轻盈俏脸庞，稍簪短发未梳妆。
晨曦才露下田去，明月当空尚插秧。
靓影弯腰身段美，青苗出手绿成行。

　　　　似将诗韵随禾种，万顷良田写典章。

　　三是全国统一的诗词团体组织——诗词学会从中央到各省、市、县已呈金字塔式普遍建立，并有组织有系统地开展办会刊、创作诗词和培养诗人等活动。如位于浙江省西部金衢盆地中的衢州市龙游县，只是一个面积为1143平方公里、人口36万余，在省内经济相对落后（2018年10月6日发布的全省90个县市区经济排行榜中居第70位）的小县，当今却出了四位院士，尤其在旧体诗创作方面亦可圈可点。县诗词学会成立于2002年6月，包括各种职业岗位的会员有40余人，其中中华诗词学会会员8人。会刊《龙游诗词》同年创办，除辟有理论、评论、随笔、诗讯等栏目外，迄今共刊登旧体诗作品6000余首。学会经常性地开展一些讲座、培训、评比、竞赛及外出学习、交流、采风等诗词活动。自学会创办以来，会员共创作诗词作品逾万首，有不少发表于《中华诗词》《诗词中国》《当代诗词》《芒种》等著名刊物上。会员出版的个人诗集亦很多，如谢森炎的《灵江烟雨》（一、二两部）、周执中的《海龙诗词》（卷一、卷二）、余久一的《沉庐诗草》、叶日章的《叶日章诗词选》、林峰的诗集三种、夏希虔的诗集四种等。其中特别值得一提的是，该县诗词学会涌现出了两位具有较高创作水准的会员林峰及夏希虔，两人均为土生土长的龙游籍诗人。

　　林峰，1967年生，在县城任中医师多年，二十出头即在海内外著名报刊上发表古典诗词作品多篇，多次获全国诗词大奖赛一、二等奖和获得"诗词中国""最具公众影响力诗人"等荣誉称号。后调中华诗词学会，现任中华诗词学会副会长兼学术部主任，并被聘任为中央电视台诗词大会评委等。目前林峰出版《一三居诗词》《花日松风》《古韵新风·林峰卷》三部诗集。试举其作品二例如下：

万源八台山

林　峰

凭崖直上最高台，天泛珠光紫翠开。
袖底岚随飞鸟散，襟边瀑自抱琴来。
万山浮动云初白，一径扶疏心尚该。
莫道巴东新月小，琼辉依旧绝尘埃。

沁园春·黄河石林

林　峰

九折洪波，一线天开，势耸绝峰。尽嶙峋崖壁，神工化女；蜿蜒峡谷，鬼斧横空。狮卧雄关，鹰环紫塞，马踏流星日在东。依稀见，又征帆竞发，浪激苍龙。　回眸清气如虹，更千古风流谁与同。叹汨罗屈子，楚骚安续；沙门玄装，宝筏难通。剑劈书山，旗辉笔柱，西北从来多俊雄。欣归去，正云来掌上，月到林中。

夏希虔，1956年生，师专毕业，先在县内任中学语文教师，后调县党政机关主管党史、地方志编纂工作。现为衢州市诗词学会副会长、龙游县诗词学会会长。至今已创作诗词2000余首，不少作品在《中华诗词》《当代诗词》等著名期刊上发表，已出版《癸未吟草》《瀫水吟踪》《岑山樵歌》《灵溪放棹》四部诗集。试举其作品二例如下：

赠吟侣

夏希虔

瀫水清粼起桴烟，岑山遥望雨绵绵。
行吟北雁南归日，梦里相思又一年。

西江月·龙游石窟

夏希虔

绿野江湾晓月，清秋凤麓烟村。一时游客聚如云，欲把谜团探问。 许是先皇陵寝，抑或兵备遗存。千年古洞一朝闻，百说何时定论。

除上举古典诗、词、曲作品外，沉寂了近一个世纪的辞赋，亦于20世纪末开始复苏，进入21世纪，尤其是在中国辞赋学会成立和《中华辞赋》创刊的促动下，辞赋已逐渐复兴。《中华辞赋》仅从创办至改为月刊的六年间，就发表赋文近1500篇；2018年9月《中华辞赋》编辑部出版了《当代辞赋名家精选》一书，共选编了老、中、青三代共128位作者的144篇作品；老一辈的作者主要有饶宗颐、周汝昌、马识途、叶嘉莹（女）、霍松林、刘征、流沙河、丁芒、魏明伦等，中青年作者有许结、潘承祥、周晓明、陈逸卿（女）、何智武、孙传志、布茂岭、冷为峰、刘长焕等。当今已出版辞赋集的赋家有百余人，如《潘承祥赋辑》《孙继纲赋集》《广成子赋集》等。试举一例如下：

医巫闾山赋（节选）
陈逸卿

山峻高而容肃，道僻远以幽独。欲飞升于丹丘，思隐逸于鸿陆。涉峭崿之峥嵘，倚仙庐之修竹。石兀兀以凌虚，林深深以鸣鹿。白狼惊遁于雕弓，苍鹰栖残于鬼谷。簪缨承以世家，武略炫乎海渎。奇珍征于南溟，魏阙安于北陆。嘉禾丰稔，轩辕得以修文；英物云集，日月为其转毂。地承文脉，与苍松而同根；身立危崖，领渤澥以纵目。珣玗以为餐，紫霞以为服。美宇宙之常行，悲时空之不复。

（载《中华辞赋》2018年第8期）

（二）新诗的先滞后兴

1. 1949年10月至改革开放前，新诗的一元化与停滞

新诗是新文化运动下"文学革命"的产物，中华人民共和国建立后，新诗主宰了整个诗坛。但从批判电影《武训传》开始

后,批"红楼"、批"胡适"、批"胡风"、反右派、反"题材决定"、反"中间人物"等,直至"文化大革命",整个文艺领域在这连续不断的熊熊政治炉火的熔炼下,其所创作出的各类作品皆化为了一股股红色铁流而浇铸出一尊尊"高、大、全"的塑像。当然处于这一红色文学艺术潮流中的新诗亦不例外,颂歌——政治抒情诗和叙事诗自然就成了诗坛的主流,而郭小川、贺敬之就是这一红色新诗主流的前导旗手。

郭小川的新诗代表作主要有《保卫我们的党》《山中》《望星空》等。试举一例:

望星空(节选,1959年)

郭小川

今夜呀,/我站在北京的街头上。/向星空瞭望。/明天哟,/一个紧要任务,/又要放在我的双肩上。/我能退缩吗?/只有迈开阔步,/踏万里重洋;/我能叫嚷困难吗?/只有挺直腰身,/承担千斤重量。/心房呵。/不许你这般激荡!……/此刻呵,/最该是我沉着镇定的时光。/而星空,/却是异常的安详。/……

贺敬之的代表作主要有《放声歌唱》《十年颂歌》《雷锋之歌》等。试举一例:

十年颂歌(节选,1959年)

贺敬之

我们难忘的/一九五八呵!/我们的/千万座/小高炉!/烧起来!/烧起来!看我们/几千万/钢铁大军,/伟大的创举——"小土群"!/……

郭、贺在这一时期的新诗作品,几乎都是以大我自居,为时代立言。其他的新诗诗人们如老诗人艾青、臧克家、田间、李季等,中年诗人闻捷、蔡其矫等,50年代初露头角的青年诗人公刘、白桦、流沙河、雁翼等，基本上都陷入了创作困境。虽有的诗人亦创作了一些反映建设成就、山水风光及军旅生活方面的诗作，但其所撰写的新诗主流作品仍囿于政治抒情与叙事的一元化格局之中，故整个诗坛亦滞于颂歌声中而举步维艰。

2. 1978年12月至今，新诗的多元化与兴盛

在改革开放东风的吹拂下，诗坛上首先破土而出的是"朦胧诗"。当然这与六七十年代白洋淀诗派所创作的"地下诗歌"为其奠定了一定的基础不无关系。1978年底，《今天》在北京创刊，北岛、舒婷、顾城、江河、海子与诸朦胧派诗人的一些成名作皆在其上登载过。不久《诗刊》《星星》《萌芽》等刊物亦纷纷发表以上诗人的诗作，故而"朦胧诗"的影响不断扩大，争论亦随之增大。至80年代中期，朦胧诗派已成为当时中国诗坛上的一支主要力量，并开启了新诗从停滞到兴盛的大转折的新局面。试举二例：

宣告——献给遇罗克
北　岛

也许最后的时刻到了/我没有留下遗嘱/只留下笔，给我的母亲/我并不是英雄/在没有英雄的年代里/我只想做一个人/宁静的地平线/分开了生者和死者的行列/我只能选择天空/绝不跪在地上/以显出刽子手们的高大/好阻挡那自由的风/　从星星的弹孔中/将流出血红的黎明

一代人
顾　城

黑夜给了我黑色的眼睛，
我却用它寻找光明。

除了朦胧诗派外，这一时期还有一支重要的诗歌力量，即包括原七月诗派的牛汉、绿原、鲁藜，原西南联大诗人群的穆旦、

郑敏（女）、杜运燮，以及 50 年代青年诗人群的公刘、白桦、流沙河等所形成的"归来诗人群"。他们在"反右"和"文化大革命"等运动中大多遭受迫害而被剥夺了发表作品的权利，进入改革开放的新时代终于找到了火山口而喷发出来。试举一例：

渴望：一只雄狮
郑　敏

在我的身体里有一张张得大大的嘴/它像一只在吼叫的雄狮/它冲到大江的桥头/看着桥下的湍流/那静静滑过桥洞的轮船/它听见时代在吼叫/好像森林里象在吼叫/它回头看着我/又走回我身体的笼子里/那狮子的金毛像日光/那象的吼声像鼓鸣/开花样的活力回到我的体内/狮子带我去桥头/那里，我去赴一个约会

接着登上诗坛的是反"朦胧诗"、呼喊"别了，舒婷、北岛"的第三代诗人。在这一批第三代诗人中较有影响的，主要有四川的以周伦佑、蓝马等为代表的"非非主义"诗派，以万夏、李亚伟等为代表的"莽汉主义"诗派，以石光华、宋渠等为代表的"整体主义"诗派；上海以王寅、孟浪等为代表的"海上"诗派；南京的以韩东、于坚等为代表的"他们"诗派；河南的以吴元成、白战海、白书庄为代表的"三脚猫"诗派；以及贵州的"生活方式"诗派、安徽的"世纪末"诗派，等等。当时（1986 年前后）全国出现了二千多家诗社和成千上万的诗集、诗刊、诗报。他们解构神圣感、崇高感，反理性、反意象，主张自我和诗歌创作语言的口语化等，宣告与以往的新诗告别或决裂。试举二例：

中文系（节选）
李亚伟

中文系是一条撒满钓饵的大河/浅滩边，一个教授和一

群讲师正在撒网/网住的鱼儿/上岸就当助教,然后/当屈原李白的导游然后/再去撒网/要吃透《野草》《花边》的人/把鲁迅存进银行,吃利息/　　当一个大诗人率领一伙小诗人在古代写诗/写王维写过的那块石头/蠢鲫鱼或傻白鲢在期末渔汛中/挨一记考的耳光飞跌门外/　　老师说过要做伟人/就得吃伟人的剩饭背诵伟人的咳嗽/……

有关大雁塔
韩　东

有关大雁塔/我们又能知道些什么/有很多人从远方赶来/为了爬上去/做一次英雄/也有的还来做第二次/或者更多/那些不得意的人们/那些发福的人们/统统爬上去/做一次英雄/然后下来/走进这条大街/转眼不见了/也有有种的往下跳/在台阶上开一朵红花/那就真的成了英雄/当代英雄/有关大雁塔/我们又能知道些什么/我们爬上去/看看四周的风景/然后再下来

到了90年代,与80年代诗歌流派林立、诗社诗刊遍地开花、诗人激进混杂不同,受社会文化环境的变化和诗人队伍分化的影响,诗坛上呈现出的是一种确立个人写作即"诗的个人化"的新流向,其主题着重体现在历史的个人化和语言经验上。而在诗歌流派方面主要是以欧阳江河、王家新、西川、霍永明等为代表的"知识分子写作"和以伊沙、于坚、徐江、侯马等为代表的"民间写作"的两大诗派。试各举一例:

帕斯捷尔纳克(节选)
王家新

不能到你的墓地献上一束花/却注定要以一生的倾注,读你的诗/以几千里风雪的穿越/一个节日的破碎,和我灵魂的颤栗/　　终于能按照自己的内心写作了/却不能按一个人的内心生活/这是我们共同的悲剧/你的嘴角更加缄默,那是/命运的秘密,你不能说出/只是承受、承受,让笔下的刻痕加深/为了获得,而放弃/为了生,你要求自己去死,彻底地死/……

车过黄河
伊 沙

列车正经过黄河/我正在厕所小便/我深知这不该/我应该坐在窗前/或站在车门旁边/左手叉腰/右手作眉檐/眺望像个伟人/至少像个诗人/想点河上的事情/或历史的陈账/那时人们都在眺望/我在厕所里/时间很长/现在这时间属于我/我等了一天一夜/只一泡尿功夫/黄河已经流远

进入21世纪,由于知识分子写作过于强调"学识"与"技术",民间写作过于强调"口语"和"生活",于是在新世纪初诗坛上便出现了积极吸收两者合理成分并加以改造的"第三条道路写作"群,其代表诗人有莫非、谯达摩、马永波、路也等;以及提出"诗歌从肉体开始,到肉体为止"的以沈浩波、朵渔、尹丽川、南人等为代表的"下半身写作"诗派和从事打工诗歌创作发出"贱民歌唱"的以许强、柳冬妩、李明亮、蓝紫等为代表的"底层生存写作"诗派。除此而外,尚有以祁国、飞沙等为代表的"荒诞主义"诗派;以皮旦为代表的"垃圾"诗派和以殷晓媛、赵树义等为代表的"百科"诗派等。试举三例:

今夜,我以古城为伴
莫 非

今夜,雨丝如帛/我像一个盲流/从异乡/流放至此/我手抚城墙/穿越/千年的风月/我的山河啊/我的城垛/我的琴声呜咽/千年,万年

一把好乳
沈浩波

她一上车/我就盯住她了/胸脯高耸/屁股隆起/真是让人/垂涎欲滴/我盯住她的胸/死死盯住/那鼓胀的胸啊/我要能把它看穿就好了/她终于被我看得/不自在了/将身边的小女儿/一把抱到胸前/正好挡住我的视线/嗨,我说女人/你别以为这样/我就会收回目光/我仍然死死盯着/这回盯住的/是她女儿/那张俏俏的小脸/嗨,我说女人/别看你的女儿/现在一脸天真无邪/长大之后/肯定也是/一把好乳

裸睡的民工
李明亮

晚上可以睡觉/中午也可小憩/真好/脱去油污和尘土/身体原来如此干净/没有任何依附/只有亲切的肌肤包裹热血/裸露,与性无关/只是让汗水能够四处逃遁/一个被称作民工的男人/一张草席说出了他的所有秘密

总之,无论旧体诗、新诗,在拥有960多万平方公里和14亿人口的这一被三四千年的诗之长河一直浇灌着的中华大地上,时代需要诗歌,民众需要诗歌,诗人更需要诗歌。无论其经受了多少风暴、挫折,衰落过也罢,沉寂过也罢,在改革开放四十多年后的今天,在全国各地已形成和建立的新旧诗歌创作基地、诗乡之地、诗馆、诗人纪念馆、诗人纪念碑星罗棋布;新旧诗歌学会、诗社、诗刊、诗报亦遍地开花;新旧诗歌创作者队伍及其作品数量与出版的诗集更是不断扩展,以致汗牛充栋;而且除中央电视台一年一届的"中国诗词大会"和"新年新诗会"等诗歌直播节目外,各省、市、县地方电视台亦纷纷举办类似的诗歌节目,等等。故而旧体诗的复苏、兴起和新诗的多元繁茂,是当今的一股不可阻挡的滚滚洪流,并与时代共生、与改革开放国家昌

盛的步伐共进!

第二节　新诗的体制与《中华新韵》《诗韵新编》

一、新诗的体制

（一）新诗的概念与分类

中国新诗又称现代诗或白话诗，是指有别于传统旧体诗而言的在新文化运动"文学革命"中产生的以白话文作为基本语言手段的一种诗歌体裁。新诗在形式上采用白话文，打破了旧体诗的格律束缚；内容上主要反映新生活、表现新思想；艺术形式上格式自由、意涵丰富，已冲出了旧体诗"温柔敦厚""哀而不怨"的樊篱，更为自由开放。

新诗划分如按不同标准，可得出以下几种分类。

按体式（或体裁）分，有自由诗、新格律诗、散文诗、民歌体诗、歌词体诗。

按内容表达方式分，有叙事诗、抒情诗、哲理诗、童话诗、寓言诗。

按篇幅分，有微诗、小诗、短诗、长诗。

下文试就新诗体式（或体裁）的分类做如下简述。

自由诗：无固定格式、形式自由，语言通俗、注重自然与内在节奏，字数、行数、句式、押韵、声调皆不受限制的一种近代受欧美诗歌影响而发展起来的诗体。美国诗人惠特曼（有《草叶集》等）是自由诗的创始人。自由诗从中国"文学革命"运动爆发始，即被引进并逐步流行，如上一节中所举胡适、郭沫若的诗。

新格律诗：句式较为整齐，节奏与韵律有一定格律规则，诗无论多少段，每一段的行数、每一行的字数和节奏都相同或大体相同的诗体。新格律诗虽有一定的规则，但并不像传统格律诗那样严苛,其规则相对简单且可由作者自行安排,故每首新格律诗的格律并不相同。如上一节中所举闻一多的诗。

散文诗:一种兼有散文和诗歌的双重特点,不分行排列,大多不押韵,不受诗歌格律束缚,但又具有诗的意境和激情,注重自然的节奏感和音乐美的诗体。如鲁迅的《野草》,当代诗人诗阳的《致半岛与太阳的影子》。

民歌体诗:一种具有民间歌谣样式、风格,字数、行数、节数不受限制,没有对仗等格式要求,韵律和谐、语言通俗易懂、形式自由活泼而为广大群众所喜闻乐见的诗体。如上一节中所举李季的诗。

歌词体诗:篇幅较为短小,语言简洁、节奏明快,有些句子重复回环,乐感强烈,配上乐曲即可歌唱的诗体。如田汉的《义勇军进行曲》,乔羽的《我的祖国》。

(二)新诗的节奏与用韵

1. 新诗的节奏

节奏原本是音乐术语,《礼记·乐记》言:"节奏足以感动人之善心。"孔颖达疏之曰:"节奏谓或作或止,作则奏之,止则节之。"诗歌不仅要押韵,而且要有节奏。因前者仅反映诗歌语言的抑扬,后者才显示诗歌语言的顿挫。正如中国新诗开创者之一的郭沫若在《论节奏》一文中所指出的那样:"节奏之于诗是她的外形,也是她的生命,我们可以说没有诗是没有节奏的,没有节奏的便不是诗。"[①] 歌无节拍就不能唱,诗无节奏就不能咏,诗歌必须要有鲜明的节奏才具备韵律美。而所谓的诗歌节奏就是指诗歌中有规律的声调交互,即字音的高低、长短、快缓的一种有反复又有变化的配合交替。一般而言,西方诗歌用字词中的重音联构成诗句的节奏;中国的诗歌(包括旧体诗和新诗)则是用

---

① 郭沫若:《论节奏》,《创造月刊》,1926年第1卷第1期。

平仄即字音的长短高低亦就是音节结构来表现节奏。具体而言，一句诗中有几个音步（音步或称音组，亦有称顿的，是指诗歌中的基本节奏单位）即为几个节奏。

中国新诗的节奏离不开旧体诗节奏这一基础。而旧体诗的节奏，早已按平仄格律的规定基本定型。下面，我们可以分别从最常见的四言、五言、七言诗来看旧体诗的节奏：

（1）四言句构成2个音步，其句式结构一般为上二下二式，即具有"二二"2个节奏。如诗："君子/于役，不知/其期。"（《诗·王风·君子于役》）词："连营/画角，故宫/离黍。"（张元幹：《贺新郎》）曲："晨鸡/初叫，昏鸦/争噪。"（陈草庵：【中吕】［山坡羊］）

（2）五言句构成3个音步，其句式结构一般为上二下三式，但却具有"二二一"或"二一二"两种形式组合成的3个节奏。如诗："本是/同根/生，相煎/何/太急。"（曹植：《七步诗》）词："且莫/辞/沉醉，听取/阳光/彻。"（寇准：《阳光引》）曲："春醉/有时/醒，人老/欢/难会。"（薛昂夫：【双调】［楚天遥过清江引·送春］）

（3）七言句构成4个音步，其句式结构一般为上四下三式，但却具有"二二二一"或"二二一二"4个节奏。如诗："溪上/遥闻/精舍/钟，泊舟/微径/度/深松。"（郎士元：《柏林寺南望》）词："空床/卧听/南窗/雨，谁复/挑灯/夜/补衣。"（贺铸：《半死桐》）曲："笔头/风月/时时/过，眼底/儿曹/渐渐/多，有人/问我/事/如何。"（姚燧：【中吕】［喜春来·遣怀］）

新诗的节奏虽与旧体诗有前后沿袭关系，却没有像旧体诗尤其是律绝诗那样严格、统一的规定，而且各种不同的新诗，音步的安排亦有其各自的特点。加之新诗本身在整体布局、结构形式上较为自由，节数、行数、字数皆不受限制，故节奏也就较为灵活多变。但就新诗总体而言，无论什么体式、内容、篇幅的新诗，诗歌的节奏主要与诗中的诗句（诗行）的长短密切相关，与其他诗歌要素大都无关。因诗句长（每句字数多），音步自然就多，节奏亦就多；诗句短（每句字数少），音步自然就少，节奏亦就少。试就新诗总体上的节奏状况简述如下。

一字句和二字句：两者都只有1个音步，即一个节奏。如《义勇军进行曲》最后几句："前进！前进！前进！进！"

三字句：构成2个音步，其句式结构一般为上一下二式或上二下一式，即具有"一二"或"二一"2个节奏。如"水乡的/路，水云/铺；进庄出庄，一把/橹。……户户门前，锁/一副。要/找人，稻花深处。"（沙白：《水乡行》）

四字句：构成2个音步，其句式结构一般为上二下二式，即具有"二二"2个节奏。如"日头/打顶　鸡孀/发惊　呱唧/不断　又没/下蛋"（鬼叔中：《惊春》）

五字句：构成2个或3个音步，其句式结构一般为上二下三式，具有"二三"2个节奏或"二二一"3个节奏。如"两个/黄蝴蝶，双双/飞上/天。"（胡适：《朋友》）

六字句：构成3个音步，其句式结构一般为上二中二下二式，即具有"二二二"3个节奏。如："我觉得　你看/我时/很远　我看/云时/很近。"（顾城：《远和近》）

七字句：构成3个音步，其句式结构一般为上四下三式或上二中三下二式，即具有"二二三"或"二三二"3个节奏。如："我希望逢着　一个/丁香/一样地　结着/愁怨的/姑娘。"（戴舒望：《雨巷》）

八字句：构成4个或5个音步，句式结构一般为上四下四式或上三下五式，具有"二二二二""一三二二"4个节奏或"一二二二一"等5个节奏。如："这刻不知道下刻的命，它/有泪/只往/心里/咽，眼前/飘来/一道/鞭影，它/抬起头/望望/前面。"（臧克家：《老马》）

九字句：构成 3 个、4 个或 5 个音步，其句式结构一般为上四下五式或上五下四式，亦有上三下六式，具有"二二三二""二三二二"4 个节奏或"一二二二二"5 个节奏，甚至"三四二"3 个节奏。如："这是/一沟/绝望的/死水，清风/吹不起/半点/漪沦。……让/死水/酵成/一沟/绿酒，漂满了/珍珠似的/白沫。"（闻一多：《死水》）

十字句：构成 3 个或 4 个音步，其句式结构一般为上三下七式或上四下六式，具有"三四三"3 个节奏或"三二三二""二二三三"4 个节奏。如："卑鄙是/卑鄙者的/通行证，高尚是/高尚者的/墓志铭。看吧/在那/镀金的/天空中，飘满了/死者/弯曲的/倒影。"（北岛：《回答》）

十一字句：构成 4 个或 5 个音步，其句式结构一般为上四下七式或上五下六式，具有"二二四三""二三四二""三二三三"4 个节奏或"一三二三二"5 个节奏。如："我的悲哀的中国！你/怀拥着/无限/美丽的/天然，你的/形象/如何浩大/而磅礴！……江河/只流着/很呜咽的/悲音，山岳的/颜色/更惨淡/而寥落！"（蒋光慈：《哀中国》）

十二字句：构成 5 个音步，其句式结构一般为上四下八式或上五下七式，具有"二二四二二"或"二三三二二"5 个节奏。如："我也/应该/用嘶哑的/喉咙/歌唱，这被/暴风雨/所打击/着的/大地。"（艾青：《我爱这土地》）

十三字句：构成 5 个音步，其句式结构一般为上六下七式、上五下八式或上四中五下四式，具有"三三二三二""三二三三二"或"四三二二二"5 个节奏。如："当我的/紫葡萄/化为/深秋的/露水　当我的/鲜花/依偎在/别人的/情怀　我依然固执地用凝霜的枯藤　在凄凉的/大地上/写下：/相信/未来。"（食指：《相信未来》）

十四字句：构成 5 个或 6 个音步，其句式结构一般为上四中六下四式、上六中三下五式或上五下九式，具有"四三三二二""四二三三二"5个节奏或"一四二二二三""三二二二三二"6个节奏。如："当蜘蛛网/无情地/查封了/我的/炉台　当灰烬的/余烟/叹息着/贫困的/悲哀　……那/无数次的/探索、/迷途、/失败/和成功　一定会/给予/热情、/客观、/公正的/评定。"(食指：《相信未来》)

2. 新诗的用韵

新诗的用韵（押韵方式）虽有多种，但大体上只有两种基本形式：一韵到底和中间换韵。

（1）一韵到底

一韵到底形式，即指新诗全篇或者每段只押一个韵部，其又可分为偶句押韵和首句亦相押的偶句押韵、奇句押韵、句句押韵及句句同字相押共三类五种。

偶句押韵，如："轻轻的我走了，/正如我轻轻的来；/我轻轻的招手，/作别西天的云彩。"(徐志摩：《再别康桥》)

首句亦押韵的偶句押韵，如："那颗中毒的心，正为语言输血/那些等待营救的灵魂，苦于无解/九月的贝加尔，俄罗斯的锋芒/一个力量的世纪在这里倾斜。"(大仙：《贝加尔十四行》)

奇句押韵，如："寒鸦终于拼凑成/　夜：黑色地图/　我回来了——归程/　总是比迷途长/　长于一生。"(北岛：《黑色地图》)

句句押韵，如："奇唱歌来怪唱歌，/红薯亩产三万多，/南瓜大一个，/抱多抱不合，/要拿重得像秤砣，/急得他喊爹喊妈莫奈何。"(《四川"大跃进"诗歌选》)

句句同字相押，如："青苔上的时光，/被木窗棂镂空的时光，/绣花鞋蹑手蹑脚的时光，/莲藕和白鱼的时光，/从轿子里下来的，老去的时光。"(潘维：《同里时光》)

（2）中间换韵

中间换韵，即指新诗不是一韵到底而是一篇诗中至少押两个韵部或两个以上韵部，它一般又可分为分节（段）换韵、两句换韵和交叉押韵（一首诗内奇句与奇句相押、偶句与偶句相押）三种。

分节（段）换韵，如："在碧绿的海水里/吸取太阳的精华/你是虹彩的化身/璀璨如一片朝霞/ 凝思花露的形状/喜爱水晶的素质/观念在心里孕育/结成了粒粒真珠。"（艾青：《珠贝》）

两句换韵，如："山丹丹开花红姣姣，/香香人材长得好。/一对大眼水汪汪，/就像那露水珠在草上淌。/ 二道糜子碾三遍，/香香自小就爱庄稼汉。/ 地头上沙柳绿蓁蓁，/王贵是个好后生。/ 身高五尺浑身都是劲，/庄稼地里顶两人。/ 玉米开花半中腰，/王贵早把香香看中了。"（李季：《王贵与李香香》）

交叉押韵，如："总得叫大车装个够，/它横竖不说一句话，/背上的压力往肉里扣，/它把头沉重地垂下！/ 这刻不知道下刻的命，/它有泪只往心里咽，/眼前飘来一道鞭影，/它抬起头望望前面。"（臧克家：《老马》）

二、《中华新韵》和《诗韵新编》

尽管新诗的用韵已如上述，但其应不应押韵，如需押韵又应按什么标准押韵，却又是新诗问世后一直有争论的重要问题。其实新诗与旧体诗的一个重大区别就是在格律上旧体诗必须押韵并有严格规定，新诗可押韵可不押韵无必然规定。因诗歌韵律有内外之分，所以就有诗人对新诗的内韵做出界应。新诗的内在韵律，按现代派诗人戴望舒的说法是："不在字的抑扬顿挫上，而在诗的情绪的抑扬顿挫上，即在诗情的程度上。"尽管他的新诗作品大都是押韵的，但他认为新诗可以不押韵，即"韵和整齐的字句会妨碍诗情,或使诗情成为畸形的"①。在当时,以学衡派为首的学人提出了"无律不成诗"的观点,反对新诗尤烈。对此,茅盾、叶圣陶、郑振铎、郭沫若等皆著文予以了回击。如茅盾就指出这是颠倒了内容与形式的关系;而郑振铎则从诗的本质着手,阐明了"诗的要素,绝不在有韵无韵","情绪和思想才是最重要的"(《论散文诗》)。经过一段时间的论争——新诗可以押韵亦可以不押韵、新诗押不押韵不影响其本质,已取得了新诗界大多数人的共识。至于新诗应按什么标准押韵的问题虽有一些争议,但不大,因为新诗产生于白话文运动和"文学革命"的大背景之下,故其押韵自然就应以现代汉民族的共同语——当时以北京语为主的国语语音为标准,而不应以旧体诗的平水韵甚或其他方言语音为标准。由于当时学者所编撰的有关国语语音的韵书有多种,韵部分类因各人的理解不同和具体划分上的粗细程度不一,以及所承袭的韵书不同而各不相同。故新诗押韵应以多少韵部为宜,即以何部韵书为用韵标准,虽目前仍存在一定分歧,但自民国至今,新诗作者甚至不少旧体诗作者的用韵,一般都以《中华新韵》和《诗韵新编》的18韵部为凭。

(一)《中华新韵》

著名音韵学家黎锦熙、卢前、魏建功编撰的《中华新韵》,由国民政府主席林森签发命令并以教育部国语推行委员会编定的名义,于民国三十年(1941)十月公布,由成都学道街茹古书局承印。第一作者黎锦熙(1890—1978),字劭西,出生于湖南湘潭,著名汉语言文字学家、音韵学家和教育家。1915年受聘为民国教育部教科书特约编审员,1916年,在他和同仁的倡导下,成立了"中华国语研究会"。黎氏一生从事语文教学、文字改革和汉语普通话拼音研究工作近70年。1955年当选为中国科学院

---

① 戴望舒:《论诗零札》,《现代》,1932年第2期第1卷。

哲学社会科学学部委员，著有《国语运动史纲》《中国语文》等。据黎锦熙在后来的《增注中华新韵》序言中说，该书是在吸收了元代周德清《中原音韵》和他自己与白涤洲合著的《佩文新韵》的基础上修订而成的。该书所用读音标准为北京音系，内有"例说""注音符号""韵目""韵略表""新韵""国音解说"等类目，以便统一全国声韵，遂成为当时的"官韵"。

相较于传统韵书，《中华新韵》彻底告别了《切韵》的综合语音体系及其欠科学、欠准确的汉字反切拼音法，而以20世纪初单一北京官话为主的普通话语音为基础读音和采用了更为科学、更为准确的汉语拼音作为辨音工具；在此基础上，将先辨四声，依声分韵的传统韵部划分方法改革为平声定韵，推及四声的现代韵部划分方法。因前者的依声分韵将一个韵部按四声划分为四个韵部，致使韵部数量大为扩增，而后者只以平声定韵，则大幅度减少了韵部数量。即《中华新韵》以北京语音为标准音，根据韵腹、韵尾相同者归为一韵的原则，共划分出十八个韵部："一麻、二波、三歌、四皆、五支、六儿、七齐、八微、九开、十姑、十一鱼、十二侯、十三豪、十四寒、十五痕、十六唐、十七庚、十八东。"《中华新韵》较以往106韵的"平水韵"减少了88个韵部，不仅使韵书语音与实际语音同步，而且更易于使用者熟记和掌握，是汉语韵书史上新体系的开创之作。

但因《中华新韵》将原入声字"都汇列于该韵之末，再照配归入阴平、阳平、上、去四声，这是略采'洪武正韵'式的"[①]方式，故在"麻""波""歌""皆""支""齐""姑""鱼"八个韵部的最后单列了"仄声·入声"，与前面的"平声·阴平""平声·阳平""仄声·上声""仄声·去声"平列起来，似乎成了第五声，于是受到了部分学人的一些诟病。有称其为该书"主要缺

---

① 黎锦熙：《增注〈中华新韵〉序》，商务印书馆，1950年版。

陷"者、有说其为"一大硬伤"者，不一而足。其实细加分析，实际情况并非完全如此。作为著名音韵学家和以"一、国语统一，即规定标准语。二、言文一致，即普及白话文"为宗旨的"中华国语研究会"的发起人和主要成员的黎锦熙先生，一生从事文字改革和普通话推广工作，并主编了《国音常用字汇》，他又何尝不知以北京官话为基础的普通话语音只有阴平、阳平、上声、去声四个声调而无入声声调这一事实呢？他既已将原入声划入普通话四声，则可直接将入声字分别归入各自所属的八个韵部的四个声调字之中，又何必单列"仄声·入声"于八韵部之后呢？究其原因，不外乎就是该书的编撰正处于取消入声、将入声分别并入普通话四声中的新旧韵书的过渡衔接时期，编撰者将已正式划入普通话四声中的入声字单独置于"仄声·入声"中，主要是便于读者一目了然地知晓哪些字是从入声字转变而来的，或入声字演变成了哪些阴平、阳平、上声、去声的字，亦即使读者更系统、更清楚地了解古入声演变为普通话四声的来龙去脉，从而加深对诗歌声韵的认识和方便实际创作。从该书的编撰体例来看，实际上《中华新韵》已经取消了入声字，使用者完全可以将原入声字按其新划分的普通话四声用韵即可。试举四例证如下：

沂河滩即景

李为强

水色天光涨绿池，春风十里乱花枝。
波分两岸拂堤柳，画上游人走如织。

（载《中华诗词》2019年第8期）

该例诗韵脚有"池""枝""织"，为《中华新韵》的"五支"韵部。其中第四句韵脚字"织"，原为入声，《中华新韵》中已将其划分为普通话的阴平声，并归入"支"韵部。虽"织"字单列于"支"部最后，但在该诗中已将其与"支"韵部阴平声的

"枝"、阳平声的"池"字一起作为同平声韵而相押入诗了。

凭吊王勃
傅 杰

一字千金序帝阁,唐初文士数王勃。
才高八斗卓识广,学富五车遗著多。
摒弃陈风除旧弊,振兴新律启先河。
诗杰不幸遭天妒,碧水滔滔唱挽歌。

(载《中华诗词》2012 年第 7 期)

该例诗韵脚有"阁""勃""多""河""歌",为《中华新韵》的"三歌"韵部。其中第一句韵脚字"阁"和第二句韵脚字"勃",原为入声,《中华新韵》中已将其皆划分为普通话的阳平声,并将"阁"字归入"三歌"韵部、"勃"字归入"二波"韵部("波""歌"通押)。虽"阁"字与"勃"字分别单列于"歌"部、"波"部最后,但在该诗中已将其与"歌"韵部阴平声的"歌"、阳平声的"河"以及"波"韵部阴平声的"多"字一起作为同平声韵相押而入诗了。

踏莎行·晨钓
徐兴聚

晓雾轻柔,凉风细洒,芦荻摇曳秋如画。一双宿雁梦初觉,河沿偷看鱼笼挂。　静候游鳞,暗将饵撒,钓台默默观波下。水声忽起见漩涡,浪花开处潜鱼大。

(载尹贤编著:《新韵诗词曲选评》,作家出版社 2006 年版)

该例词的韵脚有"洒""画""挂""撒""下""大",为《中华新韵》的"一麻"韵部。其中下阕第二句韵脚字"撒",原为入声,《中华新韵》中已将其划分为普通话的上声,并归入"麻"韵部。虽"撒"字单列于"麻"部最后,但在该词中已将其与

"麻"韵部上声的"洒"及去声"画""挂""下""大"字一起作为同仄声韵相押而入词了。

卜算子·忆故园
彭云国

百载土茅屋,先辈长居处。三面环流一面坡,翠柳苍榆簇。　邻里狗相嬉,户外鸦常顾。花自芳菲稻自香,绿野牛羊牧。

(载《中华诗词》2015 年第 10 期)

该例词韵脚有"处""簇""顾""牧",为《中华新韵》的"十姑"韵部。其中上阕第四句韵脚字"簇"和下阕第四句韵脚字"牧",原为入声,《中华新韵》中已将其皆划分为普通话的去声,并归入"姑"韵部。虽"簇""牧"两字单列于"姑"部最后,但在该词中已将其与"姑"韵部去声的"处""顾"字一起作为同仄声韵相押而入词了。

由上可见,使用者完全可以将列在《中华新韵》八个韵部最后的原入声字作为普通话的四声字进行使用,即按其所转入的阴平、阳平、上声、去声四个声调赋诗填词或撰写新诗(实际上包括著名旧体诗诗人、现任中华诗词学会会长郑欣淼等在内的诸多用新声韵创作旧体诗的人们,在用韵中都是这样操作的,本书作者亦如此)。《中华新韵》所标"仄声·入声",仅仅只是起到说明该标题下所列出的普通话的四声字是从原入声字转变过来的而已,并无其他什么实质性的含义与作用。故而部分学者称《中华新韵》保留了入声字,俨然成为第五声,是一大"缺陷""硬伤"等批评,是言过其实甚至是有所偏颇的。

(二)《诗韵新编》

《诗韵新编》是在中华人民共和国成立后,由中华书局上海编辑所于 1965 年编辑出版的,1978 年经上海古籍出版社修订后重新出版印行，1984 年再次修订后，又多次印行。实际上《诗韵新编》是承袭《中华新韵》而来的，正如该书《凡例》所言："以普通话字音为标准，参照《中华新韵》《汉语诗韵》等现代韵书，分为十八部。分部韵目及韵部次序，也依照《中华新韵》排列。"① 而且其在每一韵部中的字类排列和对原入声字的处理亦与《中华新韵》保持一致，即"每一部中先分平、仄两大类。平声类阴平、阳平分列；仄声类上声、去声及旧读入声字分列。……旧读入声字，分为八部，分别排列在应属的韵部后面，并按照普通话的四声各自分列"。但两者亦有一些不同之处，如：《诗韵新编》将《中华诗韵》的"十姑"改成了"十模"；在体例上《诗韵新编》虽沿袭了《中华新韵》"按音分列"的做法，但更严格地将"同声字"按"常用""罕用"前后分列的方法进行排列；《诗韵新编》附有平水韵资料《佩文诗韵》与《通押后的十八韵与十三辙对照表》等。而其中最为显著的不同之点则为：《诗韵新编》在其附录的《通押后的十八韵与十三辙对照表》中列示出四处某韵与某韵可以通押，即"二波"与"三歌"、"五支"与"六儿""七齐"、"十模"与"十一鱼"、"十七庚"与"十八东"可以通押，亦即从十八个韵部中压缩了五个韵部，从而正好与"十三辙"相对应。

至于《诗韵新编》的"旧读入声字"究系是如何"按照普通话的四声各自分列"的，则可将其与《中华新韵》相结合并溯源《中原音韵》，即大致能得出入声演变为普通话阴、阳、上、去四声的基本情况：入声字共约 1310 多个（包括某些多音字、多声字重复计算在内），属于"啊、窝、鹅、衣、迂、乌、耶、思、知、哀、威、煞、欧"等韵，分别归入十八个新声韵部中的"麻""波""歌""皆""支""奇""模""鱼"八个韵部的四声之

---

① 《诗韵新编》（修订本），上海古籍出版社，1978 年版。

中。其中归入阴平声的约近一百六十个、阳平声的约四百五十多个、上声的约五十多个、去声的约六百五十多个。试举入声演变为八个韵部中的平声（包括阴平、阳平）字共610余个（多音字、多声字用拼音注明）如下：

1. 麻部

阴平：八、捌、擦、插、锸、答（dā）、搭、褡、奔、瘩（dā）、发、刮、耷、适、鸹、栝、夹（jiā）、浃（jiā）、掐、撒、杀、煞、铩、刷、塌、褐、挖、瞎、鸭、压、押、匣、呷、扎（zā）

阳平：拔、跋、茇、魃、察、达、答（dá）、怛、瘩（dá）、缝、鞑、靻、笪、乏、伐、罚、筏、阀、垡、砝、茷、轧（gá）、滑、猾、划、夹（jiá）、浃（jiá）、铗、荚、颊、戛、蛱、鹈、恝、戛、侠、狭、峡、匣、辖、狎、札、扎（zhá）、炸、轧（zhá）、铡、喋（zhá）、硤、挟（xiá）、柙、黠、洽、呷、杂、砸、闸、霅、哳

2. 波部

阴平：剥、拨、钵、鳜、般、戳、撮、郭、蝈、啯、摸、泼、朴、说、缩、脱、托、饦、桌、捉、涿、作（zuō）

阳平：白、伯、薄、百、柏、箔、泊、博、驳、帛、舶、膊、雹、勃、钹、搏、踣、礴、佛、卜、鹁、渤、孛、浡、荸（bó）、镈、馎、襮、僰、铂、夺、铎、掇、咄、裰、泽、襍、佛（fó）、国、掴、帼、虢、漉、活、膜、橐、拙、酌、浊、斫、濯、茁、灼、着（zhuó）、啄、琢、卓、缴、镯、擢、梲、诼、躅（zhuó）、彴、鷟、踱、浞、昨、作（zuó）、笮、捽（zuó）

3. 歌部

阴平：鸽、割、搁、胳、疙、咯、喝、着（zhē）、硌、瞌、颏、搕、纥（gē）、蛰

阳平：得、德、额、格、阁、革、葛、隔、蛤、骼、輵、

膈、嗝、鬲、合、涸、盒、劾、核、翮、阖、龁、貉、阂、曷、盍、鹖、咳、壳、搁、舌、折（shé）、摺、摘、谪、宅、蛰（zhé）、磔、辄、辙、翟（zhé）、蜇、晢

4. 皆部

阴平：鳖、憋、跌、接、揭、撅、掫、捏、瞥、撇、切、缺、阙、贴、帖、歇、蝎、楔、削、薛、噎、约、曰、哕

阳平：别、蹩、蝶、叠、迭、谍、堞、谍、碟、喋（dié）、蹀、鲽、鬣、眺、昳、垤、咥、跕、结、洁、杰、节、截、竭、劫、捷、睫、碣、诘、孑、疖、撷、桀、讦、桔、拮、楬、颉、栉、篃、角、脚、觉、决、绝、爵、诀、谲、厥、蕨、蹶、崛、抉、噘、掘、橛、协、胁、挟（xié）、缬、颉、撷、噱（jué）、屩、镢、獗、鳜、滫、玦、珏、乄、觖、攫、桷、劂、爝、倔、矍、茓、鳛、絜、学、穴、噱（xué）、鹫、拽

5. 支部

阴平：吃（chī）、失、湿、虱、只、汁、织

阳平：石、食、实、识、蚀、拾、十、什、硕、直、值、植、殖、执、职、侄、跖、掷、蛰（zhí）、絷、埴、摭、踯

6. 奇部

阴平：湢、滴、苖、积、迹、激、绩、击、屐、唧（jī）、襀、劈、霹、七、柒、戚、漆、喊、缉、剔、踢、息、夕、吸、悉、膝、析、淅、蜥、晰、窸、蟋、螅、晳、一、壹、揖

阳平：鼻、荸（bí）、敌、笛、涤、的、荻、迪、狄、籴、适、觌、翟（dí）、镝、嫡、蹢、靮、极、寂、级、疾、集、吉、即、及、急、籍、瘠、唧（jí）、笈、岌、汲、棘、亟、革、藉、嫉、岌、墼、喈、踖、吃（jí）、蒺、鹡、踧、戢、殛、席、习、昔、惜、袭、熄、锡、熜、檄、隰、裼、腊

7. 模部

阴平：出、督、忽、惚、嗯、欻、哭、窟、扑、仆（pū）、噗、秃、屋

阳平：读、毒、笃、独、牍、犊、渎、椟、黩、髑、碡、顿、蠹、福、服、伏、拂、缚、幅、辐、袱、苻、绋、佛（fú）、袚、泭、匐、蝠、馥、沸、怫、舭、鹏、茯、弗、氟、骨、鹄、鹘、斛、縠、囫、槲、縠、仆（pú）、瀑、璞、醭、濮、蹼、蹼、熟、赎、淑、菽、孰、叔、塾、秫、俗、突、凸、竹、逐、烛、躅（zhú）、轴、筑、舃、蠋、舳、妯、竺、术、足、瘃、族、卒、捽（zú）、镞

8. 鱼部

阴平：锔、曲（qū）、屈、蛐（qū）、诎、戌

阳平：局、橘、菊、侷、跼、掬、鞠、踘、鶪、曲（qú）、蛐（qú）

总之，《中华新韵》与《诗韵新编》无论在性质、体例、内容、字韵排列甚至对原入声字的处理上都基本保持了一致，故其不仅成为大多数新诗作者用韵的标准，亦成为很多用新声韵创作旧体诗者的参考依据。只不过在时间界限上，20世纪40年代至60年代中期的新、旧诗创作者所依凭的是《中华新韵》，而60年代中期以后，因《诗韵新编》在《中华新韵》的基础上修订出版，体例更趋完善，《诗韵新编》则成为诗人们用韵的依据。如前面提到过的郑欣淼会长（当时为文化部副部长、故宫博物院院长）于2006年5月2日接受《中国文化报》记者高昌（现为《中华诗词》主编）采访时曾说道："约在1965年，我买过一本上海中华书局出版的《诗韵新编》，后来写诗用韵就按这本书。"[①]

[①] 郑欣淼：《诗界访谈——旧体诗创作：从复苏走向复兴》，《中华诗词》，2006年第9期。

第三节　现当代诗歌声韵的主要演变

一、国语注音符号与国语罗马字拼音法式的创建以及以北京语为标准的现当代普通话语音的确立

（一）国语注音符号的创建

现当代阶段诗歌声韵较近古阶段，其最显著的演变发展有两项：一是从传统的反切注音法转变为国语注音符号注音；二是从北方共同语语音转向了以北京话语音为标准的现当代普通话语音。自反切法发明后直至清末，千余年来，汉字注音法一直未变。明代以降，随着西洋传教士来到中国，他们因学习汉语和传教的需要，开始创立以罗马字母来为汉字注音的方法。究其源流，其肇启者当推明代的意大利天主教传教士利玛窦和比利时耶稣会传教士金尼阁：前者著有《西字奇迹》，后者著有《西儒耳目资》。鸦片战争后，随着各通商口岸的不断开放和西洋传教士活动的频繁，罗马字母拼音法式更为流布，其中最为著名者，当数英国传教士马礼逊所编的《中文字典》。这是最早的一部汉英字典，它实际上是用罗马字母拼写汉语广东方言。另外，英国驻华大使馆秘书威妥玛编写的《语言自迩集》亦较为有名。受西方学者的影响，国内有不少学者亦仿效而动，如王照的《官话合声字母》（1900）、卢戆章的《北京切音教科书》（1906）、朱文熊的《江苏新字母》（1906）、刘孟扬的《中国音标字书》（1908）等。

1912 年，由蔡元培任总长的民国政府教育部设立了"读音统一会"，其任务与职责如下：（一）审定一切字音为法定国音；（二）将所有国音均析为至单至纯之音素，核定所有音素总数；（三）采定字母，每一音素均以一字表之。1913 年 2 月，读音统一会在北京正式开会，实行一省一票制，选举吴稚晖为议长，王照为副议长，会员 80 人，除各省代表，绝大多数是在切音字运动和国语运动中业绩卓著的语言文字学者。一个多月后，与会者依据清代《音韵阐微》"择要审定"了"国音"即6500多个字的标准读音，并核定了汉语的39个音素。在注音字母上，因提案多，争议大（可分偏旁、符号、罗马字母三派），几经争执，最后采纳了以章炳麟所拟定的"取古文篆籀径省之形"的方案为主（"故尝定纽文为三十六，韵文为二十二，皆取古文篆籀径省之形，以代旧谱。既有典则，异于向壁虚造者所为，庶几足以远行。"①），遂综合制定"注音字母"39个，其中声母24个：

ㄅ、ㄆ、ㄇ、ㄈ、万、ㄉ、ㄊ、ㄋ、ㄌ、ㄍ、ㄎ、ㄤ、ㄏ、ㄐ、ㄑ、广、ㄒ、ㄓ、ㄔ、ㄕ、ㄖ、ㄗ、ㄘ、ㄙ

韵母15个：

ㄧ、ㄨ、ㄩ、ㄚ、ㄛ、ㄝ、ㄞ、ㄟ、ㄠ、ㄡ、ㄢ、ㄣ、ㄤ、ㄥ、ㄦ

至1920年，教育部下设的国语统一筹备会对注音字母进行了修订，增加了一个"ㄜ"，于是总共就有了40个注音字母。到了1930年，又由国民政府通令将"注音字母"改称为"注音符号"，即称之为国语注音符号第一式。

（二）国语罗马字拼音法式的创建

与制定汉字注音字母差不多同时，1920年，南京高等师范学校的英文科主任张士一出版了《国语统一问题》一书，率先挑起了国音与京音之争，主张从根本上改造注音字母，以京音为国音。接着有不少著名学者如蔡元培、陈独秀、胡适、傅斯年、钱玄同、刘半农、赵元任、黎锦熙、周辨明、林语堂等，加入"京国之争"，支持京音作为国音。他们原本就是"国语罗马字拼音

---

① 章炳麟：《驳中国用万国新语说》，《章氏丛书·别录二》，学苑出版社，2016年版。

运动"的发起者、参与者或支持者,经常公开发表讨论国语罗马字拼音问题的文章或言论。他们认为注音字母脱胎于固有汉字,而独体汉字的字母形式违背世界文字的主流发展趋势,于是提出"与其造世界未有之新字,不如采用世界通行之字母"的观点,即全面采用罗马字来拼写汉语。而且他们当中的钱玄同、赵元任、周辨明、林语堂及许锡五等,还各自创造出一套实际性的国语罗马字拼音字母或符号,在当时的《国语月刊》上发表,以便于讨论和接受各方面的意见。在这些方案中,最具代表性的当首推赵元任所提出的国语罗马字方案草稿。

1923年"国语统一筹备会"开会,成立了"国语罗马字拼音研究委员会",后又改由刘半农、钱玄同、赵元任、黎锦熙、林语堂、汪怡(女)等组织的研究音韵学的"数人会"进行研究讨论,历时一年,开会22次,九易其稿,终于议定了《国语罗马字拼音法式》。1926年9月,"国语统一筹备会"召开"国语罗马字拼音研究委员会"会议,通过议案并提请教育部公布。1928年9月26日,该方案由大学院(即国民政府教育部)正式公布,国语罗马字遂成为国语注音符号第二式。由于国语罗马字所用符号限于26个罗马字母,其中"x""v"不当拼音用,故用于国语拼音的罗马字母一共只有24个。其声母与韵母列示如下:

　　声母:b、p、m、f、(v);d、t、n、l;g、k、(ng)、h;j、ch、(gn)、sh;j、ch、sh、r;tz、ts、s;y、w、y(u)

　　韵母:y;a、o、e、(e);ai、ei、au、ou;an、en、ang、eng、ong;el、i、ia、(io)、ie;(iai)、iau、iou;ian、in、iang、ing、iong;u、ua、uo;uai、uei;uan、uen、uang、ueng;iu、iue;iuan、iuen

（三）以北京话语音为标准的现当代普通话语音的确立

所谓的国音，按读音统一会的解释："全国共同遵用之标准音，名曰国音。"① 国音又有"老国音"和"新国音"之分，前者即以1920年经教育部公布的《国音字典》为标准，后者即以1932年经教育部公布的《国音常用字汇》为标准。而之所以将"老国音"改为"新国音"，主要是"老国音"的注音字母当初在制定时并未采用一种纯粹的方言（如北平音）为依据，而是通过多数表决的方法人为规定出来的"国音"，虽然它们大部分是北平音，但尚保留了一些南音，如保留了入声，保留了"上口字"和"尖团字"。而且注音字母虽革除了反切法的弊病，但声母与韵母的区别仍按反切上声下韵的传统，并未将其中包含有两个或以上单纯音素的某些字母如"ㄠ、ㄡ、ㄙ、ㄤ"等再加分析，即"析为至单至纯之音素"的职责规定。实际上"老国音"是一个"折中南北，牵合古今"的在最大程度上照顾了各地方言的一种"人工语言"或"人造语言"，在现实生活中这一"人工语言"几乎无人会使用。于是以钱玄同、黎锦熙、赵元任等为首的一大批学者觉得与其采用这种"人工语言"还不如采用某一地方如北平的活语言更易于推行。1923年，教育部"国语统一筹备会"第五次常委大会组成了《国音字典》增修委员会，并推举钱玄同、黎锦熙、王璞、白涤洲等六人为起草委员，逐字逐音进行审订。1929年，"国语委员会"第二次常务委员会决议将《增修国音字典》改名为《国音常用字汇》，将原稿删定为9920字，加上异体异音字，共计12220字，再由钱、黎、白三人讨论和做最后审核。1931年该书终于完成，次年由教育部公布（商务印书馆出版），该书正式以北平音为标准，并同时废止了1920年公布的《国音字典》。"新国音"对"老国音"的修订主要集中在如下五

---

① 读音统一会：《校改国音字典》，商务印书馆，1926年版。

点：(1) 入声并入阴、阳、上、去四声；(2) "精"系齐撮口归入"见"系齐撮口；(3) "万"母取消；(4) "兀"母取消；(5) "广"母并入"з"母的齐撮呼。而40个字母因减去了"万""兀""广"三个，实际上只有37个了。其实以上新国音对老国音的修改，在国语注音符号第二式即国语罗马字拼音法式上已经做到了。

民国时期所制定的国语注音符号第一式和第二式的"国语"，实际上其前身就是"明清官话"（1909年清廷设立了"国语编审委员会"，将当时通用的官话正式命名为国语），更早的时期，则将其称为"雅言""通语"等。1949年中华人民共和国成立后，"国语"遂改称为"普通话"。故而普通话实质上就是汉民族的共同语，其演变发展沿革即为：夏商的华夏族通用语→周代的"雅言"→汉代的"通语"（通语即雅言）→魏晋至唐宋的"雅言"→元代的"北方共同语"→明清的"官话"→民国的"国语"→中华人民共和国的"普通话"。"普通话"一词最早出现于语言文字学学者朱文熊的《江苏新字母》（1906）一书中，该书不仅将汉语分为"国文"（文言文）、"普通话"（通行话）和"俗语"（方言），而且还给普通话下了一个定义，即"各省通行之话"。1956年2月6日，国务院发布《关于推广普通话的指示》，将普通话的定义正式确定为："以北京语音为标准，以北方话为基础方言，以典范的现代白话文著作为语法规范。"而以北京语音为标准的普通话其实并不是北京人所说的北京方言，而是来自于与北京有着一山之隔的河北省滦平县的方言。这是因为以女真族为主体的金国灭北宋后，即于1153年迁都北京，其后北京又相继成为元朝（统治者为蒙古族）、明朝（"靖难之变"后由南京迁至）、清朝（统治者为满族，其前身为女真族）的都城。故北京最早的纯正的汉族幽燕语就不断地掺杂了蒙古族、满族及南京官话的语言，尤其是满语的混融最多。如"嬷嬷""沙琪玛"等就源自于满语"meme""sacima"的中文音译;又如北京话中最具特点的儿化音,亦是满语影响的结果。而滦平地理环境较为封闭,交通不便,与外界相对隔绝,因之滦平人发音标准、吐字清晰、圆润流畅的较为纯正的旧北京话得以完整地保存了下来,从而成为中华人民共和国推广普通话所采集的标准北京语音。

至于推广实施普通话的汉语拼音方案,在中华人民共和国开国伊始即已着手研创。先是 1949 年 10 月成立了民间团体"中国文字改革协会",该协会下设"拼音方案研究委员会",讨论拼音方案采用什么字母的问题。1951 年 12 月,政务院文化教育委员会下设"中国文字改革研究委员会",马叙伦任主任委员,吴玉章任副主任委员,委员 12 人,有来自于原参加注音符号和参加国语罗马字拼音法式制定的学者如黎锦熙等,参加创造拉丁化新文字的学者如叶籁士、倪海曙等。1954 年 10 月,"中国文字改革协会"改隶为国务院直属的"中国文字改革委员会",共有丁西林、王力、吴玉章、胡愈之、马叙伦、陆志韦、叶籁士、黎锦熙、罗常培等 23 位委员,吴玉章为主任委员,胡愈之为副主任委员,叶籁士为秘书长。1955 年 10 月 15 日,全国文字改革会议在北京举行,会议上印发给代表们四种汉字笔画式、一种拉丁字母式和一种斯拉夫字母式共六种拼音草案。最后拉丁字母拼音方案经中央开会讨论获得通过。与此同时,国务院成立"汉语拼音审定委员会",并于 1957 年 10 月提出《汉语拼音方案修正草案》。经 1958 年 2 月 11 日全国人民代表大会第五次会议批准,《汉语拼音方案》正式颁布实施,法定的汉语拉丁化拼音方案由此而诞生。这一《汉语拼音方案》采用的拉丁字母共有 26 个,特列示如下:Aa、Bb、Cc、Dd、Ee、Ff、Gg、Hh、Ii、Jj、Kk、Ll、Mm、Nn、Oo、Pp、Qq、Rr、Ss、Tt、Uu、Vv、Ww、Xx、Yy、Zz(声母表、韵母表从略)。

二、诗歌声韵从近古到现当代的主要演变

自元代定都北京后，经明、清至当代，北京遂成为全国政治文化中心，北京话语音亦逐渐成为汉民族共同语的基础音系。故诗歌声韵从元代的《中原音韵》到现当代的《中华新韵》《诗韵新编》的演变过程，实质上也就是从近古的北方共同语语音到现代的以北京话语音为标准的国语语音，再到当代的普通话语音的发展形成过程。而这其中的变化，又主要集中在声母与韵母、声调、韵部、字类转移四个方面，下文试择要简述之。

（一）声母与韵母的主要变化

声母方面的变化主要在尖团音的变化上。所谓尖团音，这一概念最初来自清代乾隆年间的《圆音正考》一书："试取三十六字母审之，隶见、溪、群、晓、匣五母者属团，隶精、清、从、心、邪五母者属尖，判若泾渭，与开口、闭口、轻唇、重唇之分，有厘然其不容紊者。"亦即所谓尖音就是"精"系字齐撮呼之读音，团音就是"见"系字齐撮呼之读音。而尖团音在部分北方地区如山西、山东和中原西部地区的方言里，现仍有"精"系齐撮字读［ts］［ts'］［s］声母的尖音，"见"系齐撮字读［tɕ］［tɕ'］［ɕ］声母的团音，这亦就是尖团音的分别。另外，在一些曲艺里，如京剧、豫剧、昆曲等仍还保留有一些尖团音。然而在清代后期的北京话里，声母为"精"系的齐撮字开始转变为［tɕ］［tɕ'］［ɕ］，与"见"系齐撮字合流，进而"尖、团不分"了。故以北京话语音为标准的民国时期的国语语音和中华人民共和国成立以来的普通话语音里，在声母上都无尖音、团音之区分了。如原先的"妻、齐、七、砌"等尖音与"其、旗、奇、气"等团音在国语和普通话里都已混同在一起而无甚区别了。此即为诗歌声韵从近古的《中原音韵》到现当代的《中华新韵》《诗韵新编》，在声母方面最大的，也是最主要的变化。

韵母方面的变化主要是《中原音韵》的"侵寻""监咸""廉纤"三个收［-m］韵尾的闭口韵在《中华新韵》和《诗韵新编》中都变成了收［-n］韵尾的抵腭韵，而合并到"痕"部（臻摄）、"寒"部（山摄）中；因低元音的合并再加上［-m］韵尾变成［-n］韵尾，《中原音韵》的"寒山""桓欢""先天""监咸""廉纤"五个韵部在《中华新韵》和《诗韵新编》中合并为一个"寒"部（山摄）；"儿、而、耳、饵、珥、洱、尔、迩、二、贰"等字，在《中原音韵》里属于"支思"韵部、"日"母，读音为［ʅ］，但到了《中华新韵》和《诗韵新编》中则变成了读［ər］的韵母，属"儿"韵部。亦只有［ər］韵母产生后，才有可能出现由"儿"词尾形成的儿化韵。

（二）声调的主要变化

现当代的《中华新韵》《诗韵新编》与近古的《中原音韵》，虽然在取消入声字，只具有阴、阳、上、去四个声调上是一致的，但在入声字如何具体归派到阴、阳、上、去四声中却有所变化。其中：次浊声母的"明"母、"微"母、"泥"母、"娘"母、"疑"母、"喻"母、"来"母、"日"母的入声字全部派入去声，从近古到现当代都无例外；全浊声母的"并"母、"奉"母、"定"母、"澄"母、"从"母、"床"母、"群"母、"邪"母、"禅"母、"匣"母的入声字一般派入阳平，从近古到现当代基本上没有变化；全清声母的"帮"母、"非"母、"端"母、"知"母、"精"母、"照"母、"见"母、"影"母、"心"母、"审"母、"晓"母，以及次清声母的"滂"母、"敷"母、"透"母、"彻"母、"清"母、"穿"母、"溪"母的入声字在近古基本派入上声，但到现当代已发生了较大变化，即两者皆可派入阴、阳、上、去四声，而且派入阳平的少，派入去声的多。试各举一例证如下。

1. 清声母的入声字在近古派入上声，而到现当代则派入阴平声的例证：

赏西府海棠
刘庆霖

小河东岸步春阶，手指芳香浓处歇。

风过飞花见三瓣，细观两瓣是蝴蝶。

（新声韵，载《中华诗词》2018年第4期）

该例诗韵脚有"阶""歇""蝶"，在现当代属"四皆"韵部。其中的"歇"字：在中古时，为全清声母喉音"晓"母的入声字；至近古元代，被派入阴声韵十四"车遮"韵部的上声；到了现当代，则又被派入了"四皆"韵部的阴平声。

2. 清声母的入声字在近古派入上声，而到现当代则派入阳平声的例证：

到雄文书院
李　宁

画满庭堂诗满屋，窗前凝翠几丛竹。

清风到此也识字，与我同翻架上书。

（新声韵，载《中华新韵》2019年第8期）

该例诗韵脚有"屋""竹""书"，在现当代属"十模"韵部。其中的"竹"字：在中古时，为全清声母舌上音"知"母的入声字；至近古元代，被派入阴声韵五"鱼模"韵部的上声；到了现当代，则又被派入了"十模"韵部的阳平声。

3. 清声母的入声字在近古派入上声，而到现当代仍派入上声的例证：

满江红·一举贪者言
戴绍湘

罪也无须，遭囚禁，蒙冤谁雪？思举腐，此心难已，壮怀激烈。有罪偏将无罪捕，祸心顿起良心灭。恨贪官，蓄意害忠良，真妖孽。　　每一秒，长似夜；抬首望，窗前月。有亲人鼓励，志坚如铁。夜去昼来心愿了，官贪吏腐船翻却。我出牢，进去是贪官，情何惬！

（新声韵，载尹贤编著《新韵诗词曲选评》，作家出版社2006年版）

该例词韵脚有"雪""烈""灭""孽""夜""月""铁""却""惬"，在现当代属"四皆"韵部。其中的"铁"字：在中古时，为次清声母舌头音"透"母的入声字；至近古元代，被派入阴声韵十四"车遮"韵部的上声；到了现当代，则被派入了四"皆"韵部的上声。

4. 清声母的入声字在近古派入上声，而到现当代则派入去声的例证：

满江红·雪窦山天柱峰劲松
董明惠

本是争强，居身在、悬崖峭壁。真爽也、碧天云过，傲然出立。雷落千钧接作勇，风来万里收为气。爱雨狂、志趣寄长春，葆雄丽。　　英姿挺，人致礼；威影动，魔惊悸。向群山抖擞，展奇呈异。雾渡枝边添画韵，溪行岩下增诗意。莫矜骄、溢美有歌吟，闻而弃。

（新声韵，载《中华诗词》2008年第5期）

该例词韵脚有"壁""立""气""丽""礼""悸""异""意""弃"，在现当代属"七齐"韵部。其中的"壁"字：在中古时，为全清声母重唇音"帮"母的入声字；至近古元代，被派入阴声韵四"齐微"韵部的上声；到了现当代，则又被派入了"七齐"韵部的去声。

(三) 韵部的主要变化

近古的《中原音韵》有 19 个韵部，到了现当代的《中华新韵》和《诗韵新编》则为 18 个韵部。看上去后者较前者只减少了一个韵部，但牵涉面却很广，它不仅包括韵部的分化与归并，还涉及韵部之间的字类转移。如在韵部的分化与归并方面，就发生了近古的 5 个韵部分化成现当代的 10 个韵部，以及近古的另 7 个韵部归并成现当代的 2 个韵部（增减各 5 韵部）的语音现象。试简述如下。

1. 韵部的分化

(1) 近古的"支思"韵部在现当代分化为"支""儿"两韵部。试举一例证（"儿"韵例证暂阙）：

新年感赋

黄去非

迎新送旧又逢时，例赋芜辞报故知。

岁末惊惶留笑柄，兰成感慨到乌丝。

冬阳偶惠心中暖，客旅曾经物外思。

惟愿从今消百虑，潜形人海但滋滋。

（新声韵，载《中华诗词》2014 年第 2 期）

该例诗韵脚有"时""知""丝""思""滋"，在《中原音韵》里皆属三"支思"韵部；但到了《中华新韵》和《诗韵新编》中，则都分化进入了"五支"韵部。

(2) 近古的"齐微"韵部在现当代分化为"齐""微"两韵部。试举二例证：

K 歌

王秀娟

绿杨荫里几黄鹂，竞向春枝恰恰啼。

缥缈丝竹小仙女，缠绵琴瑟老夫妻。

悄然唤醒心情树,忽又旋开记忆堤。

皓月当空浑不见,归来已是醉如泥。

(新声韵,载《中华诗词》2016年第4期)

该例诗韵脚有"鹂""啼""妻""堤""泥",在《中原音韵》里皆属四"齐微"韵部;但到了《中华新韵》和《诗韵新编》中,则分化进入了"七齐"韵部。

绮 怀
吴江涛

弦月幽怀半掩扉,清泉浮碧一倾杯。

句题红叶无伊赏,盟定青山待梦回。

断翼哑蝉栖冷树,分钗热泪洒江湄。

销魂最是黄昏后,埙老随人信口吹。

(新声韵,载《中华诗词》2014年第6期)

该例诗韵脚有"扉""杯""回""湄""吹",在《中原音韵》里属四"齐微"韵部;但到了《中华新韵》和《诗韵新编》中,则分化进入了"八微"韵部。

(3)近古的"鱼模"韵部在现当代分化为"鱼""模"(《中华新韵》中称"姑"部)两韵部。试举二例证:

闻 琴
蒋健康

拂起断鸿声,归思凉若许。

几多桐叶黄,飘进深秋雨。

(新声韵,载《中华诗词》2016年第10期)

该例诗韵脚有"许""雨",在《中原音韵》里属五"鱼模"韵部;但到了《中华新韵》和《诗韵新编》中,则分化进入了十一"鱼"韵部。

月下访睡莲

奚凤翔

底事沉酣卧碧湖,羞腮半掩粉嘟嘟。

有劳水月悄悄问:梦里青衿入境无?

(新声韵,载《中华诗词》2013 年第 5 期)

该例诗韵脚有"湖""嘟""无",在《中原音韵》里属五"鱼模"韵部;但到了《中华新韵》和《诗韵新编》中,则分化进入了十"姑"(模)韵部。

(4)近古的"皆来"韵部在现当代分化为"皆""开"两韵部。试举二例证:

2019 年寓言

褚宝增

远上寒山石径斜,白云深处应人约。

何须筇杖添风雅,足下穿双耐克鞋。

(新声韵,载《东篱诗社微刊》2019 年 1 月 9 日)

该例诗韵脚有"斜""约""鞋",其中的"鞋"在《中原音韵》里属六"皆来"韵部;但到了《中华新韵》和《诗韵新编》中,则分化进入了四"皆"韵部。

欢迎张世才先生光临寒舍

杨发兴

庭前灵鹊叫,知是友人来。

花径缘君扫,蓬门为客开。

寒暄叙初见,把晤诉衷怀。

夷水轻盈舞,东峰迓世才。

(新声韵,载杨发兴著:《鸿泥四集》,中华诗词出版社 2012 年版)

该例诗韵脚有"来""开""怀""才",在《中原音韵》里属六"皆来"韵部;但到了《中华新韵》和《诗韵新编》中,则分化进入了九"开"韵部。

(5)近古的"歌戈"韵部在现当代分化为"波""歌"两韵部。试举二例证:

《往事并不如烟》人物咏八首·罗隆基

尹 贤

数月围剿批斗多,翩翩博士变妖魔。

未亏大节亏真语,另类人生叹逝波。

(新声韵,载尹贤著:《望蜀斋诗文三集》,北京燕山出版社2009年版)

该例诗韵脚有"多""魔""波",在《中原音韵》里属十二"歌戈"韵部;但到了《中华新韵》和《诗韵新编》中,则分化进入了二"波"韵部。

题黄河壶口瀑布

胡汉华

水从天上落,咆哮动山河。

此曲谁能诵,英雄千古歌。

(新声韵,载《中华诗词》2015年第10期)

该例诗韵脚有"河""歌",在《中原音韵》里属十二"歌戈"韵部;但到了《中华新韵》和《诗韵新编》中,则分化进入了三"歌"韵部。

2. 韵部的归并

(1)近古的"真文"和"侵寻"两个韵部,在现当代归并为一个"痕"韵部。试举一例证:

医院夜班感怀

凌 宇

寂寂清宵冷意临,窗留灯影雨留痕。
白衣空映时将晚,睡眼难堪夜渐深。
偶尔星滴生死泪,经常月照往来人。
绝知此日活着好,名利何需总累心。

(新声韵,载《中华诗词》2019 年第 4 期)

该例诗韵脚有"临""痕""深""人""心",在《中原音韵》里,其中的"痕""人"属七"真文"韵部,"临""深""心"属十七"侵寻"韵部;但到了《中华新韵》和《诗韵新编》中,两者都归并进入了十五"痕"韵部。

(2) 近古的"寒山""桓欢""先天""咸监""廉纤"五个韵部,在现当代归并为一个"寒"部。试举二例证:

鹧鸪天·忆母亲做布鞋

刘庆霖

漫把层层旧布粘,裁帮纳底细缝连。真情可用线头系,大爱能从针眼穿。 温脚上,暖心间,助儿越岭又翻山。麻绳今变长长路,犹在母亲双手牵。

(新声韵,载《中华诗词》2018 年第 4 期)

沁园春·守藏卫士

鄢良斌

莽莽高原,浩浩丛峦,静静边关。眺珠峰岭下,羚游茂草;盐湖水畔,牦走荒烟。山顶银光,天边油彩,铁道声声破夜阑。朝霞靓,喜日光城里,人舞人欢。 神奇美景连绵。见勇士、戍边不等闲。纵岫深路险,巡逻越壑;雪飘风吼,上卡攀岩。辛苦一人,安详万户,使命光芒耀九天。冰融化,见雪莲绽放,竞比娇妍。

(新声韵,载《中华诗词》2016 年第 6 期)

以上《鹧鸪天·忆母亲做布鞋》例词韵脚有"粘""连""穿""间""山""牵",在《中原音韵》里,其中的"间""山"属八"寒山"韵部,"连""穿""牵"属十"先天"韵部,"粘"属十九"廉纤"韵部;但到了《中华诗韵》和《诗韵新编》中,则三者都归并进入了十四"寒"韵部。另一《沁园春·守藏卫士》例词韵脚有"关""烟""阑""欢""绵""闲""岩""天""妍",在《中原音韵》里,其中的"关""阑""闲"属八"寒山"韵部,"欢"属九"桓欢"韵部,"烟""绵""天""妍"属十"先天"韵部,"岩"属十八"监咸"韵部;但到了《中华诗韵》和《诗韵新编》中,则四者都归并进入了十四"寒"韵部。综合以上两例证可见,《中原音韵》的"寒山""桓欢""先天""监咸""廉纤"五个韵部,到了《中华新韵》和《诗韵新编》中,都归并进入了一个"寒"韵部。

（四）韵部间字类转移的主要变化

近古"车遮"韵部的全部字类分成了两部分,第一部分为"奢、赊、遮、蛇、佘、舍、者、赭、惹、若、社、射、麝、赦、蔗、鹧、柘"等;第二部分为"爹、嗟、靴、些、爷、耶、琊、斜、邪、瘸、野、也、冶、姐、且、写、谢、榭、卸、泻、夜、借、藉、趄"等。在现当代分别转移到了"歌""皆"两韵部,即第一部分转入了"歌"部、第二部分转入了"皆"部。"车遮"部本身则消失了,由此减少了一个韵部。试举二例证:

蝶恋花·海棠愿
李诚君

独对轩窗生寂寞,紫燕飞来,莫问哀和乐。乍暖谁将杯盏设?梦中缱绻难抛舍。　风骤雨疏花易落,有限芳期,看又匆匆过。蝶舞蜂拥能几刻?盼君早晚思量着。

（新声韵,载《中华诗词》2008年第7期）

该例词韵脚有"寞""乐""设""舍""落""过""刻""着",在《中华新韵》和《诗韵新编》中,"乐""设""舍""刻""着"属三"歌"韵部,"寞""落""过"属二"波"韵部,因"波""歌"两部通押而为同一词韵脚。其中的"舍",在近古的《中原音韵》里属十四"车遮"部,到了现当代的《中华新韵》和《诗韵新编》中,则转移到了三"歌"韵部。

流光飞逝

杨发兴

满眼黑花满头雪,儿童相见叫爷爷。

流光飞逝疾如箭,转瞬残阳与岭接。

(新声韵,载杨发兴著:《鸿泥四集》,中华诗词出版社2012年版)

该例诗韵脚有"雪""爷""接",在《中华新韵》和《诗韵新编》中属四"皆"韵部。其中的"爷",在近古的《中原音韵》里属十四"车遮"部,到了现当代的《中华新韵》和《诗韵新编》中,则转移到了四"皆"韵部。

第四节 中国诗歌及其声韵的未来发展趋向

中国自古以来就是一个诗国,然至清末民初,就诗的体式、声韵、风格而言,仍与唐代确立下来的近体诗的格局即格律诗(宋词、元曲亦是格律诗,是在唐近体诗基础上的一种长短句式的变体)无甚本质上的区别。虽然梁启超率先提出了"诗界革命"的口号,他本人与黄遵宪、夏曾佑等人亦以"新学"的新概念、新名词入诗而进行了创作上的实践,但毕竟只是一种在保留了旧体诗框架与特质下的"老瓶装新老混合酒"式的改良。直到1917年2月胡适的八首白话诗在《新青年》上发表和1919年10

月胡适在《星期评论》上发表了《谈新诗》，并提出"诗体的大解放"的口号，这才真正吹响了冲破旧体诗樊篱进行"诗歌革命"的号角。胡适在《谈新诗》中谈到了中国诗歌史上的四次大解放：由《三百篇》的风谣体到南方的骚赋体为第一次解放；由骚赋体到汉以后的五七言古诗为第二次解放；由五七言古诗变为句法参差的词为第三次解放；"直到近来的新诗发生，不但打破五言七言的诗体，并且推翻词调曲谱的种种束缚；不拘格律，不拘平仄，不拘长短；有什么题目做什么诗；诗该怎么做，就怎么做。这是第四次的诗体大解放"①。在由此而掀起的诗体大解放和新诗大崛起的浪潮中，学界出现了两种针锋相对的观点、主张甚至行动：

一种是来自于新诗阵营中的激进人士，他们否定旧体诗、推翻旧体诗，除自己不写旧体诗外还呼吁革除旧体诗。犹如诗人梁宗岱针对当时新诗革命现状时所指出的那样："和历史上的一切文艺运动一样，我们新诗底提倡者把这运动看作一种革命，就是说，一种玉石俱焚的破坏，一种解体。所以新诗底发动和当时底理论或口号——所谓'建设明了的通俗的社会文学'，所谓'有什么话说什么话'——不仅是反旧诗的；简直是反诗的；不仅是对于旧诗和旧体诗底流弊之洗刷和革除，简直是把一切纯碎永久的诗底真元全盘误解与抹煞了。"②

另一种是来自新诗阵营内部的批评者和外部的反对者，前者如白宗华、田汉、闻一多、徐志摩、朱湘等人。他们认为，白话新体诗有一极大危险，便是丧失了诗的节奏美，故十分强调格律在新诗中的不可或缺性。后者主要是林纾、章炳麟、柳亚子以及

---

① 胡适：《谈新诗——八年来一件大事》，《星期评论》，1919年10月，"双十"节纪念专号。
② 梁宗岱：《新诗底纷歧路口》，《大公报·文艺·诗特刊》，1935年11月创刊号。

学衡派的梅光迪、胡先骕、吴宓等人。他们认为,诗歌语言是工具和本体的统一,反对白话入诗,格律是诗之本能,无格律便不是诗,白话新诗废格律必行之不远。甚至就连革命先行者孙中山先生在私下与人谈话时亦说道:"今相倡为粗率浅俚之诗,不复求二千余年吾国之粹美,或者人人能诗,而中国已无诗矣。"①

然而,经历了百年来的风风雨雨,旧体诗虽曾有过衰落,新诗虽曾有过停滞,但旧体诗并未被推翻革除,新诗亦未必缺格律就陷入危险和行之不远,反而在今天皆达到了前者复兴和后者多元的局面。至于新旧两诗及其声韵的未来发展趋向,则因其各自性质、特征的不同而有所不同,且各有其自身的特点。

一、中国新诗及其声韵的未来发展趋向

(一)中国新诗的未来发展趋向

关于中国新诗的未来发展趋向,其实在新诗诞生的初期就有不少有识之士发表过预测或洞见,如新诗的旗手和开创者之一的郭沫若,在1920—1921年期间写给宗白华、李石岑的三封信即《论诗三札》中就已明确表示过:古人用他们的言辞表示他们的情怀,已成为古诗,今人用我们的言辞表示我们的生趣,便是新诗。再隔些年代,更会有新新诗出现了。如从20世纪七八十年代以来一波又一波涌现出的"朦胧诗",第三代诗人的"非非主义""莽汉主义""世纪末"等诗,"知识分子写作"的诗,"民间写作"的诗,以及21世纪相续涌现出的"第三条道路写作"的诗,"下半身写作"的诗,"底层生存写作"的诗和"百科诗派"的诗,等等。毫无疑问,这正是郭沫若所洞察到的隔些年代出现的"新新诗"。虽然我们毋庸担忧新诗的未来能否得到发展,因

---

① 陈声聪:《兼于阁诗话》,转引自刘友竹:《孙中山诗论及其诗》,《中华诗词》,1999年第1期。

为再隔些年代,总会有更新面貌的"新新诗"出现,但问题是,中国新诗的未来发展趋向究竟如何?即新诗究竟会向何处去?这倒是少有人预言而又确实值得深思的问题。

从诗歌发展史来看,无论古今中外,每当处于政治思想、经济文化转型或变革的时代,就会出现一个包括诗歌在内的文学艺术的繁荣与包括诗人在内的杰出文艺人才辈出的时期。如紧接英国工业革命和法国政治革命之后的十八世纪的"革命的欧洲"和美国革命时期,便产生出华兹华斯、雪莱、拜伦、雨果、歌德、海涅、普希金、惠特曼等一大批西方著名的诗人及其不朽的经典作品;又如中国的在高扬"科学""民主"旗帜的五四新文化运动时期及20世纪二三十年代,亦涌现出郭沫若、徐志摩、闻一多、李金发、蒋光慈、蒲风、戴望舒、卞之琳、穆旦、冯至、臧克家、艾青等一批杰出的诗人及优秀的作品。但在"文化大革命"结束后,整个中国从高度统一的计划经济转向"改革开放"的市场经济的今天,虽然亦出现了从"朦胧"诗派到"百科"诗派的众多现代主义诗人及作品,但令人疑惑甚至不解的是:同样是处于政治思想和经济文化转型或变革的时期,新一代的现代主义诗人群体和"新新诗"虽涌现出来了,但为何就产生不了像20世纪五四运动及二三十年代郭、徐、李、戴、穆、臧、艾那样的大师级诗人与不朽的作品来呢?即此都不能达到,更遑论出现像世界顶尖级著名诗人雪莱、歌德、普希金、惠特曼那样的大诗人及经典名作了。

若就欧美18世纪以来出现的诗人而言,他们具有两个方面的精神文化源头:一是希腊的人文主义,即一种自由精神气质;二是希伯来主义,即后来统一于基督教所追求的对自由和真理信仰的生存的精神性。再就中国五四新文化运动以来出现的诗人而言,他们则具有双重的反传统的"推翻旧秩序打破旧世界"的叛逆及批判精神,以及具有主人翁意识的"天下舍我其谁欤"的开拓创新精神。而对于从 20 世纪七八十年代以来出现的林林总总的现代主义诗人来说，在冲破了"文化大革命"十年的桎梏之后，虽亦有一定的叛逆精神、批判精神、自由精神和开拓进取精神，但与五四精神相较，不仅时代所赋予的历史使命与要求不同，而且诗人群体（亦包括广大诗歌受众即诗歌审美消费群体）在所处的社会文化环境以及所具备的文化素质方面，亦有很大程度的不同。还有更重要的一点就是，伴随着市场经济而来的重商主义和大众消费文化的泛滥普及而导致的物质与拜金、时尚与享乐的社会文化风气的流行。由此而形成的所谓"新新诗"，虽在形式技巧上已是世界性的现代主义甚至后现代主义，但在文化价值观上却是狭隘封闭的、科技物质的和缺乏深厚道德感的。犹如德国哲学家齐美尔在总结 19 世纪后期德国社会现状和思想趋向时所得出的"物质价值的增进要比人的内在价值的发展迅速得多"的结论。故而当今的部分新诗人群体在时代的社会风气之下，缺乏"为人类写作"的伟大抱负和缺乏"深厚道德感"的自身双缺乏，甚或还包括缺乏广大诗歌受众正向审美反推作用在内的"三缺乏"，这是出不了大师级诗人及不朽作品的根本原因。

尽管一时出不了大师级的新诗诗人及其大诗作品，但"新新诗"仍会不断产生和发展。新诗的未来发展趋向，则可从其类型体式和基本艺术特征两个方面做一考析。

1. 新诗的类型体式方面

新诗早在 20 世纪二三十年代就已有了自由诗、新格律诗、散文诗、民歌体诗和歌词体诗等不同的类型体式，而且在未来的发展中，仍会一如既往地沿袭而进。但应引起关注和重视的是，20 世纪 80 年代出现的在反"朦胧诗"的"第三代诗人"中，以"莽汉主义"诗派的李亚伟、"他们"诗派的韩东以及 90 年代的"民间写作"诗派的伊沙和于坚等为首的一批诗人们，将诗歌语言革新的范围拓展至口语领域，即以口语的方式建构与组织起

"口语诗",并创作出了诸多可读性强、影响力大的口语诗代表作文本,如李亚伟的《中文系》、韩东的《有关大雁塔》、伊沙的《车过黄河》、于坚的《尚义街六号》等。"口语诗"的作者们,想以这一新的"平民意识"及其"口语化"的话语方式,建立起一种新的诗歌秩序或类型体式,于是与世俗生活的同构便成为"口语诗"的主要特征表现,且对整个新诗诗坛产生了很大的影响。如21世纪初产生的"下半身写作"诗群的诗作和"底层生存写作"诗群的诗作,尤其是如今在网络上相当流行的"梨花体"诗作和余秀华的"摇摇晃晃的诗"等,都是平民性、世俗性、普及性甚至恶搞性的口语诗作品。

从口语诗兴起直至今天,人们对口语诗仍褒贬不一,争议颇大:支持者认为,口语诗的出现从某种意义来说是一种必然,是对诗歌语言空间的拓展和对诗歌语言技巧的更新,也是诗歌从以往居高临下的俯视转向一种平视的进步,是现代派、后现代派诗歌的一种趋势、方向和潮流;反对者认为,口语诗在迄今为止的各类诗体中是最不具备含金量的写作,粗制滥造、词语贫乏、口水充斥、诗意苍白乃其最大弊病,口语诗作的文学价值,需要时间的进一步检验。尽管争论不休,甚至捍卫者与支持者,废除者与反对者互诋群骂,但口语诗作为一种新诗潮流却自有其存在的合理性和生存的空间,而且表现出势不可挡的劲头。在现实中口语诗已成为继新诗中的自由诗、歌词体诗等之后的一种新的诗歌表述方式,或称诗歌语言的拓展方式,甚或是新诗的另一类型。毫无疑问,口语诗在新诗的未来发展趋向中必将占有一席之地。

2. 新诗的思想流派方面

再就新诗的思想流派而言,现实主义、浪漫主义、现代主义是其最基本的三大思想流派。这三大思想流派,实际上就是新诗在产生、发展的进程中,吸收了西方近现代三大文学思潮(三大文学基本特征)和继承了中国传统古体诗中杜甫、白居易、陆游等现实主义诗人和李白、李贺、苏轼等浪漫主义诗人的作品及其思想风格而来的。而所谓的西方近现代三大文学思潮就是指：(1) 浪漫主义，即 18 世纪末以来西方文学不再突出人的理性，而以表现强烈的主观思想和抒发个人想象力丰富的感受体验为主的一种文学基本特征；(2) 现实主义，即 19 世纪 30 年代以来西方文学关注社会问题，重视对生活的观察体验，深入剖析社会生活本质为主的一种文学基本特征；(3) 现代主义，即西方现代工业社会尤其是两次"世界大战"以来西方文学不主张用作品去再现生活，而是集中表现自我，提倡从人的心理感受出发以表现生活对人的压抑和扭曲，创作手法怪诞、语言风格背离传统的一种文学基本特征。

20 世纪七八十年代以前，在中国新诗中占主流地位的是现实主义和浪漫主义。其中较为著名的现实主义诗人主要有胡适、蒋光慈、蒲风、臧克家、胡风、田间、李季等；较为著名的浪漫主义诗人主要有郭沫若、徐志摩、闻一多、戴望舒、卞之琳、冯至、艾青等。甚至在崛起的新一代的现代主义诗人中，亦不乏现实主义和浪漫主义这两种艺术倾向的诗人，前者如周伦佑、李亚伟、韩东、王家新、伊沙、许强等；后者如北岛、海子、顾城、舒婷、汪国真、杨炼等。但不应忽视的是，中国新诗在现实主义和浪漫主义两大基本艺术特色下，还有一种较为重要的现代主义艺术特色存在，且其产生的时间与前两者亦差不多同时。

现代主义是一个庞杂的文学思潮，是现代工业的产物和 20 世纪西方社会时代精神的艺术表达。仅就诗歌来说，就包括象征主义、未来主义、意象主义、表现主义、超现实主义、意识流等数不胜数的流派；60 年代又产生了后现代主义文学思潮，在诗歌方面亦包括存在主义、垮掉的一代、黑色幽默、魔幻现实主义、荒诞派等众多的流派。而中国新诗最早出现的现代主义为象征主义流派，留学法国的李金发于 1925 年出版了诗集《微雨》，由于作品注重心灵体验和个人内在的真实,追求诗的美感和强调暗示,以实现心灵世界的象征性传达,具有浓郁的象征主义色彩。《微雨》的出版,不仅标志着中国象征诗派的诞生,而且李金发本人亦成为引进和创作具有现代主义艺术特征诗歌的领头羊。继李金发之后,接着出现的象征主义诗人,尚有创造社后期的王独清、穆木天、冯乃超和前期新月派的于赓虞、邵洵美、石民等。至20世纪30年代,围绕施蛰存在上海创办的《现代》杂志,又形成了一批突破象征主义,取向更为丰富多元的,强调诗歌"是现代人在现代生活中所感受到的现代情绪,用现代的辞藻排列成的现代的诗行"[①],以戴望舒、卞之琳、何其芳、李广田、金克木、徐迟等为代表的现代主义诗派。在抗战胜利后的40年代中后期,围绕上海《诗创造》《中国新诗》这两个刊物发表作品,以穆旦、杜运燮、辛笛、陈敬容、郑敏、唐祈、唐湜、袁可嘉、杭约赫等为代表的,在新诗写作中追求感性与理性、现实与艺术之间平衡美的现代主义诗派,因该诗人群出版了《九叶集》,故又被时人称之为"九叶派"。

而中国新诗的现代主义诗派的大规模崛起,则是从计划经济向市场经济转型的20世纪七八十年代。从"改革开放"迄今,中国现代诗坛先后涌现出朦胧诗派、第三代诗人群(非非主义、莽汉主义、整体主义、海上诗派、他们诗派、世纪末诗派等)、知识分子写作群、民间写作群、第三条道路写作群、下半身写作诗派、最低层写作诗派、荒诞主义诗派、第三极诗派、新婉约诗派、百科诗派等各种现代主义流派。这些诗派的涌现,是一种在"改革开放"的社会变革在艺术取向上既相互矛盾,又互通声气的现代主义大思潮在中国新诗中的反映与体现,亦是一种面向自我、偏重艺术、反传统、反崇高、倡导平民化与通俗化、着力于

---

① 施蛰存:《又关于本刊中的诗》,《现代》,1933年第4卷第1期。

生命的内敛与反思、强调精神境界提升的中国新诗的艺术特色之一与发展趋势。

由上可见，中国新诗的未来发展趋向，从其艺术特征方面来看，仍会沿着中国数千年传统诗歌的现实主义与浪漫主义两大基本艺术道路前行，这是毋庸置疑的。而作为从西方引入的现代主义文学思潮，在与中国具体国情结合后，在新诗领域亦逐步得到了发展，并在当今已占据了相当重要的地位。假以时日，更会有新的富有现代主义和后现代主义艺术特色的"新新诗"出现，这亦是不可遏制的历史发展潮流。因此，在中国新诗的未来发展趋势中，现实主义、浪漫主义、现代主义将仍会构成一种诗歌艺术特征的基本态势而继续发展、前进。

（二）中国新诗声韵的未来发展趋向

由于中国新诗渊源于19世纪末20世纪初的白话文运动，并直接产生于"文学革命"，故而新诗的声韵就不可能沿袭旧体诗的"平水韵"老路，亦不可能让新诗的声韵以各地的方言语音为依凭，因此它必然会以当时已推广流行的包括小说、散文、戏剧等各种文学作品共同所使用的白话文语音，即以现当代汉民族的共同语——中华人民共和国的普通话语音为标准。与此同时，新诗又打破了长期以来传统格律诗的束缚，将诗的格式和声韵的创作权完全交给了作者，也就是说一首诗整体的长短与每行诗句的长短，以及标点符号的使用；一首诗的声调，即诗句的平仄结构安排；一首诗的押韵与否，以及押何韵、换不换韵等；完全交由作者自行决定。故新诗声韵的未来发展趋向，又可分为声调（平仄）和音韵（押韵）两个方面予以论述。

1. 新诗的声调

在声调上，因新诗已不受格律的严格限制，即使是新格律诗，虽句式较为整齐，节奏与韵律也有一定的规则，但它在声调上已没有什么特殊的规定，诗句中每个字的声调次序即排列关系，已较为自由。只要字句通顺、读起来流畅就行，作者的自主权很大。因此新诗的声调在未来仍是自由或者是更为自由的，它不会受什么限制，而完全由作者按照自己创作的需要与爱好来定。

2. 新诗的音韵

新诗在音韵上可分两种情况：一种是完全不押韵的新诗，它追求的是诗的内在韵律，不讲究外在形式与押韵与否。如散文诗大多不押韵，自由诗亦多不押韵，尤其是当今盛行的现代主义各流派的诗作，不押韵者比比皆是。另一种是押韵的新诗，它又分为一韵到底和中间换韵等形式。总体而言，在新格律诗、民歌体诗、歌词体诗中，押韵诗较为常见。

就押韵的新诗而言，构成其押韵的关键是诗行末尾的韵脚字必须同韵，而所谓的"同韵字"，就是韵母相同或相似的字。声调虽亦为音韵的构成要素，但在新诗中已不是影响其押韵与否的因素。在同一首新诗中，即使韵脚字的声调不同，一般只要韵脚字韵母的韵尾相同、韵腹相同或相近，即为同韵相押。因新诗已突破了旧体诗同韵必同声的束缚，故同韵已不必同声，而且有的还可以同字相押。

新诗押韵必须以普通话的语音为标准，但普通话语音的韵部究竟有多少？却由于不同韵书的划分标准不一而有所不同。如韵部划分最多者为赵元任的《国音新诗韵》，共 103 部（承袭《洪武正韵》）；其次为张允和的《诗歌新韵》，共 22 部（承袭昆曲等民间戏曲用韵）；再次为黎锦熙的《中华新韵》，共 18 部（承袭《中原音韵》），以及中华书局上海编辑所的《诗韵新编》，共 18 部（承袭《中原音韵》，并参照《中华新韵》）；又次者为中华诗词学会的《中华通韵》，共 16 部（修订《十三辙》，并参照各家用韵）；最少者为张洵如的《北平音系十三辙》，共 13 部（承袭清代以来的京剧及北方民间戏曲用韵）。当然《国音新诗韵》的

103部,因韵部划分过多过细,肯定不适用于新诗用韵。而《十三辙》(辙即韵)由于其韵部划分最少,用韵最宽,一直为戏剧界与曲艺界所采用,从清迄今,相沿不衰。因此,张洵如的《北平音系十三辙》最受戏剧界及曲艺界人士、民间艺人、民歌诗人和歌词作者的欢迎。但因其韵部划分过于宽松和有很多不合理之处,故与现当代普通话语音有一定差距。如"十三辙"的"一七辙"与"灰堆辙"、"人辰辙"与"中东辙"、"由求辙"与"姑苏辙"皆可通押等。试举一例如下。

"n""ng"在普通话里,韵尾明显不同,不能相押,而在《十三辙》里,"人辰辙"的"en""in""un"等可和"中东辙"的"eng""ing""ung""ong"等相押。若在《中华新韵》《诗韵新编》里,"en""in""un"等则为"痕部","eng""ing""ung""ong"等则为"庚""东"部,"庚""东"两部可通押,但与"痕"部不能通押。

由此可见,《十三辙》就不适合其他新诗类型的用韵。故新诗音韵在未来发展趋向中,在遵循普通话语音的前提下,如是不需押韵的新诗,其用韵就不必依凭韵书而完全由作者自定。如需押韵的新诗,其用韵又可分两种情况:一种是押韵的民歌体诗和歌词体诗(包括民歌、歌词、戏曲和曲艺唱词等),它们在未来用韵中仍会沿用经修订过的《北平音系十三辙》;另一种是押韵的新格律诗、自由诗以及部分散文诗、口语诗等,它们在未来用韵中一般会采用《诗韵新编》或《中华通韵》,甚至亦可不依凭韵书而直接按汉语拼音押韵。

二、中国旧体诗及其声韵的未来发展趋向

(一)中国旧体诗的未来发展趋向

旧体诗发展到当今虽已复兴,但却有了较大变化,正如著名的新旧诗两栖诗人臧克家于1995年2月在《给孙轶青同志的一封信》中所谈到的那样,今日旧体诗坛有三派:一是雅派,即传统派,主张严格遵守固有格律;二是改革派,即在表达感情需要时对固有格律可以突破;三是新古体诗派,也称解放派,不主张遵守固有格律与平仄。事实亦基本如此,不过改革派情况较为复杂,一般只集中在旧体诗的声韵改革即格律三要素中韵格和声律两要素的改革上,而对仗要素仍遵循不变。

1. 传统派——旧体诗恪守派

这一派在当前旧体诗诗人中人数最多,大多为活跃在诗坛上的前辈名家和中青年诗人,而且还有不少是全国各级诗词学会的负责人和诗词刊物的编辑人员。其中较为突出者有袁第锐、吴小如、寓真、林峰(香港)、林锐彬(新加坡)等人。他们不仅在创作中恪守固有格律和平水韵,而且还发表了很多反对破除传统格律、采用新声韵作诗的文章或讲话。如吴小如先生在一次有关旧体诗创作的谈话中就公开提出:不能用普通话读古典诗词,"要是读成普通话,就把人家的作品糟蹋了",而且还主张"入声字不能废",并指责用今韵创作诗词就是"不了解中国文化的历史"等。[①] 试举该派的诗词各一例如下:

寄傅积宽兄金陵

吴小如

春归借问归何处,冻雨凄风草不芳。
白屋难容新社燕,青山未改旧斜阳。
凤池弦管人空瘦,鸡塞云霾夜正长。
惟向江南寄珍重,梦回休忆少年场。

(载《中华诗词》2009年第6期)

---

① 吴小如:《吴小如先生关于旧体诗创作的谈话》,《文史知识》,2009年第3期。

相见欢·听泉
寓 真

澄漪流韵如琴,月华侵。惜别桃花潭水,影深深。 花落尽,更无处,诉春心。只把唾壶敲缺,白头吟。

(载《诗刊》2010 年第 13 期)

2. 改革派——旧体诗革新派

这一派虽亦拥有不少前辈名家及一批中青年诗人的支持和参与,但人数与力量明显逊于传统派。其中较为突出者(包括已故者)有王力、启功、孙轶青、霍松林、杨金亭、姜书阁、尹贤、杨发兴等。他们不仅身体力行,创作了不少以普通话语音为标准的新声韵诗词作品,而且发表了不少反对墨守成规,主张旧体诗改革和采用新声韵的论著或谈话。如王力先生,虽早年提倡作近体诗要依平水韵,邻韵不能通押,但在接着的教研实践中,他意识到此说不妥,故在其后的著述中予以修正。譬如他在新版的《汉语诗律学》里特别郑重地提出:"除非写方言的白话诗,否则还应该以一种新的诗韵为标准。这种新诗韵和旧诗韵的性质并不相同;旧的诗韵是武断的(最初也许武断性很小,宋以后就大大违反口语了),新的诗韵是以现代的北京实际语音为标准的。"[①]试举该派的诗词各一例如下:

八十述怀·第二十首
霍松林

未酬壮志鬓先斑,已届姜公钓渭年。
四海奇书思遍览,千秋疑案待重勘。
高歌盛世情犹热,广育英才志愈坚。
唯愿遐龄身尚健,更结硕果献黎元。

(载《霍松林选集·诗词集》,陕西师范大学出版社 2010 年版)

---

① 王力:《汉语诗律学》,上海教育出版社,1962 年新 1 版。

渔家傲·就医

启 功

痼疾多年除不掉,灵丹妙药全无效。自恨老来成病号。不是泡,谁拿性命开玩笑。 牵引颈椎新上吊,又加硬领脖间套。是否病魔还会闹?天知道,今天且唱《渔家傲》。

(载尹贤编著:《新韵诗词曲选评》,作家出版社2006年版)

3. 解放派——新古体诗派

这一派人数最少,几乎无甚旧体诗诗人响应,更不用说诗坛前辈、名家的支持与参与了。据曾任吉林人民出版社总编辑的樊希安先生在《我对"新古体诗"的几点认识》(《中国新古体诗选代序》)中说:"'新古体诗'的概念是由我国台湾电脑博士范光陵先生在20世纪90年代提出的。他倡导创作新古体诗,其主张是:'完全尊重中国传统诗的格式,每诗四行或几个四行,每行四、五、六、七言皆可;不讲平仄对仗,只要第二、四行末一个字有韵即可;韵也是现代自然韵,不必用古韵;用词都现代的词不要用古代的词,尽量使用流畅的文字;在有限的篇幅内尽量地表现出情感和一些哲理来。'"至于倡导新古体诗的原因,"范光陵先生说得清楚明白:一是要让旧体诗在严格的桎梏下解放出来走向大众;二是要有利于中外文化交流,使中国诗走向世界"。[①] 樊希安本人在《中国新古体诗选代序》中说:"在我所有的新古体诗作品中,我较为满意的是《小车牛肉谣》。"下文试举樊氏《小车牛肉谣》两首和该派其他作品一首如下:

[①] 樊希安:《我对"新古体诗"的几点认识·代序》,载樊希安等主编:《中国新古体诗选》,现代教育出版社,2016年版。

小车牛肉谣（十二首选二）

樊希安

一

"小车牛肉"产故乡，千里捎来给我尝。

朋友原本是美意，却引我心思高堂。

十 二

寄言天下众儿郎，美味先送父母尝。

能够送时多奉送，莫教日后悔断肠！

（载樊希安等主编：《中国新古体诗选》，现代教育出版社2016年版）

谒宋氏祖居

陈福今

七梁老屋在文昌，有仙则名出栋梁。

襄随孙文建民国，耀如追梦涉重洋。

儿女有志承父业，陋室飞出金凤凰。

祝吉亭边传佳话，宋氏祖居耀辉煌。

（载《诗国》新十二卷，中国书籍出版社2016年版）

由上可见，传统派恪守旧体诗格律的对仗、声律、韵格三要素，声调上仍保留入声，音韵上仍依据平水韵，与传统旧体诗词作品完全保持一致；改革派亦基本遵守旧体诗格律的三要素，只不过在音韵上采用的是以普通话语音为标准的新韵，声调上采用的是普通话的阴、阳、上、去四声而无入声；解放派则基本推翻了旧体诗格律的三要素，不讲对仗平仄，只要句数、字数相同和有韵即可。从解放派诗作的风貌、格调、声韵、节奏来看，已和旧体诗大相径庭，徒具古体诗形式而无古体诗内涵，实质上是一种从"老干体"逐渐演化出来的新诗。且使大多数古体诗作者难以理解的是：既然解放派诗人已推翻了旧体诗格律的三要素，那又何必非要与古体诗对接——取名为"新古体诗"？循名责实，不如直接将其命之为四言新诗、五言新诗、六言新诗、七言新诗更为妥当。故而该派在旧体诗诗坛上一直未被看好。所以，从旧体诗的未来发展趋向看，"新古体诗"在传统派和改革派发展的压力下和广大旧体诗作者的非难下，会逐步式微，亦即"新古体诗"作为一种实质上的新诗（新格律诗）很难突破前两派古体诗而崛兴；而传统旧体诗和革新旧体诗将会继续沿着各自的道路发展前行。不过，旧体诗究系应以何种声韵为标准，即"平水韵与新声韵之争"，仍会不断地延续下去，直至新声韵替代平水韵到来的那一天为止。

（二）中国旧体诗声韵的未来发展趋向

其实旧体诗三派中传统派和改革派之间的分歧最大、争论最为激烈，而新古体诗派则因难入这两派法眼反倒与之无甚争执。而前两派之间的最大歧见和论争焦点就是：旧体诗的声韵，即创作、吟诵旧体诗，是以平水韵为标准，还是以普通话语音的新声韵为标准？

虽然中华诗词学会于2001年年初发布了《21世纪初期中华诗词发展纲要》，提倡以普通话语音为标准的新声韵，但实际执行的是尊重各人用韵自由的"双轨并行"方针。而当前引领中华诗词的主导力量，仍是一批在创作上沿用平水韵的名家里手，故无论改革派如何努力地宣传、讲解，论争、创作，仍无法撼动恪守平水韵的传统旧体诗在中华诗坛上的主导与主流地位。尽管当前采用以北京语音为标准的普通话语音——新声韵创作旧体诗的群体，其声势并不浩大，甚至还有些冷落，但我们仍要看到，采用新声韵创作，是中华诗词未来发展的希望与方向，目前的方兴未艾乃是以后勃兴的契机。

通过对中国诗歌声韵（包括其载体诗歌本身）在远古、上古、中古、近古、现当代五大阶段的产生、演变、发展的考述，

第五章

撮其要者,可得出如下几点结论。

其一,中国诗歌声韵不是一成不变的,是随着历史时代的发展变化而不断地演变发展的。如从远古时期逐渐产生、形成的以甲骨文、金文的书面语言文字为依据的殷商韵文声韵,发展到上古时期的以《诗经》(以通行于黄河流域的丰镐雅言为主)为代表的周秦两汉诗歌声韵,再演变为中古时期的以《切韵》系韵书(以中原一带的河洛雅言为主)为代表的魏晋迄唐宋的诗歌声韵,到了近古时期又演变为以《中原音韵》(北方共同语雅言)为代表的元、明、清诗歌声韵,再发展为现当代的以《中华新韵》《诗韵新编》(以北京语音为标准的普通话雅言)为代表的民国至当今的诗歌新声韵,共经历了四大音系的变化发展。而具体到诗歌韵部方面,亦处于不断演化发展的进程之中,如先秦诗歌韵部最多不超过 30 个,至汉代为 28 个,到了魏晋则增至 35 个,进入南北朝竟达到了 53 个诗歌韵部的高峰;其后诗歌韵部开始逐步简化归并,进入中晚唐已减少至 33 个,宋代 21 个,元代 19 个,明清基本沿用 19 个韵部,到了现当代,则简化为 18 个甚至 13 个。因此,中国诗歌声韵从远古到当今的整个演变发展过程,实际上就是一个从简单到复杂、又从复杂回归简单的过程。

其二,中国诗歌声韵虽一直处于变动之中,但古人用古韵所创作的诗词作品,很多都与当今用新声韵撰写的旧体诗词并没有太大的区别:有的整首与当今新声韵一致,如王维的五绝《送别》、杜甫的五律《岁暮》、白居易的七绝《蓝桥驿见元九诗》、李商隐的七律《无题·昨夜星辰》、李清照的词作《如梦令·昨夜雨疏风骤》、辛弃疾的词作《祝英台近·春晚》等;有的一首与当今新声韵只差一两个字,基本一致;而整首每句都与当今新声韵不吻合的,甚为罕见。其主要原因就是从上古的丰镐雅言到中古的河洛雅言,再到近古的北方共同语雅言,一直到现当代的以北京语音为标准的普通话雅言的演变发展,始终未脱离北方语音的区域范畴。古代汉语与现代汉语、古声韵与新声韵之间，是一种一脉相承的华夏血缘关系。在这一漫长的岁月中，发生音变的字毕竟只是小部分，大部分字并未发生变化。因此，尽管中国诗歌声韵有着四大音系的演变发展，但仍保持着较强的以占汉族人口总量绝大多数的北方语音为主的超稳定性。

其三，从语音系统即由声母、韵母和声调构成的综合性系统来看，《平水韵》（包括《词林正韵》）是建立在中古汉语语音系统基础上的，当时尚无注音字母，只能用"反切"标音。据音韵学家们的研究，其声类一般有 40 个左右，韵类有 300 个左右，声调有平、上、去、入四类，有很多音节不能口读只能目诵；而新声韵的现当代普通话语音系统只有声母 21 个，韵母 39 个，声调分阴、阳、上、去四声，计有 1826 个音节，不仅较《平水韵》简要，而且全部音节都能口读耳辨。两者最大的区别则是普通话已无入声，入声全部派入了阴、阳、上、去四声之中。根据语音的差异，我国汉语可分为北方、吴、闽、粤、赣、湘、客家七大方言，除后六大方言中尚有不多的入声调外，在分布区域最广（包括华北东北、西北、西南、江淮四个次方言区，幅员超过大半个中国），使用人口最多（占汉族人口总数 70％以上）的北方方言中，基本无入声调（仅江淮、山西、内蒙古的个别地方还遗存一些入声调），而北方方言正是普通话的基础方言。因此，建立在普通话基础上的新声韵，无非就是将平水音系中未发生音变的字继承下来，将发生音变的字按语言发展规律和实际使用情况予以调整。而音变字中分量最重、变化最大的就是入声字。其音值早就难以确定，更难以读准了。新韵旧韵之争的癥结，就在于如何使用音变字，而其关键又在入声字的存废，即继续保留使用入声字，还是随着历史的发展，取消入声字而"入派四声"。据 1978 年上海古籍出版社修订重版的《诗韵新编》来看，入声字总共有一千三百一十多个（包括个别多音字、多声字重复统计在内），而入声字在旧韵中原本就为仄声字，故在诗歌中真正变声的入声字，只有变为阴平和阳平的六百一十余个，而常用的仅百十多个。只要较为熟练地记住和掌握这些入声字的变化，从用旧韵创作到用新韵创作，也就不是难事了。

其四，用当今的目光审视，《平水韵》用反切法标音，分韵106部，不仅太过烦琐，不便记忆与查阅，而且亦容易混淆字的读音，确实不够科学和合理。举例如下：（1）将有的韵母完全相同的字，强行划分在不同韵部，如"东"和"冬"，韵母都是"ong"，却分成两个韵部；甚至"元""寒""删""先""覃""盐""咸"的韵母皆为"an"，却分成7个韵部。不仅没有必要，而且徒添烦杂，同时还增加了用韵和查找的难度。（2）将有的韵母不同、读音不同的字混淆在同一个韵部，如将韵母"ui"的"悔、贿"和韵母"ai"的"海、改、宰"等，都置于同一个上声"十贿"的韵部内；将韵母"ua"的"挂、画、话"和韵母"ie"的"戒、界、懈"及韵母"ai"的"隘、卖、败"等，都置于同一个去声"十卦"的韵部内。不仅造成了不少字的读音混杂不清和用韵的不准确甚至出现差错，而且将韵母不同、读音不同的字如"悔"与"宰"，"挂"与"界"与"败"等放在同一首诗中做韵脚，吟诵起来能谐和、有声音回环的韵味吗？因为"押韵的目的是为了声音的谐和，同类的乐音在同一位置上的重复，这就构成了声音回环的美"（王力《诗词格律》）。而且更重要的是，平水音系正如王力先生所说："宋以后就大大违反口语了。"经元、明、清到现当代，平水音系一直与全国通行的北方共同语和普通话语相龃龉，亦即用平水韵创作、吟诵诗词，实际上已形成了与人们习惯用语明显脱节的"两张皮"。

其五，北京历来就是中国北方的重镇，和中原关系密切，其语音本身就属北方语音范畴之内。加之北京从金、元、明、清到现今，一直都是中国政治文化中心，历时已达八百六十余年。古今中外的统治阶层为稳固统治，维护统一和加强内外经济、文化交流，一般都会将都城一带的语言定为官方语言，并将其推行为全国共同语。这就是我国历代以来丰镐雅言、河洛雅言、北方共同语雅言以及现当代普通话雅言所形成的一大主因。而包括诗歌、散文、小说、戏剧等在内的文学语言，亦必然会相应地以政治文化中心地域的语言为标准。故将以北京语音为标准的普通话语音（新声韵），作为当今创作和吟诵包括旧体诗在内的一切汉语诗歌的用韵依凭，本应是顺理成章的。

为了维护传统平水韵的主导地位，有的恪守者虽承认新声韵作为古体诗用韵标准是可行的，但却强调"一个国家的首都，并不是一成不变的"，"如果因某种原因将首都迁到广州，政府宣布以粤语为新的普通话"，并采取广播、电视、培训班等种种措施，"不出十年，顶多20年一代人，粤语这种新的'普通话'，全国人民都会说了"。实际上筹划、制定、推广、实行一种全国通行的共同语言，不仅费时费力，还要消耗大量财力、物力，需要几代人的共同努力，是一个长时间、高成本的浩大系统工程。故当今推行、实施了近百年（从民国国语始）且已为全国人民普遍接受使用和习以为常的共同语，不可能轻易地放弃而另起炉灶。而全国民众的语言传统习惯和接受的难易程度更是关系全国共同语推广、实施成败的关键因素。中国诗歌声韵自古至今经历了四大音系的演变而发展成现当代以北京语音为标准的新声韵，其最重要的内在因素就在于四大音系皆未脱离占全国地域最广、人口最多的北方话语音的范畴，北方话语音毫无疑义已成为制定、推广祖国共同语的历史存在与现实基础及舍此无他的最佳抉择。因此，以北京语语音为标准的普通话语音即新声韵，作为当今创作和吟诵古体诗和新诗的用韵依据，是历史客观规律发展的必然，亦是中国诗歌声韵演变发展的必然。

附录：作者新声韵诗词曲六十首与新诗一首一组

一、五绝十首

孤山文澜阁
《四库》入文澜，钱塘风雅添。
平湖有素月，相照不孤单。

浦江宝掌寺
行尽百余州，贞观中土游。
印僧卓梵杖，宝掌法名留。

品友人黄山松王图
凌空承雨露，石破化虬龙。
千岁岿然立，国珍迎客松。

雅州青衣江晓渡
晨霭拭青衣，黄庐传唱鸡。
学童竹马至，小渡立扬楫。

眉州中岩寺晚归
日暮岷江岸，朝佛居士归。
香囊映水色，经笥抹霞晖。

岁寒三友·选二

竹
伏天解暑溽,腊月凛冰霜。
节劲虚心立,清幽君子芳。

梅
性孤辞富艳,嗜雪释寒香。
耻与诸花竞,冰清号铁娘。

乌 江
生逞匹夫勇,亡乏悔悟量。
乌江若肯渡,子弟益罹殃!
(注:量 liáng,思量、考量。)

蜀 相
功在鼎天下,祁山勋业无。
弱国频战灭,何以对托孤?

重阳登高
居蜀五十年,离乡路四千。
今逢重九日,不敢立山巅。

二、七绝十首

西湖十景·选二

苏堤春晓
湖面烟波江上潮,北山残雪未全消。
东风一宿柳先醒,人在苏公第几桥?

花港观鱼
金鳞百品度曲桥,濠上观鱼倚碧桃。
谁令牡丹连夜放?满池清液暗香缭。

仰观立马峰（黄山第九峰）摩崖抗日楹联

题刻黄山第九峰,擘窠十字壁间横。
九州立马空东海,千仞登高望太平。

读谭嗣同狱中题壁

三户亡秦楚不单,驱胡变法尽南冠。
昆仑肝胆横刀笑,只恨神州尚未安!

题四季花魁画·四首选二

春 兰

青草深山最重时,春神未蒞不舒姿。
案头清供幽芳退,但任无泥入画诗。

秋 菊

不遇秋风竟不开,东篱三径自多栽。
缘何重九黄金甲?为有白衣诗酒来。

夜读《史记》四十则·选一

文 种

智略行吴君患排,安邦抚众相国才。
功成拒退终诛戮,鸟尽弓藏由此开!

夜读《后汉书》四十则·选一

循吏·刘宠

高祖宗孙举孝廉,除苛执法保民安。
会稽太守清风去,众赠收一投水钱。

夜读《三国志》四十则·选一

武将·吕蒙

少时不涉《传》和《书》,上诫方学才略殊。
谲郝擒关有策断,阿蒙吴下岂当初?

夜读《晋书》四十则·选一
石　崇
劫商积产气财粗，曲事权门官太仆。
二尺珊瑚应手碎，临刑方晓富招诛。

三、五律十首
丁未（一九六七）清明偕砚友寿文、永明君上严子陵钓台步谢翱《西台哭所思》韵
仰止高山久，清明谒钓台。
地荒荆遍布，滩乱水低回。
垂缕逸身志，击石正气才。
今为台上客，应更赋《七哀》。

乙卯（一九七五）谷雨返梓省亲登龙山镇龙禅院
山蟠灵港上，气势若游龙。
探骨尽石砾，相皮多铁松。
禅钟晋代响，佛殿丙年空。
劫后余一井，泉犹昼夜冲。

衢州烂柯山
石室半局棋，樵夫观战迷。
烂柯无所晓，食枣不觉饥。
山上仅一日，人间已万夕。
弈枰今尚在，出入在于机。

衢江沿岸田园风光
舟下信安江，村村正夏忙。
山绵岚里柚，滩浅砾中桑。
坂圃女浇水，平畴男耥秧。

农家汗入土，稻茧果瓜香！

（注：衢江又名信安江，浙水南源，流域为丘陵盆地。）

桐庐桐君山

风月桐为姓，结庐避世深。
金石能去病，草木可回春。
采录一书著，君臣三品分。
千秋号药祖，祠内古碑存。

睦州李频祠

家临浙水旁，岸对买臣乡。
从属游灵洞，随即续咏章。
为官肃吏治，修堰励农桑。
尽瘁民祠祭，竭磨诗业芳。

一九九五年秋由川赴鄂湘桂催讨本厂三角债途登岳阳楼

弱冠投西蜀，人生蚁寄磨。
楚吴江野阔，天地水云多。
世事凭栏远，蓴思望雁勃。
繁霜亦染鬓，茶酹洞庭波。

西湖十踪·选二

葛岭仙踪

雾散葛阳台，日出蒸森海。
精从坤道出，气自乾元采。
致仕弃财名，炼丹兼内外。
洪公早羽仙，葛井依稀在。

吴峰词踪

为参孙制诰，柳氏纵狼毫。

红袖先酬唱，白衣终见招。
三秋桂子沁，十里藕花娆。
词美启兵衅，吴山立马高。

嘉州大佛寺晓瞰

一佛三水聚，钟磬扫晨星。
波涌岸边雪，霞浮江面瑛。
流雄怜舸小，坡软惬郭平。
信美非吾土，惟闻贝叶经。

四、七律十首

衢州府城

山水遥拥西浙州，厚墙深堑耸堞楼。
双江汇涌封边角，四省通关扼颈喉。
衍圣儒兴九百岁，兵家形胜两千秋。
三衢自古风云地，谁见龙蛇一望收？

江山仙霞岭古道

江山港水滥仙霞，鸟道穿随风浪哗。
枫岭关前载重土，铁州城下化白沙。
野菊散缀三秋径，苦楝危悬百丈崖。
千古究何辟此路？一花过后众花杀。

新西湖十景·选一
黄龙吐翠

林茂烟氲积翠浓，石开雷震现飞龙。
黄泽不断灵湫境，老子其犹虚幻宫。
渺见孤峰耸静水，漫说止鹤舞长空。
栖霞阴麓藏真地，物我皆息幽杳中。

杭州六和塔

钱塘江畔月轮峰,镇水压涛楼影横。
梵教六和名整塔,御书七區赐逐层。
已接晴雨湖山色,更对朝夕江海声。
忍睹鸱夷发震怒?台高常贯越吴风。

西湖四烈·选一

秋瑾墓

击秦兴楚漫追寻,秋风秋雨愁煞人。
身赴东瀛图自立,剑挥北阙痛国分。
驱除早掷从戎笔,恢复急招革命军。
亭口怒抛侠女血,分席西子又一坟!

东西南北京怀古·选二

西京·兵马俑

杜陵车涌漫尘埃,灞上游人千百排。
泰岳巡封龙帝殁,骊山堆冢俑兵来。
身亡已去佳人倚,魂寂聊当虎士埋。
多少脂膏换此葬?是非功过且量裁。

南京·石头城

钟山风雨历千秋,寂寞潮头白下楼。
金粉六朝乏帝象,乌衣两姓化俗流。
龙蟠集庆靖难徙,虎踞天京兵燹休。
谁断金陵天子气?空余明月照石头。

祭母坟四章（二〇〇二）·选一

四

尘劳且尽度家慈，千里归飞守榻迟。
橘堕已空公纪影，婴啼更弭老莱姿。
粗衫半屈那堪睹，草药一兜岂忍知？
还问色难总愧欷，梦魂常断鬻儿诗。

一九六七—二〇一六财会四一一班首次同学会嘉善相聚

五载朝夕存砚情，况违折柳四八龄。
风霜三线韶华去，书笔一灯白发增。
虽屡遐思游浙水，也曾趁梦到梅城。
人生如意十一二，樽举稀年讵可停？

（注：母校冶金部建德冶金工业经济学校为四年制中专，全班41人，1963年进校，1967年毕业，因"文化大革命"皆延至1968年分配，且90%奔赴三线企业。学校原址：浙江梅城，即古严州。）

谒杜甫草堂

再诣茅屋秋已迟，柴门塘坳忆昔时。
故人供米释饥色，邻叟陪杯生醉姿。
《遣意》岂足妻子聚，《恨别》但老洛京失。
破庐未忘庇天下，心系安居百世师！

五、词十首

忆江南·三衢道中

初入夏，枝上果犹酸。青草池塘蛙擂鼓，夜来梅雨水潺潺。能不忆江南？

初入夏，茅舍苦竹斑。沟洫笠翁忙泄水，村童溪上罾鱼欢。能不忆江南？

一剪梅·雪夜抵龙游东门东阁桥

隐见城幡隔岸招,江雪飘飘,江水滔滔。灯光明灭过东桥。时已深宵,声已沉消。 游子归来路远迢,年岁难饶,乡念难抛。羁愁可否酒来浇?炊了发糕,酿了红醪。

(注:龙游风俗,腊月末家家炊好糯米、粳米三七混合粉发糕,酿好糯米红曲酒,以备过年。)

永遇乐·缅怀本邑文化巨子——余绍宋

除绶南归,沫尘江畔,踪影何处?野鹤闲云,樵山钓水,莳弄菊花圃。烟缭五柳,竹遮三径,人道越园曾住。想当年、东山南亩,谢屐逸风高古。 家塾启昧,韶华留日,寻觅报国强路。法律学成,回国执教,主掌司法部。政局丕变,藏身诗画,方志法学编著。非虚掷、殷殷硕果,浙西傲步!

〔注:余绍宋(1883—1949),字越园,龙游人。法学家、方志学家、诗人兼书画家。日本东京政法大学毕业,曾任北京政法大学教授、民国北洋政府司法部次长,1927年辞职南归,后出任浙江通志馆馆长。为"浙江历代百位文化名人"之一。〕

长相思·观叶浅予先生《富春山居新图》七里泷段有忆

兰水流,徽水流,流到桐江水里头。泷中景色柔。山风悠,江风悠,悠到严滩风逼舟。何人垂钓钩?

眼儿媚·泰顺泗溪姐妹桥

山重水复子规啼,风润草萋萋。一流盘绕,双虹飞降,数鹜游嬉。 良田阡陌桑竹翠,鸡犬武陵栖。村民祭社,游人赏景,渔父缘溪。

玉漏迟·二〇〇九年初夏治父丧毕返川特乘舟下钓滩

试桐江泛棹,清波绣岭,翠烟缭绕。影绰双台,苍劲逸出云表。莺啭蝉鸣树古,野凫落、沙荻汀蓼。山水妙,一如子久,《富春》才调。　泱泱往事千年,有遁世高风,信国怀抱。不事王侯,百尺放竿终老;更况竹石血泪,楚歌唱、招魂朱鸟。风物好,岁岁几多凭吊?

满江红·洞头烟墩山重修望海楼感怀

亭馆前朝,无遗制,昔贤留憾。伤岁月,铜驼离黍,众生兴叹。雪虐风饕沧海冷,云谲波诡烟山暗。抬望眼:何日现英姿、重登览?　迎盛世,图新展;巡故地,谋宏建。事功惊吴越,矗楼霄汉。秋水长天霞羽共,先忧后乐江洋远。更漫论、四最与三绝,东南冠!

(注:"四最"为东南沿海岛屿建楼海拔最高,楼形众星拱月气势最雄,楼區楹联名家声望最隆,陈列渔村民俗物品最丰;"三绝"为海岛绝佳景观,览景绝妙看台,海洋科普绝好课堂。)

调笑令·东阳横店

横店,横店,美女帅哥拍片。搞活经济多年,无意农桑恋钱。钱恋,钱恋,桥水人家不见。

忆秦娥·二〇一四中秋晚会中国儿女中国梦

中秋夜,亲人共赏家乡月。家乡月,忙于拼闯,路遥难阅。　振兴华夏坚如铁,长缨必缚心殷切。心殷切,强国梦踊,赤旗风猎!

沁园春·杭州虎跑寺李叔同纪念室

剃度卓锡,舍利分藏,虎跑寺林。看莲花骨塔,比丘铜像，珍供世眼，月仰天心。进士门庭，乌衣庶子，自幼攻诗书印文。年方冠，奉母妻沪上，艺苑操斤。　东瀛五载归来，组文社，杭师授画音。更会通书刻，洽融诗绘：东坡才气、雪个禅根。遽尔出家，精严戒定，成律宗重兴祖尊。长亭外，晚风笛声断，遗墨悲欣。

六、曲十首（套）

【越调】天净沙·西湖四季选一

冬

断桥雨雪纷来，孤山梅蕾忽开。粉饰湖山榭台。风急巢摆，寒鸦绕树鸣哀。

【中吕】山坡羊·杭州凤凰山

凰山翼抱，钱江带绕，两朝宫阙江南道。火烧烧，雪瀌瀌，吴王宋帝谁凭吊？昔日豪华沦野蒿！江，依旧姣；山，依旧娇。

【双调】折桂令·过盖叫天墓

西湖漫步春游，丝柳柔柔，润雨油油。曲径悠悠，黄鸟啾啾，盖墓幽幽。那英名盖世缘《三岔口》，其杰作惊天是《血狮楼》。武业精修，武艺深究，武戏名优。

【大石调】雁过南楼·谒徐锡麟墓

持双枪、毙虏授首，捐一躯、民众挟仇。碧草萋，黄花秀，湖山幸瘗英雄柩。功名富贵不求，今日死而无疚。临刑言，墓碑应镂！

（注：临刑前，徐锡麟"神色自若曰：'功名富贵，非所快意，今日得此，死且不憾矣！'"载《中国近代史资料丛刊·辛亥革命·三》）

【双调】驻马听·龙游姑蔑城吊古

山水环城，故址遗迹临瀫溪。寺楼俯郭，王族黎庶本东夷。练兵窟室隐玄机，伐吴姑蔑现旌旗。星斗移，春秋霸业夕阳里。

（注：龙游，春秋时乃"越之西鄙姑蔑之地"，秦置为太末县。因东汉严子陵好友太末高士龙丘苌隐居本邑九峰山，唐遂更名龙丘县。吴越国钱镠改称龙游县，至今未变。《左传·鲁哀公十三年》载：越伐吴，姑蔑出兵助越攻吴，获吴王孙弥庸之父，得其旌旗而于军中炫之。）

【正宫】小梁州·龙游大莲塘赏莲

莲梗轻分过小船，莲影波光，莲苞莲女俱含芳。莲歌唱，莲子半船舱。［幺篇］莲花朵朵蜂蝶逛，莲丛中、莲鲤深藏。莲叶肥，莲蓬壮，莲田弥望，莲藕快登场。

【正宫】甘草子·徽州渔梁坝

渔梁坝，歙县南门，景色姣如画。练水风帆挂，江浒柳扬花，岸上叠白墙乌瓦。朝阳出，晨雾化。溢水奔腾涛声大，飞瀑流霞。

【大石调】净瓶儿·建德白沙大石桥

桥似霓虹秀，桥若磐石久。桥亭拂柳，桥底行舟。悠悠，老渡口，今日桥横车竞走。桥栏镂，桥头桥柱百狮稠。

【仙吕】一半儿·二〇一六年财会四一一班嘉善同学会合影拍照
　　　　　　　男　生

当年意气正崇高，指点江山逐浪潮。今对镜头偷自嘲：莫须叨，一半儿朦胧一半儿飘。

女　生

校园回首数枝花，含泪重逢发俱华。今对镜头强笑哈：莫须答，一半儿国家一半儿娃。

【南吕】一枝花·孤山踏青（套曲）

白堤生晓岚，葛岭消夕霞。夭桃杨柳间，新燕水空翻。二月春暄，山近天清远。湖光泛绿蓝。欲拾级龙井去烹茶尝鲜，却放棹孤山来寻逸吊倩。

[梁州] 暂系缆、过桥上岸，且信步、拾柳扬鞭。美人才子西泠恋：青骢马揽，油壁车牵。热辣辣十周连理，冷清清五载绝缘。瘗玉桥苏小哀怜；放鹤亭和靖悠闲：嗜植梅、逃世身单，喜畜鹤、凌空意欢，好游湖、犁水心安。情痴，隐仙。孤山不寂存双隽，湖广纳群澜。卅里西湖佳话传，风月无边。

[尾声] 巾帼白玉秋风剑，印社金石潜世泉。后继风流可圈点。道不完的嗟叹，看不尽的孤山。犹自徘徊不知晚。

七、新诗一首

嵇康双绝

刑车缓缓抵达东市，
十只金乌似乎全立在扶桑枝上。
被烈焰炙烤得口干唇焦几乎昏厥的三千太学生，
依然举着"请释嵇中散为我师"的
请愿书，黑压压地跪成一片。
你整了整发髻、衣襟，向太学生和围观的市民致礼后，
在正中的空地上盘腿坐下，
"顾视日影，索琴弹之。"

传来了高山深壑的阵阵松涛、

伴随着泉水淙淙与禽虫的和鸣。
你长袖飘飘，忘情地：
"目送归鸿，手挥五弦。"
轻轻响起了火苗窜动的哔剥声，
很快就燃成了熊熊炉火，你和子期换上围裙抡起铁锤，
叮叮当当，狠狠地砸打着烧得红里透白的铁块。
火星飞溅，汗流浃背，铁块慢慢地变长变薄变尖，
即如贵公子钟会恭立在铁砧旁良久，
你也置之不理，专心致志地锻淬不辍。
终于，在钟离去时所发出的——
"闻所闻而来，见所见而去"的结怨声中，
你手中的顽铁已差不多形成了一柄虎啸龙吟的钢剑。
又渐渐升起了风催竹林的簌簌摇曳和
"散发岩岫，永啸长吟"的混合声，
空谷琴音：舒展激越，压抑悲切……

听者无不动容，穹顶的金乌仿佛已收敛起
扑腾的翅膀，刺人的紫外光线黯淡了不少。
弥漫起太学生们时高时低的抽泣声，
就连监刑官也转过头去，借擦汗动作悄悄抹泪。
突然"嘎"的一声，弦断音止——
你弃琴仰天长叹："《广陵散》于今绝矣！"
然后，
徐徐起身，掸掸衣尘，就刑命绝。

八、新诗一组

欢欣与悲愁
——李易安的人生春秋（组诗）

序

上苍千万年绵绵不绝的雨露
泰岳日积月累的精气
在不经意间
在齐鲁大地上
在公元 1084 年
在山东历城西南的
柳絮泉边，孕育出
一朵灵芝
一匹凤凰
一座婉约词高峰
一位中国历史上少有的女性词作大家
——李清照、李易安居士

有人誉你为"济南二安""词家二李"
有人称你为"九百年来一词后"
但怎能料到，在你七十挂零的
人世沧桑中，仅仅只有前半生的些许
欢乐欣喜，却有着后半生的漫漫悲辛愁苦
或许是命运，或许是
时势，你如一片云、一阵雨
来了又去了，去了又留下了——
小爱戚戚　大悲默默
一直拨动着骚人墨客、甚至

芸芸众生的心弦
弹指间，已近千年

第一节　少艾不识愁滋味——"兴尽晚归舟"
遍布花木的庭院，鸟声唧啾在露珠中
你，一只俏皮的小蝴蝶飞腾欢叫在秋千上
太阳升高，汗水淙透了花衣，你终于
翩跹而下，突然有客来访
你惊慌得转身就走，又忍不住想看看
于是你倚门回首，假装着
把树枝上的青梅嗅

接天莲叶无穷碧，你们几个
娉婷豆蔻，边泛舟边小酌
兴致很高，天色已晚，嬉闹着赶紧往回
竞划，惊得正待栖息的鸥鹭扑扑飞起
你的与映霞荷花一样红的
粉腮上，银鸥白鹭们已经看到了
——酒后的微醺和朦胧的诗情词意

第二节　少有诗名——"自是花中第一流"
仿佛造物主特别眷顾你
赐给你一位"后四学士"的严父，又安排
给你一位"亦善文"的慈母
无论是耳濡目染，还是
聪慧颖秀、才力华赡
但最终还须你自身的致命一击
冲破北宋理学——
女子无才便是德的樊篱

你做到了，冲破并冲到了
诗词书画、金石考古的文艺与学问里
"梁燕语多终日在，蔷薇风细一帘香"
一首及笄之年的《春残》绝句
几阕《如梦令》《浣溪沙》小令
一落纸人争传诵，更得
苏门四学士晁补之点赞
于是，你自少就有了诗名

第三节　新婚燕尔——"一面风情自有韵"

樱桃红透就会从枝头落下
金丝鸟翅膀长硬就要飞离母巢
你芳龄十八出阁，与太学生赵明诚
——海燕双栖玳瑁梁

一场好雨剪去了暑气，两人
摆弄完笙簧，你化了晚妆，又换上
薄绸红衫，笑语夫君
"今夜纱橱枕簟凉"

你宿醒未消，暮春早上娇慵地不想起床
想起昨晚的疏风骤雨，不由得
问正在卷帘的夫君：外面的春光怎样
明诚回答：海棠还是原来的样子

不会吧，红花肯定摧落不少，绿叶反显得更繁茂了
明诚哪里知道你"绿肥红瘦"的心事——
自己的花样年华也会随着岁月的风雨，渐渐地
消逝，要珍惜我呵

第四节　夫唱妇随——搜考金石"甘心老是乡"

获一古本，无不留下你们比肩校勘的墨迹
得金石字画，无不布满你们共同摩展的手痕
明诚不时质衣搜罗
你屡屡节衣缩食倾助，夫妻俩
心心相印，自谓"葛天氏之民"

你博闻强记，又生性活泼
常与夫君晚饭后赌某事在某书某卷某页某行
以中否为品茗先后，中即往往举杯大笑
明诚著《金石录》，而你
考证笔削其间，欣欣然有终老是乡之志

第五节　国破夫亡——"谁怜流落江湖上"

老大帝国的北宋，枝繁根枯
纸糊的巍峨汴京城墙，不堪
金兵马蹄的轻轻一蹴
公元1126—1127（农历丙午、丁未）年
竟然遗留给历史一笔——
徽、钦二宗蓬头垢面被虏北去的"靖康大辱"

高宗登基，你夫君明诚起用
溽暑赴行在，疟发下痢，危在旦夕
你一昼夜行三百里，比至
已无力回天
距故国沦丧不足三载，你刚四十有六
人到中年

你葬毕夫君

无儿无女,孑然一身
"浮槎来,浮槎去"
流落明、温、衢、杭、越、婺间
"故乡何处是"
"吹箫人去玉楼空"

第六节 被骗再醮——"不堪雨藉,不耐风揉"
屋漏偏逢淫雨
流离失所中你患了沉疴
张汝舟乘机关怀备至,"似锦之言"
又使你"优柔莫决",病愈
竟被他"强与同归"

于嗟女兮,无与士耽
张为商人,实奔古玩财物而来
夏月再适,九月离异,你
"扪心识愧"
"魂梦不堪幽怨"

第七节 感忧国事——"江山留与后人愁"
你已是无根之萍
任凭风吹浪打,却始终
哀伤靖康国难,不忘雪耻
"南来尚怯吴江冷,北狩应悲易水寒"

你不甘做与砚台共语的"幽闺"
想往成为磨盾鼻的"男儿",大力颂扬
不后退不投降的雄杰
"至今思项羽,不肯过江东"

你对一味屈膝议和的政局忧虑不安，发出了
"长乱何须在屡盟"的讽谏
更对歌舞西湖不图恢复的新贵，痛心疾首
"南渡衣冠少王导，北来消息欠刘琨"

第八节　绝笔词——"这次第，怎一个愁字了得"
难道真的是命运
难道你的人生欢愁早已注定
那点欢欣你还远未品尝够，就迎面
扑来了你生命节点上一连串的
国破、夫亡、流离、染病、误嫁、孤寓，更还有
你夫妇二人视同性命的心血结晶——
文物藏品的焚战火、毁逃难、失盗掠，到了
晚年，家徒四壁几成空
此时的你，已不是什么小悲浅恨，而是
"几多深恨断人肠"

"落日熔金，暮云合璧"的元宵佳节
往日的你，在汴京和女眷们靓妆上街观灯
如今的你，"风鬟霜鬓"憔悴得害怕出门，再加上
"物是人非事事休"的
连双溪舴艋舟也载不动的"许多愁"
使你不得不在六十出头之际，黯然地
停下了伴随你一生的兔毫、羊毫抑或
狼毫笔，悄悄地填完你最后的一阕
——绝笔词：《声声慢》
"寻寻觅觅，冷冷清清，凄凄惨惨戚戚……"

（注：以上凡加了引号的均引自李清照之作品及别家对其的评述。）

参考文献

周易[M].北京:中华书局,2011.

尚书[M].北京:中华书局,1980.

礼记[M].上海:上海古籍出版社,2016.

周礼[M].长沙:岳麓书社,2001.

左传[M].上海:上海古籍出版社,1997.

论语[M].北京:中华书局,1980.

(战国)孟轲.孟子[M].北京:中华书局,1980.

(战国)庄周.庄子[M].上海:上海古籍出版社,1995.

(春秋)墨翟.墨子[M].上海:上海古籍出版社,1995.

(战国)荀况.荀子[M].上海:上海古籍出版社,1995.

(春秋)左丘明.国语[M].上海:上海古籍出版社,2015.

(战国)吕不韦.吕氏春秋[M].上海:上海古籍出版社,1995.

(汉)刘安.淮南子[M].上海:上海古籍出版社,1993.

(汉)司马迁.史记[M].北京:中华书局,1959.

(汉)班固.汉书[M].北京:中华书局,1962.

(南朝宋)范晔.后汉书[M].北京:中华书局,1965.

(晋)陈寿.三国志[M].北京:中华书局,1959.

(唐)房玄龄,等.晋书[M].北京:中华书局,1974.

(唐)李延寿.南史[M].北京:中华书局,1975.

(唐)魏徵,等.隋书[M].北京:中华书局,1973.

(后晋)刘昫. 旧唐书[M]. 北京:中华书局,1975.

(元)脱脱,等. 宋史[M]. 北京:中华书局,1977.

(明)宋濂,等. 元史[M]. 北京:中华书局,1976.

(清)张廷玉,等. 明史[M]. 北京:中华书局,1974.

(民国)赵尔巽,等. 清史稿[M]. 北京:中华书局,1977.

李新. 中华民国史·第一编[M]. 北京:中华书局,1981.

周生春. 吴越春秋辑校汇考[M]. 上海:上海古籍出版社,1997.

(唐)杜佑. 通典[M]. 北京:中华书局,1984.

(宋)郑樵. 通志[M]. 北京:中华书局,1987.

(宋)李焘. 续资治通鉴长编[M]. 北京:中华书局,1975.

(元)马端临. 文献通考[M]. 北京:中华书局,2011.

(元)伯杭,等. 通志条格[M]. 杭州:浙江古籍出版社,1986.

(明)陈邦瞻. 宋史纪事本末[M]. 北京:中华书局,1977.

(清)赵翼. 廿二史札记[M]. 北京:中华书局,1963.

中国社会科学院考古研究所. 小屯南地甲骨[M]. 北京:中华书局,1983.

郭沫若,胡厚宣. 甲骨文合集[M]. 北京:中华书局,1978—1982.

郭沫若. 郭沫若全集·考古编·卜辞通纂[M]. 北京:科学出版社,2002.

罗振玉. 殷墟书契前编[M]. 民国二十一年(1932)修订版.

胡厚宣. 甲骨文商史论丛初集[M]. 石家庄:河北教育出版社,2002.

吉林大学古文字研究室. 古文字研究(第21辑)[M]. 北京:中华书局,2001.

中国社会科学院考古研究所. 殷周金文集成[M]. 北京:中华书局,1984—1994.

张光直.古代中国考古学[M].北京:生话·读书·新知三联书店,2013.

张光直,徐苹芳.中国文化与文明 中国文明的形成[M].中文版.北京:新世界出版社,2004.

湖北省文物考古研究所.邓家湾[M].北京:文物出版社,2001.

浙江省文物考古研究所,等.寺龙口越窑址[M].北京:文物出版社,2002.

周光华.中卫岩画[M].银川:宁夏人民出版社,1991.

王建平,张春雨.阴山岩画[M].上海:上海古籍出版社,2011.

袁行霈.国学研究(第二卷)[M].北京:北京大学出版社,1994.

(明)陈第.毛诗古音考[M].北京:中华书局,1988.

(清)顾炎武.音学五书[M].北京:中华书局,1982.

(清)江永.音韵学辨微[M].民国渭南严氏孝义家塾刻本.

(清)戴震.声韵考[M].民国渭南严氏孝义家塾刻本.

(清)段玉裁.六书音韵表[M].民国渭南严氏孝义家塾刻本.

(清)孔广森.诗声类[M].民国渭南严氏孝义家塾刻本.

(清)王念孙.古韵谱[M].《续修四库全书》本.上海:上海古籍出版社,2002.

(清)江有诰.先秦韵读[M].民国渭南严氏孝义家塾刻本.

(清)夏燮.述韵[M].清咸丰五年(1855)刻本,民国四年(1915)重印本.

(清)劳乃宣.等韵一得[M].清光绪二十四年(1898)吴桥官廨刊本.

章炳麟.国故论衡[M].北京:商务印书馆,2010.

黄侃.黄侃国学文集[M].北京:中华书局,2006.

王力.王力文集[M].济南:山东教育出版社,1986.

陈震寰.音韵学[M].长沙:湖南人民出版社,1986.

胡安顺.音韵学通论[M].北京:中华书局,2003.

读音统一会.校改国音字典[M].北京:商务印书馆,1926.

罗常培.唐五代西北方音[M].北京:科学出版社,1961.

耿军.元代汉语音系研究——以《中原音韵》音系为中心[M].北京:中国对外翻译出版有限公司,2013.

周祖谟.广韵校本[M].北京:中华书局,2011.

田松青编校.佩文诗韵·词林正韵·中原音韵[M].北京:中华书局,2011.

黎锦熙,等.增注中华新韵[M].北京:商务印书馆,1950.

中华书局上海编辑所.诗韵新编[M].修订版.上海:上海古籍出版社,1978.

吴闿生.诗义会通[M].北京:中华书局,1959.

(宋)洪兴祖.楚辞补注[M].北京:中华书局,1983.

逯钦立.先秦汉魏晋南北朝诗[M].北京:中华书局,1983.

夏于全.唐诗宋词全集[M].北京:华艺出版社,1997.

(清)沈德潜.唐诗别裁[M].上海:上海古籍出版社,1979.

(清)曹庭栋.宋百家诗存[M].上海:上海古籍出版社,1993.

隋树森.全元散曲[M].北京:中华书局,1964.

王学奇.元曲选校注[M].石家庄:河北教育出版社,1994.

(清)张星晨,等.元诗别裁集[M].上海:上海古籍出版社,1979.

金性尧.明诗三百首[M].上海:上海古籍出版社,1995.

钱仲联.清诗三百首[M].长沙:岳麓书社,1985.

夏承焘,张璋.金元明清词选[M].北京:人民文学出版社,1983.

王起.元明清散曲选[M].北京:人民文学出版社,1988.

钱仲联.近代诗钞[M].南京:江苏古籍出版社,2001.

叶元章,徐通翰.中国当代诗词选[M].南京:江苏文艺出版社,1986.

樊希安,等.中国新古体诗选[M].北京:现代教育出版社,2016.

刘贞祥,李方晨.历代辞赋选[M].长沙:湖南人民出版社,1984.

朱东润.中国历代文学作品选[M].上海:上海古籍出版社,1979—1980.

洪子诚,等.百年新诗选[M].北京:生活·读书·新知三联书店,2015.

张新颖.中国新诗1916—2000[M].第二版.上海:复旦大学出版社,2011.

唐晓渡,等.当代先锋诗30年谱系与典藏[M].南京:江苏文艺出版社,2012.

(北齐)颜之推.颜氏家训[M].武汉:湖北辞书出版社,2007.

(宋)沈括.梦溪笔谈[M].北京:中华书局,2003.

(宋)洪迈.容斋随笔[M].天津:百花文艺出版社,1980.

(宋)严羽.沧浪诗话[M].北京:人民文学出版社,2005.

(宋)陈振孙.直斋书录解题[M].上海:上海古籍出版社,1987.

(元)祝尧.古赋辨体[M].《四库全书》本.

(元)孔齐.至正直记[M].上海:上海古籍出版社,1987.

(元)胡祗遹.紫山大全集[M].民国十二年(1923)刻本.

(元)陶宗仪.南村辍耕录[M].北京:中华书局,2004.

(明)何良俊.四友斋丛说[M].北京:中华书局,1959.

(明)吴讷,徐师曾.文章辨体序说·文体明辨序说[M].北京:人民文学出版社,1962.

(明)胡应麟.诗薮[M].上海:上海古籍出版社,1958.

(明)杨慎.词品[M].上海:商务印书馆,1937.

(明)王骥德.曲律[M].上海:上海古籍出版社,2012.

(清)钱大昕.潜研堂文集[M].上海:上海古籍出版社,2009.

(清)焦循.易余籥录[M].台北:台湾新文丰出版公司,1989.

(清)赵翼.瓯北诗话[M].北京:人民文学出版社,1963.

(清)翁方纲.石洲诗话[M].清乾隆三十三年(1768)刻本.

(清)吴乔.围炉诗话[M].《清诗话续编》本.上海:上海古籍出版社,2009.

(清)陈廷焯.白雨斋词话[M].北京:人民文学出版社,1959.

周振甫.文心雕龙译注[M].南京:江苏教育出版社,2006.

曹旭.诗品集注[M].上海:上海古籍出版社,1994.

唐圭璋.词话丛编[M].北京:中华书局,1986.

中国戏曲研究院.中国古典戏曲论著集成[M].北京:中国戏剧出版社,1959.

刘师培.论文杂记[M].北平:朴社,1928.

王国维.观堂集林[M].北京:中华书局,1959.

王国维.宋元戏曲史[M].天津:百花文艺出版社,2002.

陈寅恪.金明馆丛稿二编[M].上海:上海古籍出版社,1980.

梁启超.饮冰室合集[M].北京:中华书局,1989.

吴梅.顾曲麈谈[M].北京:中国戏剧出版社,1983.

马识高.赋史[M].上海:上海古籍出版社,1987.

方天立.中国佛教与传统文化[M].北京:中国人民大学出版社,2010.

(宋)释普济.五灯会元[M].重庆:西南师范大学出版社,1997.

破瞋虚明.大般涅槃经今译[M].北京:中国社会科学出版社,2003.

林惠祥.文化人类学[M].北京:商务印书馆,1991.

伍蠡甫. 西方文论选[M]. 上海：上海译文出版社,1979.

(美)威廉·哈维兰. 文化人类学[M]. 瞿铁鹏,等,译. 上海：上海社会科学院出版社,2006.

(英)爱德华·B. 泰勒. 人类学——人及其文化的研究[M]. 连树声,译. 桂林：广西师范大学出版社,2004.

(美)爱德华·萨丕尔. 语言论[M]. 陆卓元,译. 北京：商务印书馆,2003.

(美)费正清,等. 剑桥中国晚清史[M]. 中国社会科学院历史研究所编译室,译. 北京：中国社会科学出版社,1985.

(德)中共中央马克思恩格斯列宁斯大林著作编译局. 马克思恩格斯选集：1—4卷[M]. 北京：人民出版社,1972.

跋

余方垂髫，先大父顺友公即课以《千家诗》，比束发，又授以诗词曲，且奉《中华诗韵》为圭臬，但于诗之声韵，只知其然而不知其所以然也。逮负笈梅城，阅王力先生之《古代汉语》《汉语音韵学》，始略解其一二，盖皮毛耳！

然真正习之者，则为二十世纪八十年代初，丁科考受挫——置之绝地而后起：一九七七年，高考甫复，余即赴试，未收录取通知书；翌年旋又赶考，收成绩通知单，语、史、地皆八十五左右，数学七十八，政治六十，总分不高，近四百（满分五百），却名列乐山地区文科之冠，奈超龄三月（非六六、六七届高中生，年龄截止一九四八年一月一日后出生），未登榜。继复考北师大、川大历史系研究生，基础课、专业课均合格，外语未上线，又名落孙山。虽进学已杜，第自学一途未废。余乃慎独养性，节衣缩食，百方借读与罗置文、史、哲、经济、财会之书，细目则为马列、逻辑、伦理、美学、佛学、文字、音韵、考古、历史学、人类学、文化学、心理学诸门，薪去籍来，落落盈橱。昼则劳作簿记，夜则攀跋书山，无论寒暑节假，但得有菜根嚼，即乐此不疲而书耘笔耕不辍。

犹如禅语所云：缘本无缘，即缘随缘，愿缘解缘。其实"文化大革命"后首届高考，余已为西南师范学院（今西南大学）录取，录取通知书竟为某书记密扣不予（当时录取通知书先由单位签收)。因余平素有某些言语冲撞开罪该书记,被其记恨,迨该书记退休后之九十年代初,偶为某一知情者酒后无意透露。余疑信参半,诣招办查询,确为西师历史系录取,因余未报到注册,作弃学了结。呜呼!《庄子·列御寇》尝引孔子语:"凡人心险于山川,难于知天。"良有以也!

其时余已年逾不惑,学术兴趣亦移至本职业务,且有财会审论文相继于《冶金财会》《四川会计》《会计研究》诸刊发表。余虽乏"以德报怨"高风,但亦无必要再以怨报怨而徒增烦扰。大乘《稻秆经》曰:"见缘起则见法,见法则见佛。"而佛之法身则为诸法之实相——"缘起性空",即见到诸法亦就见到佛之"空"性,世间万法俱为"无常"。正如《涅槃经》偈云:"诸行无常,是生灭法。"即一切现象(为有法)皆属流迁变化而刹那生灭者,世间无固定不变之物存在。故臧能变否,否能转臧,一时之挫折、困境甚或枉屈,若能坚持百忍而黾勉不懈,则终将随缘成过去,"无常"却能为人生带来随缘之生机希望,此亦即为"诸法因缘生,诸法因缘灭"之真谛。由是自而立洎退休,复臻古稀,凡积读书笔记殆四百万言,论文专著一百八十荼万言,而光阴荏苒,余亦首皤齿豁步入桑榆晚景矣。

至于诗歌声韵,本质为诗之自然属性,有较其他文学体裁所独具之优美感与音乐感。于诗之结构诸要素中,声韵与诗歌渊源最悠,为决定诗之为诗之重要特征之一,且在一定程度上亦为影响诗之创作成功与否之关捩。从《尚书》"诗言志,歌永言,声依永,律和声"至黑格尔"音节和韵是诗的原始唯一的愉悦感官的芬芳气息",声韵于诗之重要度及两者之休戚与共,古今中外识见,概莫能外。此为余习研诗歌声韵且搦管操觚之其一也;当今旧体诗自复苏迄复兴,已几成定局。然声韵新旧之争尚不绝于耳,矧平水韵仍据中华诗坛主导主流地位,显与《21世纪初期中华诗词发展纲要》之提倡"以普通话语音为标准",有所凿枘。

故亟有必要爬梳中国诗歌声韵发轫及其流变发展之史，以喻诗歌声韵应时而变、与日俱进方为正道。此为余习研诗歌声韵且搦管操觚之其二也。昔苏东坡送其挚友张琥赴京，所赠文道："吾子其去此而务学也哉！博观而约取，厚积而薄发，吾告子止于此矣。"临别十言：博观（广采博览）而约取（吸取精华），厚积（累实根底）而薄发（优产精出），乃苏公创作经验之结晶，语简意深，字字珠玑。凡有志于学者，盍不铭而勖乎?！

另则，诗歌声韵涉及音韵知识良多，而音韵学著作向被目为"天书"。余学浅才疏，虽不揣冒昧以献芹，其芜杂舛误之处必夥。幸蒙四川大学出版社诸师长不弃，更承文史编辑室袁捷老师悉心编校，且在某些资料裒集上亦惠受尹贤、杨发兴二老襄助，遂以告蒇付梓。作者一则顺致谢忱，二则殷冀方家诗友不吝匡缪赐教。

庚子闰四月十八　龙游劳秦汉谨识